O Segredo do Décimo Terceiro Apóstolo

Michel Benoît

O Segredo do Décimo Terceiro Apóstolo

2ª edição

Tradução
Maria Alice Araripe de Sampaio Doria

BERTRAND BRASIL

Copyright © 2006, Editions Albin Michel S.A

Título original: *Le Secret du Treizième Apôtre*

Capa: Raul Fernandes

Editoração: DFL

Texto revisado segundo o novo
Acordo Ortográfico da Língua Portuguesa

2011
Impresso no Brasil
Printed in Brazil

CIP-Brasil. Catalogação na fonte
Sindicato Nacional dos Editores de Livros, RJ.

B417s
2ª ed.
	Benoît, Michel, 1940-
	    O Segredo do Décimo Terceiro Apóstolo / Michel Benoît; tradução Maria Alice Araripe de Sampaio Doria. – 2ª ed. – Rio de Janeiro: Bertrand Brasil, 2011.
	    378p.
	
	    Tradução de: Le secret du Treizième Apôtre
	    ISBN 978-85-286-1435-0
	
	    1. Romance francês. I. Doria, Maria Alice Araripe de Sampaio, 1948-. II. Título.

10-2496	CDD – 843 CDU – 821.133.1-3

Todos os direitos reservados pela:
EDITORA BERTRAND BRASIL LTDA.
Rua Argentina, 171 – 2º andar – São Cristóvão
20921-380 – Rio de Janeiro – RJ
Tel.: (0xx21) 2585-2070 – Fax: (0xx21) 2585-2087

Não é permitida a reprodução total ou parcial desta obra, por quaisquer meios, sem a prévia autorização por escrito da Editora.

Atendimento e venda direta ao leitor:
mdireto@record.com.br ou (21) 2585-2002

Para David,
o filho que eu gostaria de ter.

✝

Traçado no flanco da montanha, o estreito caminho dominava o vale. Bem ao longe, mais abaixo, podia-se adivinhar uma torrente que coletava as águas da chuva. Eu havia deixado o meu motor home no fim da estrada da floresta, ele não poderia ir mais longe. Na Itália turística e industrializada, o maciço de Abruzzo parecia selvagem e deserto como nos primeiros tempos da humanidade.

Ao sair de um bosque de pinheiros, vi surgir o fundo do vale: uma encosta impressionante subia até uma esplanada e ocultava a vertente adriática. Aves de rapina planavam preguiçosamente na solidão absoluta, a algumas dezenas de quilômetros da estrada congestionada de turistas em férias, que não se aventurariam até ali.

Foi então que o encontrei: vestido com uma espécie de blusão, uma foice na mão, debruçado sobre um tufo de gencianas. Os cabelos brancos ondulando sobre os ombros acentuavam a fragilidade da silhueta. Quando se ergueu, pude ver uma barba desalinhada e olhos claros, quase aquosos: o olhar de uma criança, ingênuo e terno, mas também penetrante e vivo, que me desnudou até a alma.

— Você chegou... Eu o ouvi se aproximar. Aqui, os sons vão muito longe, ninguém vem a este vale.

— O senhor fala francês!

Ele se aprumou, enfiou o cabo da foice no cinto e disse, sem me estender a mão:

— Padre Nil. Eu sou, ou melhor, eu era monge numa abadia francesa. Antes.

Um sorriso malicioso franziu a testa lisa. Sem perguntar quem eu era, nem como havia chegado naqueles confins do mundo, ele acrescentou:

— Você precisa de um chá, o verão está quente. Vou misturar esta genciana com menta e alecrim; é amargo, mas revigorante. Venha.

Era uma ordem, mas num tom quase afetuoso. Eu o segui. Magro e ereto, ele caminhava com agilidade. De vez em quando, manchas de sol que se infiltravam através das epíceas faziam brilhar a cabeleira prateada.

O caminho se estreitou, em seguida se abriu de repente numa plataforma minúscula, no alto do despenhadeiro. Emergindo ligeiramente do flanco da montanha, uma fachada de pedras secas, uma porta baixa e uma janela.

— Terá de se abaixar para entrar: este ermitério é uma gruta adaptada, como deviam ser as de Qumran.

Eu tinha a obrigação de conhecer Qumran? O padre Nil não explicava nada, não fazia nenhuma pergunta. Bastava a sua presença para criar uma normalidade, mais do que evidente. Se um duende ou uma fada aparecesse ao lado dele, eu acharia absolutamente normal.

Passei o dia com ele. Quando o sol estava a pino, sentados no parapeito que se projetava sobre o abismo, compartilhamos pão, queijo de cabra e deliciosas ervas aromáticas. Quando a sombra da vertente oposta atingiu de leve o ermitério, ele me disse:

— Vou acompanhá-lo até o caminho da floresta. A água que corre no regato é pura, pode bebê-la.

Tudo o que ele tocava parecia puro. Comuniquei-lhe o meu desejo de acampar naquela montanha por vários dias.

— *Não precisa trancar o veículo* — *disse ele* —, *ninguém vem aqui e os animais selvagens respeitam tudo. Volte amanhã de manhã, terei queijo fresco.*

Perdi a conta dos dias que passei ao lado dele. No dia seguinte, as cabras apareceram na plataforma e comeram as sobras nas nossas mãos.

— Elas o observaram ontem sem que você as visse. Se elas aparecem com você presente, quer dizer que posso contar-lhe a minha história. Será o primeiro a ouvi-la.

E o padre Nil contou. Ele era o ator principal da aventura. No entanto, não falava de si mesmo, e sim de um homem cuja pista ele descobriu na História, um judeano[1] *do século I. E, por trás desse homem, percebi a sombra luminosa de um outro, sobre quem ele me disse poucas coisas, mas que explicava o brilho do seu olhar límpido.*

No último dia, o meu universo de ocidental educado no cristianismo havia desabado. Parti quando as primeiras estrelas apareceram. O padre Nil permaneceu na plataforma, pequena sombra que dava sentido a todo o vale, e as cabras me acompanharam por um instante. Quando acendi a lanterna, assustadas, elas pegaram o caminho de volta.

---

[1] Habitante da Judeia, cuja capital era Jerusalém.

1

O trem se embrenhou na noite de novembro. Ele olhou o relógio de pulso: como sempre, o expresso de Roma se atrasara duas horas no trajeto italiano. Ele suspirou: não chegaria a Paris antes das vinte e uma horas...

Procurando acomodar-se da maneira mais confortável, ele passou o indicador entre o colarinho de celuloide e o pescoço. O padre Andrei não estava acostumado ao hábito de clérigo, que só usava para sair da abadia — o que era raro. E aqueles vagões italianos deviam ser do tempo de Mussolini! Assentos de imitação de couro duros como as poltronas de um parlatório de mosteiro, uma janela que se podia descer até o guarda-corpo, situado muito embaixo, nenhuma climatização...

Enfim, só faltava uma hora. As luzes da estação de Lamotte-Beuvron haviam desfilado rapidamente: nas longas retas de Sologne, o expresso sempre atingia a velocidade máxima.

Ao ver o padre se agitar, o passageiro atarracado sentado na frente dele ergueu os olhos castanhos do jornal e lhe deu um sorriso, que não iluminou o rosto de tez morena.

"Ele sorri apenas com os lábios", pensou Andrei. "Os olhos continuam tão frios quanto um seixo da beira do Loire..."

O expresso de Roma transportava com frequência a população clerical, o que o fazia parecer uma sucursal do Vaticano. Mas naquele compartimento só havia o padre Andrei e dois homens silenciosos: os outros lugares, apesar de reservados, continuavam vazios desde a partida. Ele deu uma olhadela no segundo passageiro, enfiado no canto do corredor: um pouco mais velho, elegante e louro como o trigo. Parecia dormir — os olhos estavam fechados, mas, de vez em quando, dedilhava no joelho com a mão direita; a mão esquerda formava os acordes na coxa. Desde a partida, só haviam trocado alguns cumprimentos, em italiano, e Andrei havia notado um forte sotaque estrangeiro sem poder identificá-lo. Leste da Europa? O rosto era jovem, apesar da cicatriz que saía da orelha esquerda e se perdia no dourado do cabelo.

Esse hábito de observar pequenos detalhes... Sem dúvida, Andrei o havia adquirido em toda uma vida debruçado sobre os mais obscuros manuscritos.

O padre apoiou a cabeça no vidro da janela e olhou distraidamente a estrada que passava ao lado da via férrea.

Deveria ter enviado a Roma, há dois meses, o manuscrito copta de Nag Hamadi,* traduzido e analisado. Fizera a tradução rapidamente. Mas não conseguira redigir o relatório da análise que devia acompanhá-la! Impossível *dizer tudo*, principalmente por escrito.

Perigoso demais.

Então, eles o haviam convocado. No escritório da Congregação para a Doutrina da Fé — antiga Inquisição —, Andrei não conseguira escapar das perguntas dos interlocutores. Gostaria de não ter falado sobre as suas hipóteses, de ter se refugiado nos problemas técnicos da tradução. Mas o cardeal e, sobretudo, o temível minutante[1] o haviam encostado na parede e obrigado a

---

* Pequena localidade do Alto Egito. *As notas assinaladas com asterisco são da tradutora.*
[1] Secretário de uma congregação de Roma, de um escalão mais baixo, que redige as "minutas" dos atos pontificais.

dizer o que não queria. Em seguida, eles o interrogaram sobre a laje de Germigny: as fisionomias se fecharam mais ainda.

Finalmente, ele fora à reserva técnica da Biblioteca do Vaticano. Lá, havia se deparado brutalmente com o doloroso passado de sua família — talvez fosse o preço a pagar para ver, enfim, a prova material daquilo que suspeitava havia tanto tempo. E, então, Andrei precisara sair apressadamente de San Girolamo e tomar o trem de volta para a abadia: corria perigo. Ele só queria paz, nada além de paz. Seu lugar não era no meio das maquinações; em Roma, não se sentia em casa. Mas será que ainda se sentia em casa em algum lugar? Ao entrar para a abadia, trocara de pátria pela segunda vez e a solidão o envolvera.

Agora, o enigma estava resolvido. O que diria ao padre Nil quando chegasse? Nil, tão reservado e que, sozinho, já havia percorrido uma parte do trajeto... Andrei lhe indicaria o caminho. O que ele havia descoberto depois de toda uma vida de pesquisas, Nil deveria encontrar por si mesmo.

E se lhe acontecesse alguma coisa... Nil, por sua vez, seria capaz de divulgar.

O padre Andrei abriu a sacola e remexeu nela sob o olhar impassível do passageiro da frente. No fim das contas, o fato de serem apenas três numa cabine prevista para seis era bem agradável. Pudera tirar o paletó novo do terno de clérigo e colocá-lo à direita, no assento vazio, sem amassá-lo. Ele acabou encontrando o que procurava: um lápis e um pedaço de papel. Anotou rapidamente algumas palavras, passou o papel para a mão esquerda, fechou maquinalmente os dedos sobre ele e jogou a cabeça para trás.

O ruído do trem, repercutido em eco pelas árvores que beiravam a estrada, o entorpecia. Sentiu que ia adormecer...

Tudo aconteceu extremamente rápido. O passageiro da frente pousou tranquilamente o jornal e ficou de pé. Nesse mesmo instante, no canto do corredor, o louro mostrou uma fisionomia enrijecida. Levantando-se, ele se aproximou como se fosse pegar alguma coisa na rede em cima de Andrei, que ergueu os olhos maquinalmente: a rede estava vazia.

Ele nem teve tempo de pensar: os cabelos dourados se inclinaram para ele e Andrei viu o homem estender a mão para o paletó que estava no assento.

De repente, ficou tudo escuro: o paletó havia sido jogado na sua cabeça. Andrei sentiu dois braços musculosos o agarrarem pela cintura, apertarem o casaco contra o seu tronco e o erguerem do chão. O grito estupefato foi abafado pelo tecido. Imediatamente, ele foi virado com o rosto para baixo, ouviu o ranger da janela sendo abaixada, sentiu o metal do guarda-corpo no quadril. Ele se debateu, mas a parte de cima do seu corpo ficou suspensa no ar, do lado de fora do trem, e o vento o açoitava violentamente, sem afastar o paletó, mantido contra o seu rosto por mão firme.

Andrei sufocava. "Quem são eles? Eu devia esperar por isto, depois de tantos outros por dois mil anos. Mas por que agora e por que aqui?"

Sua mão esquerda, presa entre o guarda-corpo e seu ventre, continuava crispada sobre o pedaço de papel.

Ele sentiu que o empurravam para a frente.

2

Monsenhor Alessandro Calfo estava satisfeito. Antes de sair da grande sala oblonga próxima ao Vaticano, os Onze lhe deram carta branca: não podiam correr nenhum risco. Havia quatro séculos, eles eram os únicos a zelar pelo tesouro mais precioso da Igreja Católica, Apostólica e Romana. Os que se aproximavam demais desse tesouro deviam ser eliminados.

Ele se absteve de dizer tudo ao cardeal. Poderiam guardar o segredo por muito tempo? No entanto, se ele fosse divulgado, seria o fim da Igreja, o fim de toda a cristandade. E um golpe terrível para o Ocidente, já em situação precária diante do islamismo. Era imensa a responsabilidade que repousava nos ombros dos doze homens: a Sociedade São Pio V, da qual Calfo era o reitor, havia sido criada com o único objetivo de proteger esse segredo.

Ele se limitara a afirmar ao cardeal que, por enquanto, alguns poucos indícios haviam sido espalhados e que só alguns eruditos no mundo seriam capazes de compreendê-los e interpretá-los. Mas ocultara o essencial: se esses indícios, ligados entre si, fossem levados ao conhecimento do grande público, poderiam conduzir à *prova* absoluta, indiscutível. Por isso, era importante que as pistas existentes continuassem dispersas. Qualquer pessoa mal-intencionada o bastante — ou apenas perspicaz o bastante — para reuni-las seria capaz de descobrir a verdade.

Ele se levantou, deu a volta na mesa e se postou diante do crucifixo sangrento.

"Mestre! Os seus doze apóstolos zelam por você."

Maquinalmente, ele fez girar o anel que circundava o seu anular direito. A pedra preciosa, um jaspe verde-escuro salpicado de manchas vermelhas, era anormalmente grande — até mesmo para Roma, onde os prelados gostavam dos símbolos ostentatórios da sua dignidade. A todo instante, a respeitável jóia lhe relembrava a natureza exata da sua missão.

Quem descobrisse o segredo deveria ser destruído por ele, e desaparecer!

3

Em velocidade máxima, o trem se embrenhava na planície de Sologne como uma serpente iluminada. Com o corpo ainda dividido em dois, o tronco açoitado pelo vento, o padre Andrei fazia força contra a pressão das duas mãos firmes que o empurravam para o abismo. Subitamente, ele relaxou todos os músculos.

"Deus, eu O busquei desde a aurora da minha vida. E eis que ela chega ao fim."

Com um *han!*, o passageiro corpulento lançou Andrei no vazio, enquanto seu companheiro, imóvel e parecendo estatuado atrás dele, contemplava a cena.

Como uma folha morta, o corpo rodopiou e foi espatifar-se na pedra britada.

Decididamente, o expresso de Roma tentava recuperar o atraso: em menos de um minuto, ao lado da ferrovia, só havia um boneco desconjuntado nos remoinhos do ar glacial. O paletó voara para longe. Curiosamente, o cotovelo esquerdo de Andrei havia ficado preso entre dois dormentes. O punho, ainda crispado sobre o pedaço de papel, agora apontava para o céu escuro e mudo, onde as nuvens se moviam pesadamente para o leste.

Um pouco depois, uma corça saiu da floresta próxima e foi farejar o objeto informe que cheirava a homem. Ela conhecia o odor acre que os humanos exalam quando sentem muito medo. A corça farejou longamente o punho fechado de Andrei, grotescamente erguido para o céu.

De repente, ela levantou a cabeça, saiu pulando e se abrigou rapidamente sob as folhagens das árvores. Um carro a iluminara com os faróis e freara bruscamente na estrada mais abaixo. Dois homens desceram, escalaram o talude e se debruçaram sobre o corpo informe. A corça ficou imóvel. Eles haviam voltado e estavam de pé ao lado do carro, falando exaltados.

Quando viu o reflexo do giroflex da polícia se aproximando pela estrada em alta velocidade, ela saltou novamente e desapareceu na floresta escura e silenciosa.

4

Evangelhos segundo Marcos e João

Com uma careta, ele suspendeu a almofada que lhe escorregava por baixo do quadril. Só os ricos tinham o hábito de comer assim, à moda romana, recostados num divã. Os judeus pobres, como ele, faziam as refeições agachados no chão. Havia sido ele quem quisera dar a esse jantar uma certa solenidade. O anfitrião, um homem de prestígio, fizera tudo muito benfeito, mas os Doze, recostados em volta da mesa em U, se sentiam meio perdidos naquela sala.

Naquela noite de quinta-feira, 6 de abril do ano 30, o filho de José, que todos na Palestina chamavam de Jesus de Nazaré, se preparava para fazer a sua última ceia, cercado pelo grupo dos doze apóstolos.

Afastando os outros discípulos, eles haviam formado, em volta de Jesus, uma guarda pessoal, limitada só a eles, os Doze: número altamente simbólico, que lembrava as doze tribos de Israel. Quando atacassem o Templo — o momento se aproximava —, o povo compreenderia. Então, eles seriam doze a governar Israel, em nome do Deus que dera doze filhos a Jacó. A esse respeito, todos estavam de acordo. No entanto, à direita de Jesus — quando ele reinasse — só haveria um lugar. E os apóstolos já discutiam violentamente para saber qual deles seria o primeiro dos Doze.

Isso, depois da revolta que deveriam desencadear, aproveitando a agitação da Páscoa. Dentro de dois dias.

Ao sair da Galileia natal para ir à capital, eles haviam encontrado o anfitrião daquela noite, o judeano proprietário da bela casa do bairro oeste de Jerusalém. Rico, ele era educado e até mesmo culto. Sendo que o horizonte dos Doze não ia além da ponta de suas redes de pesca.

Enquanto os outros servos traziam as travessas, o judeano permanecia em silêncio. Cercado dos doze fanáticos, Jesus corria um imenso perigo: o ataque ao Templo terminaria, evidentemente, em fracasso... Era preciso protegê-lo dessas ambições, mesmo que, para isso, tivesse de se aliar provisoriamente a Pedro.

Ele havia conhecido Jesus dois anos antes, à beira do Jordão. Ex-essênio,* se tornara nazareno — uma das seitas judaicas que reivindicava o movimento batista. Jesus também era nazareno, se bem que jamais o dissesse. Entre os dois, rapidamente se instalara uma cumplicidade formada de compreensão e de estima mútua. Ele afirmava que era o único a realmente compreender *quem* era Jesus. Não era uma espécie de deus, como algumas pessoas do povo haviam apregoado depois de uma cura espetacular, nem o Messias, como Pedro queria, nem o novo rei Davi, como sonhavam os zelotes.**

Era *outra coisa,* sobre a qual os Doze, obnubilados pelos sonhos de poder, não tinham a mais vaga ideia.

O judeano se considerava superior a eles e dizia a quem quisesse ouvir que era ele o *discípulo bem-amado* do Mestre. E que, havia meses, Jesus achava cada vez mais difícil suportar o bando de galileus ignaros, ávidos de poder.

Isso para fúria dos Doze, que viam um pretendente se instalar, de vez, onde eles nunca haviam conseguido: na intimidade do nazareno.

O inimigo no próprio grupo era esse pretenso discípulo bemamado. Ele, que não saíra da Judeia, dizia ter compreendido Jesus melhor do que os outros, que o haviam seguido todo o tempo na Galileia.

Um impostor.

---

* Seita religiosa judaica da Palestina, de caráter monacal e tendência ascética. Praticava a pobreza, o celibato e a obediência a um superior.
** Membros de um partido do mesmo nome, revolucionário e nacionalista. Fanáticos opositores à dominação romana, tinham como ideal restabelecer a teocracia, expulsando os dominadores.

Ele estava reclinado à direita de Jesus — era o lugar do anfitrião. Pedro não tirava os olhos dele: será que revelaria o terrível segredo que os unira recentemente e faria Jesus compreender que havia sido traído? Lamentava ter apresentado Judas a Caifás, para armar a cilada em que o Mestre cairia naquela mesma noite?

Subitamente, Jesus estendeu a mão e pegou um pedaço de pão que manteve por um instante na travessa para que se embebesse de molho: ia oferecê-lo a um dos convivas, gesto ritual de amizade. Fez-se um repentino silêncio. Pedro empalideceu, seu maxilar se contraiu. "Se o pão for oferecido ao impostor", pensou, "está tudo perdido: é sinal de que acabou de trair o nosso pacto. Então, vou matá-lo e fugir..."

Num gesto amplo, Jesus estendeu o pão a Judas, que continuou imóvel na ponta da mesa, como se estivesse petrificado.

— Pois bem, meu amigo... Vamos, pegue!

Sem uma palavra, Judas se inclinou para a frente, pegou o pão e o colocou entre os lábios. Um pouco de molho escorreu pela sua barba curta.

As conversas foram retomadas, enquanto ele mastigava lentamente, o olhar cravado nos olhos do Mestre. Em seguida, Judas se levantou e se dirigiu para a saída. Ao passar por trás deles, o anfitrião viu Jesus virar ligeiramente a cabeça. Ele foi o único que o ouviu dizer:

— Meu amigo... O que tem de fazer, faça depressa!

Lentamente, Judas abriu a porta. Do lado de fora, a lua da Páscoa ainda não havia nascido: a noite estava escura.

Agora, eles eram apenas onze em torno de Jesus.

Onze, e o discípulo bem-amado.

5

O carrilhão soou pela segunda vez. Na aurora incerta, só a abadia de Saint-Martin estava iluminada no povoado. Nas noites de inverno como aquela, o vento assobiava entre as margens desoladas do rio e dava ao vale do Loire uma ligeira aparência de Sibéria.

O eco do carrilhão ainda ressoava no claustro quando o padre Nil entrou, depois de retirar o amplo hábito de coro. O ofício das laudes acabara de terminar. Era sabido que os monges guardavam total silêncio até a Terça;* ninguém jamais tocava a campainha do mosteiro antes das oito horas.

A campainha tocou pela terceira vez, imperiosa.

"O irmão porteiro não vai atender, essa é a instrução. Paciência, eu vou."

Desde que havia descoberto as circunstâncias ocultas da morte de Jesus, Nil sentia um mal-estar difuso. Não gostava das raras ausências do padre Andrei. O bibliotecário se tornara seu único confidente depois de Deus. Os monges vivem em comunidade, mas não se comunicam, e Nil precisava falar das suas pesquisas. Em vez de retornar à cela, onde o aguardava o estudo começado sobre as peripécias da captura de Jesus, ele se dirigiu à portaria e abriu a pesada porta que separa todos os mosteiros do mundo exterior.

---

* *Matinas*, laudes, Terça, Sexta, Noa, Vésperas e Completas são horas canônicas, em geral ligadas à vida sacerdotal, monástica ou consagrada. São momentos determinados ao longo do dia, quando são feitas leituras, e recitados hinos e orações.

À luz dos faróis, um oficial de polícia o cumprimentou em posição de sentido.

— Padre, é aqui que mora essa pessoa?

Ele lhe entregou uma carteira de identidade. Sem uma palavra, Nil pegou o pedaço de papel plastificado, leu o nome: Andrei Sokolwski. Idade: 67 anos. Domicílio: abadia de Saint-Martin...

Padre Andrei!

Ele ficou pálido, sem sangue.

— Sim... é claro, ele é o bibliotecário da abadia. O que...

O policial estava habituado a essas missões desagradáveis.

— Fomos avisados ontem à noite por dois agricultores que voltaram tarde para casa e encontraram o corpo dele no leito da ferrovia, entre Lamotte-Beuvron e La Ferté-Saint-Aubin. Morto. Sinto muito, mas um dos senhores precisa ir ao local identificar o corpo... Investigação, compreende?

— Morto, o padre Andrei!

Nil sentiu as pernas amolecerem.

— Mas o reverendo abade é quem deve...

Atrás deles, ouviram-se passos abafados por um burel monástico. Era justamente o padre abade. Alertado pela campainha? Ou movido por algum misterioso pressentimento?

O policial se inclinou. Na brigada de Orléans era sabido que, na abadia, aquele que exibia um anel e uma cruz peitoral possuía o título de bispo. A República respeitava essas coisas.

— Reverendo padre, um dos seus monges, o padre Andrei, foi encontrado ontem à noite no leito do expresso de Roma, não muito longe daqui. Uma queda que não lhe deu nenhuma chance: vértebras cervicais quebradas, a morte deve ter sido instantânea.

Só levaremos o corpo a Paris para necrópsia depois da identificação. Poderia entrar no meu carro e cumprir essa formalidade... penosa, mas necessária?

Depois de ser eleito para esse posto de prestígio, o abade de Saint-Martin nunca deixara transparecer nenhum dos seus sentimentos. Eleito pelos monges, é verdade, segundo a Regra dos mosteiros. Mas, contrariando essa Regra, tinha havido vários telefonemas entre o vale do Loire e Roma. Um prelado da alta hierarquia viera, em seguida, fazer o retiro anual no claustro, justo antes da eleição, para, discretamente, convencer os recalcitrantes de que Dom Gérard era a pessoa indicada.

Só se podia entregar o poder da abadia, do seu muito especial escolasticado* e das três bibliotecas ao homem certo. Nenhum músculo do seu rosto traiu qualquer emoção diante do policial, sempre em posição de alerta.

— Padre Andrei! Meu Deus, que tragédia! Nós o esperávamos hoje de manhã, ele voltava de Roma. Como um acidente desses pode ter ocorrido?

— *Acidente?* Ainda é muito cedo para usar essa palavra, reverendo. Os poucos elementos de que dispomos nos levam a uma outra pista. Os vagões do expresso de Roma são modelos antigos, mas as portas permanecem trancadas desde a partida e durante todo o trajeto. O seu confrade só pode ter *passado pela janela* da cabine. Na última verificação antes da chegada a Paris, o fiscal constatou que o compartimento estava vazio: não só o padre Andrei não estava mais lá — a mala dele estava no mesmo lugar —, como os outros dois passageiros haviam desaparecido sem deixar nenhuma bagagem para trás. Três lugares da cabine, reservados, não foram ocupados desde a saída de Roma: portanto,

---

* Complementação dos estudos de jovens religiosos que terminam o noviciado.

não há nenhuma testemunha. A investigação está começando, mas nossa hipótese inicial exclui um acidente: isso parece mais um crime. Sem dúvida, o padre Andrei foi jogado pela janela pelos dois passageiros, com o trem em movimento. Poderia acompanhar-me para a identificação?

Discretamente, o padre Nil dera um passo atrás, mas ele teve a impressão de que uma onda de emoção ia vencer a barragem do rosto do seu superior, prévia e implacavelmente construída.

O abade se controlou imediatamente.

— Acompanhá-lo? Agora? Impossível, vou receber os bispos da Região Central hoje de manhã; a minha presença aqui é indispensável.

Ele se virou para o padre Nil e deu um suspiro:

— Padre Nil, poderia acompanhar este senhor para cumprir a penosa formalidade?

Nil inclinou a cabeça em sinal de obediência. O seu estudo sobre o complô em torno de Jesus ia esperar. Naquele dia, haviam crucificado Andrei.

— Claro, reverendo padre. Vou buscar o nosso casaco, faz frio. Senhor, só vou demorar um instante, por favor queira esperar...

O voto monástico de pobreza impedia que um monge se proclamasse verbalmente proprietário de qualquer objeto, por menor que ele fosse. O *nosso* casaco era, havia anos, de uso exclusivo do padre Nil, mas isso não se dizia.

O abade fez o policial entrar na portaria deserta e pegou-o com familiaridade pelo braço.

— Não estou prejulgando o resultado final da sua investigação. Mas, um *crime*, é simplesmente impossível! Imagine a imprensa, a televisão, os jornalistas! A Igreja Católica terminaria conspurcada e a República, bem embaraçada. Tenho certeza de que foi *suicídio*. O infeliz padre Andrei... compreende?

O policial soltou o seu braço. Compreendia muito bem, mas investigação era investigação e não se podia passar facilmente pela janela aberta de um trem a toda velocidade. E ele não gostava que um civil lhe ditasse o que devia fazer, mesmo que usasse uma cruz no peito e o anel pastoral.

— Reverendo, a investigação seguirá o seu curso. O padre Andrei não pode ter caído do trem sozinho: Paris é que vai decidir. Deixe-me dizer-lhe que, por enquanto, tudo parece indicar que houve um crime.

— Ora, um suicídio...

— Um monge que comete suicídio, e na idade dele? Muito improvável.

Ele esfregou o queixo: mesmo assim o abade tinha razão, esse caso poderia provocar alvoroço até no alto escalão...

— Diga-me, reverendo, o padre Andrei sofria de... distúrbios psicológicos?

O abade se mostrou aliviado: o policial parecia compreender.

— Exatamente! Ele fazia tratamento, e eu afirmo que estava num estado de grande deterioração mental.

Andrei era conhecido entre os seus confrades por seu notável equilíbrio nervoso e psíquico, e em quarenta anos de vida monástica, nem uma vez comparecera à enfermaria. Um homem estudioso e interessado por manuscritos, um erudito cujo ritmo cardíaco jamais devia ultrapassar sessenta pulsações por minuto. O prelado sorriu para o policial.

— Um suicídio, certamente um pecado horrível para um monge, mas todo pecado merece misericórdia. Sendo que um crime...

Uma manhã esbranquiçada iluminava a cena. O corpo havia sido afastado da via férrea para que os trens pudessem circular, mas o cadáver, rígido, não havia mudado de postura: o antebraço esquerdo do padre Andrei continuava apontando para o céu, com o punho fechado. Durante o trajeto, Nil tivera tempo de se preparar para o choque. No entanto, achou difícil se aproximar, se ajoelhar e afastar o lençol que haviam posto sobre a cabeça desarticulada.

— Sim — murmurou num suspiro. — Sim, é mesmo o padre Andrei. Meu pobre amigo...

Por um tempo ele ficou em silêncio, que o policial respeitou. Depois, ele tocou no ombro de Nil.

— Fique ao lado dele; vou fazer o relatório de identificação no carro, o senhor só terá de assinar e o levarei de volta à abadia.

Nil enxugou uma lágrima que lhe correu lentamente pelo rosto. Logo depois, notou o punho crispado do cadáver, que parecia maldizer o céu num último gesto de desespero. Com dificuldade, abriu os dedos gelados do morto; na palma da mão havia um pedaço de papel amassado.

Nil virou a cabeça: o policial estava debruçado no painel do carro. Ele tirou o papel da mão do amigo e percebeu algumas linhas escritas a lápis.

Ninguém olhava para ele. Rapidamente, Nil enfiou o papel no bolso do casaco.

6

Evangelhos segundo Mateus e João

Alguns dias antes da última ceia, Pedro o havia esperado do lado de fora das muralhas. O judeano passou pelo portão, cumprimentado pelos vigias que o reconheceram, sabendo que ele era o proprietário de uma das grandes casas do bairro. Ele deu alguns passos, a silhueta do pescador surgiu da sombra.
— *Shalom!*
— *Mà shalom lek'ha.*
Ele não estendeu a mão para o galileu. Há uma semana era corroído pela apreensão: quando os encontrava na colina fora da cidade, onde passavam a noite na cúmplice escuridão de um grande olival, os Doze só falavam do ataque iminente ao Templo. As circunstâncias não poderiam ser mais favoráveis: milhares de peregrinos acampavam por todos os cantos, nas cercanias da cidade. A multidão, trabalhada pelos zelotes, estava pronta para tudo. Usariam a popularidade de Jesus como detonador.
Agora.
Eles fracassariam, evidentemente. E Jesus corria o risco de ser estupidamente morto numa debandada à moda judaica. O Mestre valia mais do que isso, era infinitamente melhor do que todos eles, precisava protegê-lo dos discípulos fanáticos. Um plano havia amadurecido na sua cabeça. Faltava convencer Pedro.
— O Mestre perguntou se pode cear na sua casa, na sala de cima. É impossível para ele celebrar a Páscoa este ano, a vigilância

à nossa volta é muito apertada. Uma refeição meio solene, segundo o rito essênio, e basta.

— Vocês estão completamente loucos! Fazer isso *na minha casa*, a duzentos metros do palácio do sumo sacerdote, num bairro onde serão imediatamente presos pelo sotaque galileu!

O pescador do lago deu um sorriso matreiro.

— Justamente por isso, em lugar nenhum estaremos mais seguros do que na sua casa. A polícia nunca terá a ideia de nos procurar em pleno bairro protegido e, ainda por cima, na casa de um amigo do sumo sacerdote!

— Ora... amigo, é exagero. Apenas uma relação de vizinhança; não existe amizade possível entre um ex-essênio como eu e o mais alto dignitário do clero. Quando será?

— Quinta-feira, ao cair da noite.

A ideia era insensata, mas astuciosa: abrigados na sua casa, os galileus passariam despercebidos.

— Está bem. Diga ao Mestre que estou honrado em recebê-lo na minha casa, tudo estará pronto para a refeição solene. Um dos meus servos irá ajudá-los a se esgueirarem entre as patrulhas. Você o reconhecerá pelo cântaro de água que estará carregando para as abluções rituais da refeição. Agora, vamos por ali, preciso lhe falar.

Pedro seguiu-o e pulou por cima de um monte de tijolos. Um brilho metálico cintilou embaixo da sua túnica: a *sica*, espada curta que os zelotes usavam para estripar as vítimas. Então, ele não se separava mais dela! Os apóstolos de Jesus estavam prontos para tudo...

Em poucas palavras, ele participou a Pedro o seu plano. A ação ocorreria por ocasião da festa? Excelente ideia, seria fácil manipular a multidão de peregrinos. Mas Jesus era um pregador da paz e do perdão. Como reagiria no calor da ação? Correria o risco de ser ferido ou até pior. Caso fosse morto pela espada de um legionário, o golpe seria abortado.

Pedro ouvia, subitamente interessado.

— Então, devemos pedir que ele volte para a Galileia, onde não corre nenhum perigo? Será tudo muito rápido, ele não pode estar a quatro dias daqui...

— E quem falou em afastá-lo de Jerusalém? Ao contrário, é preciso que ele esteja no centro da ação, mas onde nenhuma flecha romana possa atingi-lo. Vocês querem fazer a sua refeição no bairro do palácio de Caifás, porque acham que não haveria melhor lugar para se esconderem, e estão certos. E eu lhe digo: um pouco antes da ação, ponham Jesus em segurança *nesse mesmo palácio*. Ele deve ser preso e levado a Caifás na véspera da Páscoa. Será encerrado no subsolo, e você sabe que não se pode realizar nenhum processo durante a festa. Quando ela terminar... o poder terá trocado de mãos! Vocês irão buscá-lo em triunfo, ele aparecerá no balcão do palácio, a multidão gritará de alegria por, finalmente, se ver livre da casta dos sacerdotes...

Pedro o interrompeu, estupefato:

— Fazer com que o Mestre seja preso pelos nossos inimigos declarados?

— Vocês precisam de Jesus são e salvo. Cabe a vocês a ação violenta, a ele, em seguida, a palavra, para arrebatar o povo... como só ele sabe fazer. Ponham-no ao abrigo do turbilhão de uma insurreição violenta e resgatem-no depois!

"E quando fracassarem — pois fracassarão ao enfrentarem as tropas romanas --, Jesus, ao menos, continuará vivo. A continuação não será a que eles sonham. Israel precisa de um profeta e não de um chefe de bando."

Eles deram alguns passos em silêncio na beira da rocha que dominava o vale de Geena.

De repente, Pedro ergueu a cabeça.

— Tem razão: ele vai nos atrapalhar numa ação violenta, que não aprovará. Mas, como fazer para que seja preso no momento certo? Em menos de uma hora tudo pode mudar!

— Já pensei nisso. Você sabe que Judas é totalmente devotado a Jesus. Você, como um ex-zelote, lhe explicará. Ele deve levar a guarda do Templo no momento exato e ao lugar exato, onde terão a certeza de encontrá-lo, separado da multidão que o protege todo o tempo. Por exemplo, logo depois da ceia na minha casa, na noite de quinta para sexta-feira, no jardim das Oliveiras.

— Será que Judas vai aceitar? E como entrará em contato com as autoridades judaicas? Ele, um simples galileu, entrar no palácio do sumo sacerdote? Negociar com ele, quando só pensa em eliminá-lo? Por que acha que ele passou para o lado dos zelotes? Eu os conheço: entre eles se negocia com *isto*!

Com a palma da mão, ele bateu na *sica* que roçava a sua coxa esquerda.

— Diga para ele que é pela causa, para proteger o Mestre. Você encontrará as palavras certas, ele vai escutá-lo. E eu o levarei à casa de Caifás. Eu entro e saio com toda a liberdade no palácio, eles deixarão Judas passar se estiver comigo. Caifás cairá na armadilha: os sacerdotes têm muito medo de Jesus!

— Bom... se você se encarregar de apresentá-lo a Caifás, se acredita que ele possa simular uma traição para proteger Jesus... É arriscado, mas o que não é arriscado neste momento?

Ao passar novamente pela porta da cidade, o judeano fez um sinal amigável aos guardas. Dentro de alguns dias, a maioria daqueles homens estaria morta ou ferida; os romanos reprimiriam a revolta com eficiência. Quanto ao bando dos Doze, em breve a terra de Israel ficaria livre deles para sempre.

E a missão de Jesus, a verdadeira missão, poderia, finalmente, começar.

7

Depois que o policial o levara de volta à abadia, Nil havia passado toda a manhã sentado na sua banqueta, sem abrir o dossiê que estudava sobre as circunstâncias da morte de Jesus. A cela de um monge não possui uma cadeira, para que ele possa apoiar as costas e devanear. No entanto, era o que Nil fazia, invadido pelo passado. Silenciosa, a abadia estava como que envolta em algodão: todas as aulas do escolasticado haviam sido suspensas até as exéquias do padre Andrei. Ainda faltava uma hora para a missa comunitária.

Andrei... O único com quem ele podia falar sobre as suas pesquisas. Que parecia compreender e, até mesmo, antecipar-se às suas conclusões:

— Não deve nunca temer a verdade, Nil. Foi para encontrá-la, para *saber*, que entrou nesta abadia. A verdade fará de você um solitário, poderá até causar a sua ruína: não se esqueça jamais de que foi ela que levou Jesus à morte e outros depois dele. Eu me aproximei da verdade nos manuscritos que decifro há quarenta anos. Como muito poucas pessoas podem seguir a minha especialidade e como nunca falo sobre as minhas conclusões, eles confiam em mim. Quanto a você, foi nos próprios Evangelhos que descobriu... certas coisas. Tome cuidado: se a Igreja deixou, por tanto tempo, essas coisas mergulhadas no esquecimento, é porque é perigoso falar sobre elas abertamente.

— O Evangelho segundo São João está no programa do escolasticado este ano. Não posso esquivar-me à pergunta: *quem* foi o seu autor? Que papel desempenhou o misterioso *discípulo bem-amado* no complô e no período crucial que se seguiu à morte de Jesus?

Filho de emigrantes russos, convertido ao catolicismo, o prodigioso dom para as línguas fizera Andrei ser o responsável pelas três bibliotecas da abadia, posto delicado, reservado a um homem de confiança. Ao sorrir, ele parecia um velho *starets*.*

— Meu amigo... Desde a origem *essa pergunta é evitada*. E você começa a compreender por quê, não é? Então, faça como aqueles que o precederam: não diga tudo o que sabe. Os seus alunos do escolasticado não suportariam... e, nesse caso, eu teria medo por você!

Andrei tinha razão. Fazia trinta anos que a Igreja Católica passava por uma crise sem precedentes. Os leigos desertavam para aderir a seitas ou ao budismo, um profundo descontentamento atravessava o povo cristão. Não se encontravam mais professores *confiáveis* para ensinar a sã doutrina nos seminários, aliás despovoados.

Então, Roma decidiu agrupar o núcleo principal dos seminaristas restantes numa escola monástica, um *escolasticado*, como nos tempos da Idade Média. Eles eram vinte, confiados à abadia

---

* Na antiga Rússia, eremita ou peregrino considerado taumaturgo ou profeta e que, muitas vezes, era escolhido como mestre espiritual.

e ao ensino dos eruditos. Os monges haviam optado por fugir do mundo podre? Eles forneceriam aos jovens do escolasticado a couraça de verdades indispensáveis à sobrevivência.

Ao padre Nil foi entregue o ensino da exegese, ou seja, a explicação dos Evangelhos. Ele não era um verdadeiro especialista em línguas antigas? Pois trabalharia em colaboração com o padre Andrei, que lia corretamente o copta, o siríaco e muitas outras línguas mortas.

De colaboradores, os dois solitários se tornaram amigos: o que a vida monástica tornava difícil, o amor aos textos antigos havia realizado.

Esse único amigo Nil acabara de perder em circunstâncias trágicas. E essa morte o enchia de angústia.

No mesmo momento, uma mão nervosa discava um número internacional que começava por 390, a linha particular (e altamente confidencial) do Estado do Vaticano. O anular era circundado por um anel enfeitado com uma opala muito simples: o arcebispo de Paris devia dar exemplo de modéstia.

— *Pronto?*

Na segurança da cúpula de Michelangelo, uma mão de unhas cuidadosamente manicuradas atendeu. O seu anel episcopal era encimado por um jaspe verde diferente: um losango assimétrico engastado numa armação de prata cinzelada, formando uma espécie de tampa. Uma joia de grande valor.

— Bom dia, monsenhor, aqui é o arcebispo de Paris... Ah, o senhor ia justamente me ligar?... É, uma história lamentável, realmente. Mas... o senhor já está a par?

"Como é possível? O acidente ocorreu na noite passada."

— Discrição total? Vai ser difícil, a investigação foi entregue ao Quai des Orfèvres,* parece que é de natureza criminal... O cardeal? De fato, compreendo... Suicídio, não é? Sim... isso me é penoso, o suicídio é um pecado contra o qual a misericórdia divina sempre foi impotente. O senhor diz... deixar Deus decidir essa questão?

O arcebispo afastou o fone do ouvido, tempo suficiente para dar um sorriso. No Vaticano costumavam dar ordens a Deus.

— Alô? Sim, estou ouvindo... Momento de lançar mão das minhas relações? Claro, estamos em excelentes termos com o Ministério do Interior. Bom... Está bem, vou cuidar disso. Tranquilize o cardeal, será um suicídio e o caso será arquivado. *Arrivederci, monsignore!*

Ele tomava muito cuidado para não desperdiçar o crédito que tinha no governo. Como a morte de um monge, um inofensivo erudito, poderia justificar um pedido de arquivamento, sem continuação? O arcebispo de Paris deu um suspiro. Não se discute uma ordem do monsenhor Calfo, principalmente quando é transmitida a pedido explícito do cardeal-prefeito.

Ele chamou a central telefônica!

— Pode ligar para o ministro do Interior? Obrigado, eu espero...

---

* Quai des Orfèvres, 36 — local da sede da chefatura de polícia de Paris.

8

Evangelhos segundo Mateus e João

A noite de quinta para sexta-feira chegava ao fim, a aurora ia despontar. O judeano se aproximou das chamas e estendeu as mãos para o calor benéfico. Por causa do frio, os guardas haviam acendido uma fogueira no pátio do palácio de Caifás, e foi com respeito que o deixaram aproximar-se: tratava-se de um rico proprietário da região, um conhecido do sumo sacerdote... Ele se virou: Pedro se escondia num canto, da melhor maneira possível, sem dúvida aterrorizado por estar no meio de um poder que projetava derrubar em algumas horas, usando de violência. Ao se comportar como um conspirador pego em flagrante, o galileu despertaria suspeitas.

Ele lhe fez sinal para se aproximar do fogo. O pescador hesitou, depois se achegou timidamente ao círculo dos servos que desfrutavam do calor.

Tudo transcorrera admiravelmente bem. Dois dias antes, ele havia arrastado Judas, boquiaberto, por entrar pela primeira vez no bairro dos dignitários judeus. A entrevista com Caifás havia começado bem — o sumo sacerdote parecia radiante que lhe fosse fornecida uma ocasião de prender Jesus, sem tumulto, sem violência. Depois, Judas se mostrara contrariado. Teria compreendido, de repente, quem estava na sua frente, e que iria entregar o Mestre ao poder judeu?

— E quem me diz que, depois que Jesus estiver nas suas mãos, não vai mandar matá-lo?

O sumo sacerdote ergueu solenemente a mão direita.

— Galileu, eu juro diante do Eterno: Jesus de Nazaré será julgado com justiça, de acordo com a nossa Lei, que não condena à morte um pregador ambulante. A vida dele não será ameaçada. Para tranquilizá-lo, eu lhe dou uma garantia da minha palavra: o Eterno será nossa testemunha.

Com um sorriso, ele entregou a Judas trinta moedas de ouro.

Sem uma palavra, Judas embolsou o ouro. O sumo sacerdote se comprometera solenemente: Jesus seria preso, mas haveria um processo. Isso levaria tempo e, em três dias, Caifás já não seria o dirigente supremo do país. Não seria mais nada.

Mas, então, o que eles faziam lá em cima? Por que Jesus ainda não estava preso num cárcere qualquer do subsolo? Preso e em segurança?

O judeano vira alguns membros do Sinédrio* subirem, maldizendo os degraus da escada que levava ao primeiro andar do palácio, onde haviam levado Jesus assim que ele chegara.

Depois disso, nada mais havia vazado lá embaixo, no pátio. Ele não estava gostando do rumo que o caso tomava. Para disfarçar o nervosismo, se dirigiu à saída e deu alguns passos na rua.

Deparou com uma sombra colada no muro.

— Judas... o que faz aqui?

O homem tremia como uma folha de figueira ao vento da Galileia.

- Eu... eu vim ver, sinto tanto medo pelo Mestre! Podemos confiar na palavra dada por Caifás?

---

* Na Antiguidade, assembleia de juízes judeus que formavam a Corte e o Poder Legislativo Supremo do antigo Israel.

— Vamos, acalme-se, tudo segue o curso normal. Não fique aqui, corre o risco de ser preso pela primeira patrulha. Vá para a minha casa; na sala de cima estará em segurança.

Ele se dirigiu para a porta do palácio. Ao se virar, viu Judas imóvel: ele não sairia dali.

Os galos começaram a cantar. De repente, a porta da sala se abriu e a luz das tochas iluminou a varanda. Caifás avançou e deu uma olhada no pátio. O judeano se afastou rapidamente da luz do fogo, não devia ser notado agora. Depois, quando a revolta houvesse fracassado, iria falar com o sumo sacerdote e pedir a liberdade do Mestre.

Em seguida, Jesus saiu e desceu a escada. Dois guardas o seguravam pelos cotovelos e ele estava fortemente amarrado.

Por quê? Não iam amarrá-lo para prendê-lo no subsolo!

O grupo passou do outro lado do fogo, e ele ouviu a voz aguda de Caifás:

— Levem-no a Pilatos, sem perda de tempo!

Um suor gelado lhe inundou a fronte.

A Pilatos! Para que ele fosse conduzido ao governador romano, só havia uma explicação possível: Caifás havia traído o seu juramento.

Judas não saíra do seu posto de observação. Inicialmente, só viu uma tocha, que o cegou: enfiando-se no vão de uma porta, prendeu a respiração. Uma patrulha?

Não era uma patrulha. No centro de um pelotão de guardas do Templo, ele viu um homem que andava aos tropeços com os braços amarrados nas costas. O oficial que estava na frente deu uma ordem curta, bem no momento em que passava diante de Judas, escondido na sombra.

— Sem demora: ao palácio de Pilatos!

Horrorizado, Judas distinguiu nitidamente o rosto do homem que faziam avançar a poder de socos: era Jesus.

O Mestre estava muito pálido, com ar cansado. Ele passou diante da porta sem ver nada; seu olhar parecia voltado para dentro de si mesmo. Apavorado, Judas olhou seus punhos: estavam fortemente amarrados, um pouco de sangue manchava a corda e as mãos crispadas estavam azuis.

A visão de pesadelo desapareceu: o grupo armado havia virado à direita, na direção da fortaleza Antônia, onde Pilatos residia quando estava em Jerusalém.

Todos os judeus conheciam a Lei: em Israel, o blasfemo era punido com a morte, por apedrejamento imediato. Se não haviam apedrejado Jesus no pátio, era porque se recusara a se proclamar igual a Deus, blasfêmia suprema. Portanto, os chefes da nação judaica buscavam uma condenação por motivo político e, com a excitação dos romanos durante a festa da Páscoa, certamente conseguiriam.

Titubeando, Judas saiu da cidade. Jesus não seria julgado, Caifás havia traído o juramento e decidido a sua morte. E, para que ele morresse — uma vez que não o haviam convencido a blasfemar —, entregavam-no aos romanos.

Uma cruz a mais não faria diferença.

Judas chegou diante da imponente construção do Templo. No fundo do seu bolso ainda tilintavam as trinta moedas de ouro — garantia irrisória de um acordo concluído entre ele e o sumo sacerdote, que acabara de ser rompido a despeito da palavra dada. Caifás o enganara.

Iria enfrentá-lo no interior do Templo, lembrar a sua promessa. E se ele persistisse na transgressão, Judas apelaria para o Eterno, que Caifás tomara como testemunha.

"Sacerdotes do Templo, eis que é chegada a hora de serem julgados por Deus!"

9

Nil se sobressaltou. O primeiro sinal da missa havia soado, precisava descer, sem demora, para a sacristia e se preparar. Releu uma última vez o pedaço de papel retirado algumas horas antes da mão de Andrei, enrijecida pela morte:

Dizer a Nil: manuscrito copta (Apoc.).
 Carta do Apóstolo.
 MMM.
 Laje de G.
Relacionar: Agora.

Expulsando da cabeça a pesquisa sobre o papel desempenhado por Judas na morte de Jesus, ele voltou bruscamente à realidade. O que isso significaria? Um lembrete, é claro. Andrei queria falar com ele sobre um manuscrito copta -- o de Roma ou algum outro? Várias centenas de fotocópias estavam arquivadas no móvel do escritório dele: qual delas? Ele havia escrito entre parênteses (*Apoc.*): um manuscrito copta do Apocalipse? Um fraco indício; existiam dezenas de apocalipses, judeus e cristãos. E embora soubesse ler copta, Nil se sentia incapaz de traduzir corretamente um texto difícil.

A linha seguinte despertava nele a lembrança de uma das conversas com o bibliotecário. Será que se tratava da carta apostólica da qual Andrei lhe havia falado um dia, reticente, no meio de uma frase e como se fosse uma simples conjetura, uma hipótese para a qual não tinha nenhuma prova? Ele se recusara a falar mais sobre ela.

O que significaria a tripla letra *M* embaixo?

Só a antepenúltima linha era clara para Nil. Sim, precisava fotografar novamente a laje de Germigny, como havia prometido ao amigo antes da partida.

Quanto à última linha, *relacionar*, eles haviam falado muito sobre isso: para Andrei, era essencial no seu trabalho de historiador. Mas por que *agora* e por que sublinhara a palavra?

Nil refletiu intensamente. Primeiro, suas pesquisas nos Evangelhos, sobre as quais Andrei o interrogava frequentemente. Depois, a convocação do bibliotecário a respeito do manuscrito copta e, finalmente, a descoberta feita em Germigny, que o perturbara profundamente: tudo isso parecia, subitamente, ter assumido um tal significado para o amigo, que ele precisava falar urgentemente com Nil, assim que voltasse.

Andrei teria descoberto alguma coisa em Roma? Alguma coisa que eles teriam citado nas várias conversas a sós? Ou lá ele acabara falando sobre o que se devia calar?

O policial havia usado a palavra "crime". Mas qual o motivo? Andrei não possuía nada, vivia recluso na biblioteca, ignorado por todos. Por todos, sim, mas não pelo Vaticano. No entanto, Nil não podia aceitar a ideia de um assassinato encomendado por

Roma. A última vez que um papa mandara assassinar deliberadamente os seus próprios sacerdotes havia sido no Paraguai, e em 1760. A política de então tornara necessário esse assassinato coletivo de inocentes; era outra época. No fim do século XX, o papa não faria desaparecer um erudito inofensivo!

"Roma não derrama mais sangue. O Vaticano, na origem de um crime? Impossível."

Nil se lembrou dos frequentes avisos do amigo. A inquietação que o invadira havia algum tempo lhe crispou o estômago.

Ele olhou o relógio: quatro minutos para a missa; se não descesse imediatamente à sacristia, se atrasaria. Nil abriu a gaveta da escrivaninha, enfiou o bilhete no fundo, sob uma pilha de cartas. Seus dedos apalparam a foto tirada um mês antes na igreja de Germigny. *A última vontade de Andrei...*

Ele se levantou e saiu da cela.

Diante dele, o corredor sombrio e glacial do segundo andar — o "corredor dos padres" — lembrou-lhe onde estava: na abadia e, de agora em diante, sozinho. Nunca mais o sorriso cúmplice do bibliotecário iluminaria aquele corredor.

10

— Sente-se, monsenhor.

Calfo reprimiu uma careta e deixou que o corpo roliço se moldasse às formas macias da poltrona, em frente à imponente mesa. Ele não gostava que Emil Catzinger, o muito poderoso cardeal-prefeito da Congregação para a Doutrina da Fé, o convocasse formalmente. Os verdadeiros negócios, todo o mundo sabia disso, não eram tratados numa mesa de escritório, mas compartilhando uma pizza ou passeando depois de uma *spaghettata* num jardim sombreado, com um bom charuto preso entre o indicador e o dedo médio.

Alessandro Calfo havia nascido no *quartiere spagnolo*, centro popular de Nápoles, de uma linhagem que vegetava miseravelmente na promiscuidade de um único cômodo que dava para a rua. Imerso numa população cuja sensualidade vulcânica se nutria com um sol generoso, muito cedo ele percebeu a irreprimível exigência da voluptuosidade. A carne estava lá, suave, fremente, mas inacessível ao pobrezinho, que aprendeu a sonhar seus desejos e a desejar seus sonhos.

Alessandro estava em vias de se tornar um verdadeiro napolitano, obcecado pelo culto ao deus Eros — única forma possível de esquecer a miséria do *quartiere* natal. Mas numa sociedade patriarcal, passar ao ato nesse campo é ainda mais aleatório do que a constatação dos milagres prometidos anualmente por San Gennaro.

Foi então que o pai o enviou ao norte inóspito. Muitos filhos para alimentar num único cômodo: esse *figlio* se tornaria um homem da Igreja, mas não em qualquer lugar. Fanático admirador de Mussolini, o pai ouvira que, *là sù*,[1] verdadeiros patriotas estavam reorganizando os seminários no espírito do fascismo. Como Deus era um bom italiano, estava fora de cogitação se formar em outro lugar para servi-lo. Aos dez anos de idade, na planície do Pó, Alessandro vestiu uma batina que nunca mais deveria tirar.

---
[1] Lá em cima.

Mas que abrigava, sem poder contê-las, as frustrações permanentes desse filho do Vesúvio em vias de erupção.

No seminário, ele fez a segunda descoberta: o conforto, a abastança. Misteriosamente, os fundos afluíam de inúmeras organizações da extrema-direita europeia. O pobrezinho do *quartiere* ficou conhecendo a importância do dinheiro e aprendeu que ele podia tudo.

Aos dezessete anos, ele havia sido enviado para a segurança do Vaticano, a fim de aprender a fé na língua de Deus, o latim. Lá, ele fez a terceira descoberta: o poder. E que o seu exercício, mais do que a obsessão pelo prazer, podia preencher uma vida e lhe dar um sentido. Sem dúvida, o culto a Eros era uma maneira de se aproximar dos mistérios de Deus; mas o poder tornava aquele que o possuía igual ao próprio Deus.

A sua inclinação natural para o fascismo encontrou, um dia, a Sociedade São Pio V. Ele compreendeu que as três descobertas sucessivas teriam ali um prato cheio. O apetite pelo poder atingiria a plenitude no totalitarismo ideológico da Sociedade. A batina debruada de violeta lhe lembraria as aspirações espirituais que haviam chegado tardiamente, assim como encobriria a realização dos seus desejos voluptuosos. O dinheiro finalmente chegaria às suas mãos, graças às centenas de dossiês cuidadosamente mantidos em dia pela Sociedade e que não poupavam ninguém.

Dinheiro, poder e prazer: Alessandro Calfo estava pronto. Aos quarenta anos de idade, ele foi promovido a *monsignore*, e tornou-se reitor da muito misteriosa e muito influente Sociedade, prelazia que dependia diretamente do papa, submetida unicamente à autoridade dele. O inesperado então aconteceu: ele adquiriu uma verdadeira paixão pela missão ligada ao seu cargo e tornou-se ferrenho defensor dos dogmas fundadores de uma Igreja à qual ele devia tudo.

Ele deixou de recalcar a sua comichão sensual. Mas, ao deixá-la expressar-se, deu-lhe uma dimensão compatível com o sacerdócio: ele viu aí o meio mais rápido de alcançar a união mística, pela transfiguração carnal.

Duas pessoas — e apenas duas — sabiam que o todo-poderoso reitor era esse homenzinho de voz untuosa: o papa e o cardeal Emil Catzinger. Para todos os outros, *urbi et orbi*, ele era apenas um dos humildes minutantes da Congregação.

Em princípio.

— Sente-se. Duas questões, uma externa, outra interna.

Essa distinção é comum nos dicastérios[1] do Vaticano: denominam-se "questões internas" o que se passa na Igreja, mundo amigável, normal e controlável. E "questões externas" o que se passa no resto do planeta, mundo hostil, anormal e que deve ser controlado da melhor maneira possível.

— Eu já lhe falei do problema preocupante concernente a uma abadia beneditina francesa...

— Sim, o senhor já me pediu para fazer o que fosse necessário. Mas não precisamos intervir, pois o infeliz padre Andrei cometeu suicídio, eu acho, e o caso foi arquivado.

Sua Eminência tinha horror de ser interrompido. Mesmo que Calfo procurasse fazê-lo esquecer, o chefe, ali, era ele. E Catzinger o poria no seu devido lugar num minuto.

Austríaco, Catzinger havia sido escolhido pelo papa, encantado com a sua reputação de teólogo esclarecido. Mas, rapidamente, ele se havia revelado um temível conservador, e como essa era também a profunda natureza do novo sucessor de Pedro, a lua de mel dos dois homens se transformou em união durável.

---
[1] Ministérios.

— O suicídio é um pecado abominável, que Deus tenha pena da alma dele! Mas parece que existe outra ovelha negra nesse claustro, onde o rebanho tem de ser impecável. Veja isto — ele entregou um dossiê a Calfo —, denúncia do abade etc. Talvez não tenha importância. O senhor vai julgar e voltaremos a falar sobre o assunto. Não é urgente, pelo menos ainda não.

As relações do cardeal com o seu passado eram conflitantes. O pai havia sido oficial da Wehrmacht austríaca, divisão Anschluss. Embora afastado, ainda restava em Catzinger um reflexo do nazismo: a convicção de ser o detentor da única verdade capaz de unificar o mundo em torno de uma fé católica que não podia ser discutida.

— A questão interna lhe diz respeito diretamente, monsenhor...

Calfo cruzou as pernas e esperou a continuação.

— Conhece o provérbio romano: *Una piccola avventura non fà male*, uma pequena aventura não faz mal, desde que o prelado proteja a sua posição, começando por uma discrição de bomtom. Acontece que eu soube que uma... criatura ameaça se aproximar dos paparazzi da imprensa anticlerical que lhe prometem fortunas, em troca de revelações a respeito de certas... como direi?, certas entrevistas particulares que o senhor teria tido com ela.

— Espirituais, Eminência: avançamos juntos no caminho da experiência mística.

— Não duvido. Mas, afinal, as somas citadas são consideráveis. O que pensa fazer?

— O silêncio é a primeira das virtudes cristãs. O próprio Nosso Senhor se recusou a responder ao grande Caifás que o caluniava. Portanto, não existe um preço. Acho que algumas centenas de dólares...

— Está brincando! Agora, é preciso acrescentar um zero. Estou disposto a ajudá-lo, mas que seja a última vez: o Santo Padre não poderá deixar de ver a pequena notícia publicada no *La Stampa*, que nos serviu de aviso. Tudo isso é deplorável!

Emil Catzinger enfiou a mão na batina púrpura e tirou do bolso interno uma pequena chave em vermeil. Ele se inclinou, introduziu a chave na última gaveta da sua mesa e a abriu.

A gaveta continha uns vinte envelopes recheados de dinheiro. Até na menor das paróquias do Império católico era coletado um imposto destinado à sede apostólica. Catzinger dirigia uma das três congregações que asseguravam a coleta desse maná, tão constante — e inodoro — quanto a garoa da Bretanha.

Pegou delicadamente o primeiro envelope, abriu-o e contou rapidamente com a ponta dos dedos. Em seguida, entregou o envelope a Calfo, que o entreabriu e não precisou apalpá-lo para saber o montante exato. Um napolitano sabe avaliar um maço de notas verdes com um simples olhar.

— Eminência, o seu gesto me deixa infinitamente sensibilizado; o senhor tem a minha gratidão e o meu devotamento!

— Não duvido. O papa e eu apreciamos o seu zelo pela mais sagrada das causas, pois ela diz respeito à própria pessoa de Nosso Senhor Jesus Cristo. *Va bene, monsignore*. Acalme os ímpetos midiáticos dessa moça e, daqui para a frente, conduza-a nas vias espirituais... de maneira menos onerosa, por favor.

Algumas horas depois, Catzinger estava no escritório em cima da colunata de Bernini, do lado direito, cuja janela dava diretamente para a praça de São Pedro. Desde que fora eleito, o papa optara por viajar, deixando a gestão dos negócios cotidianos para os homens da retaguarda do Vaticano, dos quais ninguém falava. Mas que guiavam a barca de Pedro na direção certa, na direção da restauração da antiga ordem.

Sua Eminência Emil Catzinger dirigia secretamente — e com mão de ferro   a Igreja Católica.

Uma mão trêmula entregou ao cardeal, respeitosamente de pé diante da poltrona daquele homem velho, um exemplar do *La Stampa*. A elocução era difícil:

— E esta história em que aparece o nome de Calfo... hã... é o *nosso* monsenhor Calfo?

— É, Santíssimo Padre, é ele. Falei com ele hoje. Calfo fará o que for necessário para impedir que essas odiosas calúnias respinguem na Santa Sé.

— E... como evitar que...

— Ele cuidará disso pessoalmente. E o senhor sabe que, através do Banco do Vaticano, controlamos o grupo de imprensa do qual *La Stampa* depende.

— Não, eu ignorava esse detalhe. Bom, providencie para que volte a paz, *eminenza*. A paz, minha preocupação de todos os minutos!

O cardeal se inclinou, sorrindo. Havia aprendido a gostar do velho pontífice, de quem, no entanto, o seu passado separava por todas as fibras do seu ser. Diariamente, ele se emocionava com a luta do papa contra a doença, com a coragem dele diante do sofrimento.

E Catzinger admirava a força da sua fé.

11

O abade entrou por último no amplo refeitório, enquanto os monges aguardavam respeitosamente diante das banquetas impecavelmente alinhadas. Com a voz aflautada ele começou o ritual. Depois do cântico *Eden pauperes*, quarenta mãos pegaram as banquetas e as puxaram num gesto idêntico sob as vestes de burel. Os dedos se cruzaram na beirada das mesas de madeira branca, quarenta cabeças se inclinaram para ouvir em silêncio o início da leitura.

A refeição do meio-dia havia começado.

Em frente ao prelado, na outra ponta do refeitório, toda uma mesa era ocupada pelos alunos do escolasticado. Clérigos impecáveis, algumas batinas para os mais conservadores, rostos tensos, olhos pisados. A elite do futuro clero francês se preparava para pegar os pratos fundos de metal, que transbordavam de salada, colhida de manhã pelo padre Antoine. O ano letivo havia começado, seria preciso aguentar até junho.

O padre Nil gostava do início do outono, quando as frutas do pomar faziam-no lembrar que vivia no jardim da França. Mas havia vários dias que ele não tinha mais apetite. O ambiente das suas aulas no escolasticado o deixava pouco à vontade.

— Portanto, é evidente que o Evangelho segundo São João, compósito, é fruto de uma longa elaboração literária. Quem é o seu autor? Ou melhor, quem são os autores? As comparações que acabamos de fazer entre diferentes passagens desse texto venerável mostram um vocabulário e até mesmo um conteúdo extremamente diferentes. O mesmo homem não pode ter escrito as cenas cheias de vida, esboçadas sem rodeios, das quais inegavelmente ele havia sido testemunha ocular. E, ao mesmo tempo, os longos discursos em grego elegante nos quais transparece a ideologia dos gnósticos, os filósofos orientais.

Ele havia autorizado os alunos a interromperem as suas explanações, desde que as perguntas fossem breves. Mas, depois que ele entrara no assunto principal, só via na sua frente vinte blocos petrificados.

"Sei que saímos dos caminhos já pisados, que isso não é o que aprenderam no catecismo. Mas o texto exige... As surpresas ainda não terminaram!"

As suas aulas eram o resultado de anos de estudo solitário e de reflexão. Por várias vezes ele havia procurado, em vão, na biblioteca da abadia a que tinha acesso, algumas obras, cuja publicação recente ficara sabendo numa revista especializada que o padre Andrei recebia.

— Veja, padre Nil: finalmente, tiraram do esquecimento um novo lote de manuscritos do mar Morto! Eu já não acreditava mais... Os vasos foram descobertos há cinquenta anos nas grutas de Qumran e nada foi publicado depois da morte de Ygael Yadin:* mais da metade desses textos continua desconhecida do público. É um incrível escândalo!

Nil sorriu. Na intimidade daquele escritório, ele havia descoberto o padre Andrei apaixonado, a par de tudo. Gostava das longas conversas a portas fechadas. Andrei o ouvia relatar as suas pesquisas, com a cabeça ligeiramente inclinada. Em seguida, com

---

* General israelense e arqueólogo. Chefiou as escavações de uma expedição internacional a Massada, na costa ocidental do mar Morto.

uma palavra, às vezes com o silêncio, aprovava ou, então, orientava o discípulo por entre as ousadas hipóteses.

O homem que ele via ali era tão diferente do bibliotecário formal, rigoroso guardião das três chaves e que conhecia desde sempre a abadia à beira do Loire!

O prédio havia sido reconstruído depois da guerra, mas o claustro continuava incompleto: formava um U, aberto para a planície. As bibliotecas ocupavam o último andar das três alas, central, norte e sul, logo abaixo do telhado.

Quatro anos antes, padre Andrei vira afluir consideráveis quantias em dinheiro, com a ordem de fazer compras específicas nos campos do dogma e da história. Radiante, pusera a sua competência a serviço dessas somas milagrosas. As prateleiras se cobriram de livros raros, de edições especiais ou esgotadas, em todas as línguas, antigas e modernas. Evidentemente, a abertura do escolasticado especial, acompanhada de perto pelo Vaticano, era responsável pela criação dessa maravilhosa ferramenta de pesquisas.

No entanto, havia uma restrição anormal. Cada um dos oito monges professores designados para o escolasticado só possuía *uma chave*, a chave da biblioteca que correspondia à matéria que ensinava. Encarregado do Novo Testamento, Nil havia recebido a chave da ala central, cuja porta de entrada era encimada por um painel de madeira, no qual estava gravado *Ciências Bíblicas*. As bibliotecas da ala norte, de *Ciências Históricas*, e a da ala sul, de *Ciências Teológicas*, permaneciam terminantemente fechadas para ele.

Só Andrei e o abade possuíam as chaves das três bibliotecas, reunidas num molho especial, do qual nunca se separavam.

No início das suas pesquisas, Nil havia pedido permissão ao amigo para ter acesso à biblioteca de história.

— Não encontro na ala central algumas obras de que preciso para ir mais longe. Você me disse um dia que elas estão arquivadas na ala norte. Por que não posso ter acesso a ela? É ridículo!

Pela primeira vez, Nil viu o rosto do amigo se fechar. Parecendo terrivelmente embaraçado, Andrei acabou dizendo, com lágrimas nos olhos:

— Padre Nil... Se eu lhe disse isso, eu errei, esqueça-o. Por favor, não me peça *jamais* a chave de uma das duas bibliotecas às quais não tem acesso. Compreenda, meu amigo, eu não faço o que quero. As ordens do abade são formais e elas vêm... de cima. Ninguém tem acesso às três alas da nossa biblioteca. Eu já não durmo mais por causa disso: não é ridículo, é trágico. Eu tenho acesso às três alas, e muitas vezes tive oportunidade de explorá-las e de ler. Pela paz da sua alma, em nome da nossa amizade, eu lhe suplico: contente-se com o que encontra na ala central.

Em seguida, ele afundou num pesado silêncio, que lhe era pouco costumeiro quando estava a sós com Nil.

Desorientado, o professor de exegese tivera de se satisfazer com os tesouros que lhe abria a sua única chave.

— A narrativa mostra que o autor principal do Evangelho segundo São João conhecia bem Jerusalém, e existem outras analogias: ele era um judeano rico, culto, sendo que o apóstolo João vivia na Galileia, era pobre e iletrado... como poderia ser o autor do texto que leva o seu nome?

Diante dele, os rostos se fechavam à medida que falava. Alguns sacudiam a cabeça com ar desaprovador — mas ninguém interrompia. O silêncio do auditório, mais do que qualquer coisa, preocupava Nil. Seus alunos haviam saído das famílias mais tradicionalistas do país. Eram escolhidos a dedo para, no futuro, constituírem a força de ataque da Igreja conservadora. Por que o haviam nomeado para aquele posto? Era tão feliz quando trabalhava tranquilamente, só para si mesmo!

Nil sabia que não era possível lhes mostrar todas as suas conclusões. Nunca imaginou que o ensino da exegese pudesse tornar-se, um dia, um exercício acrobático e perigoso. Quando era estudante, em Roma, ao lado de Rembert Leeland, efusivo e fraternal, tudo parecia tão fácil...

O primeiro sinal da missa começou a soar lentamente.

— Obrigado, até a semana que vem.

Os alunos se levantaram e arrumaram suas anotações. No fundo da sala, um seminarista de batina, com a cabeça recém-raspada, demorou mais algum tempo escrevendo algumas linhas num pequeno papel quadrado, que os monges usavam para se comunicar entre si, sem romper o silêncio.

Enquanto o seminarista dobrava o papel ao meio, mordendo os lábios, Nil notou, distraidamente, que ele roía as unhas. Finalmente, ele se levantou e passou diante do professor sem lhe dirigir o olhar.

Enquanto Nil vestia os paramentos sacerdotais na sacristia, que cheirava agradavelmente a cera fresca, um homem de batina entrou na sala comum e se aproximou dos escaninhos destinados aos padres. Depois de olhar ao redor, para se assegurar de que não havia ninguém na sala, uma mão com as unhas martirizadas introduziu um pedaço de papel quadrado, dobrado ao meio, no escaninho do reverendo abade.

12

Se não fossem as arandelas venezianas, que irradiavam uma aconchegante luz difusa, a sala pareceria sinistra. Em toda a extensão, sem janelas, ela só era mobiliada com uma mesa de madeira encerada, atrás da qual se alinhavam treze cadeiras encostadas na parede. No meio havia uma espécie de trono em estilo napolitano-angevino, forrado de veludo púrpura. E, de ambos os lados, seis cadeiras mais simples, com braços terminando em forma de cabeça de leão.

Os lambris preciosos da porta de entrada dissimulavam uma grossa blindagem.

Cerca de cinco metros separavam a mesa da parede em frente, totalmente nua. Totalmente? Não. Havia um painel de madeira escura embutido na alvenaria. Sobressaindo com a sua palidez lívida sobre a madeira de acaju, um crucifixo sanguinolento, de inspiração jansenista, formava uma mancha quase obscena sob o fogo cruzado de dois spots dissimulados bem em cima do trono central.

Esse trono nunca havia sido ocupado e nunca o seria. Ele lembrava aos membros da assembleia que a presença do Mestre da Sociedade São Pio V era totalmente espiritual, mas eterna. Havia séculos, Jesus Cristo, Deus ressuscitado, sentava ali em espírito e em verdade, cercado pelos doze fiéis apóstolos, seis à direita e seis à esquerda. Exatamente como na última ceia com os discípulos, dois mil anos antes, na sala de cima da casa, no bairro oeste de Jerusalém.

Cada uma das doze cadeiras era ocupada por um homem vestido com uma alva bem larga, o capuz cobrindo a cabeça. Dois botões de pressão prendiam um simples pano branco na altura das maçãs do rosto. Com a parte de baixo do rosto escondida, só se viam os olhos e o começo da testa.

Dispostos em fila, de frente para a parede, precisariam inclinar-se e virar a cabeça quarenta e cinco graus para verem a silhueta dos companheiros de mesa. Tal contorção, evidentemente, era proscrita, assim como era subentendido que as mãos seriam mostradas o menos possível. Os braços ficavam cruzados sobre a mesa e as aberturas das mangas haviam sido previstas para se encaixarem naturalmente, cobrindo os punhos e as mãos dos participantes.

Quando falavam, os membros da assembleia não se dirigiam diretamente uns aos outros, mas à imagem sangrenta diante deles. Se todos podiam ouvir o que era dito — sem virar a cabeça —, era porque o Mestre, mudo no crucifixo, consentia.

Naquela sala, da qual o comum dos mortais ignorava a existência, a Sociedade São Pio V realizava a reunião de número três mil, seiscentos e três, desde a sua fundação.

Sentado à direita do trono vazio, um único participante havia espalmado na mesa — totalmente nua — as mãos gorduchas. No anular direito, um jaspe verde-escuro refletiu quando ele se ergueu e alisou maquinalmente a alva sobre o abdome ligeiramente proeminente.

— Meus irmãos, três questões externas, que já debatemos aqui, devem merecer hoje a nossa atenção, e uma quarta, interna e... dolorosa para todos nós.

Um silêncio total acolheu essa declaração. Todos esperavam a continuação:

— A pedido do cardeal-prefeito da Congregação, vocês foram notificados de um pequeno problema surgido recentemente na França, numa abadia beneditina submetida à mais estrita vigilância. Vocês me deram, então, carta branca para resolvê-lo. Pois bem, tenho o prazer de anunciar que o problema foi tratado de maneira satisfatória: o monge, cujas afirmações recentes nos inquietaram, não está mais em condições de prejudicar a Santa Igreja Católica.

Um dos presentes ergueu ligeiramente os braços cruzados sob as mangas, para indicar que ia falar:

— O senhor quer dizer que ele foi... eliminado?

— Eu não usaria esse termo, *offensivum auribus nostris*.[1] Saibam que, desgraçadamente, ele caiu do expresso de Roma que o levava à abadia e morreu na hora. As autoridades francesas concluíram tratar-se de um suicídio. Portanto, eu o recomendo às suas orações: o suicídio, como sabem, é um crime terrível contra o criador de todas as vidas.

— Mas... irmão reitor, não é perigoso apelar para um agente estrangeiro para tornar o... suicídio possível? Temos realmente certeza de que ele é discreto?

— Encontrei o palestino na minha estada no Cairo, há muitos anos. Desde então, ele sempre se mostrou muito confiável. Os interesses dele foram ao encontro dos nossos e, na ocasião, ele compreendeu perfeitamente. Ele foi ajudado por um antigo conhecido, um agente israelense: os homens do Fatah* e do Mossad** lutam entre si ferozmente, mas, às vezes, sabem ficar ombro a ombro para enfrentar uma causa comum — e esse é

---

[1] Que ofende os nossos ouvidos.

* Braço armado da OLP (Organização para a Libertação da Palestina), fundado por Yasser Arafat, em 1964.

** Serviço secreto israelense, considerado um dos mais eficientes do mundo.

exatamente o caso, útil aos nossos projetos. O que conta é o resultado: os meios empregados devem ser eficazes, rápidos e definitivos. E eu me responsabilizo pela discrição absoluta desses dois agentes. Eles foram muito bem remunerados.

— Exatamente. Os milhares de dólares que o senhor citou representam uma soma considerável. Essa despesa é bem justificável?

O reitor, coisa rara, se virou para o interlocutor.

— Meu irmão, esse investimento é ridículo em comparação aos benefícios que pode gerar. E que eu avalio, não em milhares, mas em milhões de dólares. Se conseguirmos atingir nossos objetivos, finalmente poderemos dispor dos meios para a nossa missão. Lembre-se da fortuna repentina e imensa dos Templários. Pois bem, nós vamos beber na mesma fonte. E teremos sucesso onde eles acabaram fracassando.

— E a laje de Germigny?

— Eu ia chegar nesse ponto. Essa descoberta passaria despercebida se o padre Andrei não fosse avisado, devido à proximidade geográfica da abadia. Ele teve a infeliz ideia de ir rapidamente ao local e de ser o primeiro a ler a inscrição. Nós sabemos da existência dela pelo dossiê dos Templários.

— Isso o senhor já disse.

— Por ocasião da sua recente passagem por Roma, o padre Andrei deixou escapar algumas reflexões que pareciam provar que estava prestes a estabelecer uma relação entre as informações que possuía. Isso é extremamente perigoso, nunca sabemos aonde vai parar, e a nossa Sociedade foi fundada pelo Santo Papa Pio V para evitar que — ele se inclinou, primeiro para a esquerda, na direção do trono vazio, depois para a frente, diante do crucifixo — a memória e a imagem do Mestre pudessem ser manchadas ou embaçadas. Durante a longa história da Igreja, todos aqueles que tentaram agir assim foram eliminados. Em geral, a tempo; às vezes, tarde demais, causando desordens abomináveis, causas de muito sofrimento. Lembrem-se de Orígenes, de Ário* ou ainda de Nestório** e muitos outros... A mesma equipe do expresso de Roma vai fazer o que é preciso, a meu pedido: a laje de Germigny em breve estará aqui, protegida dos olhares indiscretos.

Um suspiro de alívio percorreu a assembleia.

— Mas agora temos um outro problema, consecutivo ao primeiro — continuou o reitor.

Maquinalmente, algumas cabeças se voltaram para ele.

— Há algum tempo, o finado padre Andrei parece ter despertado a curiosidade de uma espécie de discípulo: um dos monges, professor do escolasticado especial da abadia em questão. Ora, talvez seja apenas um falso alerta, provocado por uma mensagem que o reverendo abade fez chegar até nós. Um estudante que assiste às aulas de exegese desse professor — um tal de padre Nil — contou que o ouviu assumir posicionamentos que prejudicam a sã doutrina sobre o Evangelho segundo São João. Diante do contexto recente, o abade achou melhor nos avisar imediatamente.

Vários irmãos ergueram a cabeça: o Evangelho segundo São João fazia parte da missão e tudo o que se referia a ele devia ser analisado de perto.

— Normalmente, a ortodoxia de um exegeta católico é da alçada da Congregação e esse monge não seria o primeiro que ela poria no devido lugar...

---

* Ário (250-336), padre cristão de Alexandria (Egito). Negou o caráter divino de Jesus e questionou a Santíssima Trindade. Sua doutrina foi denominada arianismo.
** Nestório (380-451), bispo de Constantinopla, negou a maternidade divina de Nossa Senhora. Foi excomungado pelo papa Celestino I.

Podia-se adivinhar alguns sorrisos sob os véus que cobriam os rostos.

— ... mas as circunstâncias, no caso, são especiais. O saudoso padre Andrei era um erudito de uma classe excepcional, dotado de mente aguda e inventiva. Ele já não pode nos prejudicar, mas o que terá contado ao discípulo Nil? Isso porque, o abade nos esclareceu, uma estreita amizade — fato sempre lamentável numa abadia — unia esses dois intelectuais. Em outras palavras, o veneno que se infiltrou no espírito do padre Andrei teria contaminado o padre Nil? Não temos nenhum meio de saber.

Um dos irmãos ergueu os braços cruzados.

— Diga-me, irmão reitor... Será que, por acaso, esse padre Nil também não poderia viajar no expresso de Roma?

— Poderia, certamente. Mas um segundo suicídio entre os monges da abadia não pode ser cogitado. Num espaço de tempo tão curto, nem o governo francês nem a opinião pública se convenceriam facilmente. Acontece que há uma certa urgência, pois esse monge dá aulas regularmente e parece decidido a pôr os alunos a par das suas... enfim, de certas conclusões das suas pesquisas. Quais são elas? Não sabemos, mas não podemos correr nenhum risco: o cardeal deposita muitas esperanças no escolasticado monástico de Saint-Martin e quer que ele seja absolutamente irrepreensível.

— O que propõe?

O reitor se sentou, enfiou as mãos e o anel na proteção das mangas da alva.

— Ainda não sei, tudo isso é muito recente. Por enquanto, é preciso descobrir o que esse monge sabe, ou — se ainda não sabe nada de grave — até aonde poderá ir. Eu os manterei a par.

Ele fez uma pausa, olhou intensamente para o crucifixo cujo marfim estava manchado de sangue, que parecia coagulado pelos séculos. A questão seguinte era mais difícil; seria preciso tratá-la rapidamente e com eficiência. Afinal, todos os irmãos esperavam que a Sociedade aplicasse os seus estatutos.

Mesmo quando implicavam a morte de um deles.

— Todos vocês ignoram tudo, ou quase tudo, sobre o irmão sentado ao seu lado neste momento. Portanto, é a mim que cabe a terrível tarefa de proteger a própria natureza da nossa Sociedade, quando a necessidade se faz sentir.

A nomeação do reitor da Sociedade São Pio V era vitalícia. Quando se sentia próximo da morte, ele designava aquele que lhe sucederia entre os irmãos e que, por sua vez, devia saber (e só ele) a identidade dos onze companheiros e ser conhecido por eles. A maioria dos reitores, desde 1570, tivera o bom-senso de morrer antes de se tornar ineficiente. Por vezes, havia sido necessário ajudar um pouco aqueles que se apegavam mais à vida do que ao Mestre: os Onze exerciam um controle rigoroso sobre a eficiência do chefe. Existia um protocolo para esse caso — e era justamente esse protocolo que ia ser aplicado, mas, desta vez, contra um irmão.

— Um de nós, e me é penoso dizê-lo aqui, recentemente deu mostras de ser incapaz de respeitar a nossa regra principal, a da total confidencialidade. A idade avançada, sem dúvida, diminuiu os seus reflexos.

Um dos presentes começou a tremer, fazendo escorregar as mangas da alva e deixando aparecer as mãos descarnadas, riscadas por veias salientes.

— Queira cobrir-se, irmão! Bom. Vocês conhecem o procedimento aplicado contra o faltoso. A partir de hoje à noite, que comecem o tempo de jejum, de orações e de rigorosa penitência, que sempre acompanha o fim definitivo da missão de um irmão. Devemos ajudá-lo a se preparar, acompanhá-lo no caminho que, doravante, será o dele. Jejum total na véspera da nossa próxima reunião e disciplina com o flagelo de metal de manhã e à noite, todos os dias durante um *Miserere* — ou mais, se assim o quiserem. Não vamos moderar a nossa afeição ao irmão que participa das nossas responsabilidades há tanto tempo e de quem, em breve, devemos separar-nos.

Calfo não gostava de ter de aplicar esse protocolo a um dos Doze. Ele fitou intensamente o crucifixo: desde que presidia às reuniões da Sociedade, o Mestre havia visto e ouvido muitos deles.

— Eu lhes agradeço. Temos até à próxima sessão para provar ao nosso irmão, em segredo, a força do nosso amor por ele.

Os irmãos se levantaram e se dirigiram para a porta blindada do fundo.

13

Evangelhos segundo Mateus e João

O sol nascente do sábado de Páscoa aflorava nas telhas do implúvio.[1] Sentado na borda do tanque central, exausto pelos dois dias que viram o fim de tantas esperanças, o judeano suspirou: precisava subir. Os Onze se haviam enterrado na sala de cima,

---

[1] Os judeus ricos costumavam mandar construir as suas casas de acordo com o modelo romano. Todos os aposentos do térreo davam para uma galeria coberta, cujo telhado direcionava as águas da chuva, coletando-as num tanque central.

como um rebanho amedrontado. Jesus, entregue a Pilatos, crucificado no dia anterior ao meio-dia... mais do que um fracasso, era um abominável e desastroso resultado.

Ele acabou por se decidir, subiu lentamente os degraus da escada que levava ao primeiro andar e empurrou a porta por onde Judas havia passado, sob os seus olhos, na noite de quinta-feira. Um simples pavio queimava na ampla sala. Ele distinguiu sombras sentadas no chão, ao acaso. Ninguém falava. Galileus aterrorizados e escondidos: era tudo o que restava do Israel dos novos tempos.

Uma sombra se afastou da parede e foi na direção dele.

— E então?

Pedro o olhava com arrogância.

"Ele nunca aceitará o fracasso, ele nunca aceitará ser meu devedor por se refugiar na minha casa, como nunca aceitou o relacionamento privilegiado que eu tinha com Jesus."

— E então, Pilatos autorizou que o corpo de Jesus fosse descido da cruz ontem à noite. Como era muito tarde para os cuidados rituais, eles o puseram provisoriamente num túmulo próximo, que pertence a José de Arimateia, um simpatizante.

— Quem transportou o corpo?

— Nicodemos segurou a cabeça e José, os pés. Mais algumas mulheres que faziam o papel de carpideiras, as habituais que conhecemos bem, Maria Madalena e as amigas.

Pedro mordeu o lábio inferior e deu um soco na palma da mão esquerda.

— Que vergonha, que... que degradação! A última homenagem ao morto é sempre prestada pelos membros da família! Nem Maria, nem o irmão Tiago estavam lá... apenas simpatizantes! O Mestre realmente morreu como um cão.

O judeano o olhou com ironia.

— É culpa de Maria, mãe dele, de Tiago, dos três outros irmãos e das irmãs, que os preparativos da revolta tenham sido feitos no maior segredo? É culpa deles que tudo tenha caído por terra, em algumas horas, de maneira trágica e inesperada? É culpa deles que Caifás tenha mentido, que Jesus tenha sido levado a Pilatos ontem de manhã? Que ele tenha sido crucificado em seguida, sem processo? De quem é a culpa?

Pedro abaixou a cabeça. Havia sido ele quem fizera um conluio com os antigos amigos zelotes, ele quem havia convencido Judas a desempenhar o papel sujo, ele que, no fim das contas, era o responsável por tudo. Pedro sabia disso, mas não podia reconhecer. Não diante daquele homem, daquele usurpador, que prosseguiu vigorosamente:

— Onde você estava quando deitaram Jesus na trave, quando enfiaram os pregos nas mãos dele? Ontem, ao meio-dia, eu estava lá, disfarçado no meio da multidão. Ouvi o horrível barulho dos golpes de martelo, vi o sangue e a água escorrerem do seu lado quando o legionário acabou de matá-lo com uma lança. Sou o único aqui que pode testemunhar que Jesus de Nazaré morreu como um homem, sem uma queixa, sem uma censura a nós que o fizemos cair na armadilha. Onde estavam todos vocês?

Pedro não respondeu. A traição de Caifás, Jesus entregue aos romanos, esses acontecimentos inesperados haviam acabado com os preparativos da revolta. Como os outros, no momento em que o Mestre agonizava, ele estava escondido em algum lugar na Cidade Baixa. O mais longe possível dos legionários romanos, o mais longe possível da porta oeste de Jerusalém e das cruzes. Sim, aquele homem fora o único presente, só ele havia *visto*, só ele poderia dar o testemunho da morte de Jesus, da sua coragem e da sua dignidade. A partir daquele dia, ele se aproveitaria desse fato a todo instante; o impostor iria se vangloriar!

Pedro tinha de tomar a iniciativa. O chefe ali era ele. Então, ele arrastou o interlocutor para uma janela.

— Venha, precisamos conversar.

Pedro contemplou a noite por um instante. Estava tudo escuro em Jerusalém, inclusive o céu. Ele se virou e rompeu o pesado silêncio:

— Há dois problemas urgentes. Primeiro, o cadáver de Jesus: nenhum de nós aceitará que seja jogado na fossa comum, como qualquer condenado à morte. Seria um insulto à memória dele.

O judeano lançou um olhar para as formas indistintas, prostradas ao longo das paredes da sala de cima. Evidentemente, nenhum deles poderia dar ao supliciado uma sepultura decente. José de Arimateia não aceitaria que o corpo de Jesus ficasse para sempre no túmulo da sua família. Seria preciso encontrar outra coisa.

— Talvez haja uma solução... Os essênios sempre consideraram Jesus um dos seus, mesmo que ele nunca tenha aceitado ser membro dessa seita. Durante muito tempo fiz parte dessa comunidade laica: eu os conheço bem. Certamente, concordarão em colocar o cadáver numa de suas necrópoles do deserto.

— Pode entrar em contato com eles, sem demora?

— Eliezer mora perto daqui, eu me encarregarei disso. E o segundo problema?

Pedro cravou os olhos nos do seu interlocutor. Naquele instante a lua saiu de uma nuvem e acentuou os traços enrugados do seu rosto. O ex-zelote respondeu, com voz dura:

— O outro problema é Judas. Mas desse eu me encarrego.

— Judas?

— Sabia que ele fez um escândalo hoje de manhã no Templo? Sabia que ele acusou o sumo sacerdote de felonia e que tomou Deus como testemunha entre Caifás e ele, diante da multidão? Segundo as superstições judaicas, agora um dos dois deve morrer pelas mãos de Deus. Caifás sabe disso e vai mandar prendê-lo. Então, ele vai falar. Você e eu, sobretudo eu, seremos desmascarados. Para os sacerdotes, isso não tem importância. Mas pense nos simpatizantes: se eles souberem que foi por nossa causa que Jesus foi preso — mesmo que só tivéssemos a intenção de garantir a segurança dele —, o futuro estará acabado. Compreende?

Estupefato, o judeano encarou o galileu. "Que futuro, miserável sobrevivente de uma aventura abortada? Que outro futuro além de voltar para as suas redes de pesca, que nunca deveria ter abandonado?"

Ele não respondeu. Pedro abaixou a cabeça, o seu rosto voltou a ficar na sombra.

- Esse homem perdeu a cabeça, ele se tornou perigoso. É preciso fazer alguma coisa para afastar esse perigo. Não pense mais nisso. De Judas, eu me encarrego.

E a sua mão esquerda, instintivamente, acariciou a coxa esquerda, na qual roçava a *sica*.

14

Atos dos Apóstolos

Deixando o judeano perplexo, Pedro saiu da sala, atravessou o implúvio e saiu da casa. Naquela aurora incerta do sábado da Páscoa, as ruas estariam vazias. Ele sabia onde encontrar Judas.

Pedro se embrenhou na Cidade Baixa. Um dédalo de ruas, cada vez mais estreitas, nenhuma delas pavimentada: a areia produzia um ruído áspero sob as suas sandálias.

Ele bateu numa porta.

O rosto velado e assustado de uma mulher apareceu no vão da porta.

— Pedro! Mas... a esta hora?

— Não é você que eu vim ver, mulher. É Judas Iscariotes. Ele está aqui?

Ela deixou Pedro do lado de fora e baixou a voz:

— Está, ele chegou à noite, descontrolado. Na verdade, parecia fora de si... Ele me pediu que o escondesse até o fim da festa. Disse que acusou o sumo sacerdote Caifás publicamente de traição e que tomou Deus como testemunha: agora, um dos dois deve morrer.

— Você não acredita nisso, não é?

— Sou discípula de Jesus, como você. Ele nos livrou de todas essas fábulas que escravizam o povo.

Pedro lhe sorriu.

— Então, não tem nada a temer, eu vim aqui para tranquilizar Judas. Deus é justo, Ele conhece a retidão do coração de Judas, que errou ao tomá-Lo como testemunha entre Ele e o sumo sacerdote. Peça-lhe que saia, quero dar uma palavrinha com ele.

A mulher hesitou, olhou para Pedro e fechou a porta na cara dele.

O apóstolo deu alguns passos. Três casas baixas tapavam a saída do beco, as janelas externas estavam fechadas. Jerusalém ainda dormia, depois de passar a noite recitando o *Seder* pascal.*

---

* Comemoração familiar do judaísmo, que consiste numa refeição ritual e orações, para celebrar a saída do Egito e o fim da escravidão do povo judeu.

Um ruído fez Pedro estremecer, ele se virou: Judas estava na sua frente.

— Pedro! *Shalom!*

Ele estava muito pálido; as olheiras e o cabelo despenteado lhe davam um ar ensandecido. Preocupado, ele olhou para Pedro, que não respondeu ao cumprimento e apenas meneou a cabeça. Judas tomou a dianteira:

— Se você soubesse... Fomos traídos, Pedro, traídos pelo sumo sacerdote, em pessoa. Ele havia jurado que a vida de Jesus seria poupada. E ontem, ao raiar do dia, eu vi o Mestre ser levado a Pilatos, amarrado. Então...

— Então, você ficou louco! — a voz de Pedro era cortante.

— Então, eu quis lembrar a Caifás o nosso acordo. E tomei Deus como testemunha.

— Sabe o que isso significa, segundo as suas absurdas crenças?

Judas abaixou a cabeça, apertando nervosamente as mãos.

— Todo juramento envolve o Eterno. Caifás jurou na minha frente, ele me deu dinheiro como garantia da sua fé e, no entanto, Jesus morreu como um malfeitor! Oh, sim, só o Eterno pode ser juiz de tamanha infâmia.

— Jesus não repetiu que não se devia jurar diante do trono de Deus, pois isso é insultá-Lo?

Judas sacudiu a cabeça.

— Deus julga, irmão, Deus deve julgar a infâmia dos homens...

"Eis o que os sacerdotes fizeram conosco", pensou Pedro, "escravos de crenças absurdas. É disso que se deve libertar Israel, em primeiro lugar: e se não for com Jesus, que seja sem ele. Mas Judas está definitivamente perdido. É tarde demais para ele."

— E agora, Judas?

— Agora, está tudo acabado. Só nos resta voltar à Galileia e expiar pela morte do Mestre enquanto vivermos. Está tudo acabado, Pedro!

O apóstolo deu um passo na direção de Judas, que o viu avançar desconfiado. Para acalmá-lo, Pedro lhe deu um sorriso — aquele homem era uma vítima do poder judeu, que morresse em paz! Em seguida, desembainhou a *sica* e, num gesto rápido, aprendido com os zelotes, enfiou-a no baixo-ventre de Judas. Com uma careta de repulsa, subiu a faca até sentir o obstáculo do esterno.

— Deus julgou, Judas — soprou no rosto dele. — Deus sempre julga: Caifás continuará a viver, para infelicidade de Israel.

Com os olhos arregalados de pavor, sem um grito, Judas caiu para a frente, aberto ao meio, e suas entranhas se espalharam na areia.

Pedro recuou devagar e inspecionou o beco: nenhum movimento, não haveria nenhuma testemunha. Lentamente, ele limpou a curta espada no avesso da túnica. Depois, ergueu os olhos. O alegre sol da Páscoa havia iluminado a terra de Israel, lembrando a partida da servidão do Egito e a travessia milagrosa das águas do mar Vermelho.*

Naquele dia, um povo havia nascido, o Povo de Deus. Doze tribos viveram como nômades no deserto antes de se fixarem em Canaã: o antigo Israel que, agora, estava morrendo. Um Novo Israel deveria nascer, conduzido, desta vez, pelos doze apóstolos. Eram apenas onze? O próprio Deus nomearia o substituto de Judas.

---

* Segundo a Bíblia, as águas do mar Vermelho se abriram para dar passagem ao povo de Israel, depois da fuga do Egito.

Porém, o judeano, o pretenso discípulo bem-amado, jamais faria parte dos Doze.

Jamais.

Pedro pulou o corpo de Judas. Quando fosse descoberto, todos pensariam num acerto de contas entre zelotes: a eventração dos inimigos era a sua assinatura habitual. Pedro lançou um último olhar ao cadáver.

"De hoje em diante, eu sou a pedra sobre a qual será construída a Igreja e a morte nada poderá contra nós. Não está tudo acabado, Judas."

15

Dois dias haviam passado desde a morte de Andrei. Nil contemplava a sua mesa atulhada de papéis, resultado de anos de pesquisas. Ele pensou ter elucidado as verdadeiras circunstâncias da morte de Judas: tudo havia sido tramado naqueles poucos dias que precederam a crucificação. Depois, Judas havia sido assassinado; ele não se enforcara. Os acontecimentos que se seguiram só podiam ser compreendidos ao se examinar os textos, para se chegar, além do que eles dizem, ao que dão a entender. A História não é uma ciência exata: a verdade resulta da confrontação de indícios acumulados.

Ele teria de aplicar o mesmo método ao misterioso bilhete descoberto na mão do amigo morto. Para isso, precisava ter acesso à biblioteca histórica. O novo bibliotecário só seria nomeado depois das exéquias, previstas para o dia seguinte.

Fechou os olhos e se deixou invadir pela lembrança.

— Padre Nil, acabei de saber que, ao trabalhar na restauração de Germigny, os operários descobriram uma antiga inscrição. Eu queria vê-la, pode acompanhar-me? Tenho de fotografar alguns manuscritos em Orléans, a estrada passa em frente a Germigny-des-Prés...

Eles estacionaram na praça do povoado. Nil sempre gostava de rever essa igreja. O arquiteto de Carlos Magno quisera reproduzir uma miniatura da catedral de Aix-la-Chapelle, construída por volta do ano 800. Os preciosos vitrais de alabastro criavam no interior uma atmosfera envolvente de intimidade e recolhimento.

Eles avançaram pela porta do santuário.

— Veja como ainda é envolvida de mistério!

O sussurro de Andrei era apenas audível, devido ao barulho dos martelos que investiam contra a parede do fundo: para assentar os vitrais, os operários tinham de remover o reboco em toda a volta. Entre duas aberturas, no prolongamento da nave, distinguia-se na penumbra um buraco enorme. Andrei se aproximou.

— Com licença, senhores, eu queria dar uma olhada na laje que encontraram, é o que parece, ao executarem o seu trabalho.

— Ah, a pedra? É, ela foi encontrada embaixo de uma camada do reboco. Nós a tiramos da parede e pusemos no transepto da esquerda.

— Podemos examiná-la?

— Sem problema, são os primeiros a se interessar por ela.

Os dois monges deram alguns passos e viram no chão uma laje quadrada, cujas beiradas mostravam os vestígios da fixação. Andrei se inclinou, em seguida dobrou um dos joelhos.

— Ah... a fixação é nitidamente original. Situada onde estava, esta laje ficava bem diante dos olhos dos fiéis. Portanto, devia ter uma importância especial... Depois, veja, ela foi coberta com um reboco que parece mais recente.

Nil compartilhava da excitação do companheiro. Esses homens nunca evocavam a História como uma época passada: o passado era o presente deles. Naquele exato momento, eles ouviam uma voz através dos séculos: a voz do imperador ordenando que a pedra fosse gravada e que ela fosse fixada num lugar bem visível.

Andrei puxou o lenço e limpou delicadamente a superfície da pedra.

— É o mesmo tipo do reboco das igrejas romanas. Portanto, essa laje foi recoberta dois ou três séculos depois de colocada. Um dia, acharam necessário esconder a inscrição do público. Quem teria interesse em dissimulá-la assim?

Os caracteres apareciam embaixo do reboco, que saía como poeira.

— Uma escrita carolíngia. Mas... é o texto do Símbolo de Niceia!

— O texto do *Credo*?

— Isso mesmo. Eu me pergunto por que quiseram pô-lo em evidência, sob os olhos de todos, nesta igreja imperial. Acima de tudo, eu me pergunto...

Andrei ficou por um longo tempo diante da inscrição, depois se levantou, limpou a poeira da roupa e pôs a mão no ombro de Nil.

— Meu amigo, nesta reprodução do Símbolo de Niceia há alguma coisa que não compreendo. Nunca vi isso.

Eles tiraram rapidamente uma fotografia de frente e saíram no momento em que os operários encerravam os trabalhos para a pausa do meio-dia.

Andrei permaneceu em silêncio até Orléans. Quando Nil foi preparar a máquina para a sessão de trabalho, ele o impediu:

— Não, não com o mesmo filme, este é o da laje. Por favor, tire-o e use outro para os manuscritos.

O trajeto de volta foi monótono. Antes de sair do carro, Andrei se virou para Nil. Parecia muito sério.

— Vamos fazer duas cópias da fotografia de Germigny. Eu ficarei com uma, que enviarei imediatamente por fax a um funcionário da Biblioteca do Vaticano, com quem me correspondo. Gostaria de saber a opinião dele, poucas pessoas podem compreender as particularidades das inscrições da Alta Idade Média. O segundo exemplar... guarde-o cuidadosamente na sua cela. Nunca se sabe.

Quinze dias depois, Andrei chamou Nil ao seu escritório. Parecia preocupado.

— Acabei de receber uma carta do Vaticano. Fui convocado para explicar a tradução do manuscrito copta, sobre o qual lhe falei. Por que querem que eu faça essa viagem? Com a carta, veio um bilhetinho do funcionário do Vaticano, dizendo que recebeu a foto da laje de Germigny. Sem nenhum comentário.

Nil ficou tão surpreso quanto o amigo.

— Quando vai partir?

— O abade me deu hoje, ao amanhecer, uma passagem para o expresso de Roma, amanhã. Padre Nil... por favor, na minha ausência, volte a Germigny. A fotografia que tiramos não está nítida, tire outra foto com luz rasante.

— Padre Andrei, poderia dizer-me em que está pensando?

— Hoje não direi mais nada. Encontre um pretexto qualquer para sair e vá logo tirar essa foto. Nós a examinaremos juntos assim que eu voltar.

Andrei havia partido para Roma no dia seguinte.

E nunca mais voltara à abadia.

Nil abriu os olhos. Iria, assim que possível, realizar a última vontade do amigo. Mas, sem ele, de que serviria uma nova foto da inscrição?

Os sinos começaram a soar lugubremente, anunciando a todo o vale que, no dia seguinte, um monge seria solenemente conduzido à última morada. Nil entreabriu a gaveta da sua mesa e deslizou a mão sob a pilha de cartas.

Seu coração disparou. Ele puxou toda a gaveta: *a foto tirada em Germigny havia desaparecido, e o bilhete do padre Andrei também.*

"Impossível! Isto é impossível!"

Ele espalhou o conteúdo da gaveta em cima da mesa: não podia fazer nada, a foto e o bilhete não estavam lá.

Os monges faziam voto de pobreza, portanto não possuíam absolutamente nada, não podiam guardar nada e nenhuma cela da abadia tinha fechadura. Exceto os escritórios do ecônomo, o do abade e as três bibliotecas, cujas chaves haviam sido distribuídas com a parcimônia que já sabemos.

Mas a cela de um monge era o espaço inviolável da sua solidão. Uma pessoa nunca podia entrar na ausência do seu ocupante ou sem a sua permissão formal. Com exceção do abade, para quem, depois da sua eleição, era um ponto de honra respeitar essa regra inviolável, garantia da escolha que faziam os seus monges de viver em comunidade, mas sozinhos diante de Deus.

Não só *alguém* violara o santuário do padre Nil, como *alguém* o revistara e roubara. Ele deu uma olhada nos dossiês espalhados em desordem em cima da mesa. Sim, esse *alguém* não se contentara em vasculhar a gaveta. O mais volumoso dos seus dossiês, aquele sobre o Evangelho segundo São João, não estava no lugar habitual. Ele havia sido ligeiramente deslocado e aberto. Nil, que fazia uso dele todos os dias desde o início das aulas, percebeu imediatamente que algumas de suas anotações não estavam no mesmo lugar, o que era lógico só para ele. Parecia até que algumas folhas haviam desaparecido.

Uma regra da vida beneditina havia sido violada, a prova era evidente. Para isso, deveria haver um motivo extremamente sério. Ele sentia, confusamente, que havia uma relação entre os acontecimentos anormais dos últimos tempos, mas qual?

Nil se tornara monge contra a vontade da família ateia, e se lembrava do jovem noviço que havia sido. *A verdade...* dedicara toda a sua vida a buscá-la. Dois homens o haviam compreendido: Rembert Leeland, seu condiscípulo durante os quatro anos de estudo em Roma, e Andrei. Leeland agora trabalhava em algum lugar no Vaticano, Nil se via sozinho com as perguntas, que era incapaz de responder, e com uma angústia surda, que não o deixara mais desde o fim do verão.

Ele passou a mão de leve no grosso dossiê do Evangelho segundo São João. Tudo estava ali. Na verdade, Andrei insistira muito em fazê-lo compreender isso, mas se recusava a dizer mais e a lhe permitir o acesso à biblioteca da ala norte. Não podia agir de outra maneira: obediência. Mas Andrei estava morto, talvez por causa da obediência. E a sua própria cela havia sido revistada, numa violação às regras imutáveis da abadia.

Precisava fazer alguma coisa.

Faltava uma hora para as vésperas. Ele se levantou, saiu para o corredor e se dirigiu resolutamente à escada que levava às bibliotecas.

Graças à boa memória visual, Nil havia gravado o bilhete de Andrei, nos mínimos detalhes. *Manuscrito copta (Apoc.)*: sem dúvida, um apocalipse copta. *Carta dos Apóstolos*, depois os três misteriosos *MMM* e a laje de Germigny. A ligação de todos esses elementos misteriosos devia estar adormecida, em algum lugar, nos livros da biblioteca.

Ele chegou ao escritório de Andrei, situado bem ao lado da ala das Ciências Bíblicas. Dez metros à frente, ficava a virada para a ala norte e a entrada da biblioteca das Ciências Históricas.

A porta do bibliotecário não tinha fechadura, como as portas de todas as celas do mosteiro. Ele entrou, acendeu a luz, se jogou na cadeira onde, por tantas horas felizes, havia dialogado com o amigo. Nada havia mudado. Nas paredes, as prateleiras onde estavam empilhados livros com etiquetas recém-colocadas: eram aquisições recentes que aguardavam a catalogação definitiva numa das três alas. Embaixo das prateleiras, o móvel de metal onde Andrei arquivava as fotocópias dos manuscritos nos quais trabalhava. O Apocalipse copta devia estar ali dentro. Deveria começar por ali?

De repente, ele se sobressaltou. Numa prateleira, havia vários rolos em desordem: os negativos dos manuscritos... Entre eles, em primeiro plano, Nil reconheceu imediatamente o filme usado para fotografar a laje de Germigny. Andrei o largara ali, sem pensar, antes de partir para Roma.

Alguém acabara de roubar a sua foto, mas não havia pensado no negativo, ou, então, ainda não tivera tempo de inspecionar o escritório do bibliotecário. Sem hesitar, Nil se levantou, pegou o rolo na prateleira e enfiou no bolso. As últimas vontades de um morto são sagradas...

Bem na sua frente, no encosto da cadeira, ele reconheceu o paletó e a calça de clérigo que Andrei usava ao morrer. Ele seria enterrado no dia seguinte com o hábito monástico. Ninguém jamais usaria aquela roupa, agora inútil para a investigação. Uma onda de lágrimas embaçou o olhar de Nil; em seguida, uma ideia louca lhe veio à cabeça. Ele pegou a calça, enfiou a mão no bolso esquerdo: os seus dedos se fecharam sobre um objeto de couro. Rapidamente, ele o tirou do bolso. Um chaveiro! Sem hesitar, ele abriu o fecho de pressão.

Três chaves. A mais comprida, exatamente igual à sua, era a da ala central; as duas outras deviam ser das alas norte e sul. *O molho especial, aquele que só o bibliotecário e o abade possuíam.* Perturbado com os acontecimentos dramáticos que atingiram a sua abadia, o padre-abade ainda não havia pensado em recuperar o chaveiro — que entregaria ao sucessor de Andrei, depois de fazer a escolha para essa nomeação delicada.

Nil teve um momento de hesitação. Depois, viu o rosto do amigo, sentado na sua frente naquela cadeira. "A verdade, Nil. Foi para conhecê-la que você entrou nesta abadia!" Ele enfiou o chaveiro no bolso, percorreu os poucos metros do corredor que o separavam da ala norte e da biblioteca.

Ciências Históricas: se passasse por essa porta se tornaria um rebelde.

Nil olhou para trás. Os dois corredores, da ala central e da ala norte, estavam vazios.

Resoluto, introduziu uma das duas chaves menores na fechadura; sem ruído, ela virou.

O padre Nil, tranquilo professor de exegese, monge observante que nunca havia infringido nenhuma regra da abadia, abriu a porta e deu um passo à frente. Ao entrar na biblioteca norte, ele se tornava um dissidente.

16

Evangelho segundo Mateus

— O que eles fazem lá em cima?

Eles estavam sentados num dos bancos de pedra do implúvio. A aurora do domingo de Páscoa se anunciava, a casa estava em silêncio. Como o anfitrião, Pedro estava exausto. "Duas noites sem dormir, a nossa última verdadeira refeição foi na noite de quinta-feira, na sala de cima com Jesus. Depois, a prisão, a morte do Mestre. E Judas eliminado."

Grandes olheiras marcavam o seu rosto. Ele repetiu a pergunta:

— Então, o que eles fazem lá em cima?

— Você devia saber. Não passou todo o dia de ontem fechado aqui, enquanto eu negociava com os essênios?

O judeano não mencionou a rápida saída de Pedro na véspera, de manhã. Ao vê-lo sair furtivamente para a rua, com a mão apoiada na coxa esquerda, havia adivinhado. Mais tarde, durante o dia, ouvira os boatos de Jerusalém: o galileu assassinado por um zelote era o que havia tomado Deus como testemunha entre Caifás e ele, no dia anterior. A morte dele era normal: Deus havia julgado e escolhido Iscariotes.

— Acho — e Pedro deu um sorriso amargo — que a maioria está dormindo agora. Diga-me: os essênios estão dispostos a nos ajudar?

— Sim, tenho boas notícias. Eles acham que Jesus foi um justo de Israel e estão prontos a lhe oferecer uma sepultura num dos seus cemitérios. A transferência não pode ocorrer antes de soar o chofar* anunciando o fim da Páscoa. Você sabe que os essênios são muito exigentes em relação às questões de respeito aos rituais: eles nunca tocarão num cadáver enquanto a festa não terminar oficialmente. Dentro de uma hora.

Pedro lhe lançou um olhar circunspecto.

— Onde vão enterrá-lo? Em Qumran?

O judeano levou algum tempo para responder. Olhou para Pedro bem de frente.

— Não sei, não me disseram.

"Eles me dirão, mas você nunca saberá.
Você, jamais."

17

Nil fechou com cuidado a porta da biblioteca. Durante muito tempo, pudera entrar ali livremente. Mas com a criação do escolasticado haviam mudado as fechaduras. Há quatro anos não punha os pés naquela parte da ala norte.

Ele reconheceu o odor familiar e, à primeira vista, parecia que nada mudara. Quantas vezes fora ali entregar-se a um novo livro! Ou seja, conhecer um novo amigo, iniciar um novo diálogo. Os livros são companheiros confiáveis: eles se dão totalmente, sem reserva, a quem souber interrogá-los com tato, mas, também, com tenacidade. E Nil havia sido extraordinariamente tenaz.

---

* Trompa de chifre de carneiro usada nos rituais israelitas.

Mergulhado desde a infância num ambiente materialista, no qual o único deus venerado era o sucesso social, um dia ele vira uma luz. Como? Não se lembrava. Mas, naquele dia, ele *soubera* que a realidade do mundo não se limitava ao que percebemos dele, às aparências. Uma certeza havia nascido nele: conhecer o que há *além das aparências*, esse era o mais extraordinário dos projetos, o que justificava que um homem mobilizasse todas as forças de uma vida.

Desde então, a aventura interior lhe parecera a única a legitimar uma vida de homem livre. E a busca além das aparências, a única que não estava sujeita a nenhuma pressão externa.

O que ele não sabia ao entrar na biblioteca da ala norte é que cometia um erro. Ele havia forçado a entrada e o seu único amigo na abadia estava morto — talvez porque passasse por aquela porta com muita frequência.

Diante dele, dezenas de estantes alinhavam o saber histórico do mundo.

— Os livros não dão o saber — dissera Andrei. — Eles são um alimento em estado bruto. Cabe a você digeri-lo, isto é, desconstruí-lo ao lê-lo e depois reconstruí-lo em você. Eu estudei muito, Nil, mas aprendi pouco. Não esqueça o que procura: o mistério de Deus que está além das palavras. As palavras e as ideias contidas nos livros irão levá-lo em direções bem diferentes, conforme você combiná-las. Tudo está lá, presente nos livros. Mas a maioria só vê pedras em desordem nas prateleiras. Cabe a você construir com elas um edifício coerente. Apenas uma coisa: fique atento. Nem todas as arquiteturas são aceitáveis e nem todas são aceitas. Enquanto permanecer no que é ideologicamente correto, não terá nenhum problema. Repita o que disseram antes de você, refaça o mesmo edifício que já recebeu a consagração do passado e será reverenciado. Mas, se construir um edifício novo com as mesmas pedras, então, tenha cuidado...

Nil reconheceu as primeiras estantes: século XX. O bibliotecário do pós-guerra — que repousava no cemitério — não havia seguido rigorosamente a Classificação Universal de Dewey* e sim a mais cômoda para o uso dos monges, a cronológica. Portanto, as estantes pelas quais Nil se interessava estavam no fim. Ele avançou.

E seus olhos se arregalaram.

Quatro anos atrás, duas estantes eram suficientes para o material do século I, classificado por origem geográfica: Palestina, resto do Oriente Médio, Ocidente latino, Ocidente grego... Mas, agora, diante de seus olhos havia meia dúzia de estantes. Ele se dirigiu para a zona da Palestina: quase duas estantes inteiras! Textos que havia procurado em vão na única parte da biblioteca a que tinha acesso, os *midrashim*** da época farisaica, os Salmos e os Textos de Sabedoria que não figuram no Antigo nem do Novo Testamento...

Dando mais alguns passos, Nil chegou diante de uma estante que tinha uma única etiqueta: "Qumran." Ele começou a passar a mão pelos livros, mas parou de repente. Ali, classificado entre as edições dos manuscritos do mar Morto, o seu dedo havia passado por um grosso volume. Nenhum nome de autor ou de editor figurava na lombada, apenas três letras escritas à mão pelo padre Andrei: MMM.

---

* Melvil Dewey (1851-1931), bibliógrafo norte-americano. Instituiu o Sistema Decimal de Classificação, que organiza os livros nas estantes por assunto. As centenas de 000 a 900 são usadas para as grandes áreas do conhecimento.
** Interpretações livres e imaginosas que enriquecem o texto bíblico e complementam a história descrita na Torá.

Com o coração disparado, Nil puxou o livro. MMM eram as três letras que Andrei havia escrito antes de morrer!

Sob a luz incerta da luminária do teto, ele abriu a obra. Não era um livro, mas um maço de fotocópias. Nil reconheceu imediatamente a caligrafia característica dos manuscritos do mar Morto. Então, MMM significava simplesmente "Manuscritos do mar Morto"... Qual a procedência desses textos?

No pé da primeira página, ele decifrou um carimbo em tinta azul desbotada: "Huntington Library, San Marino, Califórnia."

Os manuscritos dos americanos!

Um dia, Andrei lhe havia dito — baixando a voz, embora a porta do escritório estivesse fechada:

Os manuscritos do mar Morto foram descobertos justo antes da criação do Estado de Israel, em 1947-1948. Na balbúrdia que reinava então, foi um corre-corre em que todos procuravam comprar — ou roubar — o maior número possível de rolos, que, acreditava-se, iriam revolucionar o cristianismo. Os americanos arrebanharam uma grande quantidade deles. Depois, a equipe internacional incumbida da publicação desses textos fez o possível e o impossível para retardar a divulgação. Ao ver isso, a Huntington Library decidiu publicar tudo o que possuía em fotocópias e numa difusão confidencial. Espero que algum dia ele deu um sorriso malicioso — possamos ter um exemplar aqui. São *samizdats*.* Como na pior época soviética, somos obrigados a fazer esses textos circularem clandestinamente!

Por quê, padre Andrei? *Quem* impede a edição desses manuscritos? E por que existe o medo de que sejam, finalmente, revelados?

---

* Publicação e distribuição clandestina ou ilegal de textos proibidos ou censurados, principalmente na antiga URSS.

Como ocorria às vezes nas suas conversas, Andrei se havia fechado num silêncio embaraçado. E mudara de assunto.

Nil hesitou um instante. Normalmente, não poderia pegar a obra emprestada. Todas as vezes que um monge pegava um livro nas prateleiras, devia deixar no lugar dele um "fantasma", uma ficha com a sua assinatura e a data do empréstimo. Esse sistema evitava a perda dos livros e, também, permitia vigiar o trabalho intelectual dos monges. Nil sabia que, havia algum tempo, essa vigilância era rigorosa.

Ele tomou rapidamente uma decisão: "O substituto de Andrei ainda não foi nomeado. Com um pouco de sorte, ninguém vai perceber o desaparecimento de um livro sem fantasma, só por uma noite."

Como um ladrão, com o produto do roubo apertado contra o peito, ele se dirigiu para a saída e se esgueirou para fora da biblioteca. O corredor da ala norte estava deserto.

Ele tinha uma noite. Uma longa noite de trabalho clandestino.

Na estante "Qumran" da Biblioteca Histórica, um espaço vazio sem o fantasma indicava que, naquele dia, um monge violara uma das regras mais severas da abadia de Saint-Martin.

18

A alguns quilômetros, enquanto no meio da noite Nil virava as páginas do MMM sob o abajur da sua cela (ele havia tapado os vidros da janela com uma toalha, segundo gesto de desobediência do dia), dois homens desciam silenciosamente de um carro coberto de poeira. Soprando nos dedos endurecidos pelo frio de novembro, o motorista contemplou a igrejinha, cujos vitrais de alabastro luziam suavemente na noite. Sentindo que uma forte onda de excitação tomava conta dele, o homem estremeceu e o seu rosto ficou bruscamente enrijecido.

O outro passageiro deu um passo à frente e inspecionou os arredores: o povoado dormia. Diante deles, o tapume desconjuntado da obra seria fácil de abrir e permitiria que a laje passasse com facilidade. Uma brincadeira de criança!

Ele se virou.

— *Bismillah, yallah!*[1]

O companheiro pegou uma sacola de couro.

— *Ken, baruch Adonai!*[2]

Alguns minutos depois eles saíram carregando com dificuldade uma pesada laje de pedra. Enquanto se esgueiravam por entre as pranchas de madeira do tapume, o motorista se esforçou para controlar os batimentos cardíacos: "Tenho de me acalmar..."

A praça do povoado continuava deserta e silenciosa. Eles acomodaram a laje no porta-malas, depois ele voltou a se sentar ao volante e soltou um suspiro: a viagem seria longa até Roma... Antes que ele fechasse a porta do carro, a lâmpada do teto iluminou seu cabelo louro, no qual se perdia uma cicatriz que começava na orelha esquerda.

O jaspe salpicado de vermelho e engastado em prata do monsenhor Calfo refulgiu brevemente, enquanto a mão rechonchuda percorria a esplêndida cabeleira da moça. Ele gostaria de reproduzir, nesse fim do século XX, os refinamentos da Antiguidade:

---

[1] Em nome de Deus, vamos! (árabe).
[2] Vamos, bendito seja Deus! (hebreu).

o subsolo de Roma era uma testemunha de que os lupanares e os templos das divindades formavam uma unidade orgânica. A mesma porta levava às origens de um mesmo êxtase.

Na calma do seu apartamento ao lado do Castel Sant'Angelo, de onde, ao se inclinar, se via a cúpula majestosa do túmulo de Pedro, ele se limitava a usar como única vestimenta o anel episcopal.

"A união do divino e do carnal... Se Deus se fez homem em Jesus Cristo, foi para realizar essa união. Vamos, minha bela, faça-me subir aos céus!"

19

Evangelhos segundo Marcos e Lucas

No Templo, o som gutural do chofar saudou o sol que marcava o fim da Páscoa naquele domingo, 9 de abril, de manhã. Quatro rapazes entraram com passo firme no cemitério situado em frente à porta oeste de Jerusalém. Um deles levava uma alavanca: seria preciso rolar para o lado a pedra do túmulo, pois elas eram extremamente pesadas. Eles estavam acostumados.

Ao entrar no túmulo, encontraram o cadáver de um supliciado apenas colocado em cima de uma laje central, com sinais profundos de flagelação e marcas da crucificação. Do lado, uma chaga profunda ainda ressumava um pouco de sangue. Eles soltaram um gemido:

— Eterno! Veja o que os profetas de Israel fazem com os Seus filhos! Que a maldição deste sangue derramado caia sobre eles! Quanto sofrimento para esse Justo!

Depois de recitar o Kadish,* eles vestiram a longa túnica branca. A transferência de um cadáver para ser sepultado representava, para eles, um ato religioso e o hábito branco era obrigatório. Além do mais, seriam identificados aos olhos dos peregrinos judeus, acostumados a verem os essênios transportarem alguns cadáveres para enterrá-los nos seus cemitérios.

Dois deles se prepararam para transportar o corpo. Mas, como tudo havia sido muito rápido na tarde de sexta-feira, certamente os parentes viriam terminar a toalete mortuária. Se encontrassem o túmulo vazio, entrariam em pânico: era preciso avisá-los.

Dois homens, ainda usando a túnica branca, se instalaram comodamente, um acima, outro ao pé da pedra mortuária, enquanto os companheiros, levando o cadáver, começavam a longa viagem para uma das necrópoles essênias do deserto.

Não precisaram esperar muito tempo. O sol ainda estava baixo no horizonte quando ouviram passos furtivos. Eram mulheres do círculo de Jesus.

Quando viram a pesada pedra do túmulo rolada para o lado, as mulheres tiveram um sobressalto. Uma delas deu um passo à frente e soltou um grito de terror. Duas pessoas vestidas de branco estavam de pé no antro escuro da tumba e pareciam esperá-las. Aterrorizada, ela balbuciou uma pergunta, à qual eles responderam calmamente. Quando eles fizeram menção de sair

---

* Oração ritualística dos judeus, em memória aos entes falecidos e que dá ênfase à glorificação e santificação do nome de Deus.

para lhes dar mais detalhes, as mulheres deram meia-volta e fugiram, chilreando como uma revoada de pássaros.

Os dois essênios deram de ombros. Por que os apóstolos de Jesus enviaram mulheres, em vez de irem eles mesmos? No fim das contas, a missão estava cumprida. Só faltava pôr o lugar em ordem antes de partir.

Os homens retiraram a túnica branca e tentaram rolar a pedra do túmulo de volta para o lugar. Em vão. Eles eram apenas dois, ela era muito pesada. Deixando o túmulo aberto, saíram do jardim e se sentaram ao sol. O judeano que organizara tudo deveria ir ao encontro deles. Deviam esperá-lo.

20

Calfo rodou mais uma vez o flagelo, que bateu com força nas suas omoplatas. A disciplina metálica, que ele só prescrevia para a Sociedade em raras ocasiões, era feita com cordões trançados, entremeados de pequenas esferas de alumínio. Normalmente, o sangue começava a gotejar por volta do versículo 17 do salmo *Miserere* — que, de alguma forma, servia de ampulheta para essa penitência. No vigésimo primeiro e último versículo, era de bom-tom que algumas gotas vermelhas respingassem na parede atrás do flagelante.

Essa mortificação lembrava as trinta e nove chicotadas recebidas por Jesus antes da crucificação. Aplicado por um robusto legionário, com bilhas de chumbo do tamanho de uma azeitona, o chicote romano lacerava a carne até os ossos e, muitas vezes, era mortal.

Alessandro Calfo não tinha a menor intenção de sucumbir à flagelação que infligia a si mesmo. Era *outro* que morreria em breve, a quem esse sofrimento oferecia misticamente uma prova de solidariedade fraternal. Ele não tinha nem mesmo a intenção de cortar a pele delicada das suas costas rechonchudas. A moça deveria voltar na noite de sábado.

"Três dias antes do 'fim da missão' do nosso irmão senil."

Ao enviar a moça para ele, o agente palestino o informara:

— Sônia é romena, monsenhor, e é uma moça confiável. Com ela, não precisa temer os problemas causados pela anterior... Sim, com toda a segurança, *bismillah*, em nome de Deus!

Os anos em que fora núncio apostólico no Egito lhe haviam ensinado a necessária negociação entre emergências contraditórias. Com uma careta, ele se preparou para lançar novamente o flagelo contra as suas omoplatas: negociar não era capitular. Apesar do fim de semana voluptuoso que se anunciava com Sônia, não suprimiria o exercício da disciplina, prova tangível da sua solidariedade para com um dos membros da Sociedade. Conciliaria o amor fraternal com esse outro imperativo, a integridade da sua pele aveludada. A penitência duraria apenas o tempo de um *De profundis*.

Salmo de penitência, como o *Miserere*, e que conferia um valor muito satisfatório ao sofrimento que infligia a si mesmo por virtude cristã.

Contudo, o *De profundis* não tinha mais do que oito versículos, e durava três vezes menos do que o interminável *Miserere*.

21

Nil tirou os óculos, massageou os olhos que ardiam e passou a mão no cabelo grisalho cortado rente. Toda uma noite passada a esquadrinhar as fotocópias do MMM! Ele empurrou a banqueta, se levantou e foi tirar a toalha que tapava a janela. As *laudes*, primeiro ofício da manhã, iam soar. Agora, ninguém se surpreenderia ao ver luz na sua cela.

Através dos vidros, contemplou por um instante o céu escuro do vale do Loire no inverno. Tudo estava sombrio, tanto do lado de fora quanto dentro dele.

Nil voltou para a mesa e se sentou pesadamente. Ele era magro, de baixa estatura. No entanto, seu corpo parecia pesar excessivamente. Na sua frente, se espalhavam várias pilhas de anotações manuscritas feitas durante a longa noite, classificadas cuidadosamente em montes distintos. Ele suspirou.

Suas pesquisas sobre o Evangelho segundo São João o levaram a descobrir um ator oculto, um judeano que aparecia furtivamente no texto e que desempenhara um papel essencial nos últimos dias de vida de Jesus. Não se sabia nada sobre ele, nem mesmo o seu nome, mas ele se denominava "discípulo bem-amado", dizia ter sido o primeiro a encontrar Jesus à beira do Jordão, antes de Pedro. E estava entre os convivas da última ceia, na sala de cima. Essa sala, certamente, ficava na sua própria casa. Ele dizia que estava recostado ao lado do Mestre, no lugar de honra. Descrevia a crucificação, o túmulo vazio, com a maneira e a entonação de verdade de uma testemunha ocular.

Era um homem essencial para o conhecimento de Jesus e do início do cristianismo, uma pessoa próxima, cujo testemunho era extremamente importante. Curiosamente, a existência dessa testemunha havia sido cuidadosamente apagada de todos os textos do Novo Testamento. Nem os outros Evangelhos, nem Paulo nas suas cartas, nem os Atos dos Apóstolos assinalavam a sua existência.

Por que esse empenho em suprimir uma testemunha tão importante? Seu desaparecimento radical da memória do cristianismo só poderia ter sido motivado por uma razão extremamente grave. E por que os essênios não eram mencionados nos primórdios da Igreja? Nil estava convencido de que tudo isso devia ter uma ligação, e Andrei o encorajara a seguir o fio misterioso que ligava os acontecimentos que haviam marcado para sempre a História do Ocidente.

— Essa pessoa que você descobriu ao estudar os Evangelhos, creio que também a encontrei no meu campo, nos manuscritos do século III ao VII.

Sentado na frente dele no escritório, Nil deu um pulo.

— Quer dizer que encontrou a pista do "discípulo bem-amado" nos textos posteriores aos Evangelhos?

Os olhos de Andrei estavam franzidos no rosto redondo.

— Oh, são indícios que não teriam chamado a minha atenção se você não me tivesse mantido a par das suas próprias descobertas! Eram pistas quase infinitesimais, até que o Vaticano me mandou este manuscrito copta descoberto em Nag Hamadi — ele fez um gesto em direção ao seu arquivo.

Andrei olhou pensativamente para o amigo.

— Continuaremos as nossas pesquisas, cada um do seu lado. Dezenas de exegetas e historiadores fazem o mesmo, sem ficar nem um pouco preocupados. No entanto, existe uma condição:

que os trabalhos continuem a ser individualizados, que ninguém tente relacionar essas informações. Por que acha que o acesso às nossas bibliotecas é limitado? Enquanto se mantiver isolado na sua própria especialidade, ninguém corre o risco de receber censuras nem sanções, e todas as Igrejas podem afirmar que, nelas, a liberdade de pensamento é total.

— Todas as Igrejas?

— Além da Igreja Católica, existe a vasta constelação das protestantes, e entre elas, os fundamentalistas, que, atualmente, estão ficando mais fortes, sobretudo nos Estados Unidos. Além disso, há os judeus e o islamismo...

— Os judeus, pode ser, se bem que não vejo como a exegese de um texto do Novo Testamento poderia ter alguma relação com eles, que só reconhecem o Antigo. Mas, os muçulmanos?

Nil, Nil... Você vive no século I e na Palestina, mas eu navego até o século VII! Maomé deu a última demão no Alcorão em 632. Você devia estudar esse texto, sem demora. E vai descobrir que ele está estreitamente ligado aos acontecimentos e ao destino do homem cuja pista você procura... se é que ele existiu!

Houve um silêncio. Nil refletia, sem saber como retomar a conversa.

- *Se ele existiu...* Duvida que esse homem tenha vivido ao lado de Jesus?

Eu duvidaria se não houvesse seguido passo a passo a sua própria pesquisa. Sem saber, você me incentivou a examinar, na literatura da Antiguidade, passagens que, até então, me passaram despercebidas. Sem se dar conta, você permitiu que eu compreendesse o significado de um obscuro manuscrito copta, sobre o qual devo dar o meu diagnóstico para Roma. Faz seis meses que recebi essa fotocópia e ainda não sei como contornar o meu relatório, tão embaraçado estou. Roma já me chamou à ordem uma vez e temo que me convoquem se eu demorar mais.

Andrei havia sido convocado a Roma.

E nunca mais voltara ao pacato escritório.

O sino repicou na noite de novembro. Nil desceu e ocupou o lugar habitual no coro monástico. Alguns metros à direita, uma estala* continuava obstinadamente vazia: Andrei... Nil não conseguia se concentrar nos lentos melismas da melodia gregoriana. Todo ele estava voltado para os manuscritos que passara a noite decifrando. Há algum tempo, o que havia sido a sua fé por toda uma vida estava cortada em partes, pedaço após pedaço.

À primeira vista, os manuscritos do MMM não possuíam nada de sensacional. A maior parte vinha da biblioteca dispersa dos essênios de Qumran: comentários da Bíblia à maneira rabínica, rudimentos de explicação sobre a luta entre o Bem e o Mal, entre os filhos da luz e os filhos das trevas, o papel central desempenhado por um Mestre de Justiça... Agora sabia-se que Jesus não poderia ter sido esse Mestre de Justiça. O grande público, inicialmente fascinado com as descobertas do mar Morto, rapidamente se decepcionara. Nada de espetacular... e os textos sobre os quais Nil se debruçara toda a noite não eram exceção.

Mas para uma mente prevenida como a sua, o que acabara de ler confirmava todo um conjunto de observações cuidadosamente registradas nas suas anotações. Anotações que não saíam da

---

* Cadeira de espaldar alto, destinada aos eclesiásticos, no coro ou capela-mor de uma igreja.

sua cela, sobre as quais ninguém sabia nada — salvo Andrei, para quem ele não tinha segredos.

Elas questionavam radicalmente o que havia sido dito até então sobre as origens cristãs, isto é, sobre a cultura e a civilização de todo o Ocidente.

"De São Francisco a Vladivostok, tudo repousa num postulado único: Cristo era o fundador de uma nova religião. Sua divindade teria sido revelada aos apóstolos pelas línguas de fogo que desceram sobre eles no Dia de Pentecostes. Haveria um *antes* desse dia — o Antigo Testamento — e um *depois* — o Novo Testamento. Pois bem, isso não é verdade, era, até mesmo, falso!"

De repente, Nil se surpreendeu ao se ver de pé na igreja, enquanto todos os confrades acabavam de se prosternar para o canto do *Gloria Patri*. Rapidamente, ele assumiu a posição inclinada na sua fila de estalas. No coro em frente, o abade havia levantado a cabeça e o observava.

Ele tentou acompanhar melhor o desenrolar do ofício, mas sua mente galopava como um cavalo enlouquecido: "Nos manuscritos do mar Morto descobri noções nas quais foram baseadas a divinização de Jesus. Incultos, os apóstolos seriam incapazes de uma operação dessas: eles recorreram ao que se dizia em volta deles, que era ignorado por nós — até as descobertas de Qumran."

Desta vez, ele se viu sozinho de frente para o coro oposto, enquanto toda a comunidade se virava para o altar, para o canto do *Pai Nosso*.

O abade também não olhava o altar. Ele virara a cabeça para a direita e fitava Nil, pensativo.

Na saída das laudes, ele foi fisgado por um aluno que queria um conselho urgente sobre a sua dissertação em curso. Finalmente, liberado do importuno, Nil entrou como um pé de vento em sua cela, pegou o MMM em cima da mesa atulhada e o enfiou embaixo do escapulário. Depois, aparentando o ar mais natural possível, se dirigiu para a biblioteca da ala central.

O corredor estava vazio. Com o coração disparado, ele passou pela porta das Ciências Bíblicas, depois pela porta do escritório de Andrei e continuou até o ângulo das duas alas da abadia. Igualmente, não havia ninguém no longo corredor da ala norte.

Nil se aproximou da porta que não tinha autorização para transpor — a das Ciências Históricas —, tirou do bolso o chaveiro do padre Andrei, introduziu uma das duas chaves menores na fechadura. Uma última olhada no corredor. Continuava vazio.

Ele entrou.

Ninguém frequentaria a biblioteca tão cedo. No entanto, ele não quis assumir o risco de acender a luminária central, que teria denunciado a sua presença. Algumas luzes de vigília ficavam acesas permanentemente e irradiavam uma iluminação fraca e amarelada. Ele se dirigiu para o fundo da biblioteca: precisava chegar à estante do século I e pôr rapidamente de volta o MMM onde o havia tirado na noite anterior. Depois, sair sem ser visto.

Quando chegava à altura do século III, tateando com a mão direita para se orientar, Nil ouviu o barulho surdo da porta que se abria na outra ponta. Quase que imediatamente uma luz direta inundou toda a biblioteca.

Ele estava no meio do corredor central da biblioteca, com o braço direito estendido para a frente, um livro proibido debaixo do braço esquerdo, num lugar onde jamais deveria ter entrado e cuja chave não poderia possuir. Pareceu-lhe que as estantes se afastavam de ambos os lados para deixá-lo ainda mais só e exposto aos olhares. Impiedosos, os projetores saíam das paredes e o cumulavam de censuras: "Padre Nil, o que faz aqui? Como conseguiu a chave? Que livro é esse? E por que, isso mesmo, por que o pegou ontem à noite? O que está procurando, padre Nil? Por acaso dormiu na noite passada? Por que essas distrações no ofício da manhã?"

Ele ia ser descoberto e, subitamente, se lembrou dos avisos de Andrei.

E do corpo dele enrijecido pela morte, na pedra britada do leito do expresso de Roma, com o punho enraivecido erguido para o céu.

Como se quisesse acusar o seu assassino.

22

Evangelho segundo João

Bem cedo, naquela manhã de domingo, as mulheres voltaram do túmulo, descontroladas por encontrá-lo vazio. Contaram aos apóstolos, incrédulos, uma história de homens de branco, que só podiam ser anjos, tão misteriosos eles eram. Pedro fez com que se calassem: "Anjos! Tolices de mulheres." O judeano lhe fez um sinal. Discretamente, eles saíram da casa.

Eles andaram em silêncio; depois, começaram a correr. Ficando para trás, Pedro chegou sem fôlego ao jardim. Os dois essênios haviam partido sem esperá-lo, mas o companheiro, que chegara primeiro, disse ao apóstolo que falara com eles. Mais uma vez, ele levava vantagem, mais uma vez era a testemunha privilegiada.

Furioso, Pedro voltou sozinho para a sala de cima. Sem uma palavra de explicação, o judeano se desviou do caminho e se dirigiu para uma casa suntuosa do bairro oeste.

A seita dos essênios havia nascido dois séculos antes. Era formada por comunidades monásticas, que viviam separadas do mundo como em Qumran, e por comunidades leigas normalmente inseridas na sociedade judaica. A de Jerusalém era a mais importante e até dera o seu nome ao bairro oeste da cidade. Eliezer Ben-Akkai era o seu chefe.

Ele recebeu calorosamente o visitante.

— Por muito tempo você foi um dos nossos. Se não se tivesse tornado um discípulo de Jesus, sem dúvida seria você quem me sucederia. Você sabe, os judeus do Templo nos detestam e não aceitam que enterremos os nossos mortos em necrópoles distintas das deles. Algumas delas estão escondidas no meio do deserto. Mãos impuras não devem jamais profanar os nossos túmulos.

— Eu sei tudo isso, rabi, e compartilho da sua preocupação em preservar a última morada dos Justos de Israel.

— Jesus de Nazaré era um desses Justos. O lugar derradeiro de sua sepultura deve permanecer secreto.

— Eliezer... você já está idoso. Não pode ser o único a saber onde está o túmulo de Jesus.

— Meus dois filhos, Adon e Osias, estão transportando o corpo dele neste momento. Eles sabem, como eu, e transmitirão o segredo do túmulo.

— E se alguma coisa acontecer a eles? Deve confiar esse segredo a mim também.

Eliezer Ben-Akkai acariciou por longo tempo a barba fina. O visitante tinha razão, a paz com Roma era extremamente frágil, tudo podia explodir a qualquer momento. Ele pôs as mãos nos ombros dele.

— Irmão, você sempre foi digno de nossa confiança. Mas saiba que se entregar os despojos dos nossos mortos à ira dos inimigos, o Eterno será juiz entre nós e você!

Ele lançou um olhar pela sala, aonde os essênios iam e vinham. Afastando-se para o canto de uma janela, fez sinal para que o interlocutor se juntasse a ele.

Eliezer Ben-Akkai inclinou-se no ouvido dele e murmurou algumas frases.

Quando se separaram, em silêncio, os dois homens se olharam longamente. Estavam com os rostos particularmente sérios.

Ao voltar para casa, o judeano sorriu. O túmulo de Jesus não se tornaria um trunfo para o poder.

23

Ainda ofuscado pela luz forte que havia inundado a biblioteca, Nil deu uma olhada na estante mais próxima: no centro, ela estava completamente vazia como a palma de uma mão aberta. Ele deu um passo: no final da estante do século II, haviam deixado duas grandes caixas de papelão com livros que aguardavam ser catalogados. Rapidamente, ele se esgueirou atrás das caixas, ouvindo o ruge-ruge característico de uma túnica que se aproximava. Um burel monástico ou a batina de um dos estudantes integristas? Se viesse buscar um livro na estante do século II, ele estava perdido. Mas, talvez, a pessoa que se aproximava não viesse buscar um livro. Talvez o tivesse visto entrar e alimentasse outras intenções.

Nil enfiou a cabeça nos ombros.

O visitante passou em frente à estante do século II sem parar. Encolhido na sombra do fundo, atrás das caixas de papelão, Nil prendeu a respiração. Ele ouviu a pessoa se dirigir para a estante do século I, de onde ele havia escamoteado o MMM no dia anterior e lamentou não ter pensado em mudar de lugar os livros vizinhos na prateleira, para que o buraco aberto ficasse um pouco menos visível.

Durante um tempo, nada ocorreu; em seguida, ele ouviu os passos do visitante em frente à estante em que ele estava e, depois, se afastando na direção da entrada da biblioteca. Nil não havia sido descoberto. Quem seria o intruso? O passo de um monge podia ser reconhecido entre mil outros: ele jamais toca o chão com o calcanhar, e sim desliza o pé para a frente, andando como se estivesse numa almofada de ar.

Não era um dos estudantes.

A iluminação central foi apagada repentinamente e Nil ouviu o ruído da porta que se fechava, acionando a tranca automaticamente. Com a testa molhada de suor, ele esperou um momento e se levantou. Estava tudo escuro e silencioso.

Quando saiu, depois de colocar o MMM no lugar, o corredor da ala norte estava vazio. Agora, precisava pôr as chaves de volta onde as havia pegado. A porta do escritório do bibliotecário continuava destrancada. Nil entrou, acendeu a luminária do teto: as roupas de Andrei continuavam no encosto da cadeira. Com o coração acelerado, ele pegou a calça e enfiou o chaveiro num dos bolsos. Sabia que nunca mais entraria naquele escritório

— nunca mais como antes. Pela última vez, percorreu com o olhar as prateleiras nas quais Andrei amontoava os livros recebidos, antes de guardá-los na biblioteca.

No alto de uma pilha, ele viu um livro que não tinha uma etiqueta de catalogação. Sua atenção foi atraída pelo título:

ÚLTIMOS APÓCRIFOS COPTAS DE NAG HAMADI
Edição crítica
pelo R.P. Andrei Sokolwski, O.S.B.
Editora Gabalda, Paris.

"A edição dos apócrifos na qual ele trabalhava há dez anos finalmente foi publicada!"

Nil abriu o livro. Um trabalho notável de erudição, editado com a ajuda do CNRS.* Na página da esquerda, o texto copta pacientemente reconstituído por Andrei, e na página da direita, a tradução. A última obra do amigo, um testamento.

Ele já havia demorado demais no escritório e tomou uma decisão repentina. *Haviam* roubado da sua cela o último bilhete de Andrei, dirigido a ele como uma palavra de além-túmulo. Pois bem, o livro que o amigo recebera antes de partir, no qual havia posto toda a sua ciência e o seu amor, pertencia a ele, pertencia a Nil. A obra ainda não tinha etiqueta, portanto, não havia sido inscrita no catálogo da abadia: ninguém no mundo poderia saber que se apropriara dela naquele dia. Nil queria o livro só para ele. Era como uma mão estendida, além da morte, por aquele que nunca mais publicaria nada, nunca mais sentaria naquela cadeira para escutá-lo, com a cabeça inclinada, um brilho malicioso na estreita fenda dos olhos.

---

* CNRS — *Centre National de la Recherche Scientifique* (Centro Nacional de Pesquisa Científica).

Resolutamente, ele enfiou a edição dos apócrifos de Nag Hamadi embaixo do escapulário e saiu para o corredor.

Ao subir a escada, com o espírito invadido pela solidão que, doravante, seria sua, Nil não percebeu a sombra colada na parede, no recuo da alta porta das Ciências Bíblicas. Era a sombra de um burel monástico.

Sobre o tecido liso se destacava uma cruz peitoral, que uma mão direita apertava nervosamente. No anular, um anel muito simples, de metal, não lançava nenhum brilho.

Nil voltou para a sua cela, fechou a porta e parou de repente. Quando descera para o ofício das laudes, havia deixado o trabalho da noite meticulosamente organizado em pequenos montes distintos. Agora, as folhas estavam espalhadas, como por um golpe de vento.

Naquele dia de novembro, sua janela estava fechada. Fechada desde a véspera.

Alguém, novamente, visitara a sua cela. Visitara e revistara. Revistara e, provavelmente, roubara algumas anotações.

24

Atos dos Apóstolos

— Pedro, o que foi feito do corpo de Jesus?

Pedro lançou um olhar em volta. Já fazia três semanas que Jesus havia morrido e durante todo esse tempo ele não havia saído da sala de cima da casa. Uma pequena centena de simpatizantes estava ali naquela manhã e a mesma pergunta irrompia de todas as partes.

Na outra extremidade da sala o anfitrião era o único de pé, apoiado contra a parede. Uns vinte homens sentados o cercavam, olhando alternadamente para ele e para a janela, onde os Onze formavam um bloco. Partidários, talvez? "Agora", pensou Pedro, "é ele ou eu."

O apóstolo olhou para os dez companheiros. André, seu irmão, que mordiscava o lábio inferior, João e Tiago de Zebedeu, Mateus, o ex-cobrador de impostos... Nenhum deles possuía a estatura de um chefe.

Era preciso que alguém se erguesse no meio daquela multidão desorientada. Levantar-se e tomar a palavra, naquele exato momento, era tomar o poder.

Pedro respirou fundo e se levantou. A luz da janela o iluminava por trás, deixando seu rosto na sombra.

— Irmãos...

Apesar de todos os esforços, não conseguira saber onde os essênios haviam enterrado o cadáver de Jesus depois de tirá-lo do túmulo. "E ele, a única testemunha que estava comigo, será que sabe? Vou desviar a atenção dessa gente, e afirmar de uma vez por todas a minha autoridade." Pedro decidiu ignorar a pergunta da multidão e mediu a todos de alto a baixo. Eles saberiam, a partir daquele momento, que ele havia cumprido a sentença de Deus. Deus se servira dele e se serviria mais.

— Irmãos, o destino de Judas precisava ser cumprido. Ele fazia parte dos Doze e ele traiu. Judas caiu para a frente, aberto ao meio, e suas entranhas se espalharam na areia.

Um silêncio mortal desceu sobre a sala. Só o assassino de Judas poderia conhecer esses detalhes. Pedro acabara de confessar, publicamente, que a mão que segurava o punhal não era a de um zelote qualquer: era a dele.

Pedro encarou cada um dos que, ruidosamente, haviam pedido explicações sobre o destino do cadáver de Jesus. Sob o seu olhar, todos baixaram os olhos.

O discípulo bem-amado, do outro lado da sala, continuava sem dizer nada. Pedro ergueu a mão.

— Temos de substituir Judas, outro deve tomar o seu lugar. Que ele seja escolhido entre aqueles que acompanharam o Mestre, desde o encontro no Jordão até o fim.

Um murmúrio de aprovação percorreu a assembleia e todos os olhos se voltaram para o discípulo bem-amado. Isso porque só ele poderia completar o colégio dos doze apóstolos: havia sido o primeiro a encontrá-lo à beira do Jordão e fora íntimo do Mestre até o fim. Era ele o sucessor já designado de Judas.

Pedro percebeu o que a multidão sentia.

— Não seremos nós que vamos escolhê-lo! Deus é que vai indicar o décimo segundo apóstolo, pela sorte. Mateus, pegue o seu cálamo e escreva dois nomes nestes pedaços de pergaminho.

Antes que Mateus obedecesse, Pedro se inclinou para ele e lhe murmurou alguma coisa no ouvido. O ex-cobrador de impostos o olhou, surpreso. Depois, concordou com a cabeça, sentou-se e escreveu rapidamente. Os dois pedaços de pergaminho foram colocados num xale e Pedro levantou as quatro pontas.

— Você, aproxime-se, tire um dos dois nomes. E que Deus fale no meio de nós!

Um meninote se levantou, estendeu a mão, mergulhou-a no xale e tirou um dos pergaminhos.

Pedro pegou-o e entregou a Mateus.

— Eu não sei ler. Diga-nos o que está escrito.

Mateus pigarreou, olhou o pedaço de pergaminho e proclamou:

— O nome de Matias está escrito!

Protestos irromperam da multidão.

— Irmãos — Pedro precisou gritar para se fazer ouvir —, o próprio Deus designou Matias para assumir o lugar de Judas! Somos doze novamente, como na última ceia de Jesus, antes de ele morrer, aqui mesmo!

Alguns homens se levantaram na sala, enquanto Pedro chamou Matias, beijou-o e o fez sentar-se no meio dos Onze. Depois ele fitou o discípulo bem-amado, separado pela multidão sentada. Um grupo compacto de simpatizantes o cercava, de pé, com os rostos sombrios. Dominando o barulho, Pedro exclamou:

— Doze tribos falavam por Deus; doze apóstolos falarão por Jesus, no seu lugar e em seu nome. Doze e não um a mais. *Nunca haverá um décimo terceiro apóstolo!*

O discípulo bem-amado sustentou por longo tempo o seu olhar, depois se inclinou e murmurou algumas palavras no ouvido de um adolescente de cabelos anelados. Subitamente apreensivo, Pedro introduziu a mão na fenda da túnica e segurou no cabo da *sica*. Mas o rival fez um sinal àqueles que o cercavam e se dirigiu em silêncio para a porta. Uns trinta homens foram atrás dele, com o rosto fechado.

Assim que chegou à rua, ele se virou. O adolescente se aproximou furtivamente e lhe entregou o outro pergaminho, o que havia escorregado do xale abandonado por Pedro depois da proclamação da escolha de Deus. Ele perguntou ao rapaz:

— Iocanã, ninguém viu este pergaminho?

— Ninguém, *abbu*. Ninguém além de Mateus, que escreveu o nome; de Pedro, que lhe ditou; e agora você.

— Então, meu filho, me dê, e esqueça-o para sempre.

Ele olhou a segunda opção oferecida ao voto de Deus e sorriu para Iocanã: o nome escrito não era o seu.

"Então, Pedro, você decidiu me afastar para sempre do Novo Israel! Uma guerra se inicia agora entre nós. Que ela possa não matar esta criança e as que vierem depois dela."

25

Brutalmente arrancado dos seus estudos e da paciente reconstituição do passado, o universo estável e tranquilo do padre Nil desmoronara: pela segunda vez haviam revistado a sua cela. E alguns papéis, de novo, desapareceram da sua mesa.

As anotações roubadas naquela manhã resumiam a situação das suas pesquisas sobre os primórdios da Igreja. Ele estava consciente de que se aventurava numa direção proibida aos católicos, desde sempre. E, agora, alguém no mosteiro sabia o que ele buscava, o que já havia encontrado. Alguém que o espionava, entrava na cela nas suas ausências e não hesitava em roubar. O perigo difuso que percebia à sua volta se fazia mais presente e ele não sabia de onde vinha, nem por quê.

O estudo poderia tornar-se perigoso?

Com o pensamento longe, Nil virou maquinalmente as páginas da última obra publicada pelo amigo. A todo instante avaliava o vazio criado com o desaparecimento dele: ninguém mais estaria ali para ouvi-lo, para guiá-lo... Entregue a si mesmo, na imensa solidão do mosteiro, uma sensação desconhecida o invadiu: o medo.

O último pensamento de Andrei havia se voltado para ele e lhe transmitira uma mensagem: teria de vencer o medo e continuar a investigação, partindo de um simples bilhete. A primeira linha falava de um manuscrito do Apocalipse copta. Sem dúvida devia estar entre aqueles que o amigo guardava no móvel do escritório. Mas o misterioso visitante da biblioteca norte, que por pouco não o surpreendera naquela manhã, certamente havia notado o espaço vazio deixado na prateleira com o empréstimo do MMM. Esse livro só podia ter sido pegado por um monge que não tinha acesso à biblioteca. Do contrário, ele teria deixado no lugar um fantasma com a sua assinatura, como era a regra.

Em breve encontrariam o molho de chaves esquecido na calça de Andrei e fariam uma ligação. A porta do escritório seria imediatamente provida de uma fechadura, e Nil perdeu a esperança de poder entrar ali para encontrar o misterioso manuscrito.

Desanimado, ele fechou o livro, passando automaticamente o dedo indicador entre a capa e a folha de guarda. Nil sobressaltou-se.

Havia sentido um volume na face interna da capa.

Defeito de fabricação?

Aproximando o livro da lâmpada, ele o abriu debaixo da luz: não era uma irregularidade na encadernação. O rebordo da capa havia sido descolado e, depois, colado novamente. No interior, podia sentir um fino objeto retangular.

Com infinitas precauções, recortou na largura a folha de guarda colada ao papelão, separou-a e inclinou o livro para que a luz forte penetrasse: no interior havia um documento, dobrado em quatro.

Antes de partir, Andrei havia introduzido um papel na sua última obra-prima, que tivera a preocupação de dissimular cuidadosamente.

Pegando uma pinça, com toda a cautela, Nil começou a extrair o papel do esconderijo.

26

Naquela tarde, o reverendo abade, sentado à sua mesa, estava a ponto de se deixar levar por uma reação de mau humor.

Ele havia pedido que ligassem para o cardeal Catzinger, em Roma, mas o prefixo 390 parecia saturado. Finalmente, a voz abafada do prelado lhe chegou ao ouvido:

— Espero não estar incomodando, Eminência... Decidi pedir o seu conselho, e talvez a sua ajuda, a respeito do monge sobre o qual já falamos... o padre Nil, professor de exegese do escolasticado. O senhor se lembra de que o alertei... sim, é isso. Nos últimos dias, notei uma grande mudança no comportamento dele. Sempre foi um monge muito regrado, perfeitamente atento durante os ofícios litúrgicos. Depois da morte do saudoso padre Andrei, ele não é mais o mesmo. E aconteceu um fato inaudito: na vacância do posto de bibliotecário, eu mesmo verifico os livros retirados na nossa biblioteca. Acontece que hoje cedo pude constatar que o padre Nil havia *roubado* na ala norte uma obra digna de nota. Como? Pois bem, foi o famoso MMM dos americanos...

Ele teve de afastar o fone do ouvido. A linha privada do Vaticano, acostumada a mais delicadeza, transmitia fielmente a fúria cardinalícia:

— Eu partilho da sua preocupação, Eminência. Receberá, sem demora, uma pequena amostra das anotações redigidas pelo próprio Nil... Sim, consegui algumas. Então, terá condições de julgar se convém tomar alguma medida ou se devemos deixar esse caro padre continuar em paz os trabalhos científicos. Vai cuidar disso pessoalmente? Obrigado, Eminência... *Arrivederci*, Eminência.

Com um suspiro de alívio, o abade desligou. Não se entusiasmara ao concordar com a compra de obras tão perigosas quanto o MMM. Mas como lutar contra os ataques se ignoramos as armas do adversário?

Diante de Deus, sabia que era responsável pelos seus monges, tanto pela vida espiritual quanto intelectual: e violar, por duas vezes, o santuário sagrado da cela de um de seus filhos, não, não gostava disso.

No seu escritório do Vaticano, Emil Catzinger apertou com um dedo enraivecido o botão da central telefônica.

— Ligue-me com o monsenhor Calfo. Sim, agora. Sei muito bem que é sábado de noite! Ele deve estar no seu apartamento próximo ao Castel Sant'Angelo. Encontre-o.

27

A mão do padre Nil tremia ligeiramente. Acabara de extrair uma fotocópia da capa do livro do padre Andrei. Aproximando-a da lâmpada, reconheceu imediatamente a elegante escrita do copta antigo.

Um manuscrito copta.

Perfeitamente legível, a foto mostrava um fragmento de pergaminho em bom estado. Nil havia examinado muitas vezes os tesouros que Andrei tirava do seu móvel para que ele admirasse. Estava familiarizado com a grafia dos grandes manuscritos de Nag Hamadi, cotejados pela primeira vez pelo egiptólogo Jean Doresse, depois de terem sido descobertos em 1945, na margem esquerda do Médio Nilo. Acostumado com manuscritos hebreus e gregos, ele sabia que as caligrafias evoluem com o tempo e sempre vão se tornando mais simples.

A escrita desse pergaminho era do mesmo tipo da escrita dos célebres apócrifos, como o Evangelho segundo Tomé, do fim do século II, que atraiu a atenção do mundo inteiro. Mas, evidentemente, era posterior.

Muito pequeno, o fragmento devia ter sido considerado pouco interessante ou obscuro por Doresse, que se desfizera dele. E o pergaminho acabara aterrissando em Roma, como tantos outros. Para ser exumado, um dia, por um funcionário da Biblioteca do Vaticano e enviado à abadia. Renomado perito no assunto, Andrei recebia com frequência documentos desse tipo para serem analisados.

Nil sabia que os apócrifos de Nag Hamadi datavam dos séculos II e III, e que a partir do século IV nada mais havia sido escrito no povoado copta. Portanto, esse fragmento tardio era do fim do século III.

Um manuscrito copta do século III.

Seria esse *o* manuscrito que havia posto Andrei em tamanho embaraço que ele não ousava enviar a Roma o relatório final? Mas, então, por que tivera o cuidado de esconder a fotocópia, em vez de classificá-la no seu móvel com os outros?

Andrei não estava mais ali para responder a essas perguntas. Nil enterrou a cabeça nas mãos e fechou os olhos.

Parecia rever a primeira linha do bilhete descoberto na mão do amigo: *Manuscrito copta (Apoc.)*. Instintivamente, ele havia traduzido *Apoc.* por "apocalipse". Era a abreviação tradicional das edições da Bíblia. Nil quis verificar e abriu a última tradução da Bíblia ecumênica que Andrei usava. Nessa versão recente, que agora servia de referência, a abreviação do Livro do Apocalipse não era mais *Apoc.*, e sim *Ap*.

Sempre atualizado, meticuloso, se tivesse a intenção de fazer alusão ao Livro do Apocalipse, Andrei teria escrito *Ap*, e não (*Apoc.*). Então, em que havia pensado?

E, de repente, Nil compreendeu: (*Apoc.*) não queria dizer "apocalipse" e sim "apócrifo"!

Andrei quis dizer o seguinte: "Tenho de falar com Nil sobre um manuscrito copta, que escondi justo antes de partir na minha edição dos apócrifos." Era a edição que Nil pegara naquela manhã no escritório dele e que estava em suas mãos. Um manuscrito cujo conteúdo era tão importante que ele queria falar-lhe <u>agora</u>, depois da viagem ao Vaticano.

"É o manuscrito copta enviado por Roma!"

Entre os dedos, Nil segurava o texto que havia provocado a convocação do bibliotecário da abadia de Saint-Martin.

Ele pegou a folha e a examinou de perto. O fragmento era muito pequeno. Nil não era especialista em copta antigo, mas lia-o sem dificuldade e a escrita era tão nítida que não haveria problema em decifrá-lo.

Poderia traduzi-lo? Uma tradução elegante, com certeza, não. Mas uma transliteração, do tipo palavra por palavra, aproximada, sem dúvida. Encontrar cada um dos termos num dicionário e juntá-los depois: o sentido apareceria.

Nil se levantou. Depois de um momento de hesitação, pôs a preciosa folha no alto da prancha de madeira que servia de armário de roupa para os monges, e saiu para o corredor. Ninguém visitaria a sua cela nos poucos minutos que precisava se ausentar.

Rapidamente se dirigiu à única biblioteca a que tinha acesso: a de Ciências Bíblicas.

Na primeira estante, a dos livros usuais, Nil encontrou o dicionário etimológico copta-inglês de Cerny. Ele o pegou, pôs no lugar um fantasma com o seu nome e voltou para a cela, com o coração disparado. O precioso papel estava lá, onde o havia deixado.

O primeiro toque das vésperas soou. Ele pôs o dicionário em cima da mesa, enfiou a fotocópia no bolso interno do hábito e desceu para a igreja.

Mais uma noite sem dormir se anunciava para ele.

28

Atos dos Apóstolos, Carta aos Gálatas, ano 48

— *Abbu*, não pode deixá-los agir à vontade sem dizer nada!

Dezoito anos haviam passado desde a morte de Jesus. De pé, ao lado do discípulo bem-amado, Iocanã fervia de impaciência. Os representantes dos "cristãos" — como eram chamados havia pouco tempo — tinham se reunido pela primeira vez em Jerusalém, a fim de romper um abscesso: a luta entre os crentes "judeus", que se recusavam a abandonar as prescrições da Lei — sobretudo a circuncisão — e os "gregos", que não queriam saber dessa cirurgia e sim de um deus novo para uma religião nova. Um deus que seria Jesus, rebatizado de "Cristo". A ideia estava no ar, cada vez mais sussurrada.

Essa luta ideológica ocultava um combate feroz pelo primeiro lugar: os judeus fiéis a Tiago, irmão caçula de Jesus e estrela ascendente, contra os discípulos de Pedro, maioria que o velho chefe mantinha com mão de ferro. E, contra eles, todos os gregos de Paulo, um recém-chegado que sonhava transformar a casinha construída pelos apóstolos num edifício de dimensão mundial. Eles se haviam insultado, jogado na cara injúrias terríveis: *falso irmão, intruso, espião*. Por pouco não chegaram às vias de fato.

A Igreja cristã que nascia reunira o seu primeiro concílio em Jerusalém, a cidade que matava os profetas.

- Olhe para eles, Iocanã! Brigam em torno de um cadáver, cuja memória só pensam em deixar aos pedaços!

O rapaz de cabelos anelados o pegou pelo braço.

— Você foi o primeiro a encontrar Jesus, antes de todos eles. Tem de falar, *abbu*!

Com um suspiro, ele se levantou. Apesar de ter sido afastado do grupo dos Doze, o prestígio que esse homem usufruía ainda era considerável. Todos fizeram silêncio e se voltaram para ele.

— Desde ontem, eu os ouço discursar e tenho a impressão de que falam sobre um outro Jesus, diferente daquele que conheci. Cada um o recriou à sua maneira: alguns acham que ele foi apenas um judeu piedoso, outros gostariam de fazer dele um deus. Eu o recebi à minha mesa e, naquela noite, éramos treze ao seu redor, na sala de cima da minha casa. Mas, no dia seguinte, eu fiquei sozinho para ouvir o ruído dos pregos, ver o golpe da lança, assistir à morte dele: todos vocês fugiram. Eu testemunho que esse homem não era Deus. Deus não morre, Deus não sofreria a agonia que ele vivenciou sob os meus olhos. Também fui o primeiro a chegar ao seu túmulo, no dia em que foi encontrado completamente vazio. E sei o que aconteceu com o corpo supliciado; porém, não direi mais do que o deserto que doravante o abriga.

Um concerto de imprecações o impediu de continuar. Alguns ainda hesitavam em admitir a divindade de Jesus, mas todos estavam de acordo que ele havia, realmente, ressuscitado dos mortos. A ideia de ressurreição atraía as multidões, que encontravam nisso um meio de suportar uma vida sem esperança. Esse homem, que só tinha alguns discípulos, queria mandar milhares de convertidos de volta para casa com as mãos vazias?

Na frente dele, punhos se ergueram.

"Eles querem usar Jesus para as suas ambições? Que o façam sem mim." Apoiando-se no ombro de Iocanã, ele saiu.

Iocanã era apenas uma criança quando os legionários romanos destruíram Séforis, capital da Galileia. Ele viu milhares de cruzes se erguerem nas ruas e crucificados agonizarem lentamente sob o sol. Um dia, vieram buscar seu pai. Horrorizado, ele o viu ser flagelado, depois deitado numa viga. Os golpes de martelo nos pregos ressoaram dentro do seu peito, ele viu o sangue que esguichava dos punhos, ouviu o grito de dor. Quando ergueram a cruz no céu da Galileia, ele desmaiou. A mãe o envolveu com um xale e fugiu para o campo, onde se esconderam.

Daquele dia em diante, a criança se recusou a falar. Mas, à noite, no seu sono agitado, repetia sem cessar: "*Abba!* Papai!"

Quando ele se refez, foram morar em Jerusalém. A mãe o consagrou a Deus pelo voto de nazireato:* ele não cortaria mais o cabelo. Ele passou a ser um judeu piedoso, mas ainda não falava.

Como todos na cidade, Iocanã ficou sabendo da crucificação de Jesus. O horror que o suplício da cruz infundia no rapaz era tão grande que ele expulsou esse homem da memória. Um Messias, que viria em breve, era esperado, e não podia ser Jesus: o Messias jamais se deixaria crucificar. O Messias seria forte, para expulsar os romanos e restaurar o reino de Davi.

Depois, o rapaz havia encontrado o judeano, reservado como ele, e que o havia olhado amigavelmente, sem se surpreender com o mutismo. Ele falava de Jesus como se houvesse vivido muito próximo a ele e parecia conhecê-lo intimamente. Ao morrer a mãe do menino, esse homem que amava tanto o Mestre e dizia ser o discípulo bem-amado o levou para a sua casa. O judeano passou a ser o seu *abbu*, pai da alma dele.

---

* No voto de nazireato a pessoa era consagrada a Deus. Os nazireus não podiam comer certos alimentos, nem cortar o cabelo.

Um dia, para mostrar que havia compreendido o novo mundo revelado por Jesus, Iocanã pegou um par de tesouras e cortou bem curtas as longas tranças do seu cabelo. Isso, sem desviar os olhos do seu *abbu*, pois ainda não falava e só se expressava por gestos.

Então, com o polegar, o discípulo bem-amado lhe traçou na fronte, nos lábios e no coração uma cruz invisível. Iocanã compreendeu e, silenciosamente, pôs a língua para fora, que foi marcada com o símbolo aterrorizador.

Na noite seguinte, pela primeira vez, ele dormiu sem jogar para o chão o cobertor de lã virgem. E, no dia seguinte, a sua língua falou novamente, do fundo de um coração curado por Jesus.

Ao se aproximar da sua casa, o discípulo bem-amado pôs a mão no ombro do rapaz.

— Hoje à noite, Iocanã, vá procurar Tiago, irmão de Jesus. Diga-lhe que quero encontrá-lo. Que ele venha à minha casa.

O rapaz concordou com a cabeça e segurou a mão do seu *abbu*.

29

A noite já estava bem avançada quando Nil pôs o dicionário em cima da mesa atulhada. Como se sentia longe do dramático concílio de Jerusalém, cujas peripécias examinara alguns dias antes! E, no entanto, havia sido naquele dia, dezoito anos depois da morte de Jesus, que o discípulo bem-amado havia sido excluído definitivamente da Igreja que nascia.

Conseguira traduzir o fragmento do pergaminho, descoberto no livro editado pelo amigo. Duas frases curtas, sem ligação aparente entre elas:

*A regra de fé dos doze apóstolos
contém o germe da sua destruição.*

*Que a epístola seja destruída em toda parte
para que a residência resista.*

Nil massageou a testa: o que isso poderia significar?

A "regra de fé dos doze apóstolos": na Antiguidade, era assim que se chamava o Símbolo de Niceia, o Credo das Igrejas cristãs. O símbolo que eles haviam encontrado gravado em Germigny, que tanto intrigara Andrei. Em que consistia esse "germe da destruição" que o Credo continha? Isso não tinha nenhum sentido.

"Que a epístola seja destruída em toda parte": a palavra copta que ele havia traduzido por "epístola" era a mesma que designava as epístolas de São Paulo no Novo Testamento. Seria uma dessas epístolas? A Igreja nunca havia condenado nenhuma epístola de Paulo. O manuscrito teria sido redigido por um grupo de cristãos dissidentes?

A última linha havia causado outro problema a Nil: "para que a residência resista." O dicionário dava vários sentidos, "residência", ou "casa", ou ainda "assembleia". Não havia dúvida de que a mesma raiz copta era empregada duas vezes seguidas. Portanto, havia um jogo de palavras intencional. Mas, qual?

Ele havia decifrado o sentido dos termos, mas não o da mensagem. Andrei a teria compreendido? E qual seria a relação estabelecida entre essa mensagem e os outros indícios do bilhete póstumo?

O bibliotecário havia morrido depois de ser convocado a Roma para explicar a sua tradução. Essas quatro linhas teriam alguma coisa a ver com o seu desaparecimento brutal?

Nil estava diante de um jogo de xadrez, cujas peças estavam espalhadas, em desordem. Andrei havia reunido pacientemente essas peças, antes dele. E ao voltar de Roma, no trem, havia escrito: <u>agora</u>. Portanto, fizera alguma descoberta decisiva no túmulo do apóstolo.* Mas qual?

Para Nil, nada seria como antes. Toda a sua vida seria questionada? É possível continuar a se considerar cristão, duvidando da divindade de Jesus?

Ainda restavam algumas horas de noite. Nil apagou a luz e se deitou no escuro.

"Deus, ninguém nunca o viu. E Jesus, mesmo que não seja Deus, continua a ser o homem mais fascinante que já encontrei. Não, eu não errei ao lhe consagrar a minha vida."

Alguns minutos depois, o padre Nil, monge beneditino depositário de segredos pesados demais para ele, dormia um sono tranquilo.

---

* A atual basílica de São Pedro, em Roma, foi construída na colina do Vaticano, sobre o túmulo de São Pedro.

30

— Sente-se, monsenhor.

O rosto rechonchudo do cardeal, coroado por um capacete de cabelos brancos, estava preocupado. Ele olhou rapidamente para Calfo, que, suspirando, se instalara na grande cadeira.

Emil Catzinger havia nascido ao mesmo tempo que o nazismo. Como todas as crianças da sua idade, sem querer, ele se viu alistado na Juventude Hitlerista. Depois, corajosamente se distanciara do Führer, escapando das depurações da Gestapo. Mas ficara profundamente marcado pela influência recebida na infância.

— Eu lhe agradeço por interromper suas atividades numa noite de sábado.

O reitor, que havia abandonado a jovem romena bem no meio de uma caminhada especialmente promissora, sério, meneou a cabeça.

— O serviço da Igreja, Eminência, não conhece prazos, nem momentos!

— Está certo. Bom, vejamos... Hoje à tarde tive uma conversa telefônica com o abade de Saint-Martin.

— Um excelente prelado, digno, em todos os pontos, da confiança que lhe concede.

— Ele me contou que esse padre Nil, do qual nós já falamos, *roubou* numa biblioteca — a que não tem acesso — um volume de textos publicados por dissidentes.

Calfo se limitou a erguer uma sobrancelha.

— E ele acabou de me mandar por fax uma amostra das anotações pessoais de Nil, que me deixou seriamente preocupado.

Talvez ele seja capaz de se aproximar do segredo ciosamente guardado pela nossa Santa Igreja e pela Sociedade São Pio V.

— Acha que ele já avançou nessa via perigosa?

— Ainda não sei. Mas ele era muito amigo de Andrei, que havia progredido muito nesse caminho proibido. Sabe o que está em jogo: a própria existência da Igreja Católica. Precisamos descobrir o que o padre Nil sabe. O que propõe?

Calfo deu um sorriso satisfeito, se inclinou ligeiramente para trás e tirou da batina um envelope, que entregou ao cardeal.

— Se Vossa Eminência quiser dar uma olhada nisto aqui... Assim que me falou desse padre Nil, pedi uma dupla investigação aos meus irmãos da Sociedade. Eis o resultado e, talvez, a resposta para a sua pergunta.

Catzinger tirou duas pastas do envelope, nas quais estava escrito *confidenziale*.

— Veja a primeira pasta... Ficará sabendo que Nil fez estudos brilhantes na universidade beneditina de Roma. Que ele é um... como direi?, um idealista; em outras palavras, que é desprovido de qualquer ambição pessoal. Um monge fiel aos princípios religiosos, que se realiza nos estudos e na oração.

Catzinger o encarou por cima dos óculos.

— Meu caro Calfo, não é a você que devo dizer que os mais perigosos são os mais idealistas. Ário era um idealista, Savonarola* e Lutero** também... Um bom filho da Igreja crê

---

* Girolamo Savonarola (1452-1498), padre dominicano, pregador e reformista italiano. Por fazer acusações ao papa, foi excomungado e condenado à fogueira por um tribunal da Inquisição.
** Lutero (1483-1546), padre agostiniano, teólogo e reformador alemão. Lutou contra o imperador e o papa para fazer triunfar a Reforma. Acusava a Igreja de Roma de haver traído o Evangelho.

nos dogmas, sem questioná-los. Qualquer outro ideal pode revelar-se extremamente nocivo.

— Certo, *Eminenza*. Durante os estudos em Roma, ele ficou amigo de um beneditino americano: Rembert Leeland.

— Ora, ora! O *nosso* Leeland? Eis uma coisa interessante!

— Monsenhor Leeland, na verdade. Cujo dossiê eu peguei; a segunda pasta. Músico em primeiro lugar e antes de qualquer coisa, monge no Kentucky, na abadia de St. Mary, que possui uma academia musical. Foi eleito abade do mosteiro. Depois, devido a algumas posições controversas assumidas...

— Eu sei a continuação, já era prefeito da Congregação nessa época. Foi nomeado bispo *in partibus*[1] e, depois, enviado a Roma, segundo o excelente princípio *promoveatur ut amoveatur*.[2] Oh, ele não era realmente perigoso. Um músico! Mas foi preciso abafar o escândalo causado por suas declarações públicas sobre padres casados. Atualmente, ele é minutante em algum lugar, não?

— Na Secretaria de Relações com os Judeus. Depois de Roma, ele ficou por dois anos em Israel, onde estudou mais música do que hebreu. Dizem que Leeland é um excelente pianista.

— E daí?

Calfo encarou o outro com comiseração.

Como, *Eminenza*, não percebeu?

Ele reprimiu a vontade desenfreada de acender o charuto que deformava o seu bolso interno. O cardeal não fumava e não bebia. Contudo, a Sociedade São Pio V possuía um certo dossiê

---
[1] Bispo sem diocese.
[2] "Que ele seja elevado a um cargo honorífico para ser dispensado do posto."

sobre o seu passado, abarrotado de cruzes gamadas, que garantia a segurança do reitor.

— Enquanto o padre Nil continuar em Saint-Martin, não saberemos o que lhe vai na cabeça. É preciso que ele venha para cá, para Roma. Mas ele não vai se abrir no meu escritório, nem no seu, Eminência. Porém, sob um pretexto qualquer, faça com que ele encontre o amigo Leeland, dê-lhes tempo para conversar de coração aberto. Entre artista e místico, farão confidências entre si.

— Qual seria o pretexto?

— Leeland se interessa por músicas antigas, bem mais do que pelos casos judeus. Descobrimos que, repentinamente, ele precisa da ajuda de um especialista em textos antigos.

- E acha que Leeland será... cooperativo?

— Disso cuido eu. O senhor sabe que nós o temos na palma da mão. Ele vai colaborar.

Houve um silêncio. Catzinger pesou os prós e os contras. "Calfo é um napolitano. Está acostumado a manobras tortuosas. Não é burro."

— Monsenhor, eu lhe dou carta branca: dê um jeito de convocar esse James Bond da exegese para vir aqui. E aja de modo que ele fale.

Ao sair da Congregação, Calfo teve a visão fugidia de um espesso tapete de notas verdes, que chegaria ao Castel Sant'Angelo. Catzinger acreditava estar a par de tudo, mas ignorava o essencial. Só ele, Alessandro Calfo, o pobrezinho que se tornara reitor da Sociedade São Pio V, tinha uma visão do todo.

Só ele saberia ser eficiente. Mesmo que precisasse empregar os mesmos meios que custaram aos templários serem queimados vivos, na Europa do século XIV.

Talvez, sem saber, Filipe, o Belo,* e Nogaret** tivessem salvo o Ocidente. Agora, cabia a ele, e à Sociedade São Pio V, essa terrível missão.

31

Jerusalém, ano 48

— Obrigado por ter vindo tão rápido, Iakov.

O discípulo bem-amado chamou Tiago pelo nome em hebreu. O sol poente iluminava o implúvio da sua casa com uma luz fulva. Eles estavam a sós. O irmão de Jesus havia retirado os filactérios,*** mas estava envolvido no seu xale de oração. Parecia assustado.

— Paulo voltou ontem para Antioquia, por pouco o primeiro concílio da Igreja não terminou mal: tive de impor um acordo, e Pedro saiu muito humilhado. Ele odeia você, tanto quanto me odeia.

---

* Rei da França de 1285 a 1314. Interessado na fortuna dos templários, iniciou um processo contra eles, confiscou-lhes os bens e condenou-os à fogueira.
** Legista francês, serviu a Filipe, o Belo. Combateu o papado e os templários.
*** Caixinhas de couro com um rolo de pergaminho que contêm trechos da Torá e que os judeus prendem à testa e ao braço esquerdo com tiras de couro durante as orações da manhã.

— Pedro não é um homem mau. O encontro com Jesus o pôs brutalmente diante do seu destino de pobre;* ele não quer voltar atrás e detesta todos aqueles que possam arrebatar-lhe o primeiro lugar.

— Eu sou o irmão de Jesus. Se um de nós dois tiver de se afastar, será ele. Ele que vá instalar em outro lugar a sede da sua primazia!

— Ele irá, Tiago, ele irá. Quando Paulo tiver estabelecido a nova religião com a qual sonha, as luzes se deslocarão de Jerusalém para Roma. A corrida pelo poder apenas começou.

Tiago abaixou a cabeça.

— Depois de assassinar em público Ananias e Safira, Pedro não anda mais armado, porém alguns de seus fiéis, sim. Eu os ouvi ontem, eles acham que você é um homem do passado, que se opõe aos que são portadores do futuro. *Nunca haverá um décimo terceiro apóstolo,* você sabe disso. A sua vida está em perigo. Não pode continuar em Jerusalém.

— O assassinato de Ananias e da mulher dele ocorreu há muito tempo e por questões de dinheiro. Agora, o dinheiro aflui a Jerusalém de todas as Igrejas da Ásia.

— Não é uma questão de dinheiro. Você ataca tudo aquilo pelo qual eles lutam. Judas e você eram os discípulos preferidos do meu irmão Jesus. Sabemos como Pedro suprimiu Judas, como ele elimina os obstáculos do caminho. Se desaparecer como Iscariotes, junto com você desaparecerá toda uma parte da memória. Tem de fugir, rápido, e provavelmente esta é a última vez que nos vemos. Por isso, eu lhe suplico, diga-me em que

---

* Pobre, na Bíblia, é a tradução de vários termos hebraicos com conotações diferentes. Pode significar dependente, aquele que perdeu a propriedade fundiária por causa de injustiça e opressão, fraco, sem peso social e mendigo.

lugar os essênios enterraram o corpo de Jesus. Diga-me onde fica o túmulo dele!

Esse homem não tinha a ambição de Pedro nem a genialidade de Paulo. Não passava de um judeu comum que queria saber informações sobre o irmão. Ele respondeu, veemente:

— Convivi com Jesus muito menos tempo do que você, Iakov. Mas o que compreendi sobre ele, nenhum de vocês pode compreender. Você, porque está visceralmente ligado ao judaísmo; Paulo, porque sempre esteve do lado dos deuses pagãos do Império e sonha substituí-los por uma nova religião, baseada num Cristo reconstruído à maneira dele. Jesus não pertence a ninguém, meu amigo, nem aos seus partidários nem aos de Paulo. Ele repousa no deserto. Só o deserto pode proteger o seu cadáver dos abutres judeus ou gregos da nova Igreja. Ele foi o homem mais livre que já conheci. Ele queria substituir a Lei de Moisés por uma nova lei, não mais escrita em tábuas e sim no coração do homem. Uma lei sem outro dogma que não o amor.

A fisionomia de Tiago ficou sombria. Não se podia mexer na Lei de Moisés que era a própria identidade de Israel. Ele preferiu mudar de assunto:

— Você deve partir. E levar para longe a minha mãe, Maria; ela parece tão feliz ao seu lado...

— Temos muita afeição um pelo outro e eu venero a mãe de Jesus. Tê-la ao meu lado é uma alegria constante. Você tem razão, nem Jerusalém nem Antioquia são o meu lugar. Eu vou partir. Assim que souber onde erguer a minha tenda de nômade, mandarei chamar Maria para ficar comigo. Enquanto isso, Iocanã será a nossa ligação. Para ele, Maria é como uma segunda mãe.

— Aonde pensa ir?

O discípulo bem-amado olhou em volta. A escuridão já invadia o implúvio, mas a janela da sala de cima ainda estava iluminada pelo sol poente. Aquela havia sido a sala da última ceia com Jesus, dezoito anos antes. Tinha de sair daquele lugar, que não passava de uma ilusão. Procurar a realidade no lugar em que Jesus a encontrara.

— Irei para o leste, para o deserto. Foi no deserto que Jesus se transformou, foi lá que ele compreendeu qual era a sua missão. Muitas vezes o ouvi dizer, sorrindo, que, lá, ele estava cercado de animais selvagens que respeitavam a sua solidão.

Ele olhou o irmão de Jesus bem de frente.

— O deserto, Tiago... Talvez, daqui para a frente, seja a única pátria dos discípulos de Jesus de Nazaré. O único lugar em que se sintam em casa.

32

Ao retirar o hábito do coro depois do ofício das laudes, o abade notou os traços tensos e a palidez de Nil.

Quando ele entrava no seu escritório, o telefone tocou.

Vinte minutos depois, ao desligar, o abade estava perplexo e, ao mesmo tempo, aliviado. Tivera a surpresa de ouvir o cardeal Catzinger, em pessoa, lhe participar uma grande honra para a sua abadia: a competência de um dos seus monges era requisitada com urgência no Vaticano. Um especialista em música antiga, que trabalhava na Cúria, precisava de ajuda para os seus trabalhos sobre a origem do canto gregoriano. Pesquisas importantes, das quais o Santo Padre esperava muito, para melhorar as relações entre o judaísmo e o cristianismo. Em resumo, o padre Nil era esperado sem demora, em Roma, para pôr os seus conhecimentos a serviço da Igreja Universal. A permanência seria de algumas semanas. Ele devia pegar o primeiro trem. Ficaria hospedado em San Girolamo, a abadia beneditina de Roma.

Exatamente como o saudoso padre Andrei.

"Não se discutem as ordens do cardeal Catzinger", pensou o abade. E o recente comportamento do padre Nil o preocupava. Quanto mais os problemas se afastassem, melhor.

Monsenhor Calfo precisara interromper por um instante o domingo voluptuoso para ir ao seu escritório, bem próximo, mas não conseguira falar com o seu contato no Cairo. Ele subiu a passos rápidos os degraus do seu prédio: o que o aguardava lá em cima fazia com que esquecesse os malefícios de uma obesidade bem napolitana e lhe dava asas.

> *La très chère était nue, et, connaissant mon cœur,*
> *Elle n'avait gardé que ses bijoux sonores.**

De fato, as únicas joias no corpo de Sônia, adormecida, eram os reflexos da sua cabeleira. Calfo avaliou: "Que poeta esse Baudelaire! Mas, eu, nunca lhes dou joias. Apenas dinheiro em espécie."

Moktar dissera a verdade. Sônia se revelara não só extremamente dotada para a arte erótica, como também totalmente dis-

---

* "A muito querida estava nua, e, conhecendo o meu coração/Só usava suas joias sonoras." *Les Bijoux* (As Joias) poema de Charles Baudelaire (1821-1867).

creta. Aproveitando o sono da moça, ele pegou o telefone e ligou novamente para o Cairo.

— Moktar Al-Qoraysh, por favor... Eu espero, obrigado.

Desta vez conseguiram encontrá-lo: ele havia acabado de sair da oração na mesquita Al-Azhar.

— Moktar? *Salam aleikum*. Diga-me, será que os seus alunos lhe permitem dispor de algum tempo livre agora? Perfeito. Pegue um voo para Roma e vamos nos encontrar. A continuação daquela pequena missão que lhe confiei, por uma boa causa... Colaborar de novo com o seu inimigo preferido? Não, ainda é muito cedo; se necessário, entrará em contato com ele em Jerusalém. Oh, algumas semanas, no máximo! Isso mesmo, no Teatro di Marcello, como sempre. *Discrezione, mi racommando!*[1]

Calfo desligou, sorrindo. Seu contato era responsável pelo curso da cadeira alcorânica da famosa Universidade Al-Azhar: um fanático, ardente defensor do dogma islâmico. Um árabe e um judeu, dois agentes inativos dos serviços especiais mais temidos do Oriente Médio, trabalhavam juntos para proteger o segredo mais precioso da Igreja Católica: do ecumenismo, bem entendido.

Ele havia cruzado com Moktar Al-Qoraysh durante a nunciatura no Cairo. Tanto o diplomata quanto o dogmático haviam descoberto, separadamente, que o outro era consumido pelo mesmo fogo interior oculto, o que criara entre eles um vínculo inesperado. Mas o palestino não procurava, como Calfo, atingir a transcendência por intermédio de celebrações eróticas. Ele era um obcecado sexual.

---

[1] Discrição, principalmente!

Sônia soltou um gemido e abriu os olhos.

Calfo largou o telefone no chão do quarto e se inclinou na direção da moça.

33

— Volte a Roma, Moktar. O conselho dos Irmãos Muçulmanos* conseguiu convencer o Fatah da importância dessa missão. Os atentados deles não seriam suficientes para proteger o islamismo, se a natureza revelada do Alcorão fosse questionada ou se a pessoa sagrada do Profeta — bendito seja o seu nome — corresse o risco de ser conspurcada pela insinuação de alguma dúvida, por menor que fosse. Mas, tem uma coisa...

Moktar Al-Qoraysh sorriu. Já esperava por isso. Sua pele morena, a forte musculatura e a baixa estatura acentuavam a alta silhueta de Mustafá Machlur, venerado por todos os estudantes da Universidade Al-Azhar, no Cairo.

— Trata-se das suas relações com o judeu. O fato de você ser amigo dele...

— Ele salvou a minha vida na Guerra dos Seis Dias, em 1967. Eu me vi sozinho e desarmado diante do tanque dele no deserto, o nosso exército estava desnorteado. Ele poderia ter passado por cima do meu corpo, é a lei da guerra. Mas parou, me deu de beber e me deixou vivo. Não é um judeu como os outros.

---

* Organização islâmica fundamentalista que prega a volta aos valores islâmicos.

— Mas é um judeu! E não uma pessoa qualquer, sabe disso.

Eles pararam à sombra do minarete de Al-Ghari. Mesmo no fim de novembro, a pele translúcida do velho não suportava a agressão do sol.

— Não se esqueça das palavras do Profeta: "Seja inimigo dos judeus e dos cristãos; eles são amigos entre si! Aquele que os toma por amigos, será um deles e Alá não guia um povo de malfeitores."[1]

— Você conhece o Santo Alcorão melhor do que qualquer um, Murchid — Moktar o chamou pelo seu título de "Guia Supremo", para assinalar o seu respeito. — O próprio Profeta não hesitou em se aliar aos inimigos por uma causa comum, e a atitude dele fez jurisprudência, mesmo no caso do Jihad. Nem os judeus nem os árabes têm interesse numa profunda alteração das bases seculares do cristianismo.

O Guia Supremo o olhou com um sorriso.

— Chegamos a essa conclusão bem antes de você, e é por isso que o deixamos agir à vontade. Porém, nunca se esqueça de que saiu da tribo que viu nascer o Profeta — bendito seja o seu nome. Comporte-se como um Qoraysh, cujo glorioso patrônimo você usa. Que a sua amizade por esse judeu nunca o faça esquecer quem ele é, nem para quem ele trabalha. O óleo e o vinagre podem ficar temporariamente em contato, mas nunca se misturarão.

— Fique tranquilo, Murchid, o vinagre de um judeu nunca agredirá um Qoraysh, tenho a pele grossa. Eu conheço esse homem, se todos os nossos inimigos se parecessem com ele, provavelmente a paz reinaria no Oriente Médio.

— A paz... Nunca haverá paz para um muçulmano enquanto toda a Terra não se inclinar cinco vezes por dia para Qibla, que indica a direção de Meca.

---

[1] Alcorão, surata 5.

Eles saíram da sombra protetora do minarete e se dirigiram em silêncio para a entrada do madraçal,* cuja abóbada brilhava ao sol. Antes de entrar, o homem idoso pôs a mão no braço de Moktar.

— E a moça, confia nela?

— Ela está melhor em Roma do que no bordel da Arábia Saudita de onde a tirei! Por enquanto, ela se comporta bem. O mais importante é que não tem a menor vontade de que a mandemos de volta para a família, na Romênia. Essa missão é simples, não usamos nenhum recurso sofisticado, apenas os bons e velhos métodos artesanais.

— *Bismillah Al-Rach'im.* Logo será a hora da oração, preciso me purificar.

Isso porque o Guia Supremo dos Irmãos Muçulmanos, sucessor do fundador Hassan Al-Banna, diante de Alá é apenas um *muslim* — um submisso — como os outros.

Moktar se encostou num pilar e fechou os olhos. Seria a carícia do sol? Ele reviu a cena. O homem saltou do tanque e foi na sua direção, com a mão direita levantada para que o seu metralhador não atirasse. À volta deles, o deserto do Sinai estava novamente em silêncio; os egípcios, derrotados, batiam em retirada. Por que ainda estava vivo? E por que o judeu não o matava imediatamente?

O oficial israelense parecia hesitar, o rosto totalmente enrijecido. De repente, ele sorriu e lhe estendeu um cantil de água. Enquanto bebia, Moktar notou a cicatriz que cortava o cabelo louro, muito curto.

---

* Centro de ensino de estudos islâmicos.

Anos depois, a Intifada explodiu na Palestina. Numa ruela de Gaza, Moktar fazia uma limpeza num quarteirão de casebres recém-abandonados por israelenses em dificuldade que haviam batido em retirada. Ele entrou num pátio esburacado por granadas: um judeu caído ao pé de uma mureta gemia baixinho segurando a perna. Não usava o uniforme do Tsahal.* Sem dúvida era um agente do Mossad. Moktar apontou para ele a sua Kalachnikov e ia atirar. Quando viu a boca da arma dirigida para o seu peito, o rosto do judeu, crispado pelo sofrimento, se animou, e ele esboçou um sorriso. Da sua orelha partia uma cicatriz que desaparecia embaixo do boné.

O homem do deserto! O árabe afastou lentamente o cano da arma. Pigarreou, cuspiu na frente dele. Enfiou a mão na camisa e jogou para o judeu um pequeno estojo de primeiros-socorros.

Em seguida, deu as costas para ele e gritou uma ordem incisiva para os seus homens:

— Vamos continuar, não há nada, nem ninguém nesta casa.

Moktar suspirou: Roma era uma bela cidade, onde havia muitas mulheres. Mais do que no deserto, sem dúvida.

Ele ia voltar a Roma. Com prazer.

---

* Exército israelense.

34

Três dias depois, Nil tentava se acomodar nas desconfortáveis poltronas do expresso de Roma.

Ficara estupefato ao saber da sua convocação a Roma, sem explicações. Manuscritos de música antiga! O abade lhe entregara uma passagem de trem para o dia seguinte; impossível voltar a Germigny para tirar uma segunda foto da pedra. Junto com os seus dossiês — não devia deixar nada comprometedor na cela —, ele colocou no fundo da mala o negativo subtraído do escritório de Andrei. Poderia extrair alguma coisa do negativo?

Surpreso, ele notou que a cabine estava quase vazia; no entanto, todos os lugares vagos estavam reservados. Um único passageiro, um homem magro, de meia-idade, parecia dormir, afundado no canto do corredor. Na partida de Paris, eles haviam trocado apenas um cumprimento de cabeça. Uma cabeça aureolada por cabelos louros, cortados por uma longa cicatriz.

Nil tirou o paletó de clérigo e o pôs na poltrona à sua direita — dobrado para que não amassasse.

E fechou os olhos.

O objetivo da vida monástica era acossar as paixões e cortá-las pela raiz. Desde que entrara no noviciado, Nil tivera uma boa escola: a abadia de Saint-Martin se revelara uma excelente empreitada de renúncia a si mesmo. Inteiramente voltado para a busca da verdade, ele não havia sofrido muito. Em contrapartida, apreciava se ver livre das pulsões que escravizavam a humanidade e que a faziam sofrer imensamente.

Havia muito tempo não se lembrava de sentir raiva, paixão degradante. Portanto, hesitava em identificar o que sentia há alguns dias. Andrei estava morto, a investigação havia sido sabotada, e o caso, arquivado: suicídio, vergonha para ele. No mosteiro, espionava-se, revistava-se, roubava-se. Mandavam-no para Roma como um pacote.

Raiva? Em todo o caso, era uma irritação que aumentava, tão embaraçante para ele quanto a epidemia repentina de uma doença há muito tempo erradicada por vacinas.

Nil decidiu deixar para depois o exame dessa manifestação patológica: "Para Roma. A cidade sobreviveu a tudo."

Ele havia reconstituído pacientemente os fatos que cercavam a morte de Jesus, a partir do momento em que o discípulo bem-amado havia ressurgido. Depois do concílio de Jerusalém, esse homem continuara a viver. A hipótese da sua fuga para o deserto parecia a mais plausível para Nil: havia sido ali que o próprio Jesus se refugiara, por várias vezes. Os essênios, depois os zelotes até a revolta de Bar Kochba,* se haviam abrigado no deserto.

As marcas dos passos dele se perdiam na areia do deserto. Para encontrá-las, Nil precisaria ouvir uma voz de além-túmulo, aquela do seu amigo morto.

Continuar essa busca serviria de derivativo para a raiva que sentia invadi-lo.

Nil tentou encontrar uma posição confortável para dormir um pouco.

O ruído do trem o entorpecia lentamente. As luzes de Lamotte-Beuvron desfilaram rapidamente.

---

* Revolta liderada pelo judeu Simão bar Kochba contra o Império Romano (132-135 d.C.).

Então, tudo aconteceu extremamente rápido. O homem do canto do corredor se levantou da poltrona e se aproximou, como se fosse pegar alguma coisa na rede acima dele. Nil ergueu os olhos maquinalmente: a rede estava vazia.

Ele nem teve tempo de pensar: os cabelos dourados já se inclinavam para ele e Nil viu o homem esticar a mão para o seu paletó de clérigo.

Nil ia protestar contra as maneiras inconvenientes do companheiro de viagem: "Parecia um autômato!"

Foi quando a porta da cabine se abriu com estardalhaço.

Rapidamente, o homem se recompôs. A mão caiu ao longo do corpo, a fisionomia se animou e ele sorriu para Nil.

— Desculpem o incômodo, senhores — era o fiscal. — Os passageiros que reservaram os assentos vazios da cabine não apareceram. Tenho aqui duas religiosas que não conseguiram lugar lado a lado no trem. Pronto, irmãs, instalem-se onde quiserem, há lugar na cabine. Boa viagem!

Enquanto as religiosas entravam e cumprimentavam cerimoniosamente o padre Nil, o passageiro voltou ao seu lugar, sem uma palavra. Um minuto depois, com os olhos fechados, ele cochilava.

"Que tipo estranho! O que deu nele?"

Mas a entrada das recém-chegadas mobilizou toda a sua atenção. Ele teve de levantar uma mala para colocar na rede, enfiar volumosas caixas de papelão sob as poltronas e teve de aguentar o interminável falatório das religiosas.

No início da noite, tentando dormir, Nil notou que o passageiro misterioso à sua frente não mexia nem um dedo, enfiado no seu canto.

Quando abriu os olhos, acordado pela aurora, o canto do corredor estava vazio. Para tomar o café da manhã, ele teve de percorrer todo o trem: nenhum sinal do homem.

Ao voltar à cabine, onde uma freira o obrigou a provar um café horrível da sua garrafa térmica, ele teve de aceitar o óbvio: o passageiro enigmático havia desaparecido.

35

Pella (Jordânia), ano 58

— Como vão as suas pernas, *abbu*?

O discípulo bem-amado soltou um suspiro. Seu cabelo havia branqueado, as feições estavam vincadas. Ele olhou o homem na flor da idade que estava ao seu lado.

— Faz vinte e oito anos que Jesus morreu, dez anos que saí de Jerusalém. Minhas pernas me trouxeram até aqui, Iocanã, e talvez me levem a outros lugares, se o que você disse for verdade...

Eles desfrutavam da sombra do peristilo, cujo piso era coberto por um maravilhoso mosaico que representava Dioniso. Dali se viam as dunas do deserto bem próximo.

Pella, fundada pelos soldados veteranos de Alexandre, o Grande, na margem oriental da Jordânia, havia sido quase totalmente destruída por um tremor de terra. Quando precisou fugir de Jerusalém, devido à ameaça dos partidários de Pedro, ele achou que essa cidade situada fora da Palestina lhe daria segurança suficiente. Ali se instalou com a mãe de Jesus, e um núcleo de discípulos logo se reuniu a eles. Iocanã fazia a ligação entre Pella e a Palestina vizinha, e até mesmo com a Síria. Paulo instalara o seu quartel-general em Antioquia, uma das capitais da Ásia Menor.

— E Maria?

A afeição de Iocanã pela mãe de Jesus era comovente. "Essa criança adotou a mãe de um crucificado e me adotou para substituir o seu próprio pai, crucificado."

— Você a verá mais tarde. Dê-me mais notícias, aqui estou longe de tudo...

— Elas datam de algumas semanas. Tiago, o irmão de Jesus, acabou triunfando. Ele se tornou chefe da comunidade de Jerusalém.

— Tiago! Mas, então... e Pedro?

— Pedro resistiu o quanto pôde. Até tentou destronar Paulo nas terras dele, em Antioquia, mas foi expulso como um pestilento! Finalmente, acabou de embarcar para Roma.

Os dois homens riram. Vista dali, das fronteiras do deserto e do seu enorme despojamento, a luta pelo poder em nome de Jesus parecia ridícula.

— Roma... Eu tinha certeza. Se Pedro deixou de ser o primeiro em Jerusalém, Roma é o único destino da sua ambição. Será em Roma, Iocanã, no centro do Império, que a Igreja com a qual ele sonha se tornará uma potência.

— Há mais uma coisa: os seus discípulos que ficaram na Judeia são cada vez mais marginalizados, às vezes até molestados. Eles perguntam se devem fugir como você e vir ao seu encontro.

O homem idoso fechou os olhos. Também esperava por isso. Os nazarenos não eram nem judaizantes, como Tiago, nem estavam dispostos a divinizar Jesus, como Paulo. Apanhados entre as duas tendências que se opunham violentamente na Igreja nascente, sem querer fazer parte de nenhuma delas, corriam o risco de serem esmagados.

— Aqueles que não suportam mais as pressões devem se juntar a nós em Pella. Aqui estamos em segurança... por enquanto.

Iocanã sentou-se sem cerimônia ao lado dele e apontou os vários maços de pergaminho espalhados em cima da mesa.

— Você leu, *abbu*?

— A noite toda. Sobretudo essa coletânea, que você diz que circula até na Ásia.

Ele mostrou trinta folhas, unidas por um cordão de lã, segurando-as nas mãos.

— Durante todos esses anos — disse Iocanã —, os apóstolos transmitiram oralmente as palavras de Jesus. Para que a memória não se perdesse depois da morte deles, elas foram consignadas aqui, de maneira confusa.

— É mesmo o ensinamento dele, tal como o ouvi. Mas os apóstolos são hábeis. Eles não fazem Jesus dizer o que ele nunca disse. Limitam-se a mudar uma palavra aqui, a acrescentar uma nuança acolá. Inventam um comentário ou atribuem a si mesmos afirmações que nunca fizeram. Por exemplo, li que um dia Pedro teria caído de joelhos diante de Jesus e teria proclamado: "Na verdade, você é o Messias, o Filho de Deus!"

Ele jogou o livro em cima da mesa.

— Pedro, dizer uma coisa dessas! Jesus nunca teria aceito, nem dele, nem de outro. Entenda bem, Iocanã: ao me exilar, os apóstolos atribuíram a si mesmos a exclusividade do testemunho. Nas mãos deles, o Evangelho se torna um trunfo para o poder. A transformação de Jesus vai acentuar-se, isso é evidente. Até onde eles irão?

Iocanã se ajoelhou aos pés dele e lhe pôs as mãos com familiaridade nos joelhos.

— Não pode deixar isso passar em branco. Eles escrevem as próprias lembranças. Escreva também as suas. O que ensina aqui aos seus discípulos, ponha por escrito, e faça circular esse texto, como eles fazem com os deles. Conte, *abbu*. Conte o primeiro encontro à beira do Jordão, a cura do paralítico na piscina de Betezatá, os últimos dias de Jesus... Conte de Jesus como contou a mim. Para que ele não morra uma segunda vez!

Ele mantinha os olhos fitos no rosto do pai adotivo, que pegou outro maço em cima da mesa.

— Quanto a Paulo, ele é muito esperto. Ele sabe que as pessoas só podem suportar suas vidas miseráveis devido à fé na ressurreição. Ele lhes explica: vocês ressuscitarão, *pois* Jesus, o primeiro, ressuscitou. E se ele ressuscitou... é porque ele é Deus: só Deus pode ressuscitar a si mesmo.

— Pois bem, pai... Paulo escreve cartas aos seus discípulos? Faça o mesmo. Além do seu relato, escreva uma carta para nós. Uma epístola para restabelecer a verdade, para dizer que Jesus não era Deus. E a prova... será a existência do túmulo.

O seu rosto se fechou e Iocanã tomou as mãos dele entre as suas.

— Eu não queria dizer-lhe. Eliezer Ben-Akkai, o chefe dos essênios de Jerusalém, morreu. Levará com ele o segredo do túmulo de Jesus?

Os olhos do ancião se encheram de lágrimas. Com a morte do essênio, toda a sua juventude desaparecia.

— Foram os próprios filhos de Eliezer, Adon e Osias, que transportaram o corpo. Eles sabem. Portanto, somos três, é suficiente. Você aprendeu comigo como encontrar Jesus além da morte. O que ganharia ao saber o local da sua sepultura final? O túmulo dele é respeitado pelo deserto e não o seria pelos homens.

Iocanã se levantou rapidamente, e saiu por um instante. Quando voltou, segurava numa das mãos um maço de pergaminhos virgens e na outra uma pena de chifre de búfalo e um tinteiro de argila. Ele os pôs em cima da mesa.

— Então, escreva, *abbu*. Escreva para que Jesus continue vivo.

36

— Declaro esta sessão solenemente aberta.

O reitor da Sociedade São Pio V notou com satisfação que alguns dos irmãos não se apoiavam no encosto das cadeiras: certamente haviam usado o longo salmo *Miserere* como medida na aplicação da disciplina de metal.

A sala continuava vazia, como sempre, com apenas duas exceções: diante dele, aos pés do crucifixo sangrento, uma simples cadeira havia sido colocada. E sobre a mesa nua, um copo de licor com um líquido incolor, que exalava um leve cheiro de amêndoas amargas.

— Irmão, queira tomar o seu lugar para o procedimento.

Um dos participantes se levantou, deu a volta na mesa e foi sentar-se na cadeira. O véu que escondia o seu rosto tremia, como se respirasse com esforço.

— Durante longos anos, você serviu de maneira irrepreensível à nossa Sociedade. Mas, recentemente, cometeu uma falta grave. Fez confidências a respeito do caso atual, extremamente importante para a nossa missão.

O homem ergueu para os presentes as mãos súplices.

— A carne é fraca, irmãos, suplico que me perdoem!

— Não se trata disso. — O tom do reitor era cortante. — O pecado da carne é remido pelo sacramento da penitência, assim como Nosso Senhor remiu os pecados da mulher adúltera. Mas, ao falar com essa moça das nossas recentes preocupações...

— Ela não pode mais nos prejudicar!

— De fato. Foi preciso agir de modo que ela não *pudesse mais* nos prejudicar, o que é sempre lamentável e deve continuar a ser um fato excepcional.

— Então... já que teve a bondade de resolver esse problema...
— Você não entendeu, irmão.
Ele se dirigiu à assembleia:
— O desafio dessa missão é considerável. Até meados do século XX, a Igreja manteve o controle da interpretação das Escrituras. Depois que o infeliz papa Paulo VI suprimiu, em 1967, a Congregação do Índex, não controlamos mais nada. Qualquer um pode publicar qualquer coisa, e o Índex, que relegava as ideias perniciosas aos infernos das bibliotecas, caiu como um dedo atingido pela lepra do modernismo. Um simples monge, do fundo da sua abadia, pode, atualmente, ameaçar seriamente a Igreja, trazendo a prova de que Cristo não passava de um homem comum.

Um frêmito percorreu a assembleia.

— Desde a fundação da nossa Sociedade pelo santo papa Pio V, lutamos para preservar a imagem pública do Nosso Deus Salvador feito homem. E sempre conseguimos.

Os irmãos concordaram com a cabeça.

— Os tempos mudaram e exigem recursos consideráveis. De dinheiro, para isolar o mal, criar seminários *sãos,* controlar as mídias em todo o planeta e impedir certas publicações. Muito dinheiro para pressionar os governos em assuntos de política cultural, de educação, para impedir que o Ocidente cristão seja invadido pelo islamismo ou pelas seitas. A fé ergue montanhas, mas a sua alavanca é o dinheiro. O dinheiro pode tudo: se usado por mãos puras, pode salvar a Igreja, que atualmente é ameaçada no que tem de mais precioso — os dogmas da Encarnação e da Trindade.

Um murmúrio aprovador foi ouvido na sala. O reitor fitou intensamente o crucifixo, sob o qual tremia o acusado.

— Ora, o dinheiro é miseravelmente contado para nós. Vocês se recordam da fortuna súbita, imensa, dos templários? Ninguém jamais soube de onde ela vinha. Pois bem, a fonte inesgotável dessa fortuna talvez esteja atualmente ao nosso alcance. Se a possuirmos, disporemos de recursos ilimitados para realizar a nossa missão. Com a condição...

Ele baixou o olhar para o infeliz irmão, que parecia se liquefazer na sua cadeira, fortemente iluminada por dois spots dirigidos para o crucifixo.

— Com a condição de que nenhuma indiscrição comprometa a operação. Essa indiscrição, irmão, você cometeu. Pudemos arrancar o espinho plantado por você na carne de Nosso Senhor, mas foi por pouco. Não confiamos mais em você e, portanto, sua missão termina hoje. Peço aos dez apóstolos presentes que confirmem, com o seu voto, a minha decisão soberana.

Num conjunto perfeito, dez mãos se estenderam para o crucifixo.

— Irmão, nossa afeição o acompanha. Conhece o procedimento.

O condenado soltou o véu. O reitor já o havia encontrado por várias vezes com o rosto descoberto, mas os outros nunca tinham visto nada além das suas mãos.

O véu caiu, revelando a fisionomia de um idoso. Os olhos estavam com profundas olheiras, mas o olhar não implorava mais. Este último ato fazia parte da missão que aceitara ao se tornar membro da Sociedade. Sua devoção para com o Cristo Deus era total e não ia diminuir naquele dia.

O reitor se levantou, imitado pelos dez apóstolos. Eles estenderam lentamente os braços, até que os dedos se tocassem.

Em frente ao crucifixo marcado com o sangue, os dez homens, com os braços em cruz, fitaram o irmão que se levantou. Ele já não tremia. Jesus, ao se deitar na viga de madeira, não havia tremido.

O reitor elevou a voz, num tom neutro:

— Irmão, as três Pessoas da Trindade sabem com que dedicação você serviu à causa de uma delas. A Trindade o acolhe no seu seio, nessa luz divina que você não parou de buscar durante toda a vida.

Lentamente, o reitor pegou o copo de licor que estava na mesa, elevou-o um instante como um cálice e apresentou-o ao padre idoso.

Com um sorriso, este último deu um passo à frente e estendeu a mão descarnada para o copo.

37

— Bem-vindo a San Girolamo! Sou o padre Jean, encarregado de receber os hóspedes.

Ao descer do expresso de Roma, Nil voltou a encontrar os seus pontos de referência de estudante e se dirigiu sem hesitação para a parada do ônibus que levava às catacumbas de Priscila. Feliz em rever a cidade, não pensava mais nas peripécias da viagem.

Ele desceu quase no ponto final, no alto de uma das encostas da via Salaria. Situada num cenário ainda verdejante, a abadia de San Girolamo era uma criação artificial do papa Pio XI, para reunir ali os beneditinos do mundo inteiro e fazer uma versão revisada da Bíblia - - porém em latim. A Sociedade São Pio V controlou de perto cada um desses monges, até que fossem obrigados a admitir que o latim só era falado no Vaticano: o mundo moderno condenava o trabalho deles. Desde então, San Girolamo sobrevivia de lembranças.

Nil soltou a mala na entrada do claustro amarelo-fosco, que possuía uma fonte no centro, onde adernava tristemente uma touceira de bambus. Um leve odor de *pasta* e de louro-rosa bastava para lembrar que se estava em Roma.

— Ontem, a Congregação me preveniu da sua chegada. No início do mês recebemos o mesmo pedido para o padre Andrei, que se hospedou aqui por vários dias...

O padre Jean era tagarela como um romano do Trastevere. Ele o guiou para a escada que levava aos andares de cima.

— Dê-me a sua mala... ufa! Como está pesada! Pobre padre Andrei, não se sabe o que deu nele; uma manhã, foi embora sem avisar. E fez a mala apressadamente, pois esqueceu vários objetos no quarto. Eu os deixei lá, é o quarto no qual vai ficar. Ninguém pôs os pés ali desde a partida precipitada do seu infeliz confrade. Então, veio trabalhar com manuscritos gregorianos?

Nil nem ouvia essa enxurrada de palavras. Ficaria hospedado no quarto de Andrei!

Finalmente, livre do padre Jean, ele lançou um olhar ao redor do quarto. Ao contrário das celas da abadia, estava repleto de móveis disparatados. Um grande armário, duas estantes para livros, uma cama com colchão, um sofá, uma mesa enorme com cadeira e uma poltrona... No ar, o odor indefinível dos mosteiros flutuava, um cheiro de pó e encáustica.

Numa das prateleiras, haviam deixado os poucos objetos esquecidos por Andrei. Apetrechos de barbear, lenços, um mapa de Roma, uma agenda... Nil sorriu: a agenda de um monge. Não havia muito o que anotar!

Com esforço, ele pôs a mala em cima da mesa. Estava quase cheia de preciosas anotações. Inicialmente, Nil pensou em arrumá-las na prateleira, mas mudou de opinião. O armário tinha uma chave. Foi ali que colocou os papéis, empurrando o negativo de Germigny para o fundo. Dando uma volta na chave, enfiou-a no bolso, sem muita convicção.

Depois, ele parou: em cima da mesa havia um envelope. Com o seu nome.

Caro Nil,
Você veio ajudar-me nas pesquisas Welcome in Rome! *Para dizer a verdade, não estou entendendo nada. Nunca pedi que viesse! No entanto, estou feliz em revê-lo. Passe no meu escritório assim que possível: Secretaria de Relações com os Judeus, no prédio da Congregação.* See you soon!
Seu velho amigo, Rembert Leeland.

Um largo sorriso iluminou o seu rosto. *Remby!* Então, era ele o músico a quem viera ajudar! Bem que poderia ter pensado nisso, mas há dez anos não via o companheiro de estudos romanos e a ideia de ser convocado por ele a Roma não lhe aflorara à mente. *Remby, que prazer!* Ao menos a viagem teria isso de bom: permitir que se reencontrassem.

Em seguida, ele releu a carta: Leeland parecia tão surpreso quanto ele. *Nunca pedi...* Não havia sido ele que o convocara.

Mas, então, quem?

38

O velho de alva branca pegou o copo que o reitor lhe entregava, aproximou-o dos lábios e tomou de um só gole o líquido incolor. Fez uma careta e voltou a sentar-se na cadeira.

Foi tudo muito rápido. Diante dos onze apóstolos ainda com os braços estendidos em cruz, o homem deu um soluço e se dobrou ao meio com um gemido. O rosto ficou violáceo, contraiu-se num horrível ricto e ele desabou no chão. Os espasmos duraram cerca de um minuto e ele se enrijeceu para sempre. Da boca aberta, como para aspirar, uma baba viscosa escorria pelo queixo. Os olhos, desmesuradamente abertos, fitavam o crucifixo acima dele.

Lentamente, os apóstolos abaixaram os braços e voltaram a se sentar. Na frente deles, a forma branca estava imóvel.

O irmão mais afastado do reitor, à direita, se levantou com um lenço na mão.

— Ainda não! Nosso irmão deve passar o bastão para aquele que vai suceder-lhe. Por favor, abra a porta.

Com o lenço ainda na mão, o irmão foi abrir a porta blindada do fundo.

Na penumbra, uma forma branca, de pé, parecia esperar.

— Avance, irmão!

O recém-chegado estava vestido com a mesma alva que os presentes, a cabeça coberta pelo capuz, o véu branco preso de ambos os lados do rosto. Ele deu três passos à frente e parou, horrorizado.

"Antonio", pensou o reitor, "um rapaz tão encantador! Tenho pena dele. Mas tem de receber o bastão, é a regra da sucessão apostólica."

Diante da cena do velho convulsionado por uma morte brutal, os olhos do novo irmão permaneciam arregalados. Olhos muito estranhos: as íris eram quase totalmente negras e as pupilas, dilatadas pela repulsa, lhe davam um olhar singular, acentuado pela testa morena e pálida.

O reitor lhe fez um sinal com a mão para que se aproximasse.

— Irmão, cabe a você cobrir a face desse apóstolo, cuja sucessão assume hoje. Olhe bem o rosto dele: é o rosto de um homem totalmente devotado à sua missão. Quando não tinha mais condições de cumpri-la, ele pôs, espontaneamente, fim à sua obrigação. Receba a chama dele, para servir como ele serviu e morrer como ele morreu, na alegria do Mestre.

O recém-chegado se virou para aquele que lhe havia aberto a porta e lhe entregava o lenço. Ele o pegou, se ajoelhou ao lado do morto, cuja face violácea contemplou longamente. Em seguida, limpou a espuma que sujava a boca e o queixo e, prosternando-se, deu um longo beijo nos lábios azulados do morto.

Levantando-se, estendeu o lenço sobre o rosto que inchava devagar e, finalmente, virou-se para os irmãos, imóveis.

— Bom — disse o reitor com voz afetuosa. — Você acabou de passar pela última prova; ela faz com que você seja o décimo segundo dos apóstolos que cercavam Nosso Senhor na sala de cima de Jerusalém.

Antonio tivera de fugir da Andaluzia natal: o Opus Dei não permitia que os seus membros o deixassem facilmente e uma certa distância lhe pareceu prudente. Em Viena, os colaboradores do cardeal Catzinger haviam notado o rapaz taciturno de olhos muito negros. Depois de vários anos de observação, o dossiê dele foi passado para o prefeito da Congregação, que o colocou, sem comentários, na mesa de Calfo.

Foram precisos mais dois anos de investigação cerrada, feita pela Sociedade São Pio V. Dois anos de vigilância, de escutas telefônicas, de espionagem da família e dos amigos que haviam permanecido na Andaluzia... Quando marcou hora com ele no seu apartamento do Castel Sant'Angelo para uma série de entrevistas, certamente Calfo conhecia melhor Antonio do que o andaluz conhecia a si mesmo. Em Viena, cidade voluptuosa, haviam-no tentado de todas as maneiras: e se comportara muito bem. Não se interessava pelo prazer e pelo dinheiro, e sim apenas pelo poder e pela defesa da Igreja Católica.

O reitor lhe fez um sinal com a mão. "Andaluz, de sangue mouro. Criticava os métodos do Opus Dei. Melancolia árabe, niilismo vienense, desencanto meridional: excelente recruta!"

— Tome o seu lugar entre os Doze, irmão.

De frente para a parede na qual se destacava apenas a imagem sangrenta do crucificado, os Doze estavam novamente reunidos em peso, em torno do Mestre.

— Conhece a nossa missão. Você vai colaborar desde agora, vigiando de perto um monge francês que chegou hoje a San Girolamo. Acabei de saber que um estrangeiro por pouco não interrompeu um processo capital relacionado a esse monge, no expresso de Roma. Incidente lamentável; ele não havia recebido nenhuma ordem nesse sentido, eu não o controlo diretamente.

O reitor suspirou. Nunca havia encontrado esse homem, mas tinha um dossiê completo sobre ele. "Imprevisível. Necessidade compulsiva de se soltar na ação. Quando não era o desafio musical, era a excitação do perigo. O Mossad lhe retirou a autorização de matar."

— Aqui estão as primeiras instruções. — Ele entregou um envelope ao novo irmão. — As seguintes chegarão às suas mãos no devido tempo. E lembre-se de que está a serviço!

Com a mão direita ele apontou o crucifixo, cuja imagem aparecia sobre o painel acaju. O jaspe verde do seu anel brilhou.

"Senhor! Talvez, depois dos Templários, nunca estiveste em tamanho perigo. Mas os seus Doze, quando possuírem as mesmas armas que eles, irão usá-las para proteger-te!"

39

O cardeal Emil Catzinger fez sinal para que um homem alto, esguio, de testa ampla, usando um par de óculos retangulares, se sentasse.

— Por favor, monsenhor...

Por trás dos óculos, os olhos de Rembert Leeland brilhavam. Tinha um rosto alongado de anglo-saxão, mas os lábios carnudos de um artista. Ele dirigiu a Sua Eminência um olhar interrogador.

— Deve estar se perguntando por que o convoquei... Diga-me, em primeiro lugar: as relações com os irmãos judeus ocupam todo o seu tempo?

Leeland sorriu, o que dava ao seu rosto uma aparência de estudante travesso.

— Na verdade, não, Eminência. Felizmente, tenho os meus trabalhos de musicologia!

— *Exatamente*, chegamos aonde eu queria. O Santo Padre está muito interessado nas suas pesquisas. Se puder demonstrar que o canto gregoriano se originou nas salmodias das sinagogas da Alta Idade Média, teríamos um elemento importante de aproximação com o judaísmo. Por isso, chamamos um especialista para decifrar os textos antigos que estuda. Um monge francês, excelente exegeta. O padre Nil, da abadia de Saint-Martin.

— Soube disso ontem. Estudamos juntos.

O cardeal sorriu.

— Então, vocês se conhecem, não é? Será juntar o útil ao agradável. Fico contente com esses encontros de amigos. Ele acabou de chegar. Veja-o sempre que quiser. E dê atenção às palavras dele: o padre Nil é um poço de ciência, tem muito a dizer e vai aprender muito com ele. Deixe-o falar sobre o que o interessa. E, depois... de tempos em tempos, você me fará um relatório sobre o teor das suas conversas. Por escrito: serei o único destinatário desses relatórios. Entendeu?

Leeland arregalou os olhos, estupefato. "O que significa isso? Ele me pede para fazer Nil falar e, em seguida, lhe fazer um relatório? Quem ele pensa que eu sou?"

O cardeal observava o rosto expressivo do americano. Como num livro aberto, leu o que se passava com ele e acrescentou com um sorriso bonachão:

— Não tenha medo, monsenhor, não estou pedindo que faça delação. Apenas que me informe sobre as pesquisas e os trabalhos do seu amigo. Estou muito ocupado e não tenho tempo para recebê-lo. Acontece que estou interessado em me manter a par dos avanços mais recentes da exegese... Você vai prestar-me um serviço ao contribuir para a minha informação.

Ao ver que não havia convencido Leeland, disse num tom mais seco:

— Lembro-lhe também da sua situação. Tivemos de tirá-lo dos Estados Unidos e chamá-lo para cá, nomeando-o bispo, para pôr um fim na polêmica escandalosa que provocou por lá. O Santo Padre não tolera que se questione a sua recusa, absoluta e justificada, de ordenar padres os homens casados. E, depois, seria a vez das mulheres, por que não? Ele tolera ainda menos que um abade beneditino, à frente da abadia de St. Mary, lhe dê conselhos, publicamente, a esse respeito. O senhor tem, monsenhor, a chance de se redimir aos olhos do papa. Conto com a sua colaboração discreta, eficaz e sem falhas. Compreendeu?

De cabeça baixa, Leeland não respondeu. O cardeal usou a antiga entonação do pai quando voltava da frente de batalha do Leste:

— Custa-me ter de lembrar-lhe, monsenhor, que também houve *outra razão* para tirá-lo com urgência do seu país e lhe conceder a dignidade episcopal que o protege, tanto quanto o honra. Agora, compreendeu?

Desta vez, Leeland ergueu os olhos de criança triste para o cardeal e fez sinal de que havia compreendido. Deus perdoa todos os pecados, mas a Igreja faz os seus membros expiá-los.

Por muito tempo.

40

Pella, fim do ano 66

— Pai, achei que nunca mais conseguiria chegar aqui!
Os dois homens se abraçaram efusivamente. As feições repuxadas de Iocanã mostravam a sua exaustão.
— A XII legião romana pôs a costa a ferro e fogo. Ela bateu em retirada diante de Jerusalém, com perdas consideráveis. Dizem que o imperador Nero vai ordenar a volta do general Vespasiano da Síria para reforçar o dispositivo com a V e a X legiões, a terrível Fretensis. Milhares de soldados aguerridos convergem para a Palestina: é o começo do fim!
— E Jerusalém?
— Salva temporariamente. Tiago lutou tanto quanto pôde contra a divinização do irmão, depois acabou por admiti-la publicamente. Para as autoridades judaicas tratava-se de uma blasfêmia; o Sinédrio mandou lapidá-lo. Os cristãos estão preocupados. "Tiago! Com ele desaparecia o último freio às ambições das Igrejas."
— Tem notícias de Pedro?
— Continua em Roma, de onde nos chegam boatos de perseguições. Nero engloba no seu ódio judeus e cristãos. A Igreja de Pedro está ameaçada. Talvez, também por lá, seja o fim.
Ele mostrou a sua sacola que continha alguns pergaminhos.
— Tiago, Pedro... Eles pertencem ao passado, *abbu*. Vários Evangelhos estão circulando, ao mesmo tempo que outras epístolas de Paulo...
— Recebi tudo isso, graças aos nossos refugiados. — Ele estendeu a mão para a mesa do peristilo, cheia de documentos.

— Mateus refez o texto dele. Vi que se inspirou em Marcos, o primeiro a compor uma espécie de história de Jesus, desde o encontro à beira do Jordão até o túmulo vazio. Na verdade, não foi escrito por Mateus, pois, como pode ver, está em grego. Ele deve ter redigido em aramaico e mandado traduzir.

— Exatamente. Está circulando um terceiro Evangelho, também em grego. As cópias vêm de Antioquia, onde encontrei o autor, Lucas, amigo de Paulo.

— Eu li os três Evangelhos. Eles põem na boca de Jesus palavras que ele nunca disse: que se considerava o Messias, ou até Deus. Isso era inevitável, Iocanã. E... o meu relato?

Ele acabara aceitando escrever, não um Evangelho construído como Marcos e os outros, e sim uma narrativa, da qual Iocanã mandara fazer cópias e fizera circular. Nela, ele contava as suas próprias lembranças: o encontro à beira do Jordão e o deslumbramento dos primeiros dias. Porém, ele nunca havia saído da Judeia, sendo que Jesus voltara a viver e a ensinar mais ao norte, na Galileia. Sobre o que havia acontecido por lá, ele não dizia quase nada. O seu relato continuava com a volta dos Doze e do Mestre a Jerusalém, algumas semanas antes da crucificação. Até o momento em que o túmulo fora encontrado vazio.

Evidentemente, ele não fazia menção ao que viera depois, à remoção do cadáver por Adon e Osias, os dois filhos de Eliezer Ben-Akkai. O papel desempenhado pelos essênios no desaparecimento do corpo supliciado deveria permanecer em segredo absoluto.

Assim como o local do túmulo de Jesus.

Entre esses dois períodos, o princípio e o fim, ele havia acrescentado as lembranças dos seus amigos de Jerusalém: Nicodemos, Lázaro e Simão, o leproso. Uma narrativa escrita diretamente em grego e que descrevia o Jesus que ele havia conhecido: judeu antes de tudo, mas resplandecente quando se mostrava habitado pelo Pai, o Deus que ele chamava de *abba*. Nunca mais um judeu ousara usar esse termo familiar para designar o Deus de Moisés. Ele repetiu:

— E o meu relato, Iocanã?

O rosto do rapaz ficou sombrio.

— Está circulando. Entre os seus discípulos, que o sabem de cor, mas também nas Igrejas de Paulo, até a Bitínia,[1] é o que parece.

— E, lá, não foi recebido da mesma maneira, não é?

— Não. Na Judeia, os judeus o criticam por descrever Jesus como um profeta superior a Moisés. E os gregos acham o seu Jesus humano demais. Ninguém ousa destruir o testemunho do *discípulo bem-amado*, mas antes de lê-lo em público corrigem-no ou o "completam", como eles dizem, e isso cada vez mais.

— Eles não podem me estripar como fizeram com Judas, então me eliminam com a pena. O meu relato irá tornar-se um quarto Evangelho, alterado de acordo com as ambições deles.

Como outrora, Iocanã se ajoelhou diante do *abbu* e tomou as mãos dele nas suas.

— Então, pai, escreva uma epístola para nós, os seus discípulos. Eu a porei em lugar seguro, enquanto ainda é possível: os judeus fanatizados de Jerusalém não resistirão por muito tempo. Escreva a verdade sobre Jesus e, para que ninguém possa distorcê-la, diga o que sabe sobre o túmulo. Não o de Jerusalém, que está vazio. O verdadeiro túmulo, o do deserto, onde repousam os restos dele.

---

[1] Noroeste da atual Turquia.

Os refugiados afluíam a Pella de todas as partes. Sentado na extremidade do peristilo, o velho contemplou o vale. Do outro lado do Jordão já se viam as cristas de fumaça das terras em chamas.

Eram os saqueadores, que acompanham todos os exércitos de invasores. Era o fim. Ele tinha de transmitir o que sabia às gerações futuras.

Resolutamente, ele se sentou à mesa, pegou uma folha de pergaminho e começou a escrever: *Eu, o discípulo bem-amado de Jesus, o décimo terceiro apóstolo, para todas as Igrejas...*

No dia seguinte, ele se aproximou de Iocanã, que selava uma mula.

— Se conseguir passar, tente entregar esta epístola aos nazarenos de Jerusalém e da Síria.

— E você?

— Ficarei em Pella até o último momento. Quando os romanos se aproximarem, levarei os nazarenos para o sul. Quando voltar, vá diretamente a Qumran. Eles lhe dirão onde me encontrar. Cuide-se, meu filho.

Com um nó na garganta, em silêncio, ele entregou um pedaço de junco oco a Iocanã, que o enfiou no cinto. No interior, havia uma simples folha de pergaminho enrolada, amarrada com um cordão de linho.

Era a epístola do décimo terceiro apóstolo para a posteridade.

41

    Passando ao lado da vila Doria Pamphili, Nil seguiu pela via Salaria Antica, encravada entre muros. Gostava de pisar no calçamento irregular das antigas vias imperiais, cuja pavimentação romana ainda era aparente. Durante os seus anos de estudo, havia explorado apaixonadamente essa cidade, a *Mater Praecipuæ*, a mãe de todos os povos. Ele chegou à via Aurelia, que desembocava atrás da Cidade do Vaticano, e se dirigiu, sem hesitar, ao prédio da Congregação para a Doutrina da Fé.

    A Secretaria de Relações com os Judeus ficava num anexo do prédio, do lado da Basílica de São Pedro. Ele teve de escalar três andares, chegando a um corredor de alvéolos localizados logo abaixo do telhado: eram os escritórios dos minutantes.

    Mons. Rembert Leeland, O.S.B. Ele bateu discretamente.

— Nil! *God bless, so good to see you!*

    O escritório do amigo era minúsculo, separado dos vizinhos por uma simples parede de compensado. Havia espaço apenas para deslizar para a única cadeira, em frente à mesa estranhamente nua. Ao ver a surpresa dele, Leeland sorriu embaraçado.

— Não passo de um pequeno minutante de uma secretaria sem importância... Na verdade, trabalho mais em casa, aqui mal consigo respirar.

— Deve ser bem diferente das suas planícies do Kentucky!

O rosto do americano ficou sombrio.

— Estou no exílio, Nil, por ter dito em voz alta o que muitos pensam...

Nil o olhou afetuosamente.

— Você não mudou, Remby.

Estudantes em Roma nos anos logo após o concílio, eles haviam compartilhado as esperanças de toda uma juventude que acreditava na renovação da Igreja e da sociedade. Levadas pelo vento, as ilusões haviam deixado as suas marcas.

— Não se iluda, Nil, mudei muito, mais do que eu poderia dizer: não sou mais o mesmo. E você? No mês passado soubemos da morte brutal de um dos seus monges no expresso de Roma. Ouvi falar em suicídio e o vejo chegar aqui, sendo que não pedi nada. O que está acontecendo, *friend*?

— Eu conhecia bem Andrei: esse homem não era um suicida; ao contrário, estava apaixonado pela pesquisa que fazíamos há anos, não juntos, mas paralelamente. Ele havia descoberto algumas coisas que não queria — ou não podia — me dizer claramente, mas tenho a impressão de que me empurrava para que eu descobrisse por mim mesmo. Fui eu que fiz o reconhecimento oficial do corpo. Encontrei um bilhetinho na mão dele, escrito antes de morrer. Andrei havia anotado quatro pontos sobre os quais queria falar comigo, assim que chegasse: não era uma carta de alguém que vai cometer suicídio, e sim a prova de que ele tinha projetos para o futuro e queria que eu participasse. Não mostrei o bilhete para ninguém, mas ele foi roubado da minha cela e não sei por quem.

— *Roubado?*

— Sim, e isso não é tudo. Também roubaram algumas das minhas anotações.

— E a investigação sobre a morte do padre Andrei?

— No jornal local apareceu uma pequena notícia falando de morte acidental, e no *La Croix*, um simples aviso de falecimento. Não recebemos nenhum outro jornal, não ouvimos rádio, nem vemos televisão. Os monges só ficam sabendo o que o abade lhes conta no capítulo.* O policial que encontrou o corpo disse que se tratava de assassinato, mas ele foi afastado da investigação.

---

* Assembleia de religiosos.

— Assassinato!

— Sim, Remby. Eu também não consigo acreditar nisso. Quero saber o que aconteceu, por que o meu amigo morreu. O último pensamento dele foi para mim, tenho a sensação de que tinha uma declaração a me fazer. As últimas vontades de um morto são sagradas, sobretudo quando se trata de um homem com a capacidade do padre Andrei.

Inicialmente hesitante, Nil lhe contou sobre suas pesquisas no Evangelho segundo São João, sua descoberta sobre o discípulo bem-amado. Em seguida, descreveu as frequentes conversas com Andrei, a angústia deste último em Germigny, o fragmento do manuscrito copta dissimulado na encadernação da sua última obra.

Leeland ouviu sem interrompê-lo.

— Nil, eu nunca soube lidar com outra coisa que não a música. E com a informática, para tratar os manuscritos que estudo. E não compreendo como uma pesquisa erudita pode provocar acontecimentos tão dramáticos e lhe causar tamanha angústia.

Prudentemente, ele evitou falar sobre o pedido do cardeal-prefeito.

— Andrei sempre me falou, com palavras veladas, que nossas pesquisas mexiam com alguma coisa muito mais importante, que me escapa. É como se eu tivesse na minha frente os fios de uma tapeçaria, sem saber o motivo desenhado no canevás. Mas, agora, Rembert, estou decidido a ir até o fim: quero saber por que Andrei morreu, quero saber o que está oculto por trás desse mistério que rodeio há tantos anos.

Leeland olhou para ele, surpreso com a determinação selvagem que lia num rosto que, quando conhecera, era tranquilamente plácido. Ele se levantou, contornou a mesa e abriu a porta.

— Eu lhe darei todo o tempo necessário para continuar a sua pesquisa. Porém, no momento, temos de ir à reserva do Vaticano. Preciso mostrar-lhe a obra na qual eu trabalho, e você precisa ser visto por lá. Não podemos esquecer que os meus cantos gregorianos são o motivo da sua presença em Roma.

Leeland se lembrou da convocação ao escritório de Catzinger: talvez ele também tivesse *um outro* motivo? Em silêncio, ele percorreu o dédalo de corredores e escadas que levavam à saída, na praça de São Pedro.

No escritório contíguo, um homem retirou dois fones de ouvido ligados a uma caixa presa com ventosas na parede de madeira. Ele usava com elegância um terno de clérigo impecável, e deixou os fones pendurados no pescoço enquanto organizava rapidamente as folhas, cheias de uma pequena escrita estenográfica. Os olhos estranhamente negros brilhavam de satisfação: a qualidade da escuta havia sido excelente, a parede era fina. Não havia perdido nem uma palavra da conversa entre o *monsignore* americano e o monge francês. Bastaria deixá-los juntos; os dois não parariam de falar.

O reitor da Sociedade São Pio V ficaria satisfeito. A missão começava bem.

42

— A reserva da Biblioteca do Vaticano fica localizada no subsolo. Tive de pedir credenciais para você, pois o acesso a essa parte do prédio é rigorosamente controlado; vai entender o porquê quando estiver lá.

Eles contornaram a alta muralha da Cidade do Vaticano e passaram pela entrada da via della Porta Angelica, onde ficava o principal posto da guarda. Os dois guardas suíços, de uniforme azul, deixaram-nos passar sem pará-los e eles atravessaram uma sucessão de pátios internos até o pátio do Belvedere. Cercado de muralhas, ele protege a Galeria Lapidária dos museus e a Biblioteca do Vaticano. Apesar de ser ainda muito cedo, já se podiam ver algumas silhuetas através dos vidros das janelas.

Leeland lhe fez sinal para que o seguisse e se dirigiu para o canto oposto. Ao pé do imponente muro do Vaticano, havia uma pequena porta de metal munida de um dispositivo de controle de acesso. O americano digitou um código e esperou.

— Algumas pessoas seletas possuem credenciamento permanente, como eu. Mas você terá de se identificar.

Um policial pontifical, em trajes civis, abriu a porta e encarou os dois visitantes, desconfiado. Ao reconhecer Leeland, esboçou um sorriso.

— *Buongiorno, monsignore.* Este monge está com o senhor? Posso ver os documentos dele e as credenciais?

Nil estava vestido com o hábito monástico: Leeland lhe havia explicado que, ali, isso facilitava as coisas. Eles entraram numa espécie de antessala, e Nil apresentou uma folha com o símbolo do Vaticano. O policial pegou-a sem dizer uma palavra e saiu.

— O controle é rigoroso — sussurrou o americano. — A Biblioteca do Vaticano é aberta ao público, mas a reserva, no subsolo, contém manuscritos antigos acessíveis apenas a alguns raros pesquisadores. Você vai conhecer o padre Breczinsky, guardião do local. Diante do valor inestimável dos tesouros que aqui estão, o papa nomeou um polonês para o posto, um homem tímido e retraído, mas totalmente devotado ao Santo Padre.

O policial voltou e devolveu a credencial a Nil com um menear de cabeça.

— Terá de mostrar este papel todas as vezes que vier aqui. Não tem autorização para entrar sozinho, só acompanhado do monsenhor Leeland, que tem um passe permanente. Sigam-me.

Um longo corredor com uma descida suave se embrenhava obliquamente sob o prédio e levava a uma porta blindada. Nil teve a impressão de entrar numa cidadela preparada para o cerco. "Este lugar está enterrado sob milhares de toneladas da basílica de São Pedro. O túmulo do apóstolo não está longe." O policial introduziu um cartão magnético e digitou um código: a porta se abriu com um silvo.

— Conhece o local, monsenhor. O padre Breczinsky os aguarda.

O homem de pé na entrada de uma segunda porta blindada tinha um rosto cuja palidez era acentuada pela circunspecta batina preta. Usava óculos redondos para os olhos míopes.

— Bom dia, *monsignore*. E este é o francês cuja credencial da Congregação recebi?

— Ele mesmo, caro padre. Ele vai ajudar-me nos trabalhos. O padre Nil é monge na abadia de Saint-Martin.

Breczinsky sobressaltou-se:

— Por acaso, seria confrade do padre Andrei?

— Fomos confrades por trinta anos.

Breczinsky abriu a boca como se fosse fazer uma pergunta a Nil, mas se recompôs e disfarçou a sua perturbação com um breve cumprimento de cabeça. Em seguida, virou-se para Leeland.

— Monsenhor, a sala está pronta. Se quiser me seguir...

Em silêncio, ele os precedeu numa série de salas abobadadas, que se comunicavam por uma larga abertura em arco. As paredes estavam cobertas de estantes envidraçadas, a iluminação era uniforme e um ronronar indicava o dispositivo higrométrico indispensável para a conservação dos manuscritos antigos. Nil varria com o olhar as prateleiras por onde passavam: Antiguidade, Idade Média, Renascimento, *Risorgimento*... As etiquetas levavam a imaginar os testemunhos mais preciosos da História Ocidental, que ele teve a impressão de percorrer por inteiro em algumas dezenas de metros.

Achando graça na surpresa dele, Leeland cochichou:

— Na seção de música, a única que posso usar, eu lhe mostrarei partituras e autógrafos de Vivaldi, páginas do *Messias* de Haendel e os oito primeiros compassos da *Lacrimosa* de Mozart: as últimas notas escritas por ele, quando estava moribundo. Elas estão aqui...

A seção de música ficava na última sala. No centro, sob a iluminação regulável, havia uma mesa nua com um tampo de vidro, no qual se procuraria, em vão, um único grão de poeira.

— Conhece o local, *monsignore*, vou deixá-los. Err... — ele parecia agir a contragosto — padre Nil, poderia vir ao meu escritório? Preciso encontrar um par de luvas do seu tamanho, precisa delas para manipular os manuscritos.

Leeland demonstrou surpresa, mas deixou que Nil acompanhasse o bibliotecário ao escritório que dava diretamente na sala deles. Breczinsky fechou cuidadosamente a porta, pegou uma caixa numa prateleira e se virou para Nil, embaraçado.

— Padre... posso perguntar qual era exatamente a natureza das suas relações com o padre Andrei?

— Éramos muito amigos, por quê?

— Pois bem, eu... eu me correspondia com ele, às vezes Andrei pedia a minha opinião sobre as inscrições medievais que estudava.

— Então... *É o senhor?*

Nil se lembrou: "Enviei a foto da laje de Germigny a um funcionário do Vaticano. Ele me respondeu que havia recebido, sem nenhum comentário."

— Andrei me falou sobre o correspondente na Biblioteca do Vaticano, eu não sabia que era o senhor e não pensava que tivesse a oportunidade de conhecê-lo!

De cabeça baixa, Breczinsky manipulava maquinalmente as luvas dentro da caixa.

— Ele me pedia informações técnicas, como fazem outros pesquisadores. A distância, havíamos estabelecido uma relação de confiança. Um dia, ao organizar o acervo copta, encontrei um pequeno fragmento de manuscrito que parecia ser proveniente de Nag Hamadi e que nunca havia sido traduzido. Mandei para ele. Andrei pareceu muito perturbado com esse material e me mandou de volta, sem tradução. Eu lhe escrevi a respeito, então ele me mandou por fax a foto de uma inscrição carolíngia encontrada em Germigny, perguntando o que eu pensava sobre ela.

— Eu sei. Tiramos a foto juntos. Andrei me mantinha a par dos trabalhos dele. Quase totalmente.

— Quase?

— Sim, ele não me dizia tudo e não escondia isso... o que sempre me surpreendeu.

— Em seguida, ele veio para cá. Foi a primeira vez que nos vimos, um encontro... muito significativo. Depois, desapareceu e nunca mais o vi. E soube da morte dele pelo jornal *La Croix*, um acidente ou suicídio...

Breczinsky parecia muito pouco à vontade, os seus olhos fugiam do olhar de Nil. Finalmente, ele lhe entregou um par de luvas.

— Não pode ficar comigo por muito tempo, tem de voltar para a sala. Eu... voltaremos a nos falar, padre Nil. Mais tarde, encontrarei um meio. Desconfie de todos aqui, até mesmo do monsenhor Leeland.

Nil arregalou os olhos, estupefato.

— O que quer dizer? Sem dúvida, não verei mais ninguém em Roma e confio nele totalmente. Estudamos juntos e o conheço há muito tempo.

— Mas ele já viveu algum tempo no Vaticano. Este lugar transforma todos os que dele se aproximam, nunca continuam a ser os mesmos... Ora, esqueça o que acabei de falar, mas tome cuidado!

Leeland já havia posto um manuscrito em cima da mesa.

— Ele demorou para encontrar as suas luvas! Sendo que existe uma gaveta cheia delas na sala ao lado, de todos os tamanhos...

Nil não respondeu ao olhar preocupado do amigo e se aproximou da grande lupa retangular que estava em cima do manuscrito. Ele deu uma olhada.

— Nenhuma iluminura, sem dúvida anterior ao século X. Ao trabalho, Remby!

Ao meio-dia, eles comeram um sanduíche, que Breczinsky lhes trouxera. Subitamente todo sorriso, o polonês pediu a Nil que lhe explicasse em que consistiria o seu trabalho.

— Inicialmente, decifrar o texto latino dos manuscritos de canto gregoriano. Depois, traduzir o texto hebreu dos cantos judeus antigos, cuja melodia é parecida, e comparar... Claro, eu só cuido dos textos, o monsenhor Leeland fará o resto.

— O hebreu antigo me é hermético, bem como os escritos medievais — explicou o americano, rindo.

Quando eles saíram, o sol já estava baixo no horizonte.

— Vou diretamente para San Girolamo — desculpou-se Nil. — O ar climatizado me deu dor de cabeça.

Leeland parou-o. Estavam no centro da Praça de São Pedro.

— Tenho a sensação de que Breczinsky ficou muito impressionado com você. Em geral, ele não diz mais do que três frases seguidas. Portanto, meu amigo, preciso pôr você de sobreaviso: desconfie dele.

"De novo! Meu Deus, onde fui cair?"

Com o rosto sério, Leeland insistiu:

— Cuidado para não cometer nenhuma indiscrição. Se ele fala com você é para sondá-lo: aqui, nada nem ninguém é inocente. Você não sabe a que ponto o Vaticano é perigoso, é preciso desconfiar de todos em geral e de cada um em particular.

43

Uma enxurrada de pensamentos ainda turbilhonava na cabeça de Nil quando ele entrou no seu quarto em San Girolamo. Primeiro, ele se certificou de que nada havia desaparecido do armário, que continuava trancado, e foi até a janela. O siroco, o terrível vento do sul que cobria a cidade com uma fina película de areia do Saara, começara a soprar. Roma, em geral tão luminosa, estava banhada por uma claridade lúgubre, amarelada.

Nil fechou a janela para se proteger da areia. O que não impedia que sofresse com a brutal queda de pressão atmosférica que sempre acompanhava o siroco e provocava enxaquecas na população, circunstância considerada atenuante pela justiça romana em caso de crime cometido sob a influência do vento maléfico.

Ele foi até a prateleira para pegar um comprimido de aspirina, como precaução, e parou diante dos objetos esquecidos por Andrei. Rejeitado pela família ao entrar para o mosteiro, machucado com a morte do amigo, Nil se emocionava facilmente: os seus olhos se encheram de lágrimas. Juntou o que, agora, constituía para ele uma recordação preciosa e enfiou no fundo da mala: elas teriam um lugar na sua cela, em Saint-Martin.

Maquinalmente, ele abriu a agenda e folheou-a. A agenda de compromissos de um monge era tão vazia quanto a sua vida. As páginas estavam virgens até o começo de novembro. Ali, Andrei havia anotado o dia e a hora da partida para Roma e, depois, os encontros na Congregação. Nil virou a página, algumas linhas haviam sido lançadas às pressas.

Com o coração acelerado, ele se sentou de lado e acendeu a luz da mesa.

No alto da página da esquerda, Andrei havia escrito em letras maiúsculas: CARTA DO APÓSTOLO. Mais abaixo, seguiam-se dois nomes: Orígenes, Eusébio de Cesareia, este último seguido de três letras e seis números.

Dois Pais da Igreja grega.

Na página da frente, ele havia rabiscado: "S.C.V. Templários." E adiante, novamente três letras, seguidas de quatro números apenas.

O que os templários faziam no meio dos Pais da Igreja?

Seria efeito do siroco? A cabeça dele rodava ligeiramente.

Carta do apóstolo: nas suas conversas, Andrei havia citado diante dele, de modo muito vago, alguma coisa desse tipo. E essa era uma das quatro pistas que constavam no bilhete redigido no expresso de Roma.

Muitas vezes, Nil se perguntara como explorar essa menção misteriosa. E eis que o amigo, como o faria se continuasse ao seu lado, lhe falava novamente dessa carta. Andrei parecia lhe dizer que ele descobriria alguma coisa a esse respeito nos escritos dos dois Pais da Igreja, sobre os quais anotara o que parecia ser uma referência.

Precisava encontrar esses textos. Mas, onde?

Nil foi até a pia pegar um copo d'água e jogou a aspirina dentro dele. Enquanto olhava subir a coluna gasosa, refletia intensamente. Três letras seguidas de números. Eram notações da Classificação de Dewey, a localização de livros numa biblioteca. Mas qual biblioteca? A vantagem do sistema de Dewey é que ele pode ser estendido infinitamente: cada bibliotecário pode adaptá-lo às suas necessidades, sempre dentro dessa classificação. Com muita sorte, os dois últimos números possibilitariam que localizasse uma biblioteca entre centenas de outras.

Isso, se interrogasse todos os bibliotecários. No mundo inteiro.

Nil tomou a aspirina.

Procurar um livro apenas pela notação de Dewey era o mesmo que procurar um carro num estacionamento com quatro mil vagas, sem saber a sua localização nem a sua marca. Nem o nome do encarregado da entrada. Nem mesmo de que estacionamento se tratava...

Nil massageou as têmporas: a dor caminhava mais rápido do que a aspirina.

As três letras depois de Orígenes e Eusébio eram seguidas de seis números; portanto, era uma indicação completa, a exata localização da obra numa prateleira. Mas as três letras "S.C.V. Templários" eram seguidas só de quatro números: elas indicavam uma estante ou, talvez, uma zona numa certa biblioteca, sem especificar a localização.

S.C.V. seria a abreviação de uma biblioteca? Em que parte do mundo?

A cabeça de Nil doía como se um torno a apertasse, impedindo-o de pensar. Durante anos, o padre Andrei mantivera contato com bibliotecários de toda a Europa, frequentemente pela Internet. E se uma dessas indicações fosse a de uma biblioteca em Viena, não podia imaginar-se pedindo ao abade que lhe reservasse uma passagem de ida e volta para a Áustria.

Ele tomou uma segunda aspirina e subiu ao terraço, de onde via todo o bairro. Ao longe, via-se a cúpula da basílica de São Pedro. O túmulo do apóstolo havia sido escavado no *tuffo* da colina do Vaticano, que na época ficava situada fora de Roma e na qual Nero mandara construir uma residência imperial e um circo.* Ali, milhares de cristãos e judeus, num mesmo ódio, haviam sido crucificados no ano 67.

Suas pesquisas haviam revelado uma face inesperada de Pedro, de pulsões assassinas. Os Atos dos Apóstolos atestavam que dois cristãos de Jerusalém, Ananias e Safira, haviam sido mortos pelas mãos dele. O assassinato de Judas não passava de uma hipótese, mas apoiada em vários indícios bem fortes. No entanto, em Roma, Pedro morrera como um mártir: "Acredito", disse Pascal, "naqueles que morrem por sua fé." Pedro nascera ambicioso, violento, calculista. Talvez, nos últimos momentos de sua vida, finalmente tivesse se transformado num verdadeiro

---

* Na Roma antiga, grande anfiteatro com camarotes e arquibancadas onde se realizavam jogos e espetáculos públicos.

discípulo de Jesus. A História não mais podia decidir a esse respeito, mas era preciso lhe conceder o benefício da dúvida.

"Pedro devia ser como todos nós, um homem duplo, capaz do melhor e do pior..."

Haviam dito a Nil que desconfiasse de tudo e de todos. Essa ideia lhe era insuportável: se pensasse demais sobre isso, pularia de volta no primeiro trem, exatamente como Andrei. Para não perder o chão, tinha de se concentrar na sua pesquisa. Viver em Roma como num mosteiro e na mesma solidão.

"Vou procurar. E encontrarei."

44

Colina do Vaticano, ano 67

— Pedro... Já que não come nada, ao menos beba!

O velho empurrou o cântaro que lhe entregava o companheiro, vestido com a túnica curta dos escravos. Inclinando-se, ele juntou um pouco de palha e enfiou-a entre as costas e os tijolos do *opus reticulatum*.[1] Ele estremeceu. Dentro de algumas horas seria crucificado; depois, seu corpo seria untado com betume. Ao cair da noite, os carrascos poriam fogo nas tochas vivas, iluminando o espetáculo que o imperador queria oferecer ao povo de Roma.

---

[1] Modo de construção característico das muralhas da época imperial. Os tijolos eram dispostos em linhas regulares, formando o desenho de uma rede ou retícula.

Os condenados à morte estavam amontoados havia vários dias nas longas galerias abobadadas, que davam diretamente na pista do circo. Através da grade da entrada, viam-se os dois marcos — as *metas* — que indicavam as extremidades da pista. Era ali, em torno do grande obelisco central do circo, que todas as noites homens, mulheres e crianças "judeus" eram crucificados indistintamente, supostos responsáveis pelo imenso incêndio que destruíra a cidade alguns anos antes.

— De que adianta comer ou beber, Lino? Você sabe que será hoje: sempre começam pelos mais velhos. Você ainda viverá alguns dias, e Anacleto o verá partir, antes de se juntar a nós, entre os últimos.

Ele acariciou a cabeça de uma criança sentada ao seu lado, na palha. E que olhava para ele com veneração, os olhos grandes acentuados por olheiras.

Desde que chegara a Roma, Pedro se havia encarregado da comunidade cristã. A maior parte dos convertidos era de escravos, como Lino e o menino Anacleto. Todos haviam passado pelas religiões cheias de mistérios vindas do Oriente, que exerciam uma atração irresistível sobre o povo. Elas lhes ofereciam a perspectiva de uma vida melhor no além, e cultos sangrentos espetaculares. A religião austera e despojada dos judeus convertidos ao Cristo, Deus e homem a um só tempo, tivera um sucesso fulminante.

Pedro acabara admitindo que a plena divindade de Jesus era uma condição indispensável para a difusão da nova religião. Ele esqueceu os escrúpulos que o inibiam nos primeiros tempos, entre os convertidos de Jerusalém: "Jesus está morto. O Cristo-Deus está vivo. Só um vivo pode fazer com que as multidões tenham acesso à nova vida."

O galileu tornou-se o chefe incontestável da comunidade de Roma. Ninguém mais ouvia falar do décimo terceiro apóstolo.

Pedro fechou os olhos. Ao chegar ali, havia contado aos detentos como os soldados o haviam capturado na via Appia, quando fugia no meio do fluxo daqueles que tentavam escapar da perseguição de Nero. Profundamente ressentidos com aquilo, que consideravam uma covardia, muitos dos cristãos detidos por causa da própria coragem se mantinham longe dele na prisão.

A vida o abandonava: aguentaria até a noite? Era preciso. Queria sofrer a morte hedionda, rejeitado pelos seus, para se redimir e ser digno do perdão de Deus.

Ele fez um sinal a Lino, que se sentou ao lado de Anacleto, na pedra úmida. Desde o meio-dia não se ouvia mais o rugido das feras: todas haviam sido massacradas naquela manhã pelos gladiadores num imenso combate. O odor das jaulas se misturava ao cheiro repugnante de sangue e de excrementos. Ele fez um esforço para falar:

— Talvez permaneçam vivos, você e esta criança. Há três anos, depois do incêndio, os mais jovens foram soltos, quando o povo se cansou de tantos horrores apresentados na areia do circo. É preciso que você viva, Lino.

O escravo o olhou intensamente, com lágrimas nos olhos.

— Mas se não estiver mais aqui, Pedro, quem vai dirigir a nossa comunidade? Quem nos ensinará?

— Você. Eu o conheci quando foi vendido no mercado próximo ao Fórum, assim como vi crescer essa criança. Você e ela sobreviverão. Vocês são o futuro da Igreja. Eu não passo de uma velha árvore, já morta por dentro...

— Como pode dizer isso? Você, que conheceu o Nosso Senhor, você que o seguiu e serviu sem falhas!

Pedro inclinou a cabeça. A traição a Jesus, os sucessivos assassinatos, a luta implacável contra os adversários em Jerusalém; quantos sofrimentos havia causado...

— Ouça bem, Lino: o sol já está se pondo, resta pouco tempo. É preciso que você saiba, eu falhei. Não apenas por acidente, como ocorre com todos nós, mas por muito tempo e repetidamente. Diga isso à Igreja, quando tudo estiver terminado. Mas diga também que morro em paz, pois reconheci os meus erros, meus inúmeros erros. Porque pedi perdão ao próprio Jesus e ao seu Deus. E porque nunca — *nunca* — um cristão deve duvidar do perdão de Deus. Essa é a essência do ensinamento de Jesus.

Lino pôs as mãos sobre as de Pedro: estavam geladas. Seria a vida que o abandonava? Muitos haviam morrido naquele túnel, antes mesmo de chegar ao suplício.

O velho ergueu a cabeça.

— Lembre-se, Lino, e você, criança, escute: na noite da última ceia que comemos com o Mestre, antes da sua captura, éramos doze ao redor dele. *Só havia doze apóstolos ao redor de Jesus.* Eu estava lá, eu declaro diante de Deus antes de morrer. Talvez, algum dia, vocês ouçam falar de um décimo terceiro apóstolo. Nem você, nem Anacleto, nem aqueles que virão depois devem tolerar uma simples menção, uma única referência a outro apóstolo que não aos Doze. Disso depende a própria existência da Igreja. Juram solenemente, diante de mim e de Deus?

Sérios, o rapaz e a criança confirmaram com um aceno de cabeça.

— Se sair das trevas, esse décimo terceiro apóstolo pode destruir tudo aquilo em que acreditamos. Tudo aquilo que vai permitir — e ele indicou as sombras indistintas prostradas pelo chão — que estes homens e estas mulheres morram em paz esta noite, talvez até mesmo sorrindo. Agora, deixem-me. Tenho muito o que dizer ao Senhor.

Pedro foi crucificado ao pôr do sol, entre as duas *metas* do circo do Vaticano. Quando puseram fogo no corpo dele, o obelisco, que estava apenas a alguns metros da cruz, ficou iluminado por um momento.

Dois dias depois, Nero proclamou o fim dos jogos: todos os condenados à morte foram libertados, depois de receberem as trinta e nove chibatadas.

Lino sucedeu ao apóstolo, cujo corpo ele enterrou no alto da colina do Vaticano, a pouca distância da entrada do circo.

Anacleto sucedeu a Lino, terceiro na lista dos papas anunciada nas missas em todo o universo. Foi ele quem mandou construir a primeira capela sobre o túmulo de Pedro. Capela esta que, em seguida, foi substituída por uma basílica, que o imperador Constantino quis que fosse majestosa.

O juramento solene dos dois papas sucessores de Pedro foi transmitido ao longo dos séculos.

E o obelisco diante do qual o padre Nil parou por um instante naquela manhã — o siroco havia cessado, Roma brilhava na sua glória — era o mesmo em cujo pé, dezenove séculos antes, um discípulo de Jesus, reconciliado com o seu Deus pelo arrependimento e pelo perdão, havia voluntariamente enfrentado um horrível suplício.

Isso porque Pedro havia ocultado a verdade aos cristãos: só ele sabia que não merecia ser venerado por eles; queria morrer no opróbrio e no desprezo. Mas Pedro não fugira da perseguição. Ao contrário, ele se entregara à polícia de Nero para expiar os erros. E para poder fazer com que Lino jurasse que o segredo seria transmitido.

Depois, esse segredo nunca mais saíra da colina do Vaticano.
O décimo terceiro apóstolo não havia falado.

45

Nil gostava de perambular e sonhar na praça de São Pedro de manhã cedo, quando os turistas ainda não estavam lá. Ele se afastou da sombra do obelisco para aproveitar o sol já morno. "Dizem que é o obelisco que ornamentava o centro do circo de Nero. Em Roma, o tempo não existe."

Sua mão esquerda não largava a sacola na qual, ao sair de San Girolamo, havia colocado suas anotações mais preciosas, retiradas dos outros papéis que arrumara na prateleira. Ali, tão facilmente quanto na abadia, poderiam revistar o seu quarto e ele sabia que, agora, deveria desconfiar de todos. "Mas não de Remby, nunca!" Quando ia sair, ele enfiou no fundo da sacola o rolo de negativo da foto tirada em Germigny. Era uma das quatro pistas deixadas por Andrei, que ele ainda não sabia como explorar.

Ao chegar ao seu escritório, enquanto Nil ainda sonhava ao pé do obelisco com os impérios que o tempo consolida, Leeland encontrou um bilhete que o convocava para comparecer imediatamente diante de um minutante da Congregação. Um certo monsenhor Calfo, com quem já havia cruzado no corredor, sem saber exatamente que lugar ele ocupava no organograma do Vaticano.

Dois andares e um dédalo de corredores abaixo, ele se surpreendeu ao encontrar o prelado instalado num escritório quase luxuoso, cuja única janela dava discretamente para a praça de São Pedro. O homem era baixo, gorducho, com um ar seguro de si e hipócrita, ao mesmo tempo. "Um habitante da galáxia vaticana", pensou o americano.

Calfo não o convidou a se sentar.

— Monsenhor, o cardeal me pediu que o mantivesse a par das suas conversas com o padre Nil, que veio lhe dar uma mão. Sua Eminência — o contrário seria surpreendente — se interessa de perto pelos estudos dos nossos especialistas.

Em cima da mesa, bem em evidência, estava o bilhete entregue na véspera por Leeland a Catzinger. Ele resumia a sua primeira conversa com Nil, mas não mencionava as confidências do amigo sobre as pesquisas no Evangelho segundo São João.

— Sua Eminência me entregou o seu primeiro relatório. Ele mostra que existe uma relação de confiança amigável entre o senhor e o francês. Mas isso é insuficiente, monsenhor, totalmente insuficiente! Não posso acreditar que ele não lhe tenha dito nada mais sobre a natureza dos trabalhos talentosos que faz há tanto tempo!

— Não pensei que os detalhes de uma conversa sobre vários assuntos pudessem interessar tanto ao cardeal.

— Todos os detalhes, monsenhor. Precisa ser mais específico e menos reservado nos seus relatórios. Os quais farão com que o cardeal ganhe um tempo precioso, pois ele quer acompanhar todos os avanços da ciência: é o dever dele como prefeito da Congregação para a Doutrina da Fé. Esperamos a sua colaboração, monsenhor, e sabe por que... não sabe?

Um sentimento que Leeland não pôde controlar, um ataque de raiva surda o invadiu. Ele mordeu os lábios e não respondeu.

— Está vendo este anel episcopal? — Calfo estendeu a mão. — É uma admirável obra-prima, talhada na época em que ainda se conhecia a linguagem das pedras. A ametista, que a maioria dos prelados católicos escolhe, é espelho da humildade e nos lembra a ingenuidade de São Mateus. Mas este aqui é um jaspe, reflexo da fé, associado a São Pedro. Todo o tempo ele me lembra qual é o combate da minha vida: a fé católica. É essa fé, monsenhor, que está relacionada aos trabalhos do padre Nil. Não deve esconder nada do que ele lhe diz, como o fez.

Calfo o despediu em silêncio e sentou-se à sua mesa. Abriu a gaveta e tirou um maço de folhas arrancadas de um bloco de anotações: era o relato estenográfico da conversa da véspera. "Ainda sou o único a saber que Leeland não está seguindo as regras do jogo. Antonio fez um bom trabalho."

Ao voltar para o seu escritório pelos corredores, Leeland tentou sufocar a raiva. Aquele minutante sabia que ele omitira toda uma parte da conversa com Nil. Como podia saber?

"Alguém nos escutou! Estou sob escuta, aqui, no Vaticano."

De novo, a raiva tomou conta dele. Eles já o haviam feito sofrer demais, eles haviam destruído a sua vida.

Ao entrar no minúsculo escritório de Leeland, Nil se desculpou pelo atraso:

— Perdoe-me, fiquei passeando na praça...

Ele se sentou, pôs a sacola no pé da cadeira e sorriu.

— Reuni aqui as minhas anotações mais preciosas. Preciso lhe mostrar as minhas conclusões: são provisórias, mas você vai começar a compreender...

Interrompendo-o com um gesto, Leeland rabiscou algumas palavras num pedaço de papel e o estendeu a Nil, colocando o indicador nos lábios. Surpreso, o francês pegou o papel e deu uma olhada: "Estamos sob escuta. Não diga nada, eu lhe explicarei depois. Não aqui."

Nil ergueu para Leeland os olhos estupefatos. Num tom descontraído, este emendou:

— Então, está bem instalado em San Girolamo? Ontem tivemos uma manifestação do siroco. Sofreu muito?

— Errr... sim, tive dor de cabeça a tarde toda. O que...

— De nada adianta voltarmos à reserva da Biblioteca do Vaticano hoje. Eu queria lhe mostrar o que tenho no meu computador; verá o trabalho que já realizei. Tudo isso está na minha casa. Quer vir comigo, agora? Fica a dez minutos daqui, na via Aurelia.

Ele fez a Nil, perplexo, um sinal imperioso com a cabeça e se levantou sem esperar pela resposta.

Quando saíam do corredor para descer a escada, Leeland deixou que Nil passasse na frente e se virou. Do escritório contíguo ao seu, ele viu sair um minutante que não conhecia, que fechou tranquilamente a porta a chave e caminhou na direção deles. Estava usando um elegante terno de clérigo e, na escuridão do corredor, Leeland só percebeu o olhar negro, melancólico e, ao mesmo tempo, inquietante.

Rapidamente, ele se reuniu a Nil, que o aguardava nos primeiros degraus da escada, ainda estupefato.

— Vamos descer. Rápido.

46

Eles atravessaram a colunata de Bernini. Leeland deu uma olhada em volta e segurou com familiaridade o braço de Nil.

— Meu amigo, hoje de manhã tive a prova de que a nossa conversa de ontem foi ouvida.

— Como numa embaixada, no tempo dos soviéticos!

— O Império Soviético não existe mais, porém, aqui, você está no centro nevrálgico de outro império. Tenho certeza do que afirmei, não me pergunte mais. *My poor friend*, em que vespeiro se meteu?

Eles andaram em silêncio. O tráfego era extremamente intenso na via Aurelia, tornando impossível qualquer conversa. Leeland parou diante de um prédio moderno, na esquina de uma rua adjacente.

— Pronto, é aqui, tenho um pequeno apartamento de um quarto no terceiro andar. O Vaticano paga o aluguel, o meu salário de minutante não seria suficiente.

Ao passar pela porta do apartamento de Leeland, Nil deu um pequeno assobio entre os dentes.

— *Monsignore*, que maravilha!

Havia uma grande sala de estar dividida ao meio. A primeira parte comportava um piano de meia cauda, em torno do qual estava espalhado um equipamento eletroacústico. Uma estante, aberta, cheia de livros, delimitava a segunda parte: dois computadores ligados aos mais sofisticados equipamentos — impressoras, scanner e dispositivos que Nil foi incapaz de identificar. Leeland disse para Nil ficar à vontade e riu embaraçado.

— Foi a minha abadia americana que me deu tudo isso, uma fortuna! Eles ficaram furiosos com a maneira pela qual fui destituído do posto de abade, eleito de acordo com o regulamento, por motivos de política eclesiástica. O Vaticano me pede para fazer ato de presença no escritório de minutante de manhã e no fim da tarde. Depois, vou trabalhar na reserva ou volto para cá. Breczinsky me autorizou a fotografar alguns documentos, que escaneei no computador.

— Por que me disse para desconfiar dele?

Leeland pareceu hesitar na resposta.

— Durante os nossos estudos em Roma, você via o Vaticano da colina do Aventino, a um quilômetro daqui. De longe, Nil, de muito longe. Você estava fascinado com o balé dos prelados em torno do papa, você via tudo como espectador, orgulhoso de pertencer a um maquinário com uma carcaça de tanto prestígio. Agora, você não é mais um espectador: você é um inseto preso na teia, na armadilha das aranhas, enviscado como uma mosca sem defesa.

Nil escutava em silêncio. Desde a morte de Andrei pressentia que a sua vida havia mudado, que entrara num universo do qual ignorava tudo. Leeland continuou:

— Josef Breczinsky é um polonês, um daqueles que chamamos de os "homens do papa". Totalmente devotado à pessoa do Santo Padre e, portanto, esquartejado entre as correntes que percorrem o Vaticano, ainda mais violentas porque não são declaradas. Há quatro anos trabalho a dez metros do seu escritório e continuo a não saber nada sobre ele, salvo que carrega o peso de um sofrimento infinito, que se lê no seu rosto. Parece que ele gosta de você: cuidado com o que lhe diz.

Nil controlou a vontade de pegar o braço de Leeland.

— E você, Remby? Você também é um... inseto enviscado na teia?

Os olhos do americano se encheram de lágrimas.

— Eu... a minha vida acabou, Nil. Eles me destruíram, porque acreditei no amor. Assim como podem destruí-lo, porque acredita na verdade.

Nil percebeu que não devia insistir. "Hoje, não. Há um enorme desespero no seu olhar!"

O americano se recompôs.

— Não tenho nenhuma capacidade para colaborar com os seus trabalhos eruditos, mas farei o possível para ajudá-lo. Os católicos sempre quiseram ignorar que Jesus era judeu! Aproveite a sua inesperada estada em Roma, os manuscritos gregorianos podem esperar, se for preciso.

— Iremos trabalhar diariamente na reserva para não despertar suspeitas. Mas estou decidido a continuar a pesquisa de Andrei. O bilhete dava quatro pistas para serem exploradas. Uma delas se refere a uma laje descoberta recentemente em Germigny, com uma inscrição que data da época de Carlos Magno. Tiramos uma foto rápida de frente, Andrei ficou muito impressionado com a inscrição. Tenho aqui o negativo. Acha que com o seu equipamento de informática ele pode revelar alguma coisa?

Leeland pareceu aliviado: falar sobre tecnologia lhe permitia escapar dos fantasmas que acabara de lembrar.

— Você não imagina o que um computador pode fazer! Se forem caracteres de uma língua que ele tenha na memória, o computador poderá reconstituir as letras ou as palavras de um texto destruído pelo tempo. Mostre-me o negativo.

Nil pegou o rolo na sacola e entregou ao amigo. Eles passaram para o outro lado da sala, Leeland ligou os dispositivos, que começaram a piscar. Ele abriu um deles.

— Scanner a laser, última geração.

Quinze segundos depois, a laje apareceu na tela. Leeland manejou o mouse, digitou no teclado e um pincel luminoso começou a fazer uma varredura metódica na imagem.

— Vai demorar uns vinte minutos. Enquanto ele trabalha, venha para perto do piano, vou tocar para você o *Children's Corner*.

Enquanto Leeland, de olhos fechados, fazia nascer sob os seus dedos a melodia delicada de Debussy, o pincel do computador passava, incansavelmente, na reprodução de uma misteriosa inscrição carolíngia.

Inscrição fotografada no crepúsculo do século XX por um monge, que essa foto levara à morte.

Nesse mesmo momento, monsenhor Calfo atendeu o telefone celular.

— Eles saíram do escritório da Congregação e foram direto para o apartamento do *americano*? Bom, continue nas proximidades, vigie discretamente os movimentos deles e hoje à noite me faça o relatório.

Ele apalpou maquinalmente o losango oblongo do seu jaspe verde.

47

A inscrição da laje de Germigny aparece agora com grande nitidez na tela do computador.

— Olhe, Nil: está perfeitamente legível. São caracteres latinos; o computador os reconstituiu. Além do mais, no início e no fim do texto, há duas letras gregas — alfa e ômega — que ele identificou sem possibilidade de erro.

— Pode imprimir?

Nil contemplou a inscrição impressa no papel. Leeland esperou que ele tomasse a palavra:

— É mesmo o texto do Símbolo de Niceia, o Credo. Mas ele foi posto numa ordem totalmente incompreensível...

Eles aproximaram as cadeiras. "Como antigamente, quando eu ia ao quarto dele para estudarmos, lado a lado, sob o mesmo abajur."

— Por que acrescentaram a letra alfa antes da primeira palavra do texto e a letra ômega depois da última? Por que essas duas letras, a primeira e a última do alfabeto grego, artificialmente colocadas num texto escrito em latim e considerado intocável? Por que dividiram as palavras, sem levar em conta o significado delas? Só vejo uma explicação possível: não devemos nos preocupar com o sentido, pois não existe nenhum, e sim com o modo como o texto foi disposto. Andrei me disse que nunca tinha visto isso. Certamente, ele desconfiou que esses cortes tinham um significado especial e foi preciso que viesse a Roma para perceber que o Credo, assim modificado, tinha alguma coisa a ver com os três outros indícios anotados no bilhete. Por enquanto, só decifrei um, o manuscrito copta.

— Ainda não falou sobre ele...

— Porque descobri o que querem dizer as palavras, mas não o sentido da mensagem. E, talvez, o sentido esteja no modo incompreensível pelo qual este texto foi gravado no século VIII.

Nil refletiu, depois continuou:

— Você sabe que, para os gregos, alfa e ômega significavam o início e o fim dos tempos...

— Como no Apocalipse de São João?

— Exatamente. Quando o autor do Apocalipse escreve "Então, eu vi um novo céu e uma nova terra",* ele faz com que o Cristo, que aparece glorioso, diga:

> *Eu sou o Alfa e o Ômega,*
> *o Primeiro e o Último,*
> *o começo e o fim.***

---

* Apocalipse 21, 1. *Bíblia, Mensagem de Deus*, São Paulo, Loyola, 1993.
** Apocalipse 21,6. *Ibidem*.

"A letra alfa significa que um novo mundo começa, e a letra ômega, que esse mundo durará por toda a eternidade. Enquadrado por essas duas letras, o estranho recorte do texto faria alusão a uma nova ordem do mundo, que não poderia, em caso nenhum, ser modificada: 'Um novo céu e uma nova terra' é alguma coisa que deve durar até o fim dos tempos."

— O alfa e o ômega são símbolos bíblicos frequentes?

— De modo algum. Eles são encontrados apenas no Apocalipse; a tradição afirma que o autor é João. Portanto, podemos pensar que se esse texto está encaixado entre o alfa e o ômega é porque a ordem tem alguma coisa a ver com o Evangelho segundo São João.

Nil se levantou e foi para a janela que estava com os vidros fechados.

— Uma disposição do texto, independente do sentido das palavras, que está relacionada ao Evangelho atribuído a João. Não posso dizer mais nada, enquanto não sentar à minha mesa e revirar esta inscrição em todos os sentidos, como Andrei deve ter feito. Em todo o caso, tudo gravita em torno do quarto Evangelho, e é por isso que as minhas pesquisas interessavam tanto ao meu amigo.

Nil fez sinal a Leeland, para que se juntasse a ele perto da janela.

— Amanhã, você não me verá: vou me fechar no quarto em San Girolamo e só sairei dali quando tiver descoberto o sentido da inscrição. Nós nos veremos depois de amanhã, e espero que esteja tudo mais claro. Em seguida, será preciso que me deixe usar a Internet; tenho de fazer uma pesquisa nas grandes bibliotecas do mundo inteiro.

Com o queixo, ele indicou o alto da cúpula de São Pedro, que emergia acima dos telhados.

Talvez Andrei tenha morrido porque percebeu alguma coisa que ameaçasse *isso*...

Se, em vez de olhar a cúpula do Vaticano, eles tivessem dado uma olhada na rua, teriam visto um rapaz que fumava negligentemente, abrigado do frio de dezembro numa porta de garagem. Como um transeunte qualquer, ele usava uma calça clara e um casaco grosso.

Os olhos negros não se desviavam do terceiro andar do prédio da via Aurelia.

48

Tarde da noite, o escritório de Catzinger era o único iluminado no prédio da Congregação. Ele mandou Calfo entrar e se dirigiu a ele com voz de comando:

— Monsenhor — o cardeal tinha na mão uma simples folha —, recebi no fim da tarde o segundo relatório de Leeland. Ele está zombando de nós. Segundo ele, hoje só falaram a respeito de canto gregoriano. Ora, o senhor me disse que eles ficaram fechados no apartamento da via Aurelia a manhã inteira!

— Até as quatorze horas, Eminência, hora em que o francês saiu de lá para voltar a San Girolamo, onde se trancou no quarto. Minhas informações são absolutamente confiáveis.

— Não quero conhecer a fonte. Vire-se para saber o que dizem no apartamento de Leeland. *Devemos* ser informados sobre o que esse francês tem na cabeça. Fiz-me compreender?

No começo da manhã do dia seguinte, um turista parecia muito interessado nos capitéis esculpidos do Teatro di Marcello, que delimitava a localização do mercado de bois da antiga Roma, o Foro Boario. Não muito longe, o templo da Fortuna Viril erguia as colunas rígidas encimadas por uma glande coríntia, que lembravam aos visitantes informados a quem ela era dedicada. Ao lado, um pequeno templo redondo era consagrado às vestais, que ofereciam a sua castidade perpétua às divindades e mantinham o fogo sagrado. Ao passar diante das duas construções próximas, o turista deu um sorriso de contentamento. "A fortuna viril e a castidade perpétua. Eros divinizado ao lado da divina pureza. Os romanos já haviam compreendido. Os nossos místicos só desenvolveram."

A calça de passeio não conseguia disfarçar um traseiro expressivo, e se ele mantinha a mão direita enfiada no bolso do casaco de camurça era para ocultar o belíssimo jaspe que lhe adornava o anular. Em nenhuma ocasião se separava dessa joia de grande valor.

Um homem que levava na mão, ostensivamente, um guia turístico de Roma, foi ao encontro dele.

— *Salam aleikum*, monsenhor!

— *We aleikum salam*, Moktar. Aqui está o que foi combinado pelo transporte da pedra de Germigny. Belo trabalho.

Do bolso dele emergiu um envelope, que mudou de mãos. Moktar Al-Qoraysh apalpou rapidamente o envelope sem abri-lo e, em troca, deu um sorriso para o interlocutor.

— Fui inspecionar o prédio da via Aurelia: não tem nada para alugar. Em compensação, tem um apartamento para vender no segundo andar, bem embaixo do *americano*.

— Quanto?

Enunciado o valor, Calfo fez uma careta. Talvez, em breve, a Sociedade São Pio V não precisasse mais economizar. Ele abriu o casaco e tirou outro envelope do bolso interno, maior e mais grosso.

— Vá visitá-lo agora, efetue a compra imediatamente e faça com que lhe entreguem a chave. Leeland ficará preso na Congregação esta tarde, você terá três horas para fazer o que for necessário.

— Monsenhor! Em uma hora, os microfones estarão instalados.

— O seu inimigo preferido voltou para Israel?

— Logo depois da nossa viagenzinha. Ele está preparando uma turnê internacional que começa com uma série de concertos aqui, em Roma, por ocasião do Natal.

— Perfeito, maravilhoso pretexto. Pode ser que precise apelar para ele.

Moktar lhe lançou um olhar malicioso.

— E Sônia? Está contente com ela?

Calfo controlou a irritação. Respondeu secamente:

— Estou muito satisfeito, obrigado. Não vamos perder tempo, *mah salam*.

Os dois homens se separaram com um aceno de cabeça. Moktar atravessou o Tibre na ponte Isola, enquanto Calfo cortava caminho pela piazza Navona.

"O cristianismo só podia nascer em Roma", pensou ele, contemplando de passagem as esculturas de Bernini e de Brunelleschi, opostas num dramático frente a frente. "O deserto conduz ao inexpressável, mas para se expressar na encarnação, Deus precisa dos frêmitos da carne."

49

Qumran, ano 68

Nuvens escuras se acumulavam em cima do mar Morto. Nessa bacia, as nuvens nunca se transformavam em chuva, elas anunciavam uma catástrofe.

Iocanã fez sinal ao companheiro para continuar a andar. Silenciosamente, eles se aproximaram do muro. Uma voz gutural os deixou imobilizados no lugar:

— Quem vem lá?

— *Béné Israel!* Judeus.

O homem que os havia parado olhou-os com desconfiança.

— Como chegaram até aqui?

— Pela montanha, depois nos esgueirando através das plantações de Ein Feshka. É o único acesso possível. Os legionários cercaram Qumran.

O homem cuspiu no chão.

— Filhos das trevas! O que vieram fazer aqui? Procurar a morte?

— Estou chegando de Jerusalém, temos de ver Shimon Ben-Yair. Ele me conhece, leve-nos até ele.

Eles escalaram o muro e pararam, atônitos. O que havia sido um lugar tranquilo de oração e estudos não passava de um caravançará.* Alguns homens preparavam armas insignificantes, crianças corriam aos berros, feridos gemiam pelo chão. Iocanã já

---

* Estalagem pública no Oriente Médio para hospedar gratuitamente as caravanas que viajam por regiões desérticas.

estivera ali acompanhando o pai adotivo, que gostava de rever os amigos essênios. Na penumbra que aumentava, ele parou, indeciso, diante de um grupo de homens idosos sentados e encostados na parede do scriptorium,* onde tantas vezes passara horas olhando os escribas traçarem os caracteres hebraicos nos pergaminhos.

A sentinela se aproximou e cochichou algumas palavras no ouvido de um dos velhos. Com agilidade, este último se levantou e abriu os braços.

— Iocanã! Não me reconhece? É verdade, envelheci um século em um mês. Quem está com você? Meus olhos estão infeccionados, estou meio cego.

— Mas claro que o reconheço, Shimon! Este é Adon, filho de Eliezer Ben-Akkai.

— Adon! Aproxime-se para que eu o abrace... Mas, onde está Osias?

O companheiro de Iocanã abaixou a cabeça.

— Meu irmão foi morto na planície de Ashkelon por uma flecha romana. Eu escapei da V legião por milagre. Os legionários são invencíveis.

— Eles serão vencidos, Adon; são filhos das trevas. Mas nós morreremos antes deles. Qumran está madura para a colheita. Vespasiano retomou o comando da X legião Fretensis que nos cerca. Ele quer atacar Jerusalém pelo sul. Pudemos acompanhar os preparativos durante todo o dia. Não temos arqueiros, eles avançam debaixo dos nossos olhos. Será esta noite.

Iocanã contemplou em silêncio o espetáculo pungente desses homens atingidos pela História sem que pudessem escapar. Ele retomou a palavra:

— Shimon, viu o meu *abbu*? Levei mais de três meses para atravessar o país. Nenhuma notícia dele, nem dos discípulos, encontrei Pella totalmente abandonada.

---

* Sala onde se copiavam os manuscritos.

Shimon contemplou o céu com os olhos purulentos. O sol poente iluminava as nuvens por baixo. "O mais belo espetáculo do mundo, como na manhã da criação! Mas, esta noite, será o fim do nosso mundo."

— Na fuga, ele passou por aqui. Com ele, estavam no mínimo quinhentos nazarenos, homens, mulheres e crianças. Ele queria mandá-los para a Arábia, para as margens do mar Interior. Ele tinha razão. Se escapassem dos romanos, seriam perseguidos pelos cristãos, que os odeiam. Os nossos homens os acompanharam até o limite do deserto de Edom.

— Meu pai foi com eles?

— Não, ele os abandonou em Beer-Sheba e eles continuaram para o sul. Temos uma pequena comunidade de essênios no deserto da Idumeia. É lá que ele espera por você. No entanto, conseguirá chegar até lá? Você acabou de cair numa rede, cujas malhas prendem os filhos da luz. Quer viver o Dia conosco e entrar na claridade esta noite?

Iocanã se afastou e trocou algumas palavras com Adon:

— Shimon, tenho de ir ao encontro do meu pai. Vamos tentar escapar. Antes, tenho um objeto sagrado para pôr em segurança. Ajude-me, por favor!

Ele se aproximou do velho e lhe sussurrou ao ouvido. Shimon escutou atentamente, depois concordou com a cabeça.

— Todos os nossos rolos sagrados foram depositados nas grutas consideradas inacessíveis, quando não se conhece a montanha. Um dos nossos homens vai conduzi-lo até lá, mas ele não poderá subir com você. Ouça...

Do campo romano subiam chamadas de trombetas. "Estão soando o ataque!"

Shimon deu uma ordem rápida à sentinela. Sem uma palavra, o homem fez sinal a Iocanã e a Adon para que o seguissem, enquanto uma primeira chuva de flechas caía sobre os essênios, entre os gritos de terror das crianças e das mulheres. Eles passaram pela corrente dos homens macilentos que se precipitava para o muro oriental e atravessaram a porta que dava para a montanha.

O fim de Qumran havia começado.

Maquinalmente, Iocanã pôs a mão no cinto. O bambu oco, que o seu pai lhe havia entregue em Pella, ainda estava lá.

Khirbet Qumran ficava encostada numa alta falésia, as construções haviam sido feitas num platô que dominava o mar Morto. Um sistema complicado de canalizações a céu aberto levava água até a piscina central, onde os essênios praticavam os ritos batismais.

Precedidos pelo guia, Iocanã e Adon seguiram inicialmente o traçado dos canais. Abaixados, eles passavam, em corridas sucessivas, de árvore em árvore. Por trás e muito próximo, o tumulto de uma batalha feroz chegava até eles.

Ofegante, Iocanã fez sinal pedindo descanso. Já não era jovem... Ele ergueu os olhos. Em frente, a falésia parecia uma parede nua que descia num despenhadeiro impressionante. Mas, ao olhar atentamente, ele viu que era formada de enormes concreções rochosas, que desenhavam um emaranhado de veredas e ravinas suspensas no ar.

Aqui e acolá percebiam-se manchas escuras. Eram as grutas. Os essênios haviam transferido toda a sua biblioteca para lá. Como conseguiram? Elas pareciam inacessíveis!

No alto da falésia, ele viu os braços móveis das catapultas romanas, que começavam o balanço assassino na direção do acampamento. Uma linha de arqueiros, com cem metros de extensão, disparava as flechas numa cadência aterradora. Com o coração apertado, ele nem virou a cabeça para olhar para trás.

O guia lhes mostrou a via de acesso para uma das grutas.

— Nossos rolos principais estão lá. Eu mesmo levei o *Manual de Disciplina* da nossa comunidade. Ao longo da parede da esquerda, o terceiro jarro partindo da entrada. Ele é grande: poderá guardar o seu pergaminho. Que Deus os proteja! Meu lugar é lá embaixo. *Shalom!*

Abaixado, ele saiu correndo na direção oposta. Queria viver o Dia com os seus irmãos.

Iocanã e Adon continuaram a avançar. Por mais oitocentos metros ficariam a descoberto. Sempre acompanhando a linha das árvores ao longo dos canais, eles pulavam de uma para a outra. A sacola de viagem, que lhes batia nos quadris, atrapalhava os movimentos.

De repente, uma revoada de flechas caiu sobre eles.

— Adon, lá em cima, eles nos viram! Vamos correr para o pé da falésia!

Contudo, as duas sombras sem armas, e que iam no sentido inverso da batalha, rapidamente deixaram de interessar aos arqueiros romanos. Ofegantes, finalmente os dois conseguiram atingir a relativa segurança do despenhadeiro. Agora, seria preciso subir.

Eles descobriram as pistas traçadas pelas cabras entre os amontoados rochosos. Chegaram à gruta ao cair da noite.

— Rápido, Adon, só temos mais alguns minutos de luz!

A entrada da gruta era tão estreita que, para entrar, foram obrigados a introduzir os pés primeiro. Estranhamente, o interior parecia mais iluminado do que do lado de fora. Sem uma palavra, os dois homens tatearam o chão do lado esquerdo: vários cones emergiam da areia. Eram jarros de terracota, enterrados até a metade, fechados com uma espécie de tampa abaulada.

Auxiliado por Adon, Iocanã abriu com cuidado o terceiro jarro, a partir da entrada. Dentro, um rolo envolvido num tecido untado de alcatrão preenchia metade do espaço. Respeitosamente, ele abriu o bambu oco que havia tirado do cinto e dele retirou uma simples folha de pergaminho amarrada com um cordão de linho. Enfiou-a no jarro de modo que não colasse no alcatrão do rolo. Em seguida, recolocou a tampa e o enterrou até a altura do gargalo.

"Pronto. *Abbu*, agora podemos morrer. Sua epístola está em segurança, mais do que em qualquer outro lugar. Se os cristãos conseguirem sumir com todas as cópias que mandei fazer, o original estará seguro aqui."

Da entrada da gruta, eles viam Qumran, onde um incêndio das construções fazia adivinhar uma cena de horror. Metodicamente, os batalhões de legionários avançavam para o muro, transpunham-no e varriam todo o interior. Atrás de si, deixavam apenas cadáveres degolados de homens, mulheres e crianças. Os essênios não se defendiam mais. Eles perceberam uma multidão confusa ajoelhada em torno da piscina central. No centro, um homem de roupa branca erguia os braços para o céu. "Shimon! Ele pede ao Eterno que receba, neste exato momento, os filhos da luz!"

Iocanã se virou para Adon.

— Seu irmão e você transportaram o cadáver de Jesus até o local em que ele repousa. Osias está morto. Agora, você e o meu *abbu* são os únicos a saber onde está o túmulo. A epístola está em segurança. Se Deus pedir a nossa vida, fizemos o que devia ser feito.

A escuridão invadia a depressão do mar Morto. Toda a área de Qumran era vigiada. A única saída possível era o oásis perto de Ein Feshka, por onde tinham vindo. Quando ali chegavam, viram um grupo armado de tochas que avançava para eles. Alguém gritou, num mau hebreu:

— Alto! Quem são vocês?

Eles começaram a correr e uma revoada de flechas tentou atingi-los. Buscando a cobertura das primeiras oliveiras, Iocanã correu com todas as suas forças, com a sacola batendo do lado, quando ouviu um grito surdo bem atrás dele:

— Adon! Está ferido?

Ele voltou atrás, se inclinou sobre o companheiro. Uma flecha romana estava espetada na sua omoplata. Ele teve forças para murmurar:

— Vá embora, irmão! Vá embora e que Jesus esteja com você.

Escondido num bosque de oliveiras, Iocanã viu, de longe, os legionários matarem com golpes de gládio o segundo filho de Eliezer Ben-Akkai.

A partir desse momento, só um homem sabia onde estava o túmulo de Jesus.

50

Nil andava num passo animado: um sol radioso se insinuava entre os altos muros que margeavam a via Salaria. Na véspera, ele havia passado o dia inteiro fechado no quarto e compartilhado a refeição dos monges, mas não assistira aos raros ofícios litúrgicos executados rapidamente. Só precisara suportar a tagarelice sem-fim do padre Jean na hora do café, tomado no claustro.

— Todos nós aqui vivemos os grandes momentos de San Girolamo, quando esperávamos oferecer ao mundo uma nova versão da Bíblia em latim. Depois que a modernidade nos condenou, trabalhamos sem objetivo e a biblioteca foi abandonada.

"Não foi somente a modernidade. Talvez a verdade também os condene", pensou Nil, tomando um líquido que insultava Roma, a cidade na qual se degustava o melhor café do mundo.

Mas naquela manhã ele se sentia leve, quase esquecido do ambiente sufocante no qual estava mergulhado desde a chegada, uma desconfiança de todos em relação a todos, e a confidência de Leeland: "Minha vida acabou, eles destruíram a minha vida." O que havia acontecido com o aluno alto, sério e infantil ao mesmo tempo, que punha em cada coisa e em cada pessoa o olhar inalterável de um otimismo tão indestrutível quanto a sua fé nos Estados Unidos?

Nil havia lutado com a inscrição da pedra, virando-a em todos os sentidos. Quando estava a ponto de desistir, tivera a ideia de confrontar o texto misterioso com o manuscrito copta. Uma ideia brilhante. No início da noite, ele havia conseguido o seu intento com uma das duas frases.

Andrei tinha razão. Era preciso *pôr tudo em perspectiva*. Aproximar os elementos esparsos, cada um deles escrito numa época diferente — século I para o Evangelho, século III para o manuscrito, século VIII para Germigny. Ele começava a ver o fio condutor.

Não podia abandonar esse fio. "A verdade, Nil: foi para conhecê-la que entrou no mosteiro." A verdade vingaria Andrei.

Quando entrou no apartamento da via Aurelia, que estava com todas as luzes acesas, Leeland tocava um *Estudo* de Chopin e o recebeu com um sorriso. Nil começou a duvidar que o mesmo homem, dois dias antes, o fizera entrever um abismo de desespero.

— Nos anos que fiquei em Jerusalém, passei muito tempo ao lado de Arthur Rubinstein, que decidira passar lá os dias que lhe restavam. Éramos dez estudantes, israelenses e estrangeiros, e nos reuníamos na casa dele. Tive o privilégio de vê-lo trabalhar neste *Estudo*. E então, conseguiu compreender a charada?

Nil fez sinal para que Leeland se sentasse ao seu lado.

— Tudo se esclareceu quando tive a ideia de numerar uma a uma as linhas da inscrição. Eis o que deu:

```
 1  αcredo in deum patrem om
 2  nipotentem creatorem cel
 3  i et terrae et in iesum c
 4  ristum filium ejus unicu
 5  m dominum nostrum qui co
 6  nceptus est de spiritu s
 7  ancto natus ex maria vir
 8  gine passus sub pontio p
 9  ilato crucifixus mortuus
10  et sepultus descendit a
11  d inferos tertia die res
12  urrexit a mortuis ascend
13  it in cœlos sedet ad dex
14  teram dei patris omnipot
15  entis inde venturus est
16  iudicare vivos et mortuo
17  s credo in spiritum sanc
18  tum sanctam ecclesiam ca
19  tholicam sanctorum commu
20  nionem remissionem pecca
21  torum carnis resurrectio
22  nem vitam eternam, amem.ω
```

— Vinte e duas linhas... — murmurou Leeland.

— Exatamente vinte e duas. Então eu me fiz novamente a primeira pergunta: por que acrescentaram um alfa e um ômega no início e no fim do texto?

— Você já me disse: para gravar no mármore uma nova ordem do mundo, imutável, por toda a eternidade.

— Sim, porém fui mais longe. As linhas não têm nenhum significado, mas ao contar o número de signos — isto é, as letras e os espaços — percebi que elas têm o mesmo comprimento, exatamente vinte e quatro signos. Primeira conclusão: isto é um *código numérico*, quer dizer, baseado no simbolismo dos números — uma mania muito difundida na Antiguidade e no início da Idade Média.

— Um código numérico? O que é isso?

— Você sabia que doze mais doze é igual a vinte e quatro?

Leeland assobiou entre os dentes.

— Eu me inclino diante da sua genialidade. Um dia inteiro para chegar a esse resultado!

— Não zombe, preste atenção. A base numérica desse código é o número 12, que, na Bíblia, simboliza a perfeição do povo eleito: doze filhos de Abraão, doze tribos de Israel, doze apóstolos. Se doze representa a perfeição, duas vezes doze significa o absoluto dessa perfeição. Por exemplo, no Apocalipse, Deus em Majestade aparece cercado de vinte e quatro anciãos, duas vezes doze. Cada linha da inscrição contém duas vezes doze signos. Cada uma delas é absolutamente perfeita. Mas faltavam duas letras para se obter linhas iguais de vinte e quatro signos. Para se chegar a esse resultado foram acrescentadas a letra alfa no início e a letra ômega no fim. Assim se matavam dois coelhos com uma só cajadada, pois ao mesmo tempo se introduzia uma alusão transparente ao Apocalipse de São João: "Eu sou o alfa e o ômega, o começo e o fim." Pelo código, o texto instaura um mundo novo, imutável. Está entendendo?

— Até aqui, sim.

— Se duas vezes doze representa a perfeição absoluta, o quadrado dessa perfeição, ou seja, vinte e quatro vezes o número 24, é a perfeição eterna. No Apocalipse a muralha da Jerusalém Celestial — a cidade eterna — mede cento e quarenta e quatro côvados, que é o quadrado de doze. Para que o Credo representasse a perfeição eterna segundo esse código específico, seria preciso que fosse disposto em vinte e quatro linhas, cada uma com vinte e quatro signos: um quadrado perfeito. Concorda?

— Mas só há vinte e duas linhas!

— Justamente, faltam duas linhas para formar o quadrado perfeito. Ora, acontece que o texto adotado no Concílio de Niceia contém doze profissões de fé. Uma lenda muito antiga conta que na noite da última ceia, na sala de cima, cada um dos doze apóstolos teria registrado por escrito uma dessas profissões de fé. É uma forma de garantir, de modo ingênuo, a origem apostólica do Credo. Doze apóstolos, doze profissões, em doze frases, cada uma delas dividida em duas linhas de vinte e quatro signos. Na linguagem rigorosa de um código numérico, deveria ser obtido o quadrado perfeito, vinte e quatro linhas de vinte e quatro signos. E como pode ver, só há vinte e duas linhas: não é o quadrado perfeito, falta um apóstolo!

— Aonde você quer chegar?

— Na sala de cima, na noite da última ceia, eram doze que estavam com Jesus — *mais* o anfitrião de prestígio, o discípulo bem-amado. Eram treze homens para dar o testemunho. No meio da refeição, Judas saiu para preparar a prisão do Mestre: doze homens ficaram lá. Mas um desses doze era aquele que, em seguida, seria ferozmente eliminado de todos os textos e da memória. Ele não podia ser incluído entre os apóstolos, entre aqueles que fundariam a Igreja com o seu testemunho. Era preciso afastá-lo a qualquer preço, para que não fosse considerado como um dos Doze. Dividir o texto em vinte e quatro linhas seria admitir que esse personagem, naquela noite, também havia redigido uma das doze profissões de fé do Credo. Portanto, seria autenticar o testemunho dele, igual ao dos outros apóstolos. A linha dupla que falta, Rembert, é a daquele que estava recostado ao lado do Mestre, na quinta-feira, 6 de abril de 30, à noite, mas que foi rejeitado pelo grupo dos Doze na fundação da Igreja. É a confissão implícita de que havia, ao lado de Jesus, um décimo terceiro apóstolo!

Nil abriu o dossiê, tirou a fotocópia do manuscrito copta e mostrou a Leeland.

— Eis a minha tradução da primeira frase, *A regra de fé dos doze apóstolos contém o germe da sua destruição*. Quer dizer que se o discípulo bem-amado tivesse acrescentado o seu testemunho ao dos onze apóstolos — se houvesse vinte e quatro linhas, em vez de vinte e duas —, o Credo teria sido destruído e a Igreja, que se fundamenta nele, exterminada. Essa inscrição grava no mármore, no século VIII, a eliminação de um homem: o décimo terceiro apóstolo. Muitos outros além dele, no decorrer dos séculos, se opuseram à divinização de Jesus, mas nenhum foi perseguido por uma raiva tão duradoura. Portanto, existe nele alguma coisa especialmente perigosa, e eu me pergunto se Andrei não foi morto porque descobriu que coisa é essa.

Leeland se ergueu e tocou alguns acordes no piano.

— Você acha que o texto do Credo foi codificado desde a origem?

— Claro que não. O Concílio de Niceia se realizou em 325, sob o controle do imperador Constantino, que exigiu que a divindade de Jesus fosse definitivamente imposta a toda a Igreja. Era preciso vencer o arianismo,* que não aceitava essa divinização e punha em perigo a unidade do Império. Temos vários relatos das discussões. Nada indica que a elaboração do Símbolo, que, aliás, retoma um texto mais antigo, tenha obedecido a considerações outras que não puramente políticas. Não, foi muito mais tarde, no início da Idade Média, apegada ao esoterismo, que foi sentida a necessidade de codificar esse texto e de gravá-lo numa pedra, colocada num lugar de destaque numa igreja imperial. Isso porque se queria reafirmar, muito tempo depois e mais uma vez, a eliminação de uma afirmativa julgada extremamente perigosa.

— E você acha realmente que, quando entravam na igreja de Germigny, os camponeses incultos do vale do Loire podiam compreender o sentido da inscrição que tinham diante dos olhos?

— Certamente não, os códigos numéricos são sempre muito complicados e só podem ser compreendidos por alguns poucos iniciados — que, aliás, já sabem o que contém o código. Eles não foram feitos, como os capitéis das nossas igrejas romanas, para ensinar o povo, e sim para uma minoria que goza do conhecimento iniciático. Não, essa laje foi gravada pelo poder imperial para lembrar à elite que compartilhava uma parte desse poder — sobretudo os bispos — qual era a sua missão: manter por toda a eternidade, *alfa* e *ômega*, a crença na divindade de Jesus afirmada pelo Credo, que fundamenta a Igreja, baluarte da autoridade imperial.

---

* Doutrina de Ário (256-336), padre cristão de Alexandria. Ele negava a unidade e a consubstancialidade da Santíssima Trindade e o caráter divino de Jesus.

— Isso é assombroso!

— O que é assombroso é que, a partir do fim do século I parece ter sido estabelecida uma espécie de conjuração para ocultar um segredo ligado ao décimo terceiro apóstolo. Ela reapareceu periodicamente. Temos uma prova disso no século III, no manuscrito copta, uma segunda prova no século VIII, na inscrição de Germigny, e talvez outras mais: ainda não terminei o meu trabalho. Um segredo guardado pelas classes dirigentes religiosas, que percorre a história do Ocidente e sobre o qual estou prestes a pôr o dedo depois de Andrei. Eu só sei uma coisa: é que esse segredo poderia pôr em discussão o essencial da fé defendida pela hierarquia da Igreja.

Leeland se calou de repente, como um animal que entra na toca. A vida dele também havia sido atacada por essa hierarquia. Ele se levantou e enfiou o casaco.

— Vamos ao Vaticano, estamos atrasados... O que pensa fazer?

— A partir de amanhã, me instalar na frente do seu computador e navegar na Internet. Vou procurar duas obras dos Pais da Igreja, identificadas apenas pela notação de Dewey e que estão no fundo de uma biblioteca, em algum lugar do mundo.

No segundo andar, Moktar havia escutado toda a conversa. O cartaz "À venda" havia sido retirado da porta do apartamento e, na véspera, ele tivera tempo de se instalar. O material eletrônico havia sido colocado numa mesa branca de madeira, com fios por toda a parte. Um desses fios atravessava o teto e chegava exatamente embaixo de um dos pés do piano de meia cauda. Um microfone do tamanho de uma lentilha estava escondido na sua articulação. Para percebê-lo seria preciso desmontar todo o piano.

Os gravadores conectados a esse fio estavam ligados desde a chegada de Nil ao andar de cima.

Com fones de ouvido, ele não perdera uma única palavra da conversa, mas não havia compreendido muita coisa. Em todo o caso, não era nada que afetasse a sua verdadeira missão. Ele retirou a fita magnética do segundo gravador. Essa iria para o Vaticano e Calfo pagaria por ela. A primeira era para a Universidade Al-Azhar, no Cairo.

51

— Meus irmãos...

Era a primeira reunião da Sociedade São Pio V desde a admissão do novo irmão. Modestamente, Antonio ocupava o lugar do décimo segundo apóstolo na ponta da mesa.

— Meus irmãos, estou apto a revelar uma das provas do segredo que temos a missão de proteger. Recentemente descoberta, temos a posse dela há pouco tempo. Eu me refiro à inscrição colocada pelo imperador Carlos Magno na igreja de Germigny, e cujo sentido oculto só poderia ser compreendido por alguns raros eruditos. Tenho a alegria de apresentá-la agora para a devoção de vocês. Segundo e terceiro apóstolos, por favor...

Dois irmãos se levantaram e se colocaram diante do crucifixo, à direita e à esquerda do reitor. Este pegou o cravo que atravessava os pés do Mestre. Os dois acólitos fizeram o mesmo com o prego espetado na mão direita e o outro na mão esquerda. A um sinal de cabeça, ambos giraram os pregos um certo número de vezes.

Ouviu-se um clique: o painel de acaju deslizou.

Deixando à mostra um vão, onde havia três prateleiras. A de baixo, no nível do chão, continha uma laje de pedra, transferida do lugar original.

— Meus irmãos, podem se aproximar para a veneração.

Os apóstolos se levantaram e cada um na sua vez se ajoelhou diante da pedra. O reboco havia sido totalmente retirado: o texto em latim do Credo de Niceia estava perfeitamente legível, dividido em vinte e duas linhas de igual comprimento, limitado pelas duas letras gregas. Todos os irmãos se inclinaram profundamente, ergueram o véu e puseram os lábios no alfa e no ômega. Depois se levantaram e beijaram o anel episcopal apresentado pelo reitor, que ficara de pé embaixo do crucifixo.

Antonio ficou muito emocionado quando chegou a sua vez. Nunca tinha visto o armário aberto: dentro dele estavam duas provas materiais do segredo, cuja preservação, por si só, justificava a existência da Sociedade dos Doze. Acima da pedra, na prateleira do meio, uma pequena arca de madeira preciosa brilhava suavemente. *O tesouro dos templários!* Em breve ele seria oferecido à veneração dos irmãos, na próxima sexta-feira 13, indicada no calendário.

A prateleira de cima estava vazia.

Ao se levantar, Antonio também pôs os lábios no anel do reitor. Salpicado de manchas vermelho escuro, o jaspe de um verde forte, talhado num losango oblongo, estava incrustado numa armação de prata cinzelada que lhe dava a forma de um caixão em miniatura. *O anel do papa Ghislieri!** Com o coração disparado, ele voltou ao seu lugar, na décima segunda cadeira, enquanto

---

* Michele Ghislieri, que assumiu o papado com o nome de Pio V.

o reitor empurrava o painel de acaju, que se fechou automaticamente com um clique.

— Meus irmãos, a prateleira de cima desse cofre algum dia deverá guardar o mais precioso dos tesouros, do qual os que aqui temos não passam de uma sombra, um reflexo. Suspeitamos da existência desse tesouro, mas ainda não sabemos onde ele está. A atual missão talvez nos permita descobri-lo, para que fique sob a nossa guarda, finalmente em segurança. Então, teremos realmente os meios para realizar aquilo pelo qual dedicamos a nossa vida ao Senhor: a proteção da identidade do Cristo ressuscitado.

— Amém!

A alegria iluminava o olhar dos Onze, enquanto o reitor voltava ao seu lugar, à direita do trono central forrado de veludo vermelho.

— Retirei do décimo segundo apóstolo o encargo de escutar as conversas dos dois monges. Essa vigilância exige muito tempo, o que o ocuparia inutilmente. Meu agente palestino se encarregou disso e, em breve, estarei em condições de pô-los a par do conteúdo das primeiras fitas magnéticas, que estou analisando. O décimo segundo apóstolo vigiará discretamente a reserva da Biblioteca do Vaticano. O padre Breczinsky ainda não o conhece, o que vai facilitar as coisas. Por enquanto, controlo totalmente as informações que o cardeal recebe. Quanto ao Santo Padre, continuamos a mantê-lo totalmente afastado dessa preocupação, que seria pesada demais para ele.

Os Onze menearam a cabeça em sinal de aprovação. Essa missão deveria ser executada com grande precisão. O reitor saberia ser eficiente.

52

Deserto da Idumeia, ano 70

— Você dormiu, *abbu*?
— Desde que cheguei a este deserto, na expectativa da sua volta, zelo pela vida que tremula em mim. Agora que o vi, posso partir para um outro sono... E você?

O braço esquerdo de Iocanã pendia, inerte, e profundas cicatrizes riscavam o seu torso nu. Olhou preocupado para o ancião, cujo rosto estava marcado pela doença. Sem responder, Iocanã se sentou com dificuldade ao lado dele.

— Depois de matar Adon, os legionários me descobriram no oásis de Ein Feshka e me deixaram lá, como morto. Alguns essênios fugitivos, que conseguiram escapar do ataque a Qumran e do massacre que se seguiu, me carregaram nos ombros: eu estava desmaiado, mas vivo. Durante meses, eles cuidaram de mim na comunidade do deserto da Judeia onde se haviam refugiado. Assim que pude andar, supliquei que me acompanhassem até aqui para encontrá-lo. Não imagina o que foi a minha viagem através do deserto.

O décimo terceiro apóstolo estava deitado numa simples esteira, em frente à abertura de uma gruta. Ele percorreu com o olhar o desfiladeiro profundo que se abria diante deles, escavado pela erosão nas rochas vermelhas e ocre. Ao longe, via-se a cadeia de montanhas que terminava no monte Horeb, onde, há muito tempo, Deus dera a Sua Lei a Moisés.

— Os essênios... Sem eles, Jesus não teria passado no deserto os quarenta dias de solidão que o transformaram. Sem eles, eu não o teria encontrado ao lado de João Batista, e ele não teria conhecido Nicodemos e Lázaro, os meus amigos de Jerusalém Foi num dos jarros das grutas deles que você depositou a minha epístola, em Qumran... devemos tanto a eles!

— Mais do que pensa. No deserto da Judeia eles continuam a copiar os mais diversos manuscritos. Antes que eu os deixasse, eles me entregaram isto — Iocanã pôs um maço de pergaminhos na beirada da esteira. — É o seu Evangelho, pai, tal como circula agora em todo o Império Romano. Eu o trouxe para que você lesse.

O velho levantou a mão, parecia economizar cada gesto.

— Agora, a leitura me deixa exausto. Leia para mim!

— O texto deles é bem mais longo do que era o seu relato. Agora, eles já não corrigem, eles inventam. Como você me disse, Jesus se expressava como um judeu, para os judeus...

Um pouco de cor voltou às faces do décimo terceiro apóstolo. Ele fechou os olhos, como se revivesse as cenas profundamente gravadas na memória.

— Ouvir Jesus era ouvir o rumor do vento nas colinas da Galileia, era ver as espigas inclinadas antes da colheita, as nuvens percorrerem o céu sobre a nossa terra de Israel... Quando Jesus falava, Iocanã, era como o tocador de flauta na praça do mercado, o meeiro contratando os seus empregados, os convidados na entrada do banquete de núpcias, a noiva enfeitada para o noivo... Era todo o Israel na sua carne, nas suas alegrias e nas suas penas, a clara suavidade das noites à beira do lago. Era uma música da nossa terra natal argilosa que nos elevava até o Deus dele e nosso Deus. Ouvir Jesus era receber, como água pura, a ternura dos profetas envolvida pelo canto misterioso dos Salmos. Oh, sim! Era mesmo um judeu que falava para judeus!

— A esse Jesus que você conheceu, eles agora atribuem longos discursos à moda dos filósofos gnósticos. E fazem dele o

Logos, o Verbo eterno. Eles dizem que "tudo foi feito por ele, e sem ele nada se fez."

— Pare!

Dos olhos fechados escorreram duas lágrimas, que desceram lentamente ao longo das faces vincadas, abatidas, pela barba.

— O Logos! O divino anônimo dos filósofos dos mercados que pretendem ter lido Platão e discursam para multidões ociosas para conquistá-las, assim como as suas moedas de prata! Os gregos já haviam transformado em deus o ferreiro Vulcano, em deusa a prostituta Vênus, em deus um marido ciumento e ainda em deus, um barqueiro. Oh, como é fácil um deus com rosto de homem, e como isso agrada ao público! Ao divinizar Jesus, eles nos jogam de volta nas trevas do paganismo, de onde Moisés nos havia tirado.

Agora, ele chorava, baixinho. Depois de um instante de silêncio, Iocanã continuou:

— Alguns dos seus discípulos aderiram à nova Igreja, mas outros continuaram fiéis a Jesus de Nazaré. Eles são expulsos das assembleias cristãs, perseguidos, e alguns foram mortos.

— Jesus nos havia prevenido: *Serão expulsos das assembleias, entregues aos martírios, e serão mortos...* Tem notícia dos nazarenos que tive de abandonar para me refugiar aqui?

— Tive informações pelos caravaneiros. Depois de deixar Pella com você, eles continuaram o êxodo até um oásis da península Arábica, que se chama, eu acho, Bakka; uma etapa da rota comercial do Iêmen. Os beduínos que lá habitam adoram as pedras sagradas, mas se dizem filhos de Abraão como nós. Uma semente nazarena agora está plantada na terra da Arábia!

— Isso é bom, lá eles estarão em segurança. E Jerusalém?

— Cercada por Tito, filho do imperador Vespasiano. Ela ainda resiste, mas por quanto tempo...

— O seu lugar é lá, meu filho. A minha estrada termina aqui. Volte a Jerusalém, vá defender a nossa casa do bairro oeste. Você tem uma cópia da minha epístola, faça-a circular. Quem sabe eles o ouvem? Em todo caso, não poderão mudá-la, como fizeram com o meu Evangelho.

O ancião morreu dois dias depois. Uma última vez ele esperou a aurora. Quando as chamas do sol o envolveram, ele pronunciou o nome de Jesus e parou de respirar.

No fundo de um vale do deserto da Idumeia, um sarcófago de pedras secas, simplesmente colocadas na areia, assinalava o túmulo daquele que dizia ser o discípulo bem-amado de Jesus de Nazaré, o décimo terceiro apóstolo, que havia sido íntimo dele e a sua melhor testemunha. Com ele, desaparecia para sempre a memória de um túmulo similar, em algum lugar desse deserto. E que contém, ainda hoje, os restos de um Justo, injustamente crucificado pela ambição dos homens.

Iocanã passou toda a noite sentado na entrada do vale. Quando, no céu translúcido, viu brilhar apenas a estrela matutina, ele se levantou e partiu para o norte, acompanhado de dois essênios.

53

— É a primeira vez que identifico tão claramente a influência direta de uma melodia rabínica num canto medieval!

Inclinados há horas sobre a mesa de vidro da reserva, eles haviam comparado, palavra por palavra, um manuscrito de canto gregoriano a um manuscrito de música sinagogal, ambos anteriores ao século XI e cuja composição era baseada no mesmo texto bíblico. Leeland se virou para Nil.

— O canto da sinagoga estaria realmente na origem do cântico da Igreja? Vou procurar o texto seguinte na sala dos manuscritos judaicos. Enquanto espera, descanse.

Breczinsky os recebera naquela manhã com a discrição habitual. Mas, aproveitando um momento de ausência de Leeland, havia sussurrado a Nil:

— Se puder... Hoje, eu gostaria de lhe falar um instante.

A porta dele ficava a alguns metros. Sozinho em frente à mesa, Nil hesitou um momento. Em seguida, retirou as luvas e se dirigiu ao escritório do polonês.

— Sente-se, por favor.

A sala era a imagem do ocupante, austera e triste. Prateleiras cheias de pastas alinhadas e, em cima da mesa, a tela de um computador.

— Todos os nossos preciosos manuscritos figuram num catálogo consultado por eruditos do mundo inteiro. Estou formando uma videoteca que permitirá consultas pela Internet. Como pôde constatar, poucas pessoas vêm aqui. Locomover-se para estudar um texto será cada vez mais inútil.

"E você ficará cada vez mais sozinho", pensou Nil. Breczinsky parecia não poder romper o silêncio que se havia estabelecido entre eles. Finalmente ele falou, com voz hesitante:

— Posso perguntar quais eram as suas relações com o padre Andrei?

— Eu já lhe disse, fomos confrades por muito tempo.

— Sim, mas... estava a par dos trabalhos dele?

— Apenas em parte. No entanto, éramos muito amigos, muito mais do que são habitualmente os membros de uma comunidade religiosa.

— Ah, era... íntimo dele?

Nil não compreendia aonde ele queria chegar.

— Andrei foi para mim um amigo muito querido, não éramos apenas irmãos na religião, e sim amigos íntimos. Na minha vida, nunca compartilhei tanta coisa com alguém.

— Sim — murmurou Breczinsky —, foi o que me pareceu. E eu que pensava, quando o vi chegar, que... que você era um dos colaboradores do cardeal Catzinger! Isso muda tudo.

— *Isso muda o quê*, padre?

O polonês fechou os olhos, como se buscasse no fundo de si mesmo uma força interior.

— Quando o padre Andrei veio a Roma, ele quis me encontrar. Nós nos correspondíamos há muito tempo sem nunca nos termos visto. Ao ouvir o meu sotaque, ele passou para o polonês, que falava perfeitamente.

— Andrei era eslavo e falava uma dezena de línguas.

— Fiquei perplexo ao saber que a família dele, russa, era originária de Brest-Litovsk, na província polonesa anexada em 1920 pela URSS, na fronteira dos territórios que ficaram sob a administração alemã, em 1939. Polonês desde sempre, esse infeliz território era cobiçado por russos e alemães. Quando os meus pais se casaram, ele ainda estava sob o comando dos soviéticos, que o povoaram de colonos russos, transferidos para lá contra a vontade.

— Onde você nasceu?

— Num pequeno povoado perto de Brest-Litovsk. A população polonesa nativa era tratada muito duramente pela administração soviética, que nos desprezava como povo subjugado — e católico, além de tudo. Em seguida, chegaram os nazistas, depois da invasão da União Soviética por Hitler. A família do padre Andrei morava ao lado da minha, uma simples sebe separava a casa deles da nossa. Eles protegeram os meus desafortunados pais do terror que grassava antes da guerra nessa região fronteiriça. Enfim, sob os nazistas, inicialmente eles nos alimentaram, depois nos esconderam. Sem eles, sem a sua generosidade cotidiana e a corajosa ajuda, os meus pais não teriam sobrevivido e eu não teria vindo ao mundo. Antes de morrer, a minha mãe me fez jurar que nunca os esqueceria, nem os seus descendentes e amigos. Você era íntimo, irmão do padre Andrei? Os irmãos desse homem são meus irmãos, meu sangue lhes pertence. O que posso fazer por você?

Nil estava abismado e percebeu que, naquele dia, o polonês havia chegado ao ponto máximo das confidências que era capaz de fazer. Naquele subsolo da cidade de Roma, os grandes ventos da história e da guerra os uniam inesperadamente.

— Antes de morrer, o padre Andrei escreveu uma breve nota, algumas coisas que queria me dizer assim que chegasse. Eu me esforço para compreender a mensagem dele, e continuo no caminho que ele havia aberto antes de mim. Não consigo me convencer de que a morte dele não tenha sido acidental. Nunca saberemos realmente se alguém o matou, mas tenho a sensação de que, do além, ele me legou a sua pesquisa, meio como uma ordem de missão póstuma. Pode compreender isso?

— Muito bem, ainda mais porque ele me revelou coisas que talvez não dissesse a mais ninguém, nem mesmo a você. Havíamos acabado de descobrir um passado comum, uma proximidade nascida de circunstâncias especialmente dolorosas. Neste escritório, espectros de pessoas infinitamente caras se levantaram, cobertos de sangue e de lama. Foi um choque para ele e para mim. Foi isso o que me levou, dois dias depois, a fazer pelo padre Andrei uma coisa que... que eu nunca deveria ter feito. Nunca.

"Nil, meu rapaz, devagar, bem devagar com ele. Expulsar os fantasmas."

— No momento, tenho um problema a resolver: encontrar duas referências que Andrei deixou para trás, notações de Dewey, mais ou menos completas, dos Pais da Igreja. Se as minhas pesquisas na Internet não derem resultado, pedirei que me ajude. Até agora, não ousei apelar para ninguém: quanto mais eu progrido, mais o que descubro me parece perigoso.

— Muito mais do que imagina — Breczinsky se levantou, para dar a entender que a conversa havia terminado. — Volto a repetir, um íntimo, um irmão do padre Andrei é meu irmão. Mas tem de ser extremamente prudente: o que se diz entre estas paredes deve ficar estritamente entre nós.

Nil concordou com a cabeça e voltou para a sala. Leeland havia voltado para a mesa e começava a arrumar um manuscrito sob a lâmpada. Ele deu uma olhada para o companheiro, depois abaixou a cabeça sem uma palavra, retomando a arrumação dos papéis, com o rosto sombrio.

54

Jerusalém, 10 de setembro de 70

Iocanã atravessou a porta sul, que permanecia intacta, e parou, boquiaberto: Jerusalém não passava de um campo em ruínas.

As tropas de Tito haviam entrado ali no início de agosto e, durante um mês, o combate fora acirrado, rua por rua, casa por casa. Enraivecidos, os homens da X legião Fretensis destruíram sistematicamente cada pedaço de parede que ficara de pé. A cidade devia ser arrasada, ordenara Tito, mas o Templo, poupado. Ele queria saber com o que se parecia a estátua de um deus capaz de provocar tanto fanatismo e de levar todo um povo ao sacrifício da morte.

No dia 28 de agosto, finalmente ele entrou no adro que levava ao Santo dos Santos. Era ali, diziam, que residia a presença de Javé, o Deus dos judeus. A presença dele, portanto a sua estátua, ou um equivalente qualquer.

Com um golpe de espada, ele rasgou o véu do santuário. Deu alguns passos à frente e parou, perplexo.

Nada.

Ou melhor, numa mesa de fino ouro havia dois animais alados, os *kerubim*, como tantos que ele vira na Mesopotâmia. Mas entre as asas abertas, nada. Vazio.

Então, o Deus de Moisés, e Deus de todos os exaltados, não existia. Pois não havia nenhuma efígie que mostrasse a Sua presença. Tito deu uma gargalhada e saiu do Templo ainda rindo. "O maior embuste do mundo! Nenhum deus em Israel! Todo esse sangue derramado em vão." Vendo o seu general às gargalhadas, um legionário lançou uma tocha acesa no interior do Santo dos Santos.

Dois dias depois, o Templo de Jerusalém terminava lentamente de queimar. Do grandioso monumento, recém-terminado por Herodes, nada havia sobrado.

No dia 8 de setembro de 70, Tito saiu da Jerusalém destruída para ir a Cesareia.

Iocanã esperou que o último legionário saísse da cidade para nela se aventurar: o bairro oeste não existia mais. Andando com dificuldade entre os escombros, ele reconheceu, pelo muro, a residência luxuosa de Caifás. A casa do discípulo bem-amado, a casa da sua infância feliz, ficava a duzentos metros. Ele se orientou e continuou a andar.

Não se via nem mesmo o tanque do implúvio. Tudo havia queimado, e o telhado, desabado. Ali, sob a pilha de telhas calcinadas, estavam os vestígios da sala de cima. Aquela onde Jesus celebrara a última ceia, quarenta anos antes, inicialmente cercado de treze, depois de doze homens.

Ele ficou de pé, por muito tempo, diante das ruínas. Finalmente, um dos dois essênios que o acompanhava tocou no seu braço.

— Vamos sair deste lugar, Iocanã. A memória não está nestas pedras. A memória está em você. Aonde vamos agora?

"A memória de Jesus de Nazaré. Esse frágil registro, cobiçado por todos."

— Tem razão. Vamos para o norte, para a Galileia: o eco das palavras de Jesus ainda ressoa entre as suas colinas. Tenho comigo um registro que devo passar adiante.

Ele tirou uma folha de pergaminho da sua sacola e levou-a aos lábios. "A cópia da epístola do meu *abbu*, o décimo terceiro apóstolo."

Três séculos depois, uma rica espanhola chamada Etéria, que decidiu pagar pela primeira viagem organizada para participar da Semana Santa de Jerusalém, ao passar ao longo do Jordão, viu uma estela gravada, lamentavelmente pensa. Curiosa, ela mandou parar a liteira. Seria uma lembrança da época do Cristo?

A inscrição estava legível. Contava que, na época da destruição do Templo, um nazareno chamado Iocanã havia sido massacrado ali mesmo, quando fugia da Jerusalém em ruínas. "Os legionários de Tito devem tê-lo alcançado", pensou Etéria, "degolado e jogado no rio mais próximo." Ela exclamou:

— Um nazareno! Há muito tempo não havia mais nenhum. Esse infeliz devia ser o último deles e, sem dúvida, foi por isso que ergueram a estela no local do seu massacre.

A piedosa cristã ignorava que Iocanã não era o último dos nazarenos.

Depois daquele dia, só sobraram dois exemplares da epístola do décimo terceiro apóstolo de Jesus. Um, escondido no fundo de um jarro, inacessível, na gruta empoleirada no meio de uma falésia que dominava as ruínas de Qumran, no mar Morto.

E o outro, nas mãos dos nazarenos sobreviventes de Pella, que se haviam refugiado num oásis do deserto da Arábia, denominado Bakka.

55

Monsenhor Calfo vestiu a batina debruada de violeta. Para receber Antonio, era preciso que estivesse revestido dos atributos da dignidade episcopal. Os jovens recrutas jamais deviam esquecer com quem estavam tratando.

Uma vez terminadas as conversas preliminares, raramente recebia os membros da Sociedade na própria casa. Todos sabiam o seu endereço, mas as exigências de confidencialidade eram mais bem respeitadas numa das discretas *trattorie* de Roma. E o perfume de Sônia às vezes continuava a flutuar por muito tempo no apartamento depois que ela saía.

Foi com prazer que ele abriu a porta para o décimo segundo apóstolo.

— Agora, a sua missão consiste em vigiar de perto o padre Breczinsky. Ele é um *looser*, um perdedor. Mas esse tipo de homem é sempre imprevisível, ele pode ter alguns surtos.

— O que tenho de conseguir dele?

— Primeiro, que ele o mantenha a par do que os dois monges poderiam conversar nas sessões de trabalho na reserva da Biblioteca do Vaticano. Depois, lembrá-lo de onde ele veio, quem ele é e quem é o cardeal. Essa simples lembrança deverá mantê-lo fiel à missão. Você é um dos raros a saber de que documentos extremamente confidenciais ele é o guardião. Não se esqueça de que ele traz na memória uma terrível ferida. Basta pôr o dedo nessa ferida para obter dele o que queremos. Não tenha nenhum escrúpulo, o que conta é o sucesso da missão atual.

Depois de receber as instruções, Antonio saiu do prédio e seguiu ostensivamente pela direita, na direção do Tibre, como se fosse voltar para a cidade. Sem erguer a cabeça, podia sentir o olhar do reitor da janela do apartamento na sua nuca. Mas assim que chegou na esquina do Castel Sant'Angelo, virou novamente à direita e, depois de desviar mais uma vez, foi na direção oposta à cidade, para a praça de São Pedro.

Roma conservava o brilho dos seus muros ocre sob o pálido sol de dezembro. Há séculos, assistia ao balé incessante das intrigas e complôs dos seus prelados católicos. Com os olhos semicerrados, maternal e amortecida pelo longo inverno do seu esplendor, a cidade não dava mais importância aos jogos do poder e da glória que se desenrolavam em torno do túmulo do Apóstolo.

— Entre, caro amigo — exclamou Catzinger com um sorriso —, esperava por você.

O jovem se inclinou para beijar o anel do cardeal. "Um sobrevivente de duas depurações sucessivas, primeiro a da Gestapo, depois a da Liberação. Honra e respeito aos que lutam pelo Ocidente."

Ele se sentou diante da mesa do escritório e fitou Sua Eminência com o estranho olhar negro.

56

Nil havia pedido a Leeland que fosse sem ele à reserva da Biblioteca do Vaticano.

— Quero trabalhar numa frase que descobri na agenda deixada por Andrei em San Girolamo. Preciso usar a Internet, talvez leve horas. Se o padre Breczinsky fizer perguntas, invente uma desculpa para a minha ausência.

Sozinho diante do computador, Nil se sentia desanimado, perdido no meio de um emaranhado de pistas que partiam em todos os sentidos. Os textos fotocopiados pela Huntington Library só confirmavam o que ele pressentia desde que começara a estudar os manuscritos do mar Morto. O manuscrito copta? A primeira frase lhe permitira compreender o código introduzido pelo Símbolo de Niceia. Faltavam a segunda frase e a misteriosa carta do apóstolo. Ele havia decidido enfrentar o último indício, cuja pista encontrara na agenda de Andrei. Necessariamente, as pistas deviam se cruzar em algum lugar. Essa era a última mensagem do amigo: relacionar.

Rembert Leeland... o que acontecera com o estudante amigável e confiante de outrora, com o jovem risonho que tocava a vida como a sua música, com alegria? Por que a rápida crise de desespero? Nil percebera nele uma fenda profunda, mas Leeland não havia conseguido se abrir com o velho amigo.

Quanto a Breczinsky, ele parecia totalmente sozinho no subsolo glacial da Biblioteca do Vaticano. Por que lhe fizera confidências? O que se passara entre ele e Andrei?

Nil decidiu se concentrar na carta do apóstolo. Deveria encontrar um livro, em alguma parte do mundo, partindo da notação de Dewey.

Ele se conectou à Internet, entrou no Google e digitou *bibliotecas universitárias*.

Uma página com onze sites foi exibida. Na parte inferior da tela, o Google assinalava que doze páginas semelhantes haviam sido selecionadas. Aproximadamente cento e trinta sites a serem pesquisados.

Com um suspiro, Nil clicou no primeiro site.

Ao voltar para casa por volta do meio-dia, Leeland ficou contrariado ao encontrar apenas um pequeno bilhete em frente ao computador. Nil precisara voltar com urgência a San Girolamo. No fim da tarde retornaria à via Aurelia.

Teria encontrado alguma coisa? O americano nunca havia sido um homem de erudição bíblica. Mas estava começando a ficar fortemente interessado nos trabalhos de Nil. Ao procurar descobrir o que havia provocado a morte de Andrei, o amigo queria vingar a memória dele. Leeland, por sua vez, sonhava vingar a própria vida arruinada.

Isso porque pressentia que aqueles que destruíram a sua vida eram os mesmos que haviam provocado o acidente mortal do bibliotecário da abadia de Saint-Martin.

O sol poente dava uma cor vermelho-escura à nuvem de poluição que estava em cima de Roma. Leeland voltara ao Vaticano. No apartamento embaixo, o palestino ouviu alguém entrar de repente e se instalar em frente ao computador: portanto, só podia ser Nil. As fitas magnéticas só gravavam ruídos do teclado.

De repente, o panorama sonoro se animou. Leeland acabara de chegar.

Eles iam conversar.

57

Egito, do século II ao século VII

Obrigados pela guerra a sair de Pella, os nazarenos foram bem recebidos pelos árabes do oásis de Bakka, onde se estabeleceram. Mas a segunda geração não conseguia suportar os rigores do deserto da Arábia: alguns deles decidiram prosseguir até o Egito. Fixaram-se ao norte de Luxor, num povoado de Djebel El-Tarif, chamado Nag Hamadi. Ali formaram uma comunidade unida pela lembrança do décimo terceiro apóstolo e seus ensinamentos. E pela epístola dele, da qual cada família possuía uma cópia.

Não demoraram a entrar em choque com os missionários vindos de Alexandria, cuja Igreja estava em plena expansão. O cristianismo se disseminava no Império com a impetuosidade de um fogo na floresta. Os nazarenos, que não aceitavam a divindade de Jesus, teriam de se submeter — ou desaparecer.

Transformar Jesus em Cristo-Deus? Serem infiéis à epístola? Nunca. E eles foram perseguidos pelos cristãos. De Alexandria vieram ordens escritas em copta. Era preciso destruir essa epístola, não só no Egito como em todo o Império. Todas as vezes que uma família de nazarenos era expulsa para o deserto, onde a morte a esperava, sua casa era revistada e a epístola do décimo terceiro apóstolo, destruída. Essa epístola falava sobre um túmulo que continha a ossada de Jesus, em alguma parte no deserto da Idumeia: o túmulo de Jesus tinha de permanecer vazio para que o Cristo vivesse.

Um único exemplar escapou dos caçadores e chegou à biblioteca de Alexandria, onde ficou enfiado no meio dos quinhentos mil volumes dessa oitava maravilha do mundo.

Um pouco depois do ano 200, um jovem alexandrino chamado Orígenes começou a frequentar assiduamente a biblioteca. Pesquisador infatigável, ele era apaixonado pela pessoa de Jesus. Sua memória era prodigiosa.

Ao se tornar professor, Orígenes foi perseguido pelo seu bispo, Demétrio. Por ciúmes, pois o carisma de Orígenes atraía a elite de Alexandria. Mas também por desconfiança, pois Orígenes não hesitava em usar nos seus ensinamentos alguns textos proibidos pela Igreja. Finalmente, Demétrio o expulsou do Egito e Orígenes se refugiou na Cesareia da Palestina. Mas carregou consigo a sua memória. Quanto à epístola do décimo terceiro apóstolo, ela continuou enfiada na imensa biblioteca, ignorada por todos. Raros eram os pesquisadores que tinham a genialidade de Orígenes.

Quando, em 691, Alexandria caiu nas mãos dos muçulmanos, o general Al-As Amru ordenou que todos os livros fossem queimados, um por um: "Se estiverem de acordo com o Alcorão", proclamou ele, "são inúteis. Se não estiverem, são perigosos." Durante seis meses, a memória da Antiguidade alimentou as caldeiras dos banhos públicos.

Ao queimar a Biblioteca de Alexandria, os muçulmanos conseguiram o que os cristãos não puderam terminar. Agora, não existia em lugar nenhum um exemplar da epístola.

Exceto o original, enfiado num jarro protegido pela areia, à esquerda da entrada de uma das grutas que ficam acima das ruínas de Qumran.

58

— Então, encontrou alguma coisa?

Com o rosto tenso, Leeland havia acabado de entrar no pequeno apartamento. Ao lado do computador estavam espalhadas várias folhas de papel. Nil parecia cansado. Sem responder, ele foi dar uma olhada pela janela. E voltou para se sentar, decidido a não levar em consideração o aviso de Breczinsky e dizer tudo ao amigo.

— Depois que você saiu, comecei a pesquisar as maiores bibliotecas do mundo. Por volta do fim da manhã, encontrei por acaso o bibliotecário de Heidelberg, que viveu em Roma. Entramos num modo de conversação, e ele me disse que a notação de Dewey, sem dúvida, vinha... adivinhe!

— Da biblioteca de San Girolamo, e foi por isso que você voltou para lá com urgência!

— Eu devia ter pensado nisso, foi a biblioteca frequentada por Andrei antes de morrer. Ele deve ter encontrado algum livro, cuja referência anotou no que tinha à mão, a agenda — sem dúvida com a intenção de consultar uma segunda vez essa obra. E depois ele saiu de Roma apressado, deixando para trás a agenda que se tornara inútil.

Leeland se sentou ao lado de Nil, com os olhos brilhantes.

— E você encontrou o livro?

— A biblioteca de San Girolamo foi montada como uma colcha de retalhos, em função dos bibliotecários que se sucederam rapidamente, e ali se encontra de tudo. Mas os livros estão mais ou menos classificados e, efetivamente, descobri o que havia chamado a atenção de Andrei, uma *catena* de Eusébio de Cesareia. Uma edição rara, do século XVII; nunca tinha ouvido falar dela.

Leeland perguntou, embaraçado:

— Desculpe, Nil, não me lembro de nada que não esteja relacionado à música. O que é uma *catena*?

— No século III, houve uma luta feroz a respeito da divindade de Jesus, que estava sendo imposta pela Igreja. Em todos os lugares destruíam-se os textos que não estavam de acordo com o dogma que nascia. Depois de condenar Orígenes, a Igreja mandou queimar metodicamente todos os escritos dele. Eusébio de Cesareia admirava muito o alexandrino, que morreu na cidade dele. Ele quis salvar o que fosse possível da obra de Orígenes, mas, para não ser condenado também, fez circular trechos selecionados, encadeados um no outro, como os elos de uma corrente: uma *catena*. Depois disso, a ideia foi copiada e muitas obras antigas, atualmente desaparecidas, só nos são acessíveis por esse tipo de trecho. Andrei adivinhou que essa *catena*, que ele nunca tinha visto, poderia conter passagens de Orígenes muito pouco conhecidas. Ele fez uma busca e encontrou.

— Encontrou o quê?

— Uma frase de Eusébio que, até então, passara despercebida. Numa de suas obras perdidas, Orígenes dizia que havia visto na biblioteca de Alexandria uma misteriosa *epistola abscondita apostoli tredicesimi*: a epístola secreta — ou escondida — de um décimo terceiro apóstolo, que continha a *prova* de que Jesus não tinha natureza divina. Andrei devia suspeitar da existência dessa epístola, ele me falou vagamente sobre ela. Vejo que ele estava indo bem na pesquisa, pois anotou cuidadosamente a referência inesperada.

— Que crédito se pode dar a uma frase isolada num texto menor, caído no esquecimento?

Nil massageou o queixo.

— Tem razão; sozinho, esse simples elo de uma *catena* não é suficiente. Mas, lembre-se: no bilhete póstumo, Andrei sugeria relacionar as quatro pistas conseguidas. Faz semanas que fico revolvendo na cabeça a segunda frase do manuscrito copta encontrado na abadia: *Que a epístola seja destruída em toda parte para que a residência resista*. Graças a Orígenes, acho que finalmente compreendi.

— Mais um código?

— De maneira nenhuma. No início do século III, a Igreja estava elaborando o dogma da Encarnação, que seria proclamado no Concílio de Niceia, e ela procurou eliminar tudo o que se opusesse a esse dogma. O fragmento do manuscrito copta — que havia alertado Andrei — sem dúvida era o que restava de uma diretriz de Alexandria, ordenando que essa epístola fosse destruída em toda parte. Em seguida, existe um jogo de palavras com um termo copta que, na falta de outro melhor, traduzi por "residência", mas que também pode significar "assembleia". Em grego, língua oficial de Alexandria, "assembleia" se diz *ekklesia* — Igreja. Então o sentido da frase passa a ser claro. Era preciso que a epístola fosse destruída em toda parte *para que a Igreja resistisse* — para que não fosse aniquilada! Era uma ou outra: a epístola do décimo terceiro apóstolo ou a sobrevivência da Igreja.

Leeland deu um pequeno assobio:

— *I see...*

— Finalmente as pistas começam a se cruzar. A inscrição de Germigny confirma que, no século VIII, um décimo terceiro apóstolo foi considerado perigoso, que se devia afastá-lo para sempre, *alfa e ômega* — e sabemos que ele é o próprio discípulo bem-amado do quarto Evangelho. Orígenes nos diz que viu em Alexandria uma epístola escrita por esse homem, e o manuscrito copta nos confirma que havia um ou vários exemplares em Nag Hamadi, pois foi dada uma ordem para destruí-la.

— Mas como essa epístola teria chegado a Nag Hamadi?

— Sabemos que os nazarenos se refugiaram em Pella, atual Jordânia, provavelmente com o décimo terceiro apóstolo. Em seguida, perdemos a pista deles. Mas Andrei me havia pedido que lesse atentamente o Alcorão, que ele conhecia bem. E foi o que fiz, confrontando várias traduções científicas de que eu dispunha na abadia. Tive a surpresa de ver o autor mencionar muitas vezes os *naçara* — palavra árabe para "nazareno" —, que eram a principal fonte de informações sobre Jesus. Depois de Pella, os discípulos do décimo terceiro apóstolo tiveram de se refugiar na Arábia, onde Maomé deve tê-los conhecido. Por que não teriam continuado até o Egito? Até Nag Hamadi, levando com eles as cópias da famosa epístola?

— O Alcorão... Acha realmente que os nazarenos fugitivos exerceram uma influência no autor?

— É evidente, o texto comprova isso fartamente. Não quero dizer mais por enquanto. Ainda tenho de explorar uma última pista, uma obra ou uma série de obras sobre os templários, com uma notação incompleta. Falaremos sobre o Alcorão em outra oportunidade, já é tarde e tenho de voltar a San Girolamo.

Nil se levantou e olhou novamente para a rua submersa na escuridão. Como se falasse consigo mesmo, acrescentou:

— Portanto, o décimo terceiro apóstolo escreveu uma epístola, *destruída em toda parte*, perseguida pelo ódio da Igreja. O que essa carta podia conter de tão perigoso?

No andar de baixo, Moktar havia escutado atentamente. Quando Nil mencionou o Alcorão, Maomé e os nazarenos, ele soltou um palavrão:

— Filho de uma cadela!

59

Deserto da Arábia, setembro de 622

Um homem galopava na noite escura. Ele fugia para Medina usando toda a capacidade do seu camelo, que estava com a boca circundada de espuma, e aquela noite seria chamada de Hégira, marcando o início dos tempos para os muçulmanos.

Ele fugia do oásis de Bakka, onde havia nascido, no respeitado clã dos Qoraysh. Fugia porque os Qoraysh se diziam filhos de Abraão, mas, no entanto, adoravam as pedras sagradas.

Nessa parada de caravanas no meio do deserto, vegetava, desde a noite dos tempos, uma comunidade da diáspora judaica. À frente dela, um rabino erudito, inflamado, sonhava em trazer toda a Arábia para o judaísmo através da tradição rabínica. O jovem árabe se deixara seduzir por esse homem exaltado. Tornara-se um discípulo e se convertera em silêncio.

Porém, o rabino lhe pedira mais. Orgulhosos, os Qoraysh não aceitavam as prédicas de um judeu. Quem sabe ouviriam o jovem, um árabe do mesmo clã? Ele não se tornara judeu de coração? O rabino queria que ele anunciasse no oásis o que lhe era ensinado diariamente. "Diga a eles", repetia o rabino todo o tempo... Para não perder nada do que ouvia, Maomé fazia anotações, que se acumulavam. Em árabe, pois o rabino havia compreendido que era preciso falar para aqueles homens na língua deles e não em hebreu.

Para os Qoraysh, aquilo já era demais: um dos seus, Maomé, também queria destruir o culto das pedras sagradas, fonte das suas riquezas! No máximo, teriam tolerado que Maomé se tornasse nazareno. Esses dissidentes do cristianismo haviam chegado há muitos séculos, e o profeta deles, Jesus, não era perigoso. Além de ouvir os ensinamentos do rabino, o jovem árabe também ouvia os deles. Seduzido por Jesus, Maomé queria se aproximar dos nazarenos. Mas os Qoraysh não lhe deram tempo e o expulsaram.

Então, ele fugiu para Medina. Como única bagagem, levara as preciosas anotações. Escritas dia após dia, ao ouvir o rabino: *diga a eles...*

Em Medina, ele se transformou num chefe guerreiro. Os sucessos se acumularam, ele estendeu o seu poder por toda a região e se tornou um chefe político respeitado. Precisava de leis para organizar os que se juntaram a ele. Maomé as promulgou, depois as escreveu e essas folhas foram sendo acrescentadas diariamente às antigas anotações. Às vezes, ele também registrava alguns acontecimentos, alguns relatos das suas batalhas. As suas anotações se tornaram um volumoso diário.

Quando quis recrutar os judeus sob a sua bandeira, eles recusaram categoricamente. Furioso, Maomé os expulsou da cidade e se voltou para os cristãos do norte. Sim, eles os ajudariam de boa vontade nas suas conquistas, porém com uma condição: que ele se tornasse cristão e reconhecesse a divindade de Jesus. Maomé os amaldiçoou e eles foram englobados com os judeus num ódio feroz.

Só os nazarenos caíram nas boas graças de Maomé. E no seu diário ele escreveu palavras elogiosas sobre eles e sobre o profeta Jesus.

Quando voltou para Bakka como vencedor, Maomé varreu com o seu sabre todas as pedras sagradas dos idólatras. Mas parou diante do ícone de Jesus e da mãe dele, que os nazarenos sempre veneraram. Embainhando o sabre, se inclinou profundamente.

A seguir, o nome de Bakka mudou ligeiramente, como às vezes ocorre, e o oásis ficou conhecido com o nome de Mekka.

Meca.

Duas gerações depois, o califa Otman compilou o diário de Maomé a seu bel-prazer e o chamou de Alcorão, que ele decretou ter sido escrito por Maomé e ditado diretamente por Deus. Desde então, ninguém — se quisesse continuar vivo — podia questionar a natureza divina do Alcorão.

O islamismo nunca teve o seu décimo terceiro apóstolo.

A praça de São Pedro fremia com a afluência de pessoas dos dias importantes. Um imenso retrato do novo bem-aventurado era exibido na fachada da basílica. O frio menos intenso e o tempo ensolarado permitiam efetuar essa beatificação solene ao ar livre; os dois braços da colunata de Bernini cingiam uma multidão colorida, radiante em ver o Santo Padre e participar de uma festa da cristandade.

Como prefeito da Congregação, o cardeal Catzinger oficiava à direita do papa. Ele havia sido o arquiteto dessa beatificação. A próxima seria a do fundador do Opus Dei. A lista de suas virtudes sobrenaturais pudera ser estabelecida sem dificuldades, mas eles tinham dificuldade para encontrar os três milagres necessários para uma canonização, de acordo com as regras. Catzinger levantou maquinalmente a casula papal, que escorregava sob o efeito do tremor que acometia o velho pontífice. Enquanto o papa pronunciava as palavras sagradas, o cardeal sorriu. "Encontraremos os milagres. O primeiro dos milagres é a permanência ao longo dos séculos da Igreja Católica, Apostólica e Romana."

Catzinger tivera o privilégio de conhecer pessoalmente o santo em potencial. Antes de fundar o Opus Dei, Escrivá de Balaguer havia sido um militante ativo da guerra da Espanha, do lado de Franco, depois ficara amigo de um jovem oficial do exército chileno, um certo Augusto Pinochet. O pai do cardeal teria concordado com essa canonização. Ele também havia escolhido o lado certo ao lutar na linha de frente do Leste contra os comunistas. Fazer Escrivá de Balaguer subir, em breve, ao altar, seria fazer justiça ao seu pai, que morrera pelo Ocidente.

Submerso na multidão de prelados alinhados no banco em frente ao estrado papal, no lugar humilde que correspondia à categoria de minutante, monsenhor Calfo desfrutava da carícia do sol e da beleza do espetáculo. "Só a Igreja Católica é capaz de orquestrar o encontro do divino e do humano em meio a tanta beleza e para tamanha multidão." No fim da cerimônia, enquanto a procissão dos dignitários se formava atrás do papa, o olhar dele cruzou com o do cardeal, que lhe fez um enérgico sinal com a cabeça.

Uma hora depois, os dois homens estavam sentados frente a frente diante da mesa de Catzinger, que exibia uma cara de mau humor.

— Então, monsenhor, como estamos?

Ao contrário do prefeito, Calfo parecia bem descontraído. Sônia não deixava de ser responsável por isso. Ela era não só uma sacerdotisa experiente no culto de Eros, mas também uma pessoa disposta a ouvi-lo.

— Eminência, progredimos rapidamente. O padre Nil se mostrou capacitado, muito capacitado para a pesquisa.

O rosto do cardeal se contraiu. Os relatórios de Leeland, insípidos, se espaçavam e ainda era muito cedo para pressionar o padre Breczinsky. Sua ascendência sobre o polonês repousava nos meandros obscuros da alma humana e ele só podia acionar essa alavanca uma única vez, e num golpe certeiro. Por enquanto, monsenhor Calfo era o único a dominar o jogo.

— O que quer dizer?

— Pois bem... — Calfo franziu os lábios carnudos — ele encontrou a pista de um escrito apostólico perdido, que confirmaria as suas análises do Evangelho segundo São João.

O cardeal se levantou, fez sinal para que Calfo o seguisse até a janela e lhe mostrou a praça de São Pedro. O estrado papal ainda estava no mesmo lugar, milhares de peregrinos pareciam andar em volta desse centro nevrálgico, como a água de um bueiro no redemoinho que a aspira. A multidão parecia feliz, uma grande família que descobre os laços que a unem, ao mesmo tempo que se considera a única.

— Olhe, monsenhor. O senhor e eu somos responsáveis por milhões de cristãos iguais a estes, que vivem da esperança de uma ressurreição oferecida pelo sacrifício do Deus encarnado, Um único homem vai pôr tudo em dúvida? Nunca toleramos isso. Lembre-se de Giordano Bruno,* um monge também muito capacitado para a pesquisa. Ele foi queimado a um quilômetro daqui, no Campo de Fiori, apesar de ser famoso em toda a Europa. O que está em jogo é a ordem do mundo: mais uma vez,

---

* Giordano Bruno (1548-1600). Ex-dominicano, filósofo e cientista. Acusado de heresia, foi executado pelas chamas da Inquisição.

um monge parece capaz de mudá-la. Não nos é mais possível, como no passado, curar o corpo da Igreja com o cautério do fogo. Mas devemos pôr um fim nas pesquisas do padre Nil, rapidamente.

Calfo demorou para responder. Os Onze reunidos haviam aprovado a sua linha de conduta: deveria dizer apenas o suficiente para acalmar o cardeal, mas nada revelar sobre o objetivo supremo da Sociedade.

— Não é o que penso, Eminência, ele não passa de um intelectual que não percebe o que faz. Sou da opinião de que devemos deixá-lo continuar, temos a situação sob controle.

— Mas se ele voltar para o mosteiro, quem poderá evitar que divulgue as conclusões?

— *Pazienza*, Eminência. Existem outros meios, menos espetaculares do que um acidente de trem, para calar aqueles que se extraviam da doutrina da Igreja.

Na véspera, ele precisara acalmar Moktar, furioso por ter ouvido Nil pôr em dúvida a natureza revelada do Alcorão e a pessoa do fundador do islamismo: o palestino queria agir imediatamente.

Em poucos dias, Nil passara a usar um cinto de explosivos. Calfo não queria que explodisse antes de ter sido *realmente* útil à Igreja Católica. Com um gesto maquinal, ele girou o anel episcopal no anular e concluiu com um sorriso tranquilizador:

— O padre Nil se comporta em Roma como se não houvesse saído do claustro. Ele só sai de San Girolamo para ir à reserva da biblioteca do Vaticano, não se comunica com ninguém além do amigo Leeland, não tem nenhum contato com a imprensa ou com os meios contestatários, sobre os quais não parece saber nada.

Calfo apontou o queixo para a praça de São Pedro.

— Ele não representa um perigo para essa multidão, que nunca ouvirá falar dele e que ele escolheu ignorar voluntariamente ao se fechar num mosteiro. Vamos deixá-lo continuar as pesquisas tranquilamente. Tenho confiança na formação que ele recebeu no noviciado da abadia de Saint-Martin, é uma forma que molda os homens por toda a vida. Ele vai entrar na linha. Se tiver a fantasia de recuperar a liberdade interior, então vamos intervir. Mas, sem dúvida, não será necessário.

Ao se despedirem, os dois prelados estavam igualmente satisfeitos. O primeiro porque pensava ter preocupado o suficiente Sua Eminência, mantendo uma margem de manobra. O segundo porque tinha um encontro naquela mesma noite com Antonio e ficaria sabendo sobre o caso quase tanto quanto o reitor da Sociedade São Pio V.

61

— Agora de manhã está ocorrendo uma cerimônia de beatificação: não podemos passar pela praça de São Pedro, vamos dar a volta.

Absorvidos nos seus pensamentos, os dois homens seguiram pelo borgo Santo Spirito e voltaram para a Cidade do Vaticano pelo Castel Sant'Angelo, mausoléu do imperador Adriano antes de se tornar fortaleza e prisão papal. Nil não se conformava com os pesados silêncios que se instalavam entre eles desde que chegara a Roma.

Finalmente, Leeland tomou a palavra:

— Não entendo você. Há anos não sai do mosteiro e, aqui, vive como um recluso. Você gostava tanto de Roma quando éramos estudantes; aproveite um pouco, vá visitar alguns museus, rever as pessoas que conheceu naquela época... Você se comporta como se tivesse transplantado o claustro para o meio da cidade!

Nil virou a cabeça para o companheiro.

— Ao entrar para o mosteiro, escolhi a solidão no meio de uma comunidade universal, a Igreja Católica. Olhe esta multidão, que parece tão feliz com mais uma canonização! Por muito tempo acreditei que eles fossem a minha família, em substituição àquela que me havia rejeitado. Agora, sei que a minha busca sobre a identidade de Jesus me exclui dessa família adotiva. Não se questionam impunemente os fundamentos de uma religião, na qual se apoia toda uma civilização! Imagino que quando se opôs aos Doze, o décimo terceiro apóstolo deve ter conhecido uma solidão semelhante. Eu só tenho um amigo, esse Jesus cujo mistério tento desvendar.

E acrescentou, num fôlego:

— E você, é claro.

Eles contornavam as altas muralhas da Cidade do Vaticano. O americano enfiou a mão num dos bolsos e tirou dois pequenos convites rosa.

— Tenho uma surpresa para você. Recebi dois convites para um concerto de Lev Barjona na Academia Santa Cecília de Roma: às vésperas do Natal. Você não tem opção, irá comigo.

— Quem é esse Lev Barjona?

— Um pianista israelense famoso, que conheci quando ele era aluno de Arthur Rubinstein. Aos pés do mestre nos tornamos amigos. Ele é um homem surpreendente, que tem uma vida fora do comum. Gentilmente, ele acrescentou um bilhete pessoal ao convite, especificando que o segundo era para você. Ele vai tocar o *Terceiro Concerto* de Rachmaninov, do qual, atualmente, é o melhor intérprete.

Eles entraram na Cidade do Vaticano.

— Ficarei encantado — disse Nil. — Gosto de Rachmaninov e faz muito tempo que não assisto a um concerto. Vai me arejar a cabeça.

De repente, ele parou e franziu as sobrancelhas.

— Mas... como é possível que o seu amigo tenha mandado uma segunda entrada *para mim*?

Leeland pareceu surpreso com a observação e ia responder, quando tiveram de se separar: uma luxuosa limusine oficial passou bem na frente deles. No interior, eles viram a batina púrpura de um cardeal. O carro diminuiu a velocidade para atravessar o pórtico do Belvedere e, subitamente, Nil segurou o braço do americano.

— Rembert, olhe a placa deste carro!

— E daí? S.C.V., *Sacra Civitas Vaticani*, é uma placa do Vaticano. Aqui, como você sabe, nós os vemos passar todos os dias.

Nil ficou pregado no meio do pátio do Belvedere.

— S.C.V.! Mas são as três letras que Andrei anotou na agenda, antes da palavra "Templários"! Faz dias que eu quebro a cabeça para saber o que significam. Como elas eram seguidas de uma notação de Dewey incompleta, eu estava convencido de que indicavam uma biblioteca, em algum lugar do mundo. Rembert, acho que entendi! S.C.V., seguido de quatro números, é a localização de uma série de obras numa das bibliotecas da Sacra Civitas Vaticani, o Vaticano. Eu devia ter pensado nisso: Andrei era um bisbilhoteiro incorrigível. Na biblioteca de San Girolamo ele encontrou um texto raro de Orígenes, mas é aqui mesmo que se deve procurar a segunda obra que ele anotou na agenda.

Nil ergueu a cabeça na direção do imponente edifício.

— Lá dentro, escondido em algum lugar, está o livro que vai permitir-me saber um pouco mais sobre a epístola do décimo terceiro apóstolo. Mas tem uma coisa que não compreendo, Rembert: o que os Templários têm a ver com essa história?

Leeland já não o escutava. Por que Lev Barjona lhe enviara *dois convites*?

Maquinalmente, ele digitou o código de entrada da reserva da biblioteca do Vaticano.

Quando a campainha soou, Breczinsky pegou, nervoso, o cotovelo do interlocutor.

— Devem ser eles, não estou esperando ninguém mais agora de manhã. Se sair pela frente, vai cruzar com eles. A reserva tem uma escada que leva diretamente à Biblioteca do Vaticano. Vou conduzi-lo, seja rápido, eles vão entrar.

Usando uma batina austera, Antonio lançou um olhar ao polonês, cujo rosto lívido traía a aflição. Havia sido fácil: depois de alguns minutos de conversa no seu escritório, Breczinsky como que desmoronara diante dele. O cardeal conhecia a alma humana. Bastava encontrar e pôr o dedo em cima da ferida secreta.

62

Sônia cobriu os seios com o cabelo e contemplou o homenzinho que se vestia. No fim das contas, ele não era mau. Apenas esquisito, com a mania de falar sem parar enquanto fazia o que ele esperava dela. Quando havia chegado à Arábia Saudita, atraída pela sedutora oferta de trabalho, ela se vira trancada no harém de um dignitário do governo. O árabe não dizia uma palavra enquanto fazia amor, que ele terminava rapidamente. Sendo que Calfo não cessava de murmurar coisas incompreensíveis, sempre sobre religião.

Ortodoxa, Sônia sentia o mesmo respeito de todos os romanos pelos dignitários religiosos. Mas aquele ali devia ser meio amalucado: ele exigia que ela avançasse devagar, e às vezes lhe metia medo com os olhos que a fitavam intensamente. A voz melosa a intimava a fazer coisas que lhe provocavam profunda repulsa, por vir de um bispo.

Ela não podia falar sobre isso com Moktar, que a levara para Roma. "Você vai ver", dissera ele, "é um cliente que paga muito bem." Verdade, o bispo era generoso. Mas, agora, Sônia achava que esse dinheiro lhe custava muito caro.

Ao abotoar o colarinho da batina, Calfo se virou para ela.

— Tem de ir embora, tenho uma reunião amanhã à noite. Uma reunião importante. Compreende?

Ela concordou com a cabeça. O bispo lhe havia explicado que, para poder subir os degraus da *Escada do Paraíso*,[1] era preciso manter uma tensão dialética entre os dois ascendentes, o carnal e o espiritual. Ela não tinha entendido nada dessa verborragia, mas sabia que só deveria voltar dentro de dois dias.

Era sempre assim com todas as "reuniões importantes". E, o dia seguinte, seria uma sexta-feira 13.

Os doze apóstolos se mostravam particularmente solenes. Vestido com a alva branca, Antonio se esgueirou silenciosamente

---

[1] Obra célebre de São João Clímaco, Pai da Igreja.

por trás da comprida mesa para ocupar a sua cadeira. O estranho olhar negro, única parte visível por trás do véu que cobria o seu rosto, era inocente e tranquilo.

— Como todas as sextas-feiras 13, meus irmãos, a nossa reunião será estatutária. Mas, antes de venerarmos a preciosa relíquia de que somos possuidores, devo pô-los a par dos últimos progressos da atual missão.

O reitor contemplou por um momento o crucifixo diante dele, depois continuou, envolto num silêncio total:

— Graças ao agente palestino, temos as gravações de tudo o que se diz no apartamento da via Aurelia. O francês se mostra um digno êmulo do padre Andrei. Ele conseguiu decifrar o código da inscrição de Germigny e compreender o seu sentido, graças à primeira frase do manuscrito copta. Ele encontrou a citação de Orígenes e, com a ajuda da segunda frase do manuscrito, segue o rastro da epístola do décimo terceiro apóstolo — de cuja existência Andrei apenas suspeitava antes de vir a Roma.

Um frisson percorreu a assembleia e um dos apóstolos levantou os braços.

— Irmão reitor, será que não estamos brincando com fogo? Ninguém, desde os templários, se aproximou tanto do segredo que temos a missão de proteger.

— Esta assembleia já pesou os prós e os contras e tomou uma decisão. Deixar o padre Nil continuar a pesquisa é um risco, mas um risco calculado. Apesar dos esforços dos nossos antecessores, o rastro da epístola não desapareceu completamente. Sabemos que o conteúdo dela pode destruir a Igreja Católica e, com ela, a civilização da qual é a alma e a inspiradora. Talvez ainda exista um exemplar, que teria escapado à nossa vigilância. Não vamos repetir o erro cometido com o padre Andrei. Nós soltamos o furão;*

---

* Alusão à variedade desse animal usada na Europa para a caça de coelhos.

desta vez, não vamos impedi-lo de correr atrás da presa. Se ele conseguir localizá-la, entraremos em ação, e bem rápido. O padre Nil está trabalhando para nós...

Ele foi interrompido por um apóstolo, cuja alva branca mal escondia a obesidade.

— Eles passam a maior parte do tempo na reserva da biblioteca do Vaticano. Que meios de controle temos sobre o que se diz nesse lugar estratégico?

O reitor era o único a saber que esse apóstolo era um membro altamente colocado na hierarquia da Congregação para a Propagação da Fé, um dos serviços de informações mais eficazes do mundo. Ele respondeu com uma nuança de respeito. Aquele homem tinha conhecimento de todas as informações coletadas nos cinco continentes, até mesmo na menor paróquia do interior.

— Um de nós foi ontem visitar o padre Breczinsky para lembrar-lhe algumas coisas. Parece que ele entendeu. Acho que seremos rapidamente informados sobre a capacidade do padre Nil para encontrar a epístola. Agora, passemos à reunião estatutária.

Auxiliado por dois apóstolos, ele fez deslizar o painel de madeira e pegou com respeito a pequena arca que estava na prateleira do meio. Diante dos Onze, imóveis, ele a pôs em cima da mesa e se inclinou profundamente.

— Em 13 de outubro de 1307, uma sexta-feira, o chanceler Guillaume de Nogaret prendeu o grão-mestre do Templo Jacques de Molay e cento e trinta e oito dos irmãos dele na sede templária de Paris. Eles foram encerrados em calabouços e interrogados, sem descanso, sob tortura. No mesmo dia, quase todos os membros da ordem foram detidos em toda a França e eliminados: a cristandade estava salva. É essa sexta-feira 13, considerada fatídica no mundo inteiro, que comemoramos hoje como preveem os estatutos.

Em seguida, ele se inclinou e abriu a arca. Nil havia encontrado quase todas as pistas deixadas na História pela epístola do décimo terceiro apóstolo, mas, daquela, passaria ao largo. O reitor deu um passo atrás.

— Meus irmãos, para a veneração, por favor.

Os apóstolos se levantaram e todos se aproximaram para beijar primeiro o anel do reitor, depois o conteúdo da pequena arca.

Quando chegou a sua vez, Antonio ficou imóvel, por um momento, em frente à mesa: colocada numa almofada de veludo vermelho, uma pepita de ouro brilhava suavemente. Muito lisa, tinha a forma de uma lágrima.

O que resta do tesouro dos templários!

Antonio se inclinou, olhou o interior da arca e pôs os lábios sobre a lágrima de ouro. Pareceu-lhe que ela ainda estava incandescente e, de olhos fechados, ele visualizou uma cena horrível.

63

O padre Breczinsky recebeu-os com um pálido sorriso e os acompanhou, sem uma palavra, à mesa de trabalho. Depois de fazer um sinal com a cabeça, ele entrou no seu escritório, deixando a porta entreaberta.

Totalmente concentrado na recente descoberta, Nil não prestou atenção na atitude reservada de Breczinsky. "S.C.V., uma notação do Vaticano. É uma das maiores bibliotecas do mundo! Encontrar um livro nessa biblioteca: missão impossível."

Nil trabalhou maquinalmente durante alguns minutos, depois respirou profundamente e se virou para Leeland.

— Rembert, pode dispensar-me por alguns minutos? Breczinsky é o único que pode ajudar-me a encontrar a que corresponde à notação S.C.V. deixada por Andrei na agenda. Vou perguntar a ele.

Uma sombra passou pelo rosto do americano, que sussurrou:

— Por favor, lembre-se do que eu disse. Não confie em ninguém aqui.

Nil não respondeu. "Sei de coisas que você ignora." Ele retirou as luvas e bateu na porta do bibliotecário.

Imóvel, Breczinsky estava sentado em frente à tela apagada do computador, com as mãos apoiadas na mesa.

— Padre, disse outro dia que se dispunha a me ajudar. Posso apelar para você?

O polonês olhou para ele sem dizer nada, com a fisionomia perturbada. Em seguida, olhou para as mãos e falou com voz surda, como se falasse para si mesmo, como se Nil não estivesse ali:

— Meu pai morreu no fim de 1940, eu não o conheci. Minha mãe me contou. Numa manhã, um oficial superior da Wehrmacht foi buscar todos os homens do povoado, supostamente para fazer um trabalho na floresta. Meu pai nunca mais voltou, e minha mãe morreu quando eu tinha seis anos. Um primo da Cracóvia me acolheu na casa dele, eu era uma criança vítima da guerra e não podia mais falar. O jovem cura da paróquia vizinha teve pena da criança muda. Levou-me para morar com ele, me devolveu o gosto pela vida. Depois, um dia, ele traçou o sinal da cruz na minha testa, nos meus lábios e no meu coração. No dia seguinte, eu falei, pela primeira vez depois de muitos anos. Em seguida, ele me deu permissão para entrar para o seminário diocesano da Cracóvia, de onde ele se tornou bispo. Eu lhe devo tudo, ele é o pai da minha alma.

— E qual era o nome dele?

— Karol Wojtyla. É o papa atual. O papa a quem eu sirvo com todas as minhas forças.

Finalmente, ele ergueu os olhos e fitou os de Nil.

— Você é um verdadeiro monge, padre Nil, como o padre Andrei. Você vive num outro mundo. No Vaticano, uma teia foi tecida em torno do papa por homens que não querem que ele saiba tudo o que fazem em seu nome. Na Polônia, Karol Wojtyla nunca conheceu nada semelhante. Lá, o clero era totalmente solidário, unido contra o inimigo soviético comum. Todos confiavam cegamente uns nos outros, a Igreja polonesa não sobreviveria a manobras internas. Foi com esse espírito que o papa passou muitas de suas responsabilidades a homens como o cardeal Catzinger. E, aqui, eu sou testemunha silenciosa de muitas coisas.

Ele fez um esforço para se levantar.

— Eu vou ajudá-lo, como ajudei o padre Andrei. Mas estou assumindo um risco considerável. Jure que não quer prejudicar o papa.

Nil respondeu lentamente:

Eu não passo de um monge, padre, nada mais me interessa além do rosto e da identidade de Jesus. A política e os costumes do Vaticano me são desconhecidos e não tenho nada a ver com o cardeal Catzinger, que não sabe nada sobre os meus trabalhos. Como Andrei, sou um homem da verdade.

— Confio em você. O papa também é um homem da verdade. Em que posso ajudá-lo?

Nil lhe entregou a agenda de Andrei.

— Quando esteve em Roma, o padre Andrei consultou um livro cuja notação escreveu aqui. Será que ela lhe diz alguma coisa?

Breczinsky examinou atentamente a página da agenda, depois ergueu a cabeça.

— Claro, é uma notação desta reserva. Ela indica as prateleiras onde estão guardadas as minutas dos processos da Inquisição sobre os templários. Quando passou por aqui, o padre Andrei me pediu para consultá-las, embora não tivesse autorização. Siga-me.

Eles passaram em silêncio pela mesa de Leeland, que, debruçado num manuscrito, nem levantou a cabeça. Ao chegar à terceira sala, Breczinsky virou à esquerda e levou Nil a uma estante situada numa parede reforçada.

— Aqui — ele mostrou as prateleiras que forravam a parede — você tem os atos da Inquisição do caso dos templários, os atos originais. Posso dizer-lhe que o padre Andrei se concentrou nas minutas do interrogatório do templário Esquieu de Floyran, feito por Guillaume de Nogaret, e na correspondência de Filipe, o Belo. Fui eu quem as pus de volta no lugar, depois que ele saiu. Espero que trabalhe tão rápido quanto ele. Tem duas horas. E lembre-se: você *nunca* esteve nesta parte da reserva.

Ele saiu como uma sombra. Naquele recanto deserto só se ouvia o ronronar dos aparelhos de climatização. Uma dezena de pastas estavam alinhadas, numeradas. Numa delas, numa página escrita pelo notário da Inquisição diante do prisioneiro exaurido pela tortura, talvez houvesse uma pista do décimo terceiro apóstolo, encontrada por Andrei.

Decidido, ele puxou a primeira pasta: *Confissões do irmão Esquieu de Floyran, templário de Béziers, colhidas na presença de monsenhor Guillaume de Nogaret, por mim, Guillaume de Paris, representante do rei Filipe, o Belo, e Grande Inquisidor da França.*

64

Margem do mar Morto, março de 1149

— Mais um esforço, Pierre, eles estão nos seguindo.

Esquieu de Floyran segurou o companheiro pela cintura. Eles estavam ao pé de uma falésia abrupta, uma grande formação rochosa no meio da qual surgiam as trilhas usadas pelas cabras. Em alguns lugares viam-se buracos escuros: as entradas das grutas naturais que se projetavam no ar.

Depois do encontro em Vézelay,* três anos antes, os dois homens nunca mais se separaram. Inflamados com a pregação de São Bernardo, eles haviam vestido a túnica branca com a cruz vermelha e aderido à Segunda Cruzada na Palestina. Em Gaza, os templários caíram numa armadilha preparada pelos turcos seldjúcidas.** Esquieu quis liberar a praça-forte e, à frente de quinze cavaleiros, tentando desviar a atenção do inimigo, saiu em pleno dia arrastando atrás dele uma parte dos homens que faziam o cerco. Na corrida para o leste, seus companheiros foram caindo feridos um a um. Ao seu lado só havia sobrado Pierre de Montbrison, o fiel.

Ao chegarem à beira do mar Morto, as montarias desabaram por terra. Os dois templários pularam um muro e entraram num

---

* Cidade principal do cantão de Yonne (França). Originada numa abadia beneditina que diziam abrigar as relíquias de Maria Madalena. Em Vézelay, no mês de março de 1146, São Bernardo fez a pregação da Segunda Cruzada.
** Dinastias turcas que reinaram em grandes extensões da Ásia Central e Ocidental nos séculos XI, XII e XIII.

recinto de ruínas com vestígios de um violento incêndio. Sempre correndo, passaram em frente a um amplo reservatório escavado na rocha, depois seguiram o traçado dos canais de irrigação que se dirigiam para a falésia. Ali, estariam a salvo.

Ao saírem da cobertura dada pelas árvores, Pierre deu um grito e caiu. Quando se agachou ao lado dele, o companheiro viu que uma flecha lhe havia transpassado o abdome, na altura dos rins.

— Deixe-me, Esquieu, estou ferido!

— Deixá-lo nas mãos deles? Nunca! Vamos nos refugiar nesta falésia e escapar com a ajuda da noite. Há um oásis bem perto, Ein Feshka. É a rota para o oeste, o caminho da salvação. Apoie-se em mim, não é a primeira flecha que recebe. Nós a tiraremos quando chegarmos lá em cima, você vai rever a França e a sua comendadoria.*

As palavras ardentes de São Bernardo ainda ressoavam nos seus ouvidos: "O cavaleiro de Cristo mata com segurança. Se morre, é para o seu bem, se mata, o faz para o Cristo."[1] Mas, por enquanto, o mais importante era escapar de um bando de turcos enraivecidos.

Allahu Akbar! Os gritos deles estavam próximos. "Pierre não aguenta mais. Senhor, vinde em nosso socorro!"

Apoiando-se mutuamente, eles começaram a subir a parede da falésia.

Pararam perto da abertura de uma das grutas, e Esquieu deu uma olhada para baixo: parecia que os perseguidores os haviam perdido de vista e estavam deliberando. Da altura em que estavam,

---

* Benefício concedido aos templários, a comendadoria era uma circunscrição que podia compreender uma ou várias casas.

[1] Trecho da Regra dada por São Bernardo aos templários, *De laude novae militiae*.

ele podia ver não só as ruínas calcinadas que haviam acabado de atravessar, mas também a angra do mar Morto que brilhava ao sol da manhã.

À direita dele, Pierre se apoiava na parede rochosa, lívido.

— Você precisa deitar, e eu tenho de retirar a flecha. Venha, vamos entrar nesse buraco e esperar a noite.

A abertura era tão estreita que tiveram de entrar introduzindo os pés em primeiro lugar. Esquieu carregou o companheiro, que gemia, coberto de sangue. Estranhamente, o interior era bem iluminado. Ele estendeu o ferido à esquerda da entrada, com a cabeça apoiada numa espécie de tigela de terracota que saía da areia. Em seguida, num gesto rápido, arrancou a flecha. Pierre soltou um grito e desmaiou.

"A flecha transpassou o ventre de um lado ao outro; o sangue jorra aos borbotões, ele está perdido."

Esquieu derramou as últimas gotas de água do seu cantil entre os lábios do moribundo. Em seguida, foi inspecionar o vale, embaixo. Os turcos ainda estavam lá; tinha de esperar que fossem embora. Mas Pierre morreria antes disso.

Letrado inteligente, erudito, Esquieu havia acolhido nas suas terras um priorado de monges brancos* da nova ordem criada por São Bernardo. Quando tinha tempo livre, ele lia os manuscritos reunidos no *scriptorium* e havia estudado a medicina de Galeno no texto em grego. Pierre estava perdendo todo o sangue, que formava sob o seu corpo uma poça escura. Ainda resistiria por uma hora, talvez menos.

Sem saber o que fazer, Esquieu olhou o chão da gruta. Ao longo de toda a parede da esquerda, tampas redondas de terracota apareciam na areia. Ele ergueu ao acaso a terceira, partindo da

---

* Os monges cistercienses são conhecidos como monges brancos devido à cor do hábito.

entrada. Era um jarro de barro em perfeito estado de conservação. No interior, ele viu um rolo grosso, envolvido em panos e untado. Encostado na lateral, um rolo menor, bem separado. Ele o retirou sem dificuldade. Era um pergaminho de boa qualidade, fechado com um simples cordão de linho, que ele desamarrou sem esforço.

Esquieu deu uma olhada em Pierre. Imóvel, ele mal respirava e o rosto já tinha a cor acinzentada dos cadáveres. "Meu pobre amigo... morrer numa terra estrangeira!"

Esquieu desenrolou o pergaminho. Estava em grego, perfeitamente legível. Uma letra elegante e palavras que ele reconheceu facilmente: o vocabulário dos apóstolos.

Aproximando-se da abertura da gruta, ele começou a ler. Os seus olhos se arregalaram, as mãos começaram a tremer ligeiramente.

"Eu, o discípulo bem-amado de Jesus, o décimo terceiro apóstolo, para todas as Igrejas..." O autor dizia que, na noite da última ceia, na sala de cima, eles não eram doze, e sim treze apóstolos, e que o décimo terceiro era ele. Ele protestava em termos solenes contra a divinização do nazareno. E afirmava que Jesus não havia ressuscitado, e sim que fora transferido depois da morte para um túmulo que estava...

— Pierre, olhe! Uma carta apostólica do tempo de Jesus, a carta de um de seus apóstolos... *Pierre!*

A cabeça do amigo havia rolado ligeiramente para o lado da tampa de terracota do primeiro jarro da gruta. Ele estava morto.

Uma hora depois, Esquieu havia tomado uma decisão. O corpo de Pierre aguardaria ali a ressurreição final. Mas essa carta de um apóstolo de Jesus, de quem nunca ouvira falar, ele *devia* revelar ao mundo cristão. Levar o pergaminho era muito arriscado.

Endurecido pelo tempo, seria rapidamente reduzido a migalhas. E ele próprio, será que, naquela noite, escaparia dos muçulmanos? Conseguiria chegar são e salvo a Gaza? O original continuaria na gruta, mas ele faria uma cópia. Imediatamente.

Com respeito, ele virou o corpo do amigo, abriu a capa e rasgou um grande pedaço da túnica. Depois, cortou um pedaço de madeira com a ponta bem fina, pousou o tecido numa pedra plana, mergulhou a pena improvisada na poça de sangue que tingia o chão de vermelho. E começou a copiar a epístola do apóstolo, como vira tantas vezes fazer no *scriptorium* do priorado.

O sol se punha atrás da falésia de Qumran. Esquieu se levantou. O texto do décimo terceiro apóstolo agora estava escrito, em letras de sangue, na túnica de Pierre. Ele enrolou o pergaminho, passou em volta o cordão de linho e o colocou de volta, com cuidado, no terceiro jarro, tomando precaução para que não encostasse no rolo engordurado. Pôs a tampa de volta, dobrou com cautela a cópia que havia feito e a enfiou no cinto.

Da entrada da gruta, ele deu uma olhada para baixo. Os turcos já eram duas vezes menos numerosos. Sozinho, poderia escapar. Teria de esperar a noite e passar pela plantação de Ein Feshka. Ele conseguiria.

Dois meses depois, uma embarcação a vela marcada com a cruz vermelha atravessava a barra de São João do Acre e rumava para oeste. De pé, na proa, um cavaleiro do Templo, com um amplo manto branco, lançava um último olhar para a terra de Cristo.

Deixava o corpo do melhor amigo para trás. Deitado numa das grutas acima de Qumran, uma gruta com dezenas de jarros cheios de rolos estranhos. Precisava voltar lá, assim que fosse possível. Recuperar o pergaminho do terceiro jarro, à esquerda, a partir da entrada e levá-lo para a França com todas as precauções que merecia um documento tão importante.

A morte de Pierre não havia sido inútil. Ele entregaria ao grão-mestre do Templo, Robert de Craon, a cópia da carta de um apóstolo, de que ninguém nunca ouvira falar. O conteúdo dela mudaria a face do mundo. E provaria a todos que os templários tinham razão em rejeitar o Cristo, mas amar Jesus apaixonadamente.

Ao chegar a Paris, Esquieu de Floyran pediu para conversar com Robert de Craon a sós. Uma vez na presença dele, tirou do cinto um rolo de tecido cheio de caracteres marrom-escuros e o entregou ao grão-mestre do Templo, segundo homem a receber esse título.

Sem uma palavra, o grão-mestre desenrolou a tira de tecido. Sempre em silêncio, ele tomou conhecimento do texto, perfeitamente legível. Com muita seriedade, fez Esquieu jurar segredo sobre o sangue do irmão e amigo, e o despediu com um simples sinal de cabeça.

Robert de Craon passou toda a tarde e toda a noite, sozinho, diante da mesa na qual estava aberto o pedaço de tecido, coberto com o sangue de um dos seus irmãos. Sangue esse que traçava as linhas mais incríveis, mais surpreendentes que já lera.

No dia seguinte, com a fisionomia séria, ele mandou espalhar por toda a Europa uma convocação extraordinária do capítulo* geral da Ordem dos Templários. Nenhum dos irmãos capitu-

---

* Assembleia dos templários de alto grau.

lares, senescais* ou priores, titulares tanto de ilustres fortalezas quanto da menor comendadoria deveria faltar a esse capítulo.
Nenhum deles.

65

Quando se reuniu ao amigo, sempre debruçado na mesa da sala da reserva, Nil estava com a fisionomia fechada. Leeland levantou a cabeça do manuscrito.
— E então?
— Aqui não. Vamos voltar para a via Aurelia.
Roma se preparava para celebrar o Natal. Segundo uma tradição característica da Cidade Eterna, nessa época cada igreja tinha como ponto de honra expor um *presepio* ornamentado com todos os atributos da imaginação barroca. Os romanos passavam as tardes de dezembro passeando de igreja em igreja, comparando a realização de cada uma delas e fazendo comentários com uma profusão de gestos.
"Impossível", pensou Nil, ao ver famílias inteiras se precipitando sob o pórtico das igrejas e os olhos das crianças arregalados de felicidade, "impossível dizer a elas que tudo isso é baseado numa mentira secular. Elas precisam de um deus à sua imagem, um deus-criança. A Igreja não pode deixar de proteger o segredo. Nogaret tinha razão."

---
* Segunda posição na hierarquia dos templários, os senescais eram líderes políticos e religiosos.

Os dois homens caminharam em silêncio. Ao chegarem ao apartamento, sentaram-se ao lado do piano e Leeland pegou uma garrafa de bourbon. Encheu um copo para Nil, que fez um gesto para impedi-lo.

— Ora, Nil, a nossa bebida nacional tem o nome dos reis da França. Alguns goles o ajudarão a me contar o que fez, sozinho a manhã inteira, numa parte da reserva da biblioteca do Vaticano, à qual, em princípio, você não tem acesso...

Nil não levou em conta a alusão. Pela primeira vez esconderia alguma coisa do amigo. As confidências de Breczinsky, o seu rosto aterrorizado, não tinham nada a ver com a pesquisa. Sentia-se detentor de um segredo que não compartilharia com ninguém. Ele tomou um gole de bourbon, fez uma careta e tossiu.

— Não sei por onde começar. Você não se interessa por História, não estudou as minutas dos interrogatórios da Inquisição que acabei de ver. Encontrei os textos consultados por Andrei quando ele passou pela reserva, que, imediatamente, fizeram sentido para mim. Ficou tudo claro e, ao mesmo tempo, obscuro.

— Encontrou alguma coisa relacionada ao décimo terceiro apóstolo?

— As palavras "décimo terceiro apóstolo" ou "epístola apostólica" não aparecem em nenhum interrogatório. Mas, agora que eu sei o que procuramos, há dois detalhes que me chamaram a atenção e que não compreendo. O próprio Filipe, o Belo, estabeleceu o indiciamento dos templários numa carta dirigida aos comissários reais, no dia 14 de setembro de 1307, um mês antes da captura em massa de todos os membros da Ordem. Essa carta está guardada na reserva, eu a copiei hoje de manhã.

Ele se abaixou e pegou na sacola uma folha de papel.

— Vou ler para você a primeira acusação: "Eis uma coisa repugnante, uma coisa deplorável, seguramente horrível, um crime detestável..." E qual seria? "Que os templários, quando entram na ordem, neguem por três vezes o Cristo e cuspam outras tantas na face dele."[1]

— Oh, oh!

— Em seguida, desde o primeiro interrogatório de Esquieu de Floyran, no dia seguinte a 13 de outubro de 1307, sexta-feira, até o último interrogatório de Jacques de Molay na fogueira, em 19 de março de 1314, uma pergunta aparece constantemente: "É verdade que vocês renegam o Cristo?" Todos os templários, qualquer que fosse a intensidade das torturas sofridas, reconheciam que sim, que rejeitavam o Cristo. Mas que não, não rejeitavam Jesus, que era em nome de Jesus que se haviam afiliado à milícia.

— E daí?

— Daí que é exatamente isso que afirmavam os nazarenos, cujos textos Orígines consultou em Alexandria. Sabemos que esse era o ensinamento do mestre dos nazarenos, o décimo terceiro apóstolo. Se a epístola podia aniquilar a Igreja, se ela devia ser *destruída em toda parte*, como pede o manuscrito copta, era não só porque ela negava a divindade de Jesus — muitos outros fizeram isso depois dele —, mas porque, segundo Orígenes, trazia uma *prova* de que ele não era Deus.

— Os templários tinham conhecimento da epístola desaparecida do décimo terceiro apóstolo?

— Não sei, mas tenho de assinalar que no século XIV os templários foram torturados e mortos porque proclamavam a mesma doutrina dos nazarenos e confirmavam essa escolha com

---

[1] Carta de Filipe, o Belo, aos cavaleiros Hughes de la Celle e Oudard de Molendinis, comissários de Sua Majestade.

um gesto ritual: cuspindo no Cristo. Talvez haja uma segunda hipótese — Nil massageou a testa —: esses homens ficaram por muito tempo em contato com os muçulmanos. A recusa de um outro deus que não seja Alá aparece constantemente no Alcorão, e não se esqueça de que o próprio Maomé conheceu os nazarenos e os cita muitas vezes...

— O que isso quer dizer? Você está misturando tudo!

— Não, estou relacionando elementos díspares. Foi dito com frequência que os templários foram influenciados pelo islamismo. Pode ser. Mas o fato de eles rejeitarem a divindade de Jesus não teve a sua origem no Alcorão. É mais sério. Nos meandros dos relatos dos interrogatórios, alguns deles confessam que a autoridade de Pedro e dos Doze apóstolos foi, segundo eles, transferida para a pessoa do grão-mestre do Templo.

— O grão-mestre seria uma espécie de sucessor do décimo terceiro apóstolo?

— Eles não usam esses termos, mas afirmam que a rejeição de Cristo se apoia na pessoa do grão-mestre, que eles consideram uma autoridade superior à dos Doze e da Igreja. É como se uma sucessão apostólica oculta tivesse sido transmitida ao longo dos séculos, paralelamente à de Pedro. Que tivesse a sua origem no décimo terceiro apóstolo, em seguida que se apoiasse nos nazarenos, depois, com a extinção destes, na misteriosa epístola.

Nil tomou mais um gole de bourbon.

— Filipe, o Belo, apresenta uma segunda e grave acusação contra os templários: "Quando eles entram na Ordem, beijam aquele que os recebe - - o grão-mestre — primeiro, na base das costas, depois, no ventre."[1]

Leeland caiu na gargalhada:

— *Gosh! Templar queers!*

---

[1] *Idem.*

— Não, os templários não eram homossexuais, eles faziam votos de castidade e tudo mostra que o respeitavam. Era um gesto ritual durante uma cerimônia religiosa, solene e pública. Esse gesto permitiu que Filipe, o Belo, os acusasse de sodomia, porque ele não o compreendia — sendo que, certamente, o gesto era revestido de um significado altamente simbólico.

— Beijar o traseiro do grão-mestre, depois dar a volta e beijar o seu ventre: um ritual simbólico numa igreja?

— Um rito solene ao qual eles atribuíam uma grande importância. Então, que sentido esse gesto tinha para eles? Inicialmente pensei que veneravam os chacras do grão-mestre, os centros de energia espiritual que os hindus situam exatamente no ventre e no... traseiro, como você diz. Mas os templários não conheciam a filosofia hindu. Portanto, não tenho nenhuma outra explicação, exceto esta: era um gesto de veneração para com a pessoa do grão-mestre, o apóstolo cuja autoridade, para eles, suplantava a de Pedro e a de seus sucessores. Por isso, parece que eles estão ligados a uma outra sucessão, a do décimo terceiro apóstolo. Mas, por que um beijo precisamente nesse lugar, na base das costas? Não sei.

Nessa noite, o padre Nil não conseguiu dormir. As perguntas giravam na sua cabeça. O que significava aquele gesto sacrílego, que havia manchado para sempre a memória dos cavaleiros? E, sobretudo, que relação teria com a epístola do décimo terceiro apóstolo?

Mais uma vez, ele se virou na cama, e o colchão de molas rangeu. No dia seguinte, assistiria a um concerto. Uma distração bem-vinda.

Paris, 18 de março de 1314

— Pela última vez, nós o exortamos a confessar: você rejeitou a divindade de Cristo? Vai dizer o que significa o ritual ímpio de admissão na Ordem?

Na ponta da île de la Cité, o grão-mestre do Templo, Jacques de Molay, fora içado num monte de lenha. Com as mãos amarradas sob o manto branco estampado com a cruz vermelha, ele enfrentava Guillaume de Nogaret, chanceler e alma-danada do rei Filipe IV, o Belo. O povo de Paris se havia amontoado nas duas margens do Sena: o grão-mestre iria retratar-se no último momento, privando assim os curiosos de um espetáculo de primeira? O carrasco, com as pernas afastadas, segurava na mão direita uma tocha acesa e só precisava fazer um gesto.

Jacques de Molay fechou os olhos por um momento e repassou na memória a história da sua Ordem. Era o ano de 1149, quase dois séculos antes. Não longe daquela fogueira, na qual ele iria morrer.

No dia seguinte da passagem por Paris do cavaleiro Esquieu de Floyran, o grão-mestre Robert de Craon convocara com urgência um capítulo extraordinário da Ordem do Templo.

Diante dos irmãos reunidos, ele leu em voz alta a epístola do décimo terceiro apóstolo, a cópia que miraculosamente lhe chegara às mãos. Ela fornecia a prova indiscutível de que Jesus não era Deus. Seu corpo jamais ressuscitara, e sim havia sido enterrado pelos essênios em algum lugar nos confins do deserto da Idumeia. O autor da carta dizia que rejeitava o testemunho dos Doze e a autoridade de Pedro, acusado de aceitar a divinização de Jesus para conquistar o poder.

Petrificados, os templários o escutaram num silêncio mortal. Um deles se levantou e disse com voz surda:

— Irmãos, todos nós passamos muitos anos em contato com os nossos inimigos muçulmanos. Todos sabemos que o Alcorão rejeita a divindade de Jesus, em termos muito semelhantes a essa carta apostólica, e que essa é a razão principal por que brigam contra os cristãos. É preciso levar essa epístola ao conhecimento da cristandade, para que, enfim, seja reconhecida a verdadeira identidade de Jesus. Isso vai pôr um fim, para sempre, na guerra impiedosa entre os sucessores de Maomé e os sucessores de Pedro. Somente então poderão viver juntos pacificamente os que passarão a confessar, numa única voz, que Jesus, o filho de José, não era um deus e sim um homem excepcional e um guia inspirado!

Robert de Craon pesou cuidadosamente as palavras da sua resposta. "Nunca", disse ele aos irmãos reunidos, "a Igreja nunca renunciará ao seu dogma fundador, fonte de um poder universal." Ele tinha outro plano, que foi adotado depois de longa deliberação.

Nas décadas seguintes, a riqueza dos templários aumentou prodigiosamente. Bastava o grão-mestre se encontrar com um príncipe ou um bispo para que imediatamente afluíssem os donativos em terras ou em metais preciosos. Isso porque os sucessores de Robert de Craon usavam um argumento infalível.

— Dê-nos os meios de cumprir a nossa missão — diziam eles - ou publicaremos um documento apostólico em nossa possessão que os destruirá, acabando com a cristandade, de onde vem o poder de vocês e todas as suas riquezas.

Os reis, os próprios papas pagavam e opulentas comendadorias templárias surgiam de todos os lados da Terra. Um século depois, os templários eram os banqueiros de toda a Europa. A epístola do décimo terceiro apóstolo se transformara na comporta de um rio de ouro que corria para os cofres dos cavaleiros.

Mas a fonte de tal riqueza, objeto de cobiça, estava à mercê de um roubo. Era preciso pôr o frágil pedaço de tecido em lugar seguro. A pessoa física do grão-mestre, continuador do décimo terceiro apóstolo que, como ele, se opunha à cristandade fundada por Pedro, se tornara intocável. Um deles se lembrou da maneira como os prisioneiros orientais escondiam o dinheiro, colocando-o num tubo metálico e introduzindo esse tubo nas próprias entranhas, mantendo-o, assim, com eles e protegido de qualquer furto. Esse grão-mestre mandou confeccionar um canudo de ouro, colocou nele a cópia da epístola cuidadosamente enrolada, introduziu em si mesmo e desde então a levava na intimidade da sua pessoa, que se tornara duplamente sagrada.

Para que ninguém suspeitasse do segredo ligado à epístola, era preciso que qualquer pista, até mesmo a menor delas, fosse apagada. O senescal da comendadoria de Patay ouvira falar de uma inscrição gravada na igreja de Germigny que, então, ficava nas suas terras. Um monge erudito afirmava que essa inscrição tinha duplo sentido, insinuado pela maneira extraordinária que o texto do Símbolo de Niceia havia sido transcrito. Ele se dizia capaz de decifrar esse código.

O senescal convocou o monge e se fechou com ele na igreja de Germigny. Ao sair de lá, mostrava uma fisionomia séria e mandou, incontinente, conduzir o monge sob escolta à sua comendadoria de Patay.

O monge erudito ali morreu no dia seguinte. A pedra foi imediatamente coberta de uma camada de reboco e a misteriosa inscrição desapareceu das vistas e da memória do povo.

O ritual de admissão na Ordem dos Templários passou a incluir um gesto curioso, que os noviços executavam religiosamente: durante a missa e antes de receber o amplo manto branco, todos deviam ajoelhar-se diante do grão-mestre e beijar a base das suas costas, depois o ventre.

Sem saber, o novo irmão venerava a epístola do décimo terceiro apóstolo, perseguida em toda parte pelo ódio da Igreja que, por causa dela, corria perigo. Agora, a epístola era guardada nas entranhas do grão-mestre, que só a retirava do estojo precioso para obter, com ameaças, mais terras e mais ouro.

O tesouro dos templários jazia nos porões de várias comendadorias. Mas a fonte desse tesouro, a fonte inesgotável, era transmitida ao sucessor pelo grão-mestre, que a protegia com o paredão do próprio corpo.

Na fogueira, Jacques de Molay ergueu a cabeça. Eles o haviam feito passar pela tortura da água, do fogo e dos estiramentos, mas não lhe revistaram as entranhas. Com uma simples contração, podia sentir, no mais íntimo de si mesmo, a presença do tubo de ouro. A epístola desapareceria com ele; única arma dos templários contra os reis e os prelados de uma Igreja que se tornara indigna de Jesus. Com uma voz surpreendentemente forte, ele respondeu a Guillaume de Nogaret:

— Foi sob tortura que alguns dos nossos irmãos confessaram os horrores de que me acusa. Diante do Céu e da Terra, agora eu juro que tudo o que você falou sobre os crimes e a impiedade dos templários não passa de calúnia. E nós merecemos a morte por não termos resistido ao sofrimento infligido pelos inquisidores.

Com um sorriso de triunfo, Nogaret se virou para o rei. De pé na *loggia* real, que se projetava sobre o Sena, Filipe ergueu a mão. No mesmo instante, o carrasco abaixou o braço, mergulhando a tocha acessa na lenha da fogueira.

As fagulhas voaram pelo ar até as torres de Notre-Dame. Jacques de Molay ainda teve forças para gritar:

— Papa Clemente! Rei Filipe! Eu os intimo a comparecer, antes de um ano, diante do tribunal de Deus para receberem o merecido castigo! Malditos sejam, vocês e os que vierem depois!

A fogueira desmoronou, numa explosão de faíscas. O calor era tanto que atingiu as margens do Sena.

No fim do dia, o pároco de Notre-Dame foi rezar nos restos fumegantes da fogueira. Os arqueiros haviam abandonado o local, ele estava sozinho e se ajoelhou. Em seguida, levou um susto: à sua frente, no meio das cinzas quentes, um objeto brilhava à luz do sol poente. Com a ajuda de um galho, ele o puxou. Era uma pepita de ouro, de ouro fundido pelo calor do fogo, luzidia, em forma de lágrima.

Tudo o que restava do estojo que continha a epístola do décimo terceiro apóstolo, tudo o que restava do último grão-mestre do Templo, tudo o que restava do verdadeiro tesouro dos templários.

Como muitos outros, o pároco sabia que os templários eram inocentes, que a sua morte atroz era, na verdade, um martírio. Com devoção, ele pôs os lábios na lágrima de ouro, que lhe pareceu incandescente, embora estivesse apenas morna. Era a relíquia de um santo, semelhante a todos aqueles que tinham dado a vida pela memória de Jesus. Ele entregou a pepita ao enviado do papa Clemente, que morreu no mesmo ano.

Depois de um périplo incerto, a lágrima de ouro acabou caindo nas mãos de um reitor da Sociedade São Pio V. Este conseguiu saber o seu significado, pois nem todos os templários haviam morrido no início do século XIV. Não há nada mais difícil de eliminar do que a memória.

Ele guardou, com muito apreço, entre os tesouros da Sociedade, essa prova indireta da rebelião do décimo terceiro apóstolo contra a Igreja dominante.

67

O hall de entrada era, na verdade, a sala de uma enorme mansão aristocrata. A dois passos do animado centro da cidade, a via Giulia oferecia a Roma o charme das suas arcadas cobertas de glicínias e de alguns antigos palácios transformados em hotéis a um só tempo familiares, luxuosos e convidativos.

— Poderia avisar o sr. Barjona que eu gostaria de vê-lo?

O recepcionista, distintamente vestido de preto, encarou o visitante matinal. Um homem de uma certa idade, cabelo grisalho, roupas comuns: um admirador, um jornalista estrangeiro? Ele mordeu os lábios.

— O *maestro* voltou muito tarde ontem à noite, nunca o incomodamos antes...

Com naturalidade, o visitante tirou do bolso uma nota de vinte dólares e a entregou ao recepcionista.

— Acredite... ele ficará feliz em me ver; caso contrário, indenizarei você com outro tanto. Diga-lhe que o velho amigo do clube o aguarda. Ele compreenderá.

— O que deu em você, Ari, de me tirar da cama a esta hora, na véspera de um concerto? E, em primeiro lugar, o que faz em Roma? Devia curtir a sua aposentadoria tranquilamente em Jaffa e me deixar em paz. Não estou mais sob as suas ordens!

— É verdade, mas nunca se deixa o Mossad, Lev, e você continua sob as suas ordens. Vamos, relaxe! Eu estava de passagem pela Europa e aproveitei para vê-lo, é só. Como vai a temporada em Roma?

— Bem, mas esta noite executarei o terceiro de Rachmaninov, que é um monumento aterrorizante e preciso concentrar-me. Então, ainda tem família na Europa?

— Um judeu sempre tem família em todos os lugares. A sua família é um pouco o serviço no qual eu o formei quando você não passava de um adolescente. E, em Jerusalém, eles estão preocupados com você. O que deu em você para seguir o monge francês no expresso de Roma, depois de reservar toda a cabine? Quem lhe deu essa ordem? Queria repetir a operação anterior e dessa vez sozinho? Por acaso eu o ensinei a bancar o cavaleiro solitário numa operação?

Lev fez uma cara de amuado e abaixou a cabeça.

— Não tive tempo de avisar Jerusalém, foi tudo muito rápido...

Ari fechou os punhos e lhe cortou a palavra:

— Não minta, não para mim. Sabe muito bem que, depois do acidente, você não é mais o mesmo e que durante anos você conviveu com a morte. Há momentos em que se deixa levar pela necessidade do perigo, do perfume que o excita como uma droga. Aí, você não pensa mais. Já imaginou o que aconteceria se o padre Nil também sofresse um acidente?

— Isso teria causado um enorme problema aos homens do Vaticano. Eu os odeio com toda a minha alma, Ari. Foram eles que permitiram que os nazistas, que exterminaram a minha família, fugissem para a Argentina.

Ari o olhou com ternura.

— Não é mais tempo de ódio e sim de justiça. E é inconcebível, inadmissível, que, sem informar ninguém, você tome decisões políticas de um tal nível. Mostrou que não é mais capaz de se controlar. Temos de protegê-lo contra você mesmo. Doravante, proibição absoluta de qualquer ação. O pequeno Lev, que brincava com a vida como se fosse uma partitura musical, cresceu. Agora, você é famoso. Continue na missão que lhe confiamos, vigiar Moktar Al-Qoraysh, e concentre-se no monge francês. A ação direta não é mais para você.

68

Nil estava excitado ao entrar na Academia Santa Cecília. A última vez que assistira a um concerto havia sido em Paris, na véspera de entrar para o mosteiro. Fazia muito tempo.

A sala do auditório era pequena, quase familiar. Havia um zumbido de conversas mundanas e, entre os trajes de gala, viam-se as batinas púrpura de alguns cardeais. Leeland entregou os dois convites ao funcionário da sala, que os conduziu à vigésima fileira, ligeiramente à esquerda.

— Daqui não será atrapalhado pela tampa do piano de cauda, monsenhor. Poderá acompanhar a técnica do solista.

Eles se sentaram e ficaram em silêncio. Desde que chegara a Roma, Nil sentia que alguma coisa se havia rompido entre ele e

Leeland: a confiança total, absoluta, que lhes permitira continuar tão próximos, apesar do afastamento, apesar dos anos. Parecia-lhe que havia perdido o último e único amigo.

A orquestra já estava instalada. Subitamente, as luzes da sala se apagaram e o maestro entrou, seguido do pianista. Uma salva de palmas os recebeu e o americano se inclinou para Nil:

— Lev Barjona já deu vários recitais aqui, o público o conhece e o aprecia.

O maestro o cumprimentou, mas Lev Barjona sentou-se direto ao piano sem virar a cabeça para a plateia. Da sua poltrona, Nil só via o lado direito do perfil do pianista, coroado por uma cabeleira loura. Quando o maestro subiu no estrado, o pianista ergueu os olhos e sorriu para ele. Em seguida, fez um sinal com a cabeça e ouviu-se o fremir dos violinos, a pulsação profunda que anunciava a entrada do piano. Quando essa cadência repetitiva, obsedante, o atingiu, a expressão do rosto do pianista ficou enrijecida, como um autômato.

Subitamente, Nil se lembrou: já havia visto aquela expressão em algum lugar. Mas as mãos de Lev se apoiaram no piano e o tema do primeiro movimento se elevou na sala, planando como a lembrança nostálgica de um mundo esquecido, um mundo da felicidade perdida depois da Revolução Russa de outubro. Nil fechou os olhos. A música de Rachmaninov o arrastava num trenó pela neve gelada, depois nas estradas do exílio, às portas da morte e do abandono.

No fim do segundo movimento, a sala havia sido conquistada. Leeland se inclinou novamente para Nil.

— O terceiro movimento é uma das peças mais difíceis de todo o repertório.

Lev Barjona foi deslumbrante, porém mal cumprimentou a plateia que se levantara em bloco e desapareceu nos bastidores.

Vermelho de prazer, Leeland aplaudia ruidosamente. De repente, ele parou.

— Conheço Lev, ele não voltará à cena, nunca concede um bis. Venha, vamos tentar encontrá-lo.

Eles se esgueiraram por entre os espectadores frenéticos, que gritavam: "Bravo! Bravo! Bis!"

No camarote de boca reservado para o Vaticano, o cardeal Catzinger aplaudia, desinteressado. Havia recebido um bilhete *molto confidenziale* da Secretaria de Estado,[1] pondo-o de sobreaviso contra o pianista israelense. "Provavelmente uma pessoa suspeita, mas que virtuose!"

Subitamente, ele parou: acabara de ver, embaixo, a elegante silhueta de Leeland, seguida da cabeça grisalha de Nil. Eles se dirigiam para a esquerda da cena, em direção aos bastidores — ao camarim dos artistas.

— Rembert! *Shalom*, que prazer em vê-lo!

Cercado de belas mulheres, Lev Barjona deu um abraço em Leeland, em seguida se virou para Nil.

— E este, imagino, é o seu amigo... Prazer em conhecê-lo. Gosta de Rachmaninov?

Petrificado, Nil não retribuiu o cumprimento. O israelense estava em plena luz e, pela primeira vez, ele via o seu rosto de frente. Uma cicatriz saía da orelha esquerda e se perdia no cabelo.

O homem do trem!

Muito à vontade, Lev parecia não notar a sua perplexidade. Inclinando-se para Leeland, ele segredou com um sorriso:

— Você chegou na hora certa, estou tentando escapar dessas admiradoras. Depois de qualquer concerto, preciso de algumas

---

[1] Ministério das Relações Exteriores do Vaticano.

horas para descer de volta à Terra, tenho necessidade de um tempo de calma e silêncio.

Ele se virou para Nil.

— Vocês me dariam o prazer de jantar comigo? Poderíamos ir a uma trattoria discreta e, com dois monges, o silêncio certamente está garantido. Vocês são os convidados ideais para me ajudar a sair do mundo de Rachmaninov. Esperem-me em frente à saída dos artistas, vou fugir dessas importunas, trocar de roupa e já vou.

O sorriso e o charme de Lev Barjona tinham um efeito irresistível e não havia dúvidas de que ele o sabia. Sem esperar pela resposta, ele se dirigiu para o fundo dos bastidores, deixando Nil pregado no chão pelo assombro.

O homem do trem! O que Lev fazia sozinho com ele num expresso de Roma repleto, e o que pretendia fazer quando o fiscal surgiu na cabine?

Ele ia jantar com Lev, frente a frente...

69

Tarde da noite, o telefone tocou no apartamento próximo ao Castel Sant'Angelo. Alessandro Calfo se assustou. Finalmente, havia convencido Sônia — ela aceitava cada vez menos as suas exigências — e ele dava a última mão numa encenação complicada, que devia ser absolutamente perfeita.

Àquela hora, só poderia ser o cardeal.

Era ele mesmo, que acabara de chegar ao Vaticano, bem próximo à Academia Santa Cecília. Pelo tom da voz, Calfo percebeu imediatamente que alguma coisa não ia bem.

— Monsenhor, por acaso estava a par?

— De quê, Eminência?

— Acabei de voltar de um concerto dado pelo israelense Lev Barjona. Há alguns dias, um dos nossos órgãos me pôs de sobreaviso contra esse homem e eu soube, com surpresa, que a Sociedade São Pio V teria... como posso dizer, usado os seus talentos ocultos. Quem o autorizou a contratar agentes estrangeiros em nome do Vaticano?

— Eminência, Lev Barjona nunca foi um agente do Vaticano! Ele é um eminente pianista e, se aceitei a colaboração dele, foi porque é filho de Abraão, como nós, e compreende bem as coisas. Mas eu nunca o vi.

— Pois bem, acabei de vê-lo na Santa Cecília. E adivinhe quem estava na sala?

Calfo suspirou.

— Os seus dois monges — continuou Catzinger —, o americano e o francês.

— Eminência... que mal há em ouvir uma bela música?

— Inicialmente, porque o lugar de um monge não é em espetáculos. Depois, porque no fim do concerto eu os vi se dirigirem aos bastidores. Sem dúvida devem ter se encontrado com Lev Barjona.

"E eu", pensou Calfo, "espero realmente que o tenham encontrado."

— Eminência, Leeland conheceu Barjona há muito tempo, em Jerusalém, quando ele era aluno de Arthur Rubinstein. Eles têm a mesma paixão pela música. Parece-me normal...

Catzinger o interrompeu:

— Posso lembrar-lhe que Leeland trabalha no Vaticano e que fui eu quem lhe deu autorização para usá-lo como isca para o padre Nil? É muito perigoso deixá-los encontrar um personagem tão demoníaco quanto esse Lev Barjona que, o senhor devia saber tanto quanto eu, não é apenas um músico talentoso. Minha paciência está no fim. Na semana que precede o Natal vou celebrar todas as manhãs a missa no meu *titulum*[1] de Santa Maria in Cosmedin. Amanhã é o primeiro dia. Dê um jeito para que Leeland esteja à minha disposição no começo da tarde. Eu o convocarei ao meu escritório e o porei diante dos erros cometidos. E não se esqueça de que está a serviço da Igreja, o que lhe impede de certas... iniciativas.

Ao desligar, Calfo sorriu. Não queria estar no lugar do americano: a isca ia ser devorada por Sua Eminência. Mas isso não tinha importância. Ele havia desempenhado perfeitamente o papel. Fizera Nil falar, e agora o levara para conhecer o israelense. A isca era para o cardeal. Ele, Calfo, queria era fisgar o peixe.

---

[1] Na sua nomeação, o cardeal é designado para uma das reputadas igrejas antigas de Roma. É o seu *titulum*, que lembra a época em que os cardeais auxiliavam o papa na administração da cidade.

Ao voltar para o quarto, ele reprimiu um gesto de exasperação: Sônia havia retirado a fantasia e estava sentada, nua, na beirada da cama. Exibia uma expressão obstinada e lágrimas lhe corriam pelas faces.

— Vamos, beleza, não é assim tão terrível!

Calfo a levantou e a obrigou a colocar uma touca, que escondia a maravilhosa cabeleira, e, por cima, um véu engomado, cujas pontas lhe caíam pelos ombros redondos. Fantasiada de religiosa do Antigo Regime — "somente a parte de cima, o resto é para mim" — ele a fez ajoelhar-se num genuflexório de veludo vermelho, diante de um ícone bizantino. Sempre atencioso, ele havia pensado que um ícone permitiria que a romena desempenhasse melhor o papel que esperava dela.

Ele recuou: o quadro era perfeito. Nua, mas com o rosto oval valorizado pelo véu, os olhos levantados para o ícone, Sônia juntou as mãos delicadas e parecia rezar. "Uma atitude virginal, diante da imagem da Virgem. Muito sugestivo."

Roma mergulhava no silêncio da noite. Ajoelhado por trás de Sônia e colado à curvatura dos quadris da moça, o monsenhor Calfo começou a celebração do divino culto. As pernas se apoiavam no genuflexório, cujo contato aveludado ele apreciou. Com as mãos firmemente agarradas no peito da jovem, ele se sentiu constrangido por um momento pelo olhar da Virgem bizantina, que o fitava como se fizesse uma recriminação muda. Calfo fechou os olhos: na sua busca da união mística, nada poderia se interpor entre o humano e o divino, o carnal e o espiritual.

Enquanto ele começava a murmurar palavras incoerentes para ela, Sônia descruzou as mãos e enxugou as lágrimas que lhe enevoavam a visão, com os olhos cravados no ícone.

70

Nesse exato momento, Lev erguia o copo diante dos companheiros.

— Ao nosso encontro!

Ele havia levado os dois monges a uma trattoria do Trastevere, bairro popular de Roma. A clientela era composta unicamente de italianos, que devoravam gigantescas porções de *pasta*.

— Aconselho *penne arrabiate*. A comida é caseira, venho sempre aqui depois de um concerto. Eles fecham tarde e teremos tempo para conversar.

Desde que haviam chegado ao restaurante, Nil estava mudo: era impossível o israelense não reconhecê-lo. Porém, animado e muito à vontade, Lev parecia não notar o silêncio do homem sentado à sua frente. Ele e Leeland relembravam os bons velhos tempos, o encontro em Israel, as descobertas musicais:

— Naquela época, pudemos finalmente voltar a viver em Jerusalém depois da Guerra dos Seis Dias. O comandante Ygael Yadin queria que eu ficasse ao lado dele no Tsahal...

Pela primeira vez, Nil interveio na conversa:

— Conheceu o famoso arqueólogo?

Lev esperou que pusessem na frente deles três pratos fumegantes de *pasta*, depois se virou para Nil. Ele fez uma careta e sorriu.

— Não só o conheci muito bem, como vivi, graças a ele, uma aventura nada banal. O senhor é um especialista em textos antigos, um pesquisador, isto vai interessá-lo...

Nil tinha a desagradável impressão de ter caído numa armadilha. "Como ele sabe que sou um especialista e um pesquisador?

Por que nos trouxe aqui?" Incapaz de responder, ele resolveu deixar que Lev se abrisse e aquiesceu em silêncio.

— Em 1947, eu tinha oito anos e morávamos em Jerusalém. Meu pai era amigo de um jovem arqueólogo da Universidade Hebraica, Ygael Yadin: cresci ao lado dele. Ygael tinha vinte anos e, como todos os judeus que viviam na Palestina, levava uma vida dupla. Era estudante e, sobretudo, combatente no Haganá,[1] do qual se tornou comandante em chefe. Eu sabia disso, admirava-o muito e só sonhava com uma coisa: também lutar pelo meu país.

— Aos oito anos?

— Rembert, os temíveis combatentes do Palmach[2] e do Haganá eram adolescentes, drogados pela excitação do perigo! Eles não hesitavam em apelar para crianças para transmitir as suas mensagens; não tínhamos nenhum meio de comunicação. Na manhã de 30 de novembro, a ONU aceitou a criação de um Estado judeu. Sabíamos que a guerra ia estourar. Jerusalém foi coberta de arames farpados, só uma criança podia circular por ela sem salvo-conduto.

— E foi o que você fez?

— É claro. Yadin começou a me usar diariamente, eu ouvia tudo o que se dizia à volta dele. Uma noite, ele falou de uma estranha descoberta. Ao perseguir uma cabra nas falésias que se projetavam sobre o mar Morto, um beduíno havia encontrado uma gruta. No interior, ele descobriu uns jarros que continham

---

[1] Exército clandestino judeu antes da criação do Tsahal, exército oficial de Israel.
[2] Comando de elite clandestino, encarregado das missões especiais de defesa.

uns embrulhos pegajosos e que ele vendeu por cinco *pounds* a um sapateiro cristão de Belém. Este acabou por entregá-los ao arcebispo Samuel, superior do mosteiro de São Marcos, na parte de Jerusalém que acabara de se tornar árabe.

Nil ficou atento: já ouvira falar da odisseia rocambolesca dos manuscritos do mar Morto. A desconfiança desapareceu de uma vez. Estava diante de uma testemunha direta, uma ocasião totalmente inesperada para ele.

Enquanto degustava o prato de *penne*, Lev lançava uns olhares para Nil, cujo interesse repentino parecia diverti-lo. Ele prosseguiu:

— O arcebispo Samuel pediu a Yadin que identificasse os manuscritos. Era preciso atravessar a cidade, ir a São Marcos, e cada rua era uma emboscada. Yadin me entregou um avental, uma pasta de escolar e me mostrou o caminho do mosteiro. Eu me esgueirei entre as barricadas inglesas, os tanques árabes, os pelotões do Haganá. Todos paravam de atirar por um instante para deixar o menino ir à escola! Na minha pasta, eu trouxe dois rolos do mosteiro, e Yadin percebeu imediatamente do que se tratava: os mais antigos manuscritos já descobertos na terra de Israel, um tesouro que, por direito, pertencia ao novo Estado judeu.

— O que ele fez?

— Não poderia ficar com eles, seria roubo. Por isso, devolveu-os ao arcebispo e disse que estava disposto a comprar todos os manuscritos que os beduínos encontrassem nas grutas de Qumran. Apesar da guerra, o boato se espalhou. Os americanos da American Oriental School e os dominicanos franceses da Escola Bíblica de Jerusalém fizeram subir os lances. Yadin passava direto do comando das operações militares para as negociações secretas com os comerciantes de antiguidades de Belém e Jerusalém. Os americanos arrebanhavam tudo...

— Eu sei — interrompeu Nil —, pude ver no meu mosteiro as fotocópias da Huntington Library.

— Ah, receberam um exemplar? Bem poucas pessoas tiveram essa sorte, espero que elas sejam publicadas algum dia. Fui, então, o ator involuntário de um incidente, que deve interessá-lo...

Ele empurrou o prato, se serviu de um copo de vinho. Nil notou que a expressão do rosto dele havia enrijecido, como no trem, como quando tocava Rachmaninov!

Depois de um silêncio, Lev fez um esforço e continuou:

— Um dia, Yadin soube que o arcebispo Samuel possuía dois documentos excepcionalmente bem conservados. O beduíno os encontrara na segunda visita que fizera à gruta, no terceiro jarro à esquerda contando da entrada, ao lado do esqueleto de alguém que devia ter sido um templário, pois ainda estava envolvido com a túnica branca de cruz vermelha. Novamente, atravessei a cidade e levei para Yadin o conteúdo do jarro: um rolo grosso envolvido num tecido pegajoso e um pequeno pergaminho uma única folha, amarrada apenas com um cordão de linho. Na sala que lhe servia de quartel-general, sob o bombardeio, Yadin abriu o rolo cheio de caracteres hebraicos. Era o *Manual de Disciplina dos Essênios*. Em seguida, desenrolou a folha, escrita em grego, e traduziu a primeira linha em voz alta, na minha frente. Eu era uma criança, mas ainda me lembro: *Eu, o discípulo bem-amado, o décimo terceiro apóstolo, para todas as Igrejas...*

Nil empalideceu e agarrou os talheres para se conter.

— Tem certeza? Você ouviu mesmo "o discípulo bem-amado, o décimo terceiro apóstolo"?

— Certeza absoluta. Yadin parecia abalado. Ele me disse que só se importava com os manuscritos hebreus, porque eram patrimônio de Israel. Aquela carta escrita no mesmo grego que o dos Evangelhos deveria interessar aos cristãos, era preciso devolvê-la ao arcebispo. Ele guardou o *Manual de Disciplina* e, em troca, pôs na minha pasta um maço de dólares, junto com o pequeno pergaminho em grego. Em seguida, me mandou de volta a São Marcos, no meio das bombas.

Nil estava petrificado. "Ele teve nas mãos a epístola do décimo terceiro apóstolo, o único exemplar que escapou da Igreja, talvez o original!"

Com a expressão ainda dura, Lev continuou:

— Quando eu estava a uns cem metros do mosteiro, um obus caiu na rua. Fui projetado para cima e desmaiei. Quando reabri os olhos, um monge estava inclinado sobre mim. Eu estava no mosteiro, com a cabeça aberta de alto a baixo — ele tocou na cicatriz com uma careta — e a minha pasta de escolar havia desaparecido.

— Desaparecido?

— Sim. Eu ficara em coma por vinte e quatro horas, entre a vida e a morte. Quando foi me ver no dia seguinte, o arcebispo me disse que um dos monges me catara na rua e entregara a pasta a ele. Ao abri-la, ele havia compreendido. Yadin estava pagando em *cash* o manuscrito de Qumran, mas não queria a carta em grego. Ele havia vendido a carta a um religioso dominicano com um lote desemparelhado de manuscritos hebreus que os beduínos lhe haviam trazido. E acrescentou, rindo, que havia enfiado tudo numa caixa vazia de conhaque Napoléon, do qual era grande apreciador. E que o dominicano parecia ignorar totalmente o valor do que havia acabado de comprar.

As perguntas se chocavam na cabeça de Nil.

— Acha que o arcebispo leu a carta antes de vendê-la ao dominicano?

— Não tenho a menor ideia, mas isso me surpreenderia. O arcebispo Samuel era tudo, menos um erudito. Não se esqueça de que estávamos em guerra. Ele precisava de dinheiro para alimentar os monges e tratar os feridos, levados às dezenas para o mosteiro. Não era o momento para estudar textos! Certamente ele não tomou conhecimento da carta.

— E... o dominicano?

Lev se virou para ele. Sabia que esse relato interessava ao máximo o monge francês. "E por que acha, padre, que o convidei para jantar esta noite? Para degustar uma massa com molho picante?"

— Eu já lhe disse, essas lembranças ficaram gravadas na minha memória. Muitos anos depois, antes de morrer, Yadin me falou sobre a carta e pediu que eu encontrasse a pista dela. Fiz uma investigação graças ao Mossad, do qual me tornara... digamos, correspondente ocasional. Dizem que é o melhor serviço de informações do mundo depois do Vaticano!

Satisfeito, Lev havia recuperado a expressão animada, toda a tensão desaparecera do seu rosto.

— Na verdade, o dominicano era um irmão converso,[1] uma boa pessoa, mas meio obtuso. Um pouco antes da declaração de independência de Israel, a situação ficou tão tensa em Jerusalém que muitos religiosos foram repatriados para a Europa. Parece que o dominicano enfiou na sua bagagem a caixa de conhaque Napoléon, cujo valor ignorava totalmente, e que a levou consigo até Roma, onde terminou a vida na Cúria Generalícia dos dominicanos, no Aventino. Ficamos sabendo que a caixa não estava mais lá; quando ele morreu, nada foi encontrado na cela além de um terço de madeira de oliveira.

---

[1] Religioso, não sacerdote, que executa as tarefas diárias nos conventos.

— E... onde ela poderia estar?

— Uma Cúria Generalícia é uma administração que não se ocupa de documentos inúteis para ela. Parece que mandou o material desemparelhado vindo de Jerusalém para o Vaticano, onde, sem dúvida, foi parar onde estão todas as velharias com as quais não se sabe o que fazer — ou que não se quer explorar. Deve estar dormindo em algum lugar, num canto de uma das bibliotecas ou num reduto qualquer da Cidade Santa. Se ela tivesse sido aberta, acabaríamos sabendo.

— E por quê, Lev?

Conquistado pela descontração do israelense, Nil o chamou pelo nome. Lev notou esse fato e lhe serviu mais um copo de vinho.

— Porque Ygael Yadin havia lido a carta antes de entregá-la ao arcebispo. E o que ele me disse no seu leito de morte me leva a pensar que ela contém um segredo terrível, daqueles que nenhuma Igreja, nenhum Estado, mesmo impenetrável e monárquico como o Vaticano, poderia impedir de vazar, por muito tempo. Se alguém viu essa carta, padre Nil, ou está morto no momento atual, ou o Vaticano e a Igreja Católica já teriam implodido, e isso causaria mais comoção do que a guerra árabe-israelense de 1947, mais do que as Cruzadas, mais comoção do que qualquer acontecimento da história do Ocidente.

Nil massageou o rosto, nervoso.

Ou está morto no momento atual...

Andrei!

71

O vinho leve dos Castelli fazia a cabeça de Nil rodar ligeiramente. Surpreso, ele viu o garçom pôr na frente dele uma xícara de café. Inteiramente cativado pela narrativa de Lev, havia devorado, sem perceber, o prato de *penne arrabiate* e o escalope à milanesa que viera depois. Parecendo preocupado, Leeland girava a colher na xícara. Ele decidiu fazer a Lev a pergunta à qual Nil o havia confrontado no pátio do Belvedere:

— Diga-me, Lev... Por que me mandou dois convites para o seu concerto, especificando num pequeno bilhete que poderia interessar ao meu amigo? Como sabia que ele estava em Roma e, simplesmente, como sabia da existência dele?

Lev ergueu as sobrancelhas, surpreso.

— Mas... eu soube por você mesmo! No dia seguinte à minha chegada, recebi no hotel da via Giulia um envelope, estampado com o símbolo do Vaticano. Dentro, algumas linhas batidas à máquina — se é que me lembro bem — do tipo "Monsenhor Leeland e o amigo padre Nil ficariam felizes em assistir, etc." Pensei que tinha mandado a sua secretária me avisar; achei apenas meio sucinto, mas, certamente, você foi influenciado pelos hábitos do Vaticano.

Leeland respondeu devagar:

— Não tenho secretária, Lev, e não lhe mandei nenhuma carta. Não sabia nem mesmo em que hotel estava hospedado para a série de concertos em Roma. Diga-me... a carta tinha a minha assinatura?

Lev remexeu na abundante cabeleira loura.

— Não sei mais! Não, não era a sua assinatura, embaixo havia uma simples inicial. Um C maiúsculo, eu acho, com um ponto. De qualquer forma, Rembert, eu tinha a intenção de vê-lo na minha passagem por Roma e, inevitavelmente, teria conhecido o padre Nil.

O rosto de Leeland se fechou bruscamente: Catzinger ou Calfo? Novamente, foi invadido pela raiva.

Absorto nos seus pensamentos, Nil acompanhara distraidamente a conversa. Havia sido assaltado por muitas perguntas e interveio bruscamente:

— O que conta é o resultado, pois graças a essa carta pude ouvir esta noite uma fabulosa interpretação do concerto de Rachmaninov. Mas, diga-me, Lev... por que nos fez essas confidências? Pode imaginar o que significaria para Rembert e para mim a descoberta de uma nova carta de um apóstolo, milagrosamente extraída do esquecimento no fim do século XX e que questionaria a nossa fé? Por que nos contou tudo isso?

Lev respondeu com o seu sorriso mais encantador. Não podia dizer a Nil a verdade: "Porque são as instruções do Mossad."

— E quem mais, além de vocês, poderia estar interessado?

Ele parecia não atribuir nenhuma importância à pergunta de Nil, e o observava amigavelmente.

— Padre Nil... será que um simples documento antigo, contestando a divindade de Jesus, mudaria realmente alguma coisa para o senhor?

Os últimos clientes estavam saindo da trattoria; agora eles eram os únicos na sala, que o proprietário começava a arrumar lentamente. Nil pensou bastante antes de responder, como se houvesse esquecido a quem se dirigia:

— Esta noite, o senhor disse que uma epístola apostólica havia sido descoberta em Qumran, junto com os manuscritos do mar Morto. Há algumas semanas reuni as provas da existência desse documento. No século III com um manuscrito copta, na transição do século IV com um texto de Orígenes. No século VII com as alusões do Alcorão, no século VIII com um código introduzido no Símbolo de Niceia em Germigny e, finalmente, no século XIV com o processo dos templários. Tudo isso depois de passar muitos anos decifrando o texto do fim do século I, no qual tudo começou: o Evangelho segundo São João. Pude seguir as pegadas da epístola do décimo terceiro apóstolo graças à sua sombra projetada na história do Ocidente.

Ele olhou Lev bem de frente.

— Agora, acabou de me dizer que a transportou na sua pasta de escolar, quando tentava cumprir, sob as bombas, uma missão para o chefe do Haganá. Depois, me contou que ela deve estar em algum lugar no Vaticano, escondida ou simplesmente ignorada. O senhor ouviu Ygael Yadin dizer que ela continha um segredo terrível. Mesmo que eu tivesse conhecimento do conteúdo — que, de fato, deve ser terrível para provocar, ao longo dos séculos, tantas exclusões, assassinatos e complôs —, em nada mudaria a minha relação com Jesus. Eu o encontrei pessoalmente, Lev, pode compreender isso? A pessoa dele não pertence a nenhuma Igreja, ele não precisa delas para existir.

Lev parecia impressionado. Ele pôs a mão, de leve, no braço de Nil.

— Nunca fui muito praticante, padre Nil, mas qualquer judeu compreenderia o que disse, porque todos os judeus saíram da linhagem dos profetas, quer queiram, quer não. Saiba que o senhor me é infinitamente simpático e, mesmo que tenha mentido muito durante a minha vida, ao dizer isso sou totalmente sincero.

Ele se levantou; o proprietário começava a rodear a mesa deles.

— Com toda a minh'alma, desejo que tenha sucesso na sua pesquisa. Não acredite que ela só interesse ao senhor, e não direi mais nada a respeito. Tome cuidado; os profetas e todos os que se pareciam com eles tiveram morte violenta. Isso um judeu também sabe por instinto e aceita, como o judeu Jesus aceitou outrora. São duas horas da manhã; permita que lhe ofereça um táxi para voltar a San Girolamo.

Acomodado no fundo do banco do carro, Nil via desfilar a cúpula do Vaticano, que brilhava suavemente na fria noite de dezembro, quando uma concentração de lágrimas lhe toldou a visão. Até ali, a carta não passava de uma hipótese, era uma realidade virtual. Ele havia apertado uma mão que a havia tocado, cruzara um olhar que tinha visto esse documento.

De repente, a hipótese se tornava realidade. A carta do décimo terceiro apóstolo, sem dúvida, estava em algum lugar atrás da alta muralha do Vaticano.

Ele iria até o fim. Também veria a carta com os próprios olhos.

Daria um jeito de sobreviver, ao contrário de todos os que o precederam.

72

Leeland tocava um prelúdio de Bach quando Nil chegou ao pequeno apartamento da via Aurelia. Ficara ruminando, até o amanhecer, as revelações de Lev Barjona. As olheiras destacavam a inquietação que o invadia.

— Não fechei os olhos a noite inteira. Muitas coisas novas ao mesmo tempo! Não faz mal, vamos à reserva, nos debruçar nos seus manuscritos de canto gregoriano vai ajudar a me recuperar. Você se deu conta, Rembert? A carta do décimo terceiro apóstolo deve estar no Vaticano!

— Só poderemos passar a manhã na reserva. Acabei de receber um telefonema do monsenhor Calfo: o cardeal me convocou ao escritório dele, hoje, às quatorze horas.

— E por quê?

— Ora... — Leeland fechou o piano, embaraçado — acho que sei o porquê, mas prefiro não falar agora. Se essa misteriosa epístola atrás da qual você corre há anos estiver no Vaticano, como poderá pôr as mãos nela?

Foi a vez de Nil parecer constrangido:

— Desculpe, Remby, também prefiro não responder imediatamente. Veja o que o Vaticano fez conosco: dois irmãos que já não o são totalmente, pois não contam tudo um ao outro...

No andar inferior, Moktar desligou os gravadores e assobiou entre os dentes. Nil havia dito uma frase que valia muitos dólares: *a carta do décimo terceiro apóstolo deve estar no Vaticano!* Estava certo ao obedecer as ordens do Cairo e não fazer nada contra o pequeno francês. O Fatah sabia quase tanto quanto

Calfo sobre a carta e sobre a sua importância vital para o cristianismo. O cerco se fechava em torno de Nil, devia deixá-lo ir até o fim.

Calfo protegia a cristandade, mas ele, Moktar, protegia o islamismo, o seu Alcorão e o seu Profeta — bendito seja o seu nome.

Ao percorrer o longo corredor que levava ao escritório do prefeito da Congregação, Leeland sentiu o estômago se contrair. Tapetes de lã, apliques venezianos, lambris de madeira preciosa. De repente, esse luxo lhe pareceu insuportável. Era o sinal ostentatório do poder de uma organização que não hesitava em esmagar os próprios membros para preservar a existência de um imenso império, baseado numa sucessão de mentiras. Depois da chegada de Nil, ele percebeu que o amigo se tornara vítima do poder, como ele — mas por uma razão totalmente diferente. Leeland jamais se questionara realmente sobre a sua fé. As descobertas de Nil o abalavam e reforçavam a sua rebelião interior. Ele bateu discretamente na alta porta ornamentada de finos filetes de ouro.

— Entre, monsenhor, eu o esperava.

Leeland se havia preparado para encontrar Calfo ao lado de Catzinger, mas ele estava sozinho. Em cima da mesa, um simples dossiê com uma lista vermelha. O rosto do cardeal, normalmente redondo e cor-de-rosa, mostrava-se duro como pedra.

— Monsenhor, vou direto ao assunto. Faz três semanas que vê diariamente o padre Nil. E, agora, o arrasta a um concerto público e o apresenta a uma pessoa pouco recomendável, sobre a qual temos más informações.

— Eminência, Roma não é um mosteiro...

— *Sufficit!* Fizemos um acordo: devia manter-me informado das suas conversas com o padre Nil e do avanço das pesquisas pessoais que ele faz. Nenhuma pesquisa deve ser *pessoal* na Igreja Católica. Todas as reflexões, todas as descobertas precisam ser úteis. Não tenho recebido mais nenhum relatório seu, e os que me mandou pecam pela deficiência é o mínimo que posso dizer. Sabemos que o padre Nil caminha numa direção perigosa e sabemos que você está ciente. Por que, monsenhor, escolhe o lado da aventura, em vez do da Igreja, à qual pertence e que é a sua mãe?

Leeland abaixou a cabeça. O que poderia responder a este homem?

— Eminência, não compreendo muitas coisas dos trabalhos eruditos do padre Nil...

Catzinger cortou secamente:

Não lhe peço que compreenda, mas que relate o que ouve. Para mim é penoso lembrá-lo, mas não está em situação de escolher.

Ele se inclinou sobre a mesa, abriu o dossiê e o empurrou para Leeland.

— Reconhece estas fotos? Está na companhia de um dos monges de St. Mary, na época em que era abade. Aqui — ele sacudiu no nariz de Leeland uma foto em preto e branco — estão frente a frente, no jardim da abadia, e o olhar que troca com ele diz tudo. E, aqui — agora a foto era colorida —, ele está de costas e a sua mão está apoiada no ombro dele. Entre dois religiosos, tais atitudes são indecentes.

Leeland empalideceu e o seu coração batia violentamente no peito. *Anselm!* A pureza, a beleza, a nobreza do irmão Anselm! O cardeal jamais compreenderia um pouco que fosse dos sentimentos que os unira. Mas não se deixaria caluniar por esse olhar esbugalhado, por essas palavras que saíam de uma boca de mármore, rígida e fria.

— Eminência, eu já provei e sabe disso, não aconteceu nada entre o irmão Anselm e mim, que prejudicasse o nosso voto de castidade. Jamais houve um ato, ou mesmo o esboço de um ato contrário à moral cristã!

— Monsenhor, a castidade cristã não é violada por atos, ela está sediada no controle do espírito, do coração e da alma. Você cometeu uma falta contra o seu voto por maus pensamentos, a sua correspondência com o irmão Anselm — ele mostrou a Leeland uma dezena de cartas cuidadosamente arrumadas sob as fotos — prova isso fartamente. Ao abusar da autoridade que tinha sobre ele, arrastou o infeliz irmão para uma inclinação que ferve em você e cuja simples menção horroriza o padre que sou.

Leeland enrubesceu até a raiz dos cabelos e ficou revoltado. "Como eles conseguiram estas cartas? Anselm, pobre amigo, o que fizeram com você?"

— Eminência, as cartas não contêm nada além do testemunho de uma afeição, intensa, é verdade, mas casta, entre um monge e o seu superior.

— Está brincando! As fotos, mais as cartas, mais o seu posicionamento público sobre o casamento de sacerdotes, tudo concorre para mostrar que caiu num tal estado de depravação moral que tivemos de resguardá-lo na dignidade episcopal para evitar um terrível escândalo nos Estados Unidos. A Igreja Católica americana está em plena tormenta, casos repetitivos de pedofilia minaram seriamente o nosso crédito com os fiéis. Imagine o que a imprensa, enfurecida, faria contra nós com essa informação: "Abadia de St. Mary, anexo de Sodoma e Gomorra!" Ao escondê-lo na sombra protetora do Vaticano, consegui que os jornalistas não falassem sobre a sua pessoa, e isso nos custou muito caro. Este dossiê, monsenhor...

Ele colocou cuidadosamente as fotos de volta em cima da pilha de cartas e fechou o dossiê com um gesto seco.

— ... não poderei mantê-lo em segredo por muito tempo se não cumprir o nosso contrato de uma maneira que me satisfaça.

De hoje em diante, deverá manter-me a par de todos os avanços do seu confrade francês. Além disso, ao cuidar para que ele não encontre ninguém mais em Roma, além de você, estará garantindo a sua segurança tanto quanto a dele. *Capito?*

Quando se viu novamente no longo corredor deserto, Leeland teve de se apoiar por um instante na parede. Ele arquejava. O esforço que fizera para se controlar o deixara exausto; a sua camiseta estava colada no corpo. Lentamente, ele se recuperou, desceu a grande escada de mármore e saiu do prédio da Congregação. Como um autômato, virou à direita, seguindo o primeiro dos três degraus que dão a volta na colunata de Bernini. Depois, mais à direita, se dirigiu para a via Aurelia. Sem conseguir pensar, andava sem olhar em torno.

Ele tinha a impressão de ter sido fisicamente esmagado pelo cardeal. Anselm! Como eles poderiam saber, como poderiam, no mínimo, compreender o que era o amor? Para os homens da Igreja, o amor parecia não passar de uma palavra, de uma categoria universal tão vazia de conteúdo quanto um programa político. Como podiam amar o Deus invisível, quando não amavam um ser de carne e osso? Como ser "irmão universal" se não se é irmão do seu irmão?

Sem saber muito bem como, ele se viu diante da porta do seu prédio e subiu os três andares. Para sua grande surpresa, encontrou Nil sentado num degrau da escada, com a sacola entre as pernas.

— Eu não podia ficar em San Girolamo sem fazer nada, é um mosteiro sinistro. Eu queria falar e vim esperá-lo...

Em total mutismo, Leeland o fez entrar na sala de visitas. Também precisava falar: mas poderia se libertar do envoltório que lhe apertava o peito?

Ele se sentou e se serviu de um copo de bourbon: o rosto continuava muito pálido. Nil o olhou, com a cabeça inclinada.

— Remby, meu amigo... o que está acontecendo? Parece desnorteado.

Leeland segurou o copo com as palmas das mãos e fechou os olhos por um instante. "Poderei dizer a ele?" Em seguida, tomou mais um gole e deu um tímido sorriso para Nil. "O meu único amigo de hoje em diante." Não suportava mais a duplicidade a que se via obrigado desde que ele havia chegado a Roma. Com esforço, começou a falar:

— Você sabe que entrei muito jovem para o conservatório de St. Mary e que passei diretamente dos bancos da escola para os do noviciado. Eu não conhecia nada da vida, Nil, e a castidade não me pesava, pois não sabia o que era a paixão. No ano dos meus votos, um rapaz entrou para o noviciado; como eu, ele vinha do conservatório e, como eu, era inocente como uma criança que acabou de nascer. Eu sou pianista, ele era violinista. Inicialmente, foi a música que nos uniu, depois, alguma coisa da qual nada sabia, diante da qual eu estava totalmente despreparado e de que não se fala no mosteiro: o amor. Precisei de anos para identificar esse sentimento desconhecido, para compreender que a felicidade que sentia na presença dele, isso era o amor. Eu amava pela primeira vez! E eu era amado; soube disso no dia em que Anselm e eu abrimos o coração um para o outro. Nil, um monge mais moço do que eu, a água clara correndo de uma nascente límpida, e eu era amado por ele!

Nil fez um gesto, mas evitou interrompê-lo.

— Quando me tornei abade do mosteiro, o nosso relacionamento se aprofundou. Pela eleição abacial, ele se tornara meu filho diante de Deus. O meu amor por ele se tingiu de infinita ternura...

Duas lágrimas correram pelas faces de Leeland. Não poderia continuar. Nil tirou o copo das mãos dele e pôs em cima do piano. Ele hesitou por um instante.

— Esse amor mútuo, esse amor de que ambos estavam conscientes, vocês o expressaram por algum contato físico?

Leeland ergueu para ele um olhar banhado de lágrimas.

— Jamais! Jamais, está ouvindo, se você se refere a alguma coisa vulgar. Eu respirava a presença dele, percebia a vibração do seu ser, mas nossos corpos nunca se entregaram a um contato grosseiro. Nunca deixei de ser monge, nunca deixei de ser puro como cristal. Nós nos amávamos, Nil, e sabê-lo era suficiente para a nossa felicidade. A partir daquele dia, o amor de Deus se tornou mais compreensível para mim, mais próximo. Talvez, outrora, o discípulo bem-amado e Jesus tenham vivido alguma coisa semelhante!

Nil fez uma careta. Não podiam misturar as coisas, e sim continuar no plano dos fatos.

— Se nada *aconteceu* entre vocês, se nunca houve nenhum ato e, portanto, nenhuma matéria para pecado — desculpe-me, é assim que os teólogos raciocinam —, o que Catzinger tem a ver com isso? Isso porque você acabou de sair do escritório dele, não?

— Há muito tempo, escrevi umas cartas para Anselm nas quais esse amor transparece. Não sei em consequência de que pressões o Vaticano conseguiu pôr as mãos nelas, com duas fotos inocentes em que Anselm e eu estamos lado a lado. Você conhece a obsessão da Igreja por tudo o que se relaciona ao sexo. Isso foi o suficiente para alimentar a imaginação doentia deles, para me acusarem de depravação moral, para perverterem e cobrir de lama nauseabunda um sentimento que eles não podem compreender. Esses prelados ainda são seres humanos, Nil? Eu duvido, eles nunca conheceram as dores do amor que faz um homem nascer para a humanidade.

— Então — insistiu Nil —, agora é sobre você que Catzinger faz pressão. Mas, sabe qual a razão? O que ele disse, por que está tão abalado?

Leeland abaixou a cabeça e respondeu num fôlego:

— No dia da sua chegada a Roma, ele me convocou. E me encarregou de relatar todas as nossas conversas, caso contrário me entregaria para ser massacrado pela imprensa. Provavelmente, eu sobreviveria, mas Anselm não sabe defender-se, ele não está armado para enfrentar a corja, sei que seria destruído. Porque eu conheci o sentimento do amor, porque ousei amar, me pediram para espioná-lo, Nil!

Passado o primeiro momento de surpresa, Nil se levantou e se serviu de um copo de bourbon. Agora, compreendia a atitude ambígua do amigo, os silêncios repentinos. Tudo ficava claro: os documentos roubados na sua cela à beira do Loire deviam ter chegado rapidamente num escritório da Congregação. A sua convocação a Roma com um pretexto artificial, o reencontro com Leeland, tudo estava previsto, tudo resultava de um plano. Espionado? Ele havia sido espionado desde o dia seguinte da morte de Andrei. Uma vez em Roma, o infeliz Rembert passara a ser um peão num tabuleiro, do qual ele próprio era a peça central.

Nil refletiu profundamente, mas a sua decisão foi tomada rápido:

— Rembert, as minhas pesquisas e as de Andrei parecem incomodar muita gente. Depois que descobri a presença de um décimo terceiro apóstolo, na sala de cima, ao lado de Jesus, e a maneira pela qual ele foi excluído sem descanso por uma vontade tenaz, ocorreram muitas coisas que eu achava impossíveis de ocorrer no século XX. Passei a ser um cão sarnento para a Igreja, porque acabei admitindo a inadmissível evidência: a transformação de Jesus em Cristo-Deus foi uma impostura. E, também, porque descobri uma face oculta da personalidade do primeiro papa, as manobras do poder que estão na origem da Igreja. Eles não me deixarão continuar nesse caminho; agora, estou convencido de que foi por ter seguido essa via que Andrei caiu do expresso de Roma. Quero vingar a morte dele e só a verdade a vingará. Está disposto a me acompanhar até o fim?

Sem hesitar, Leeland respondeu, com voz surda:

— Você quer vingar o seu amigo desaparecido, e eu quero vingar o meu amigo vivo, reduzido à vergonha e ao silêncio na minha própria abadia. Há meses ele não me escreve. Quero vingar a sordidez que nos enlameou, a morte de alguma coisa inocente demais para ser compreendida pelos homens do Vaticano. Sim, estou com você, Nil; enfim, nos reencontramos!

Nil se recostou na poltrona e esvaziou o copo com uma careta. "Estou começando a beber como um caubói!" Subitamente, a tensão desapareceu: ele podia, novamente, compartilhar tudo com o amigo. Só a ação lhes permitiria escapar do encarceramento.

— Eu quero encontrar essa epístola. Mas faço a mim mesmo muitas perguntas a respeito de Lev Barjona. O nosso encontro não foi fortuito, foi provocado. Por quem e por quê?

— Lev é um amigo, eu confio nele.

— Mas é judeu e foi membro do Mossad. Como ele nos disse, os israelenses sabem da existência da carta, e talvez até conheçam o seu conteúdo, pois Ygael Yadin a leu e falou sobre ela antes de morrer. Quem mais está ciente? Parece que o Vaticano ignora que ela esteja em algum lugar dentro dos seus muros. Por que Lev me soltou essa informação? Um homem como ele não faz nada levianamente.

— Não sei. Mas como você vai encontrar uma simples folha de papel, talvez ciosamente protegida ou, talvez, simplesmente esquecida num canto qualquer? O Vaticano é imenso, os diferentes museus, as bibliotecas, os anexos, os sótãos e os subsolos contêm uma inacreditável barafunda — desde manuscritos abandonados num armário até a cópia do Sputnik oferecida a João XXIII por Nikita Khrushchev. Milhões de objetos, ainda nem classificados. E, agora, não tem nada para orientá-lo, nem mesmo a notação de uma biblioteca.

Nil se levantou e se esticou.

— Lev Barjona, sem saber, talvez nos tenha dado uma indicação preciosa. Para explorá-la, o meu único trunfo é Breczinsky. Esse homem é uma fortaleza humana, com barricadas por tudo o que é lado; tenho de arranjar um jeito de penetrar nessa fortificação, só ele pode ajudar-me. Amanhã, vamos trabalhar na reserva, como de costume, e você vai me deixar agir.

Nil saiu do pequeno apartamento. Moktar retirou os fones de ouvido e rebobinou as fitas. Uma delas era para Calfo. Ele pôs a outra num envelope e a levaria à Embaixada do Egito. Pela mala diplomática, no dia seguinte estaria nas mãos do Guia Supremo da Universidade Al-Azhar.

Ele franziu os lábios, repugnado. O americano não só era cúmplice de Nil, como, além de tudo, pederasta. Eles não mereciam viver, nem um nem outro.

73

Naquela mesma noite, Calfo convocou uma reunião extraordinária da Sociedade São Pio V. Ela seria breve, mas os acontecimentos exigiam a adesão total dos Doze, em torno do Mestre crucificado.

O reitor lançou um olhar ao décimo segundo apóstolo. Com os olhos humildemente baixos sob o capuz, Antonio esperava que a sessão começasse. Calfo o encarregara de cuidar de Breczinsky, indicando o ponto fraco do polonês: por que o espanhol não lhe prestara contas, como o previsto? Sua confiança num dos onze apóstolos era descabida? Seria a primeira vez que isso acontecia. Ele afastou esse pensamento desagradável. Desde a celebração da véspera, ajoelhado diante de Sônia, transformada num ícone vivo, a euforia o inundava. A romena acabara por aceitar todas as suas exigências, mantendo até o fim o véu de religiosa na cabeça pequena e de feições finas.

Encorajado por esse sucesso, ao se despedir, ele a havia prevenido de que da próxima vez organizaria um culto ainda mais sugestivo, que os uniria mais intimamente ao sacrifício do Senhor. Quando ele lhe explicou o ritual do qual exigia que ela participasse, Sônia havia empalidecido e fugira precipitadamente.

Calfo não estava preocupado. Ela voltaria, nunca lhe havia recusado nada. Naquela noite, precisava se livrar rapidamente daquela reunião para voltar para casa, onde o aguardavam preparativos demorados e minuciosos. Ele se levantou e limpou a garganta.

— Meus irmãos, a missão em curso deu uma reviravolta imprevista e muito satisfatória. Dei um jeito para que Lev Barjona, que no momento dá uma série de concertos na Academia Santa

Cecília, se encontrasse com o padre Nil. Para dizer a verdade, eu nem precisaria ter interferido. De qualquer maneira, o israelense tinha a intenção de entrar em contato com o nosso monge, o que mostra a que ponto o Mossad também está interessado nas pesquisas dele. Em resumo, eles conversaram e Lev soltou diante do inofensivo intelectual a informação que esperávamos há tanto tempo: a epístola do décimo terceiro apóstolo não desapareceu. Ainda resta um exemplar e, sem dúvida, está no Vaticano.

Um frêmito percorreu a assembleia, o que denunciava tanto a sua estupefação quanto a excitação. Um dos Doze ergueu um dos braços então cruzados.

— Como é possível? Nós suspeitávamos que um exemplar dessa epístola havia escapado da nossa vigilância, mas... no Vaticano!!

— Aqui, estamos no centro da cristandade, imensa trama, cujas malhas cobrem o planeta por inteiro. Mais cedo ou mais tarde, tudo acaba vindo para o Vaticano, inclusive manuscritos e textos antigos descobertos aqui e acolá. É isso o que deve ter acontecido. Lev Barjona não deu essa informação à toa. Devia achar que ela provocaria a curiosidade do padre Nil, e que ele o levaria ao documento que os judeus cobiçam tanto quanto nós.

— Irmão reitor, é necessário correr o risco de uma exumação dessa epístola? O esquecimento, como sabe, foi a arma mais eficaz da Igreja contra o décimo terceiro apóstolo, só o esquecimento permitiu que o pernicioso testemunho nos prejudicasse. Não seria muito mais válido fazer perdurar essa salutar amnésia?

O reitor aproveitou a oportunidade para lembrar aos Onze a grandiosidade da tarefa que tinham. Ele estendeu solenemente a mão direita, pondo em evidência o jaspe do seu anel.

— Depois do Concílio de Trento, São Pio V — o dominicano Antonio Miguel Ghislieri —, apavorado com o enfraquecimento da Igreja Católica, fez de tudo para repescá-la de um naufrágio anunciado. A ameaça mais grave não vinha da rebelião recente de Lutero, e sim de um antigo boato que nem a Inquisição conseguira sufocar: o túmulo com a ossada de Cristo existia, ficava em algum lugar do deserto do Oriente Médio. Uma epístola perdida de uma testemunha privilegiada dos últimos momentos do Senhor afirmava não só que Jesus não havia ressuscitado, mas que o corpo dele havia sido sepultado pelos essênios nessa região. Vocês já sabem tudo isso, não sabem?

Os Onze assentiram com a cabeça.

Antes de ser papa, Ghislieri havia sido Grande Inquisidor. Ele tomara conhecimento dos interrogatórios de dissidentes queimados vivos por heresia, consultara algumas minutas do processo dos templários, documentos esses atualmente desaparecidos. Ele ficou convencido da existência do túmulo de Jesus e de que a sua descoberta significaria o fim definitivo da Igreja. Foi então que, em 1570, ele criou a nossa Sociedade, para que ela preservasse o segredo do túmulo.

Isso também eles sabiam. Adivinhando a impaciência dos Onze, o reitor ergueu o anel, que lançou um rápido brilho sob a luz das arandelas.

— Ghislieri mandou esculpir, num jaspe muito puro, esse anel episcopal em forma de caixão. Desde então, pela sua forma, ele lembra a cada reitor — ao retirá-lo do dedo do antecessor morto — qual é a nossa missão: fazer com que *nenhum caixão*, contendo a ossada do crucificado de Jerusalém, possa jamais ser descoberto.

"Porém, mesmo que o eco da carta do décimo terceiro apóstolo tenha atravessado os séculos, nada prova que ela indica a localização exata do túmulo. O deserto é imenso e, depois de tanto tempo, a areia deve ter coberto tudo!

"Realmente, o túmulo de Jesus não correria nenhum risco enquanto o deserto só fosse percorrido por camelos. Mas a conquista espacial pôs à nossa disposição recursos de busca extraordinariamente aperfeiçoados. Se foi possível detectar traços de água no longínquo planeta Marte, podemos, atualmente, fazer um recenseamento de todas as ossadas do deserto do Neguev ou da Idumeia, mesmo aquelas que a areia encobriu. Isso o papa Ghislieri não podia imaginar. Se a existência do túmulo se tornar pública, centenas de aviões com radar e sondas espaciais passarão um pente-fino no deserto, de Jerusalém até o mar Vermelho. A irrupção da tecnologia espacial criou um novo risco, que não podemos correr. Temos de pôr a mão nesse abominável documento, e rápido, pois os israelenses estão na mesma pista que nós."

Ele levou respeitosamente o caixão de jaspe aos lábios, antes de enfiar as mãos nas mangas da alva.

— Esse documento explosivo tem de ser posto a salvo no cofre à nossa frente. É preciso encontrá-lo, não apenas para que seja posto fora do alcance dos nossos inimigos, mas também para dispormos, graças a ele, de meios financeiros à altura da nossa ambição: impedir a deriva do Ocidente. Vocês sabem como os templários conseguiram uma imensa fortuna, a relíquia que veneramos todas as sextas-feiras 13 nos lembra isso. Essa fortuna poderá ser nossa e a usaremos para preservar a identidade divina de Nosso Senhor.

— O que propõe, irmão reitor?

— O padre Nil fareja uma pista, que, finalmente, pode ser a certa. Vamos deixar que ele corra atrás dela. Reforcei a vigilância em volta dele. Se tiver sucesso, seremos os primeiros a saber. E, em seguida...

O reitor achou inútil terminar a frase. O "em seguida" já havia ocorrido milhares de vezes nos porões dos palácios da Inquisição, ressumado de sofrimento, ou nas fogueiras que iluminaram a cristandade ao longo de toda a sua história. Tinham uma grande experiência do "em seguida". No caso presente, só seriam alteradas as modalidades práticas do "em seguida". Nil não seria queimado publicamente, Andrei também não fora.

74

O sol acariciava o piso do pátio do Belvedere quando Nil e Leeland entraram. Aliviado pela confidência, o americano havia recuperado o seu comportamento jovial e, durante o trajeto, só haviam falado sobre a juventude, quando estudavam em Roma. Eram dez horas quando se apresentaram na porta da reserva.

Uma hora antes, um sacerdote de batina os havia precedido. Ao ver as credenciais assinadas pelo próprio cardeal Catzinger, o policial se inclinara e o acompanhara com deferência à porta blindada, onde Breczinsky o aguardava, parecendo preocupado. A segunda conversa havia sido breve, como a primeira. Ao sair, o sacerdote fixara longamente os olhos negros no polonês, cujo lábio inferior tremia.

Nil não havia reparado no rosto de Breczinsky, muito pálido, quase translúcido. Ao chegar, não havia notado o quanto ele estava perturbado e abriu o material na mesa, enquanto Leeland ia buscar os manuscritos que deviam examinar.

Depois de uma hora de trabalho, Nil retirou as luvas e cochichou:

— Continue sem mim, vou tentar a sorte com Breczinsky.

Leeland concordou com a cabeça em silêncio, e Nil foi bater na porta do bibliotecário.

Entre, padre, sente-se.

Breczinsky parecia feliz em vê-lo.

— Não me contou nada sobre a sua busca na estante dos templários, noutro dia. Descobriu alguma coisa que lhe possa ser útil?

— Melhor do que isso, padre, encontrei o texto examinado por Andrei, aquele cuja referência ele havia anotado na agenda.

Ele respirou e foi em frente:

— Graças ao meu confrade falecido, estou na pista de um documento de capital importância, que poderia questionar os fundamentos da nossa fé católica. Perdoe-me por não dizer mais. Depois que cheguei a Roma, por minha causa o monsenhor Leeland está sendo submetido a pressões consideráveis; ao me calar, quero evitar-lhe aborrecimentos.

Breczinsky ficou em silêncio, depois perguntou timidamente:

— Mas... de quem poderiam vir tais pressões sobre um bispo que trabalha no Vaticano?

Nil decidiu fazer uma jogada arriscada. Ele se lembrava de uma observação feita pelo polonês no seu primeiro encontro. "E eu que pensava que você era um homem de Catzinger!"

— Da Congregação para a Doutrina da Fé, e mais precisamente do cardeal-prefeito em pessoa.

— *Catzinger!*

O polonês enxugou a testa, as mãos tremiam ligeiramente.

— Não conhece o passado desse homem, nem o que ele viveu!

Nil disfarçou a surpresa.

— De fato, não sei nada sobre ele, exceto que é o terceiro personagem da Igreja, depois do secretário de Estado e do papa.

Breczinsky ergueu para ele um olhar triste.

— Padre Nil, você foi longe demais, agora precisa saber. O que vou contar, até hoje só revelei ao padre Andrei, porque só ele poderia compreender. A família dele estava ligada aos sofrimentos da minha. Eu não precisava explicar, ele captava com uma única palavra.

Nil prendeu a respiração.

— Quando os alemães romperam o pacto germano-soviético, a Wehrmacht invadiu o que havia sido a Polônia. Durante alguns meses a divisão Anschluss fixou em volta de Brest-Litovsk a retaguarda do exército invasor, e, em abril de 1940, um dos oficiais superiores, um *Oberstleutnant*, arrebanhou todos os homens do meu povoado. Meu pai foi levado com eles para a floresta, nunca mais o vimos.

— Sim, já me contou...

— Em seguida, a divisão Anschluss se juntou à linha de frente do Leste, e minha mãe tentou sobreviver comigo no povoado, ajudada pela família do padre Andrei. Dois anos depois, vimos passar em sentido contrário o que restava do exército alemão, que fugia dos russos. Não era mais a gloriosa Wehrmacht, e sim um bando de saqueadores que violavam e queimavam tudo na passagem. Eu tinha cinco anos. Um dia, minha mãe me pegou pela mão, estava aterrorizada. "Esconda-se na despensa, o oficial que levou o seu pai voltou!" Pela porta desconjuntada, vi entrar um oficial alemão. Sem uma palavra, ele soltou o cinturão, se jogou em cima da minha mãe e a violentou diante dos meus olhos.

Nil estava horrorizado.

— Descobriu o nome do oficial?

— Como pode imaginar, nunca pude esquecê-lo e fui atrás da pista dele. Ele morreu pouco depois, assassinado por resistentes poloneses. Ele era o *Oberstleutnant* Herbert von Catzinger, pai do atual cardeal-prefeito da Congregação para a Doutrina da Fé.

Nil abriu a boca, incapaz de pronunciar uma palavra. Diante dele, Breczinsky parecia transtornado. Com esforço, ele retomou a palavra:

— Depois da guerra, ao se tornar cardeal de Viena, Catzinger pediu a um espanhol do Opus Dei para pesquisar nos arquivos austríacos e poloneses, e descobriu que o pai, por quem tinha uma admiração sem limites, havia sido morto por guerrilheiros poloneses. Desde então, ele me odeia, como odeia todos os poloneses.

— Mas... o papa é polonês!

— Você não pode compreender. Todos os que passaram pelo nazismo, mesmo contra a vontade, conservaram uma marca profunda. Ex-membro da Juventude Hitlerista, filho de um soldado da Wehrmacht morto pela resistência polonesa, Catzinger rejeitou o passado mas não o esqueceu: *ninguém saiu intacto daquele inferno*. Em relação ao papa polonês, de quem ele é atualmente o braço direito, estou certo de que superou a aversão visceral e o venera com sinceridade. Mas o cardeal sabe que sou originário de um povoado onde a divisão Anschluss estacionou, ele sabe sobre a morte do meu pai.

— E... sobre a sua mãe?

Breczinsky enxugou os olhos com as costas da mão.

— Não, não poderia saber, eu fui a única testemunha, a memória do pai dele está intacta. Mas, *eu sei*. Não posso... Não consigo perdoar, padre Nil!

Uma imensa piedade invadiu o coração de Nil.

— Não pode perdoar o pai... ou o filho?

Breczinsky respondeu num só fôlego:

— Nem a um nem ao outro. Há anos, a doença do Santo Padre permite que o cardeal faça, ou deixe que façam, coisas contrárias ao espírito do Evangelho. Ele quer, a todo custo, restaurar a Igreja dos séculos passados, está obcecado com o que ele chama de "a ordem do mundo". Sob uma aparência de modernidade, é a volta à Idade do Ferro. Vi teólogos, sacerdotes e religiosos reduzidos a zero, esmagados pelo Vaticano com a mesma falta de piedade que, naquela época, o pai dele demonstrou com os povos dominados pelo Reich. Você me disse que ele pressiona o monsenhor Leeland? Se o seu amigo fosse o único... Eu não passo de uma pedrinha insignificante, mas, como os outros, devo ser triturado para que a base da Doutrina da Fé não rache.

— Por que você? Enfiado no silêncio da reserva, não incomoda ninguém, não ameaça nenhum poder!

— Mas sou um homem do papa, e o posto que ocupo é bem mais delicado do que imagina. Eu... não posso lhe dizer mais nada sobre isso.

Os ombros dele tremiam ligeiramente. Com esforço, Breczinsky continuou:

— Nunca me recuperei dos sofrimentos pelos quais passei, por culpa de Herbert von Catzinger; a ferida não fechou, e o cardeal sabe disso. Todas as noites, eu acordo suado, perseguido pela imagem do meu pai sendo levado para a floresta sob a ameaça das metralhadoras e das botas que pressionavam o corpo da minha mãe na mesa da cozinha. Podemos acorrentar um homem com ameaças, mas também podemos subjugá-lo mantendo o seu sofrimento. Basta reavivá-lo, fazendo sangrar a ferida. Só alguém que conheceu esses homens inflexíveis pode compreender, e era o caso de Andrei. Desde que entrei para o serviço do papa, sou pisoteado a todo instante por duas botas brilhantes. Catzinger, vestido de púrpura, me domina, como outrora o pai dele, apertado no seu uniforme, dominou a minha mãe e os escravos poloneses.

Nil começava a compreender, Breczinsky nunca pudera sair da despensa da infância, escondido pela porta atrás da qual sua mãe era violentada. Ele nunca saíra de um certo caminho na floresta onde avançava em sonhos, atrás do pai que ia morrer, ceifado por uma rajada de metralhadoras. Dia e noite ele era perseguido por duas botas engraxadas numa mesa, ensurdecido pelo eco dentro dele da ordem gutural dada por Herbert von Catzinger: *Feuer!*[1]

O pai dele havia sido morto na floresta por balas alemãs, mas ele não cessava de cair, cair rodopiando num poço escuro e sem fim. Este homem era um morto-vivo. Nil hesitou:

— Será que... o cardeal vem aqui, em pessoa, atormentá-lo com a lembrança do seu passado? Não posso acreditar nisso.

— Oh, não, ele não age diretamente. Envia o espanhol que fez as pesquisas nos arquivos, em Viena. Esse homem está agora em Roma, e veio me ver duas vezes nos últimos dias, ele me... ele me tortura. Ele se veste de sacerdote, mas se é realmente um sacerdote de Jesus Cristo, então, padre Nil, isso quer dizer que a Igreja está mesmo no fim. Ele não tem alma, não tem sentimentos humanos.

Houve um longo silêncio e Nil deixou Breczinsky retomar a palavra:

— Agora compreende por que ajudei o padre Andrei, por que o ajudo. Como você, ele me disse que procurava um documento importante. Queria, de qualquer maneira, subtraí-lo de Catzinger e entregá-lo, em mãos, ao papa.

Nil refletiu rapidamente. Não havia pensado no que faria se encontrasse a epístola do décimo terceiro apóstolo. Efetivamente,

---

[1] Fogo!

cabia ao papa julgar se o futuro da Igreja ficaria comprometido pelo seu conteúdo e dispor dele.

— Andrei tinha razão. Ainda não sei por quê, mas é evidente que o que descobri é objeto de cobiça para muitas pessoas. Se conseguir encontrar esse documento perdido há séculos, minha intenção é, realmente, avisar ao papa e lhe indicar a localização. Só o chefe da Igreja deve ser detentor desse segredo, como foi dos segredos de Fátima. Acabei de saber que o documento está enfiado em algum lugar do Vaticano. É muito pouco!

— O Vaticano é imenso. Não tem nenhum indício?

— Um só, muito tênue. Se ele veio mesmo para Roma, como acredito, deve estar misturado aos manuscritos do mar Morto, entre os quais estava oculto. O Vaticano deve tê-lo recebido depois da guerra de independência judaica, por volta de 1948. Tem alguma ideia do lugar onde estão guardados os manuscritos essênios de Qumran, não estudados?

Breczinsky se levantou, parecia exausto.

— Não posso responder agora, preciso pensar. Venha me ver no escritório amanhã à tarde. Não haverá mais ninguém aqui além de você e do monsenhor Leeland. Mas eu lhe peço, não fale com ele sobre a nossa conversa, eu não deveria ter lhe dito tudo isso.

Nil tranquilizou-o. Podia confiar nele, como confiara no padre Andrei. O objetivo deles era o mesmo: informar o papa.

75

— Vou fazer um brinde à saída do último colono judeu da Palestina!

— E eu, à implantação definitiva do Grande Israel!

Os dois homens sorriram antes de virar a bebida de um só trago. Lev Barjona ficou subitamente vermelho e sufocou.

— Pelos meus filactérios, Moktar Al-Qoraysh! O que é isto? Petróleo árabe?

— *Centerbe*. Licor de Abruzzo. Setenta graus, é uma bebida de homens.

Depois de se haverem poupado mutuamente no campo de batalha, uma estranha cumplicidade se instalara entre o palestino e o israelense. Igual à que existia antigamente entre oficiais de exércitos regulares inimigos, igual à que às vezes existe entre políticos adversários e executivos de grandes grupos rivais. Combatendo na sombra, eles só se sentiam à vontade com os seus semelhantes, engajados nos mesmos conflitos. Desprezavam a sociedade de civis comuns, suas vidas monótonas e aborrecidas. Quase sempre eles se enfrentavam, e ferozmente. Mas, quando não eram antagonistas em nenhuma ação, não se recusavam a compartilhar uma bebida, algumas mulheres ou uma operação em comum, se surgisse a ocasião num terreno neutro.

A ocasião atual havia sido proporcionada por monsenhor Alessandro Calfo. Ele lhes propusera uma dessas missões sujas que a Igreja não quer realizar, nem mesmo admitir oficialmente. *Ecclesia sanguinem abhorret*, a Igreja tem horror a sangue. Como não podia mais mandar um braço secular executar as obras desprezíveis, pois este lhe dera as costas, agora a Igreja era obrigada a se dirigir a agentes independentes. Na maioria das vezes, eram assassinos profissionais da extrema direita europeia. Porém, eles não resistiam à atração da encenação midiática e sempre pediam o pagamento dos serviços em contrapartidas políticas embaraçosas. Calfo apreciara o fato de Moktar não lhe ter pedido nada além de dólares e de que os dois homens não tivessem deixado nenhum rasto. Eles haviam sido tão discretos quanto uma lufada de vento.

— Moktar, por que marcou um encontro aqui? Sabe que, se nos virem juntos, isso seria considerado por nossos respectivos chefes como um erro profissional extremamente grave.

— Ora, Lev, o Mossad possui vários agentes que andam em tudo o que é lugar. Mas não aqui. Este restaurante só serve carne de porco e eu conheço o proprietário; se ele soubesse que você é judeu, não ficaria um minuto a mais sob o seu teto. Não nos vemos desde que transportamos para Roma a pedra de Germigny, mas você acabou de encontrar os nossos dois monges pesquisadores e eu os escuto regularmente. Temos de conversar.

— Sou todo ouvidos...

Moktar fez sinal ao proprietário para que deixasse a garrafa de *centerbe* na mesa.

— Nada de segredinhos entre nós, Lev, aqui jogamos o mesmo jogo. Só que eu não sei tudo e isso me enerva. O francês está começando a andar às voltas com o Alcorão e há coisas que os muçulmanos não toleram, sabe disso. Que fique bem claro: não estou nesta missão unicamente por monsenhor Calfo, o Fatah está envolvido. Mas o que não está claro para mim é a razão pela qual você faz um jogo pessoal, ao encontrar Nil e lhe dar informações que valem o seu peso em ouro.

— Está perguntando por que estamos interessados na epístola perdida?

— Exatamente: o que essa história de décimo terceiro apóstolo tem a ver com os judeus?

Lev tamborilou distraidamente na mesa de mármore. As *pizzas al maiale* estavam demorando.

— Os fundamentalistas do Likud* controlam tudo o que se diz na Igreja Católica em matéria de Bíblia. Para esses religiosos, é essencial que os cristãos nunca possam pôr em dúvida a divindade de Jesus Cristo. Interceptamos informações que o padre Andrei deixou vazar em Roma e para os seus colegas europeus. Exatamente por isso é que fui autorizado a me juntar a você na operação do expresso de Roma. Já não era sem tempo, esse erudito havia descoberto algumas coisas que preocupavam as pessoas do Mea Shearim.**

— Mas, em nome dos *djins*,*** por quê? Como vocês podem ser afetados se os cristãos perceberem de repente que fabricaram um falso Deus, ou melhor, um segundo Deus? Faz treze séculos que o Alcorão os condena por essa razão. Ao contrário, vocês deviam ficar satisfeitos por eles admitirem, enfim, que Jesus era apenas um profeta judeu, como afirma Maomé.

— Você sabe muito bem, Moktar, que lutamos pela nossa identidade em todos os níveis e não somente o territorial. Se a Igreja Católica puser em dúvida a divindade de Jesus e reconhecer que ele nunca foi nada além de um grande profeta, o que nos diferencia dela? Se o cristianismo voltasse a ser judeu, retornando às suas origens históricas, engoliria o judaísmo. Se os cristãos passassem a venerar o judeu Jesus em vez de adorar o Cristo Deus, o povo judeu correria um perigo que não podemos enfrentar. Ainda mais porque eles afirmariam em seguida que Jesus é maior do que Moisés, que com ele a Torá não vale mais nada, se

---

* Partido israelense de direita, liderado por Benjamin Netanyahu.
** Bairro judaico mais ortodoxo de Jerusalém.
*** Na cultura árabe, entidades sobrenaturais com poderes para fazer o bem e o mal.

bem que, ao contrário, ele tenha ensinado que não veio para abolir a Lei, mas para aperfeiçoá-la. Um profeta judeu que propõe uma lei mais perfeita do que a de Moisés: você conhece os cristãos, a tentação seria muito forte. Eles não conseguiram nos destruir com os pogroms,* mas seríamos aniquilados por uma assimilação. O fogo dos crematórios nos purificou: se Jesus deixar de ser Deus, se ele voltar a ser judeu, o judaísmo não vai demorar a ser um simples anexo do cristianismo, mastigado, depois engolido e, enfim, digerido pelo estômago esfomeado da Igreja. É por isso que pesquisas como as de Nil nos preocupam.

Na frente deles foram postas duas imensas pizzas, que tinham um cheiro bom de toucinho frito. Moktar atacou a dele com gulodice.

— Prove isto, vai ver o que é bom e, ao menos, vamos saber por que acabaremos no inferno. Humm... O que há de terrível com vocês, judeus, é a paranoia. Para nós, vocês vão longe demais para desencavar as suas angústias! Mas eu os conheço, do seu ponto de vista o raciocínio é lógico. Nada de aproximação com os cristãos, pois correm o risco de se verem diluídos como uma gota d'água no mar. Deixam o papa chorar diante das câmeras em frente ao Muro das Lamentações, mas, depois, cada um no seu canto. Certo. E daí, o que vão fazer se o pequeno Nil persistir em bisbilhotar?

— Levei uma descompostura quando eu quis... digamos, interromper os trabalhos dele meio cedo demais. A instrução é deixar que ele continue e ver aonde vai dar. Essa também é a política de Calfo. Quando encontrei o francês e falei com ele, eu lhe dei uma ajudinha que talvez lhe permita encontrar o que

---

* Ataque organizado contra uma comunidade judaica, em geral com o beneplácito das autoridades.

todos procuramos. Aliás, Nil gosta de Rachmaninov, o que prova que é um homem de bom gosto.

— Você parece apreciá-lo!

Lev devorou um grande pedaço de *pizza al maiale*; esses góis sabiam preparar carne de porco.

— Eu o acho extremamente simpático, até mesmo comovente. São coisas que vocês, árabes, não podem compreender, pois Maomé nunca compreendeu nada sobre os profetas do judaísmo. Nil se parece com Leeland, os dois são idealistas, filhos espirituais de Elias — herói e modelo dos judeus.

— Não sei se Maomé não compreendeu nada dos seus profetas, mas eu compreendi Maomé: os infiéis não devem viver.

Lev empurrou o prato vazio.

— Você é um Qoraysh, e eu sou um Barjona, quer dizer, um descendente dos zelotes,[1] que outrora aterrorizaram os romanos. Como você, eu defendo os nossos valores e a nossa tradição, sem hesitar: os zelotes também eram chamados de sicários, devido à sua virtuosidade no manejo do punhal e da técnica em eventração dos inimigos. Porém, se Nil me é simpático, Leeland é meu amigo há vinte anos. Não faça nada contra eles sem me avisar.

— O seu Leeland anda de mãos dadas com o francês e sabe quase tanto quanto ele. Além do mais, é pederasta e nossa religião condena os que são como ele! Quanto ao outro, se ele mexer com o Alcorão e com o Profeta, nada impedirá a justiça de Deus.

— Rembert, um pederasta? Está brincando! Esses homens são puros, Moktar, tenho certeza da integridade do meu amigo. O que passa pela cabeça dele é outra coisa, e o Alcorão só condena os atos, ele não examina as mentes. Essa missão afeta a integridade de três monoteísmos. Não toque num fio de cabelo deles

---

[1] Em dialeto aramaico, Barjona quer dizer "zelote".

sem me avisar. Além do mais, se quiser aplicar neles a lei corânica, não vai conseguir sem mim: o expresso de Roma foi uma brincadeira de criança, mas no meio desta cidade será mais difícil. O Mossad deixa menos rastros do que o Fatah, sabe muito bem... Aqui, os seus métodos não servem.

Quando se separaram, a garrafa de *centerbe* estava vazia. Mas os passos dos dois homens na rua deserta eram bem firmes, como se só tivessem tomado água pura.

76

Desde que amanhecera, Sônia andava maquinalmente. Ruminava o que Calfo exigia que fizesse por ele da próxima vez: não poderia fazê-lo. "Eu não passo de uma prostituta, mas isso é demais." Precisava falar com alguém, tinha necessidade de compartilhar o seu desespero. Moktar? Ele a mandaria de volta para a Arábia Saudita. Havia confiscado seu passaporte e mostrado fotos da sua família, fotos tiradas recentemente na Romênia. Suas irmãs e seus pais sofreriam ameaças, pagariam por ela se não se mostrasse dócil. Sônia enxugou as lágrimas e assoou o nariz.

Ela havia subido a margem esquerda do Tibre e percebeu que passara por um cruzamento movimentado àquela hora da manhã. No fim de uma rua larga e desimpedida que depois virava para o Capitólio, viam-se dois templos antigos e o frontão do Teatro di Marcello. Não queria ir naquela direção, ali haveria turistas e precisava ficar sozinha. Ela atravessou a rua: na sua frente, o portão de Santa Maria in Cosmedin estava aberto. Ela o transpôs, passou diante da Bocca della Veritá sem olhar para ela e entrou.

Nunca tinha ido lá e ficou fascinada com a beleza dos mosaicos. Não havia nenhuma iconóstase,* mas a igreja era parecida com as que havia frequentado na juventude. Ali reinava uma atmosfera de paz e mistério, o Cristo glorioso era o dos ortodoxos, tanto quanto o leve odor de incenso. No altar principal, uma missa acabara de ser celebrada; uma criança do coro apagava as velas, uma por uma. Ela se aproximou, em seguida se ajoelhou na primeira fila, à esquerda.

"Um padre: eu queria falar com um padre. Os católicos também respeitam o segredo da confissão, como nós."

Um padre, justamente, saiu da porta à esquerda; sem dúvida, a sacristia. Estava vestido com uma ampla sobrepeliz de renda branca, sem nenhuma insígnia especial. O rosto redondo e liso era o de um bebê, mas o cabelo branco indicava ser um homem experiente. Ela ergueu para ele os olhos vermelhos pela noite de lágrimas e ficou impressionada com a doçura do seu olhar. Num impulso irracional, chamou quando ele passava:

— Padre...

Ele a envolveu com o olhar.

— Padre, sou ortodoxa... será que mesmo assim posso confessar-me?

Ele lhe sorriu bondosamente. Gostava dessas raras ocasiões em que podia exercer o seu ministério de misericórdia no anonimato. A luz que subia dos mosaicos dourados conferia ao rosto de Sônia, vincado pela tensão, a beleza dos primitivos habitantes de Siena.

---

* Nas igrejas do Oriente, espécie de divisória encimada por uma arquitrave que separa a nave, onde ficam os fiéis, do santuário reservado ao clero; faz as vezes de suporte para as imagens pictóricas dos ícones.

— Não poderei dar-lhe a absolvição sacramental, minha filha, mas o próprio Deus lhe trará o seu consolo... Venha.

Sônia ficou surpresa de se ver ajoelhada diante dele, sem treliça nem obstáculo, como o costume romano. O rosto do padre estava a alguns centímetros do seu.

— Pois bem, pode falar...

Ao começar a falar, ela teve a impressão de que lhe tiravam um peso do peito. Sônia contou sobre a mulher que a havia recrutado na Romênia, depois sobre o palestino que a enviara ao harém do dignitário saudita. Finalmente, sobre Roma e o homem rechonchudo, um prelado católico, que tinha de satisfazer a qualquer preço.

O rosto do padre se afastou bruscamente do dela e o olhar dele se tornou aguçado.

— Sabe o nome desse prelado católico?

— Não sei, padre, mas deve ser um bispo. Ele usa um anel estranho, que eu nunca vi igual. Parece um caixão, uma joia em forma de caixão.

Rapidamente, o padre virou para a palma da mão a pedra do anel episcopal que lhe ornamentava o anular e ocultou a mão direita nas dobras da sobrepeliz. Concentrada na confissão, Sônia não viu esse gesto furtivo.

— Um bispo... que horror! E você diz que ele a manda fazer...

Com dificuldade, Sônia contou a cena diante do ícone bizantino, o véu de religiosa que lhe cobria a cabeça, o corpo nu oferecido ao homem ajoelhado atrás dela no genuflexório, murmurando palavras incompreensíveis que versavam sobre a união com o Indizível.

O padre aproximou o rosto.

— E você disse que da próxima vez que for encontrá-lo, ele quer...

Ela relatou o que o bispo lhe havia explicado ao se despedir e que provocara a sua fuga desesperada do apartamento. O rosto do padre agora quase tocava o dela e se tornara tão duro quanto o mármore do piso cosmatesco* no qual ela estava ajoelhada. Ele falou lentamente, destacando cada palavra:

— Minha filha, Deus a perdoa, pois você foi abusada por um dos Seus representantes na Terra e não tinha escolha. Em nome Dele, eu lhe dou hoje a Sua paz. Mas não deve — está me ouvindo?, *não deve* — aceitar comparecer ao próximo encontro com esse prelado. O que ele quer que você faça é uma abominável blasfêmia a Jesus Cristo crucificado.

Sônia ergueu para ele o rosto transtornado.

— Isso é impossível! O que me acontecerá se eu não obedecer? Não posso sair de Roma, o meu passaporte...

— Nada vai lhe acontecer. Em primeiro lugar porque Deus a protege, sua confissão mostrou a Ele que sua alma é pura. Sou obrigado a manter segredo de confissão, como sabe. Mas conheço algumas pessoas em Roma e, sem trair esse segredo, posso providenciar para que não lhe aconteça nada. Você caiu, por infelicidade, nas mãos de um bispo pervertido, que se tornou indigno do anel que usa. Esse caixão que ornamenta a mão criminosa simboliza a morte espiritual que já ocorreu nele. E você também está nas mãos de Deus: tenha confiança. Não vá encontrá-lo no dia marcado.

---

* Tipo de mosaico que surgiu no fim do século XII, inspirado em motivos árabes e que consistia em padrões geométricos muito coloridos.

O encontro inopinado com o padre foi, para Sônia, como uma resposta de Deus à sua oração. Pela primeira vez, desde que descera correndo as escadas do apartamento de Calfo, respirava livremente. O padre desconhecido a ouvira bondosamente e havia assegurado o perdão de Deus! Livre do peso que a esmagava, ela pegou a mão dele e a beijou, como fazem os fiéis ortodoxos. Sônia não notou que era a mão esquerda: a direita continuava obstinadamente enfiada embaixo da sobrepeliz.

Enquanto ela se dirigia para a saída, o padre se levantou e voltou para a sacristia. Primeiro, endireitou o anel episcopal com o símbolo de São Pedro. Depois retirou a sobrepeliz, deixando aparecer a larga faixa de cor púrpura. Com um gesto preciso, alisou o cabelo branco e pôs na cabeça o solidéu da mesma cor, a púrpura cardinalícia.

Até aquele momento, as cartas que Catzinger tinha nas mãos não eram tão boas quanto as do napolitano. Sem saber, Sônia acabara de lhe passar uma carta essencial. Ele usaria essa carta fazendo com que Antonio a baixasse no jogo. Antonio, o fiel entre os fiéis, que havia conseguido burlar a vigilância da Sociedade São Pio V, o andaluz que jamais havia transigido nem se desviado do caminho, que era tão flexível quando uma lâmina de Toledo e que, como ela, só se dobrava para melhor se retesar.

77

Sentado diante da primeira porta blindada, o policial pontifical os deixou passar sem controlar as credenciais de Nil: eram frequentadores assíduos. Breczinsky os conduziu à mesa onde os manuscritos da véspera os aguardavam.

Nil havia avisado a Leeland que só iriam ao Vaticano no início da tarde. Precisava refletir. A princípio, a confiança demonstrada pelo polonês o surpreendera, depois o deixara assustado. "Esse homem falou porque se sente desesperadamente sozinho ou porque me manipula?" O tranquilo professor das margens do Loire jamais enfrentara uma situação como essa. Havia decidido seguir a pista do décimo terceiro apóstolo. Como ele, agora se via no centro de conflitos de interesses que não podia controlar.

Breczinsky dissera que queria ajudá-lo, mas o que poderia fazer? O Vaticano era imenso, cada um dos diferentes museus e bibliotecas deviam possuir um ou vários anexos, onde milhares de objetos de valor deviam estar adormecidos. Em algum lugar lá dentro, talvez estivesse uma caixa de conhaque Napoléon, com manuscritos essênios desemparelhados e uma folha, uma pequena folha de pergaminho amarrada com um fio de linho. A descrição de Lev Barjona ficara gravada na mente de Nil; mas a caixa não teria sido esvaziada e o seu conteúdo, espalhado ao acaso, por um funcionário apressado?

Lá pelo meio da tarde, ele retirou as luvas.

— Não me faça perguntas. Preciso falar outra vez com Breczinsky.

Leeland aquiesceu com a cabeça, em silêncio, e deu um sorriso de encorajamento para Nil, antes de se debruçar novamente sobre o manuscrito medieval que estavam examinando.

Com o coração acelerado, o francês bateu na porta do bibliotecário.

Breczinsky parecia febril, por trás dos óculos os olhos estavam escurecidos por olheiras. Ele fez sinal a Nil para se sentar.

— Padre, durante toda a noite rezei para que Deus me desse uma luz e tomei uma decisão. O que fiz por Andrei, farei por você. Saiba, apenas, que estou infringindo novamente as instruções mais sagradas que me foram transmitidas quando assumi o posto. Tomei essa resolução porque me garantiu que não trabalha contra o papa e que, ao contrário, sua intenção é lhe comunicar tudo o que descobrir. Jura diante de Deus?

— Eu não passo de um monge, padre Breczinsky, mas sempre tentei sê-lo até o fim. Se o que eu descobrir representar um perigo para a Igreja, o papa será o único a ser avisado.

— Bom... acredito em você, como acreditei em Andrei. A gestão dos tesouros contidos aqui é apenas uma das minhas funções, a única visível e a menos importante. Como continuação da reserva, existe um lugar que não figura em nenhuma planta desse conjunto de prédios, cuja menção não encontrará em lugar nenhum, pois não existe oficialmente. São Pio V mandou escavá-lo em 1570, quando a construção da basílica de São Pedro estava sendo concluída.

— Os arquivos secretos do Vaticano?

Breczinsky sorriu.

— Os arquivos secretos são perfeitamente oficiais, estão dois andares acima das nossas cabeças, e o conteúdo deles está à disposição dos pesquisadores, conforme as regras públicas. Não, esse local só é conhecido por algumas raras pessoas e, uma vez que ele não existe, não tem nome. Se quiser, pode ser o fundo secreto do Vaticano; a maioria dos Estados do planeta possui algo similar. Não há nenhum bibliotecário oficial: uma vez que ele não existe, eu repito — e o que está lá dentro não está classificado nem catalogado. É uma espécie de inferno onde mergulhamos no esquecimento documentos delicados, porque não queremos que, algum dia, cheguem ao conhecimento dos historiadores ou dos jornalistas. Sou o único responsável por esse local diante do Santo Padre. Ao longo dos séculos, ali foram amontoadas enormes quantidades de coisas díspares, por iniciativa de um papa ou de um cardeal-prefeito de um dicastério. Quando alguém decide enviar um documento para o fundo secreto, esse documento nunca mais sai de lá, mesmo depois da morte daquele que tomou a decisão. Nunca será arquivado, nem exumado.

— Padre Breczinsky... por que me revela a existência desse fundo secreto?

— Porque é um dos lugares do Vaticano onde pode estar o que procura. O outro são os arquivos secretos que, ano a ano, são tornados públicos, cinquenta anos depois dos fatos a que estão relacionados terem ocorrido. Salvo decisão contrária que, em geral, é justificada oficialmente. Você me disse que uma caixa com manuscritos do mar Morto chegou ao Vaticano em 1948, por ocasião da primeira guerra árabe-israelense. Se tivesse sido classificada nos arquivos secretos, já teria saído de lá. E se algum componente desse lote fosse considerado muito delicado para ser liberado ao conhecimento do público, eu necessariamente saberia. Às vezes isso acontece e, então, recebo um dossiê ou um pacote que tenho de pôr a salvo da curiosidade prejudicial no fundo secreto. Legalmente, só eu posso fazer isso. Acontece que faz cinco anos que não recebo nada de novo, nem dos arquivos secretos nem de lugar nenhum.

— Mas... tem conhecimento do que deve colocar definitivamente nesse fundo secreto? Algum dia teve a curiosidade de dar uma olhada no que os seus antecessores amontoaram lá, desde o final do século XVI?

Breczinsky respondeu quase alegremente:

— O papa Wojtyla me fez jurar que eu nunca procuraria saber o conteúdo do que recebia, ou do que está no local. Em quinze anos, tive de ir lá apenas três vezes para guardar um novo documento. Cumpri o meu juramento, mas não pude deixar de ver uma série de prateleiras etiquetadas *Manuscritos do mar Morto*. Não sei o que essa área contém. Quando falei sobre ela ao padre Andrei, a quem fiz as mesmas confidências, ele me suplicou para dar uma olhada. A quem eu podia pedir autorização? Só ao papa, mas era o papa que Andrei e eu queríamos proteger, sem que ele soubesse. Concordei e lhe concedi uma hora lá dentro.

Nil murmurou:

— E no dia seguinte ele deixou Roma precipitadamente, não foi?

— Sim. Ele pegou o expresso de Roma no dia seguinte, sem me dizer nada. Teria descoberto alguma coisa? Havia falado com alguém? Não sei.

— Mas ele caiu do expresso de Roma de noite, e não foi um acidente.

Breczinsky passou as mãos no rosto.

— Não foi um acidente. O que posso dizer é que, ao continuar os trabalhos do seu confrade, você se colocou na mesma situação perigosa. Como ele, sua pesquisa o levou à entrada desse local que não existe. Estou disposto a também deixá-lo entrar lá, confio em você como confiei no padre Andrei. Catzinger, e muitos outros, eu temo, estão nessa mesma pista. Se tiver sucesso antes deles, corre o mesmo perigo que Andrei. Ainda tem tempo de desistir de tudo, padre Nil, e de voltar a se debruçar num inofensivo manuscrito medieval, na sala vizinha. O que decide?

Nil fechou os olhos. Teve a impressão de ver o décimo terceiro apóstolo à direita de Jesus, na sala de cima, ouvindo-o com veneração. Depois, como detentor de um pesado segredo, lutando contra o ódio de Pedro e dos Doze, que queriam continuar a ser Doze e a possuir o monopólio da informação a ser transmitida. E que o condenavam ao exílio e ao silêncio, para que a Igreja que iam edificar, baseada na memória deturpada de Jesus, durasse eternamente, *alfa e ômega*.

O segredo havia atravessado os séculos antes de chegar até Nil. Recostado perto da mesa da última ceia, apoiado no cotovelo, o discípulo bem-amado de Jesus lhe pedia, agora, que o sucedesse.

Nil se levantou.

— Vamos, padre.

Eles saíram do escritório. Inclinado sobre a mesa, Leeland nem mesmo levantou a cabeça ao ouvi-los passar atrás dele. Ambos percorreram a enfiada de salas da reserva. Breczinsky abriu uma portinha e fez sinal a Nil para que o seguisse.

Um corredor mergulhava numa descida suave. Nil tentava orientar-se. Como se adivinhasse os seus pensamentos, Breczinsky sussurrou:

— Estamos embaixo do transepto direito da basílica de São Pedro. As fundações foram escavadas a uns quarenta metros do túmulo do Apóstolo, descoberto por ocasião das escavações sob o altar principal, ordenadas por Pio XII.

O corredor fazia uma curva e chegava a uma porta blindada. O polonês abriu o colarinho romano e tirou uma pequena chave que trazia colada na pele. Quando ia abri-la, consultou o relógio.

— São dezessete horas, a reserva fecha às dezoito: você tem uma hora. Todas as portas podem ser abertas por dentro sem chave, esta também. Basta puxá-la ao sair, ela se fechará automaticamente. Antes apague a luz e vá encontrar-se comigo no escritório.

A porta blindada se abriu sem ruído, Breczinsky deslizou a mão pela parede interna e ligou o interruptor.

— Cuidado para não destruir nada. Boa sorte!

Nil entrou: a porta se fechou atrás dele com um estalido surdo.

78

Nil estava diante de uma longa galeria abobadada, intensamente iluminada. A parede nua da direita era de pedra. Ele passou a mão na superfície e reconheceu imediatamente a técnica da talhadura. Não eram traços dos picões dos pedreiros da Idade Média, nem das serras de época recente. As marcas regulares dos golpes de cinzel e o espaço entre elas eram a assinatura dos talhadores de pedra da Renascença.

Ao longo da parede da esquerda, estantes estavam alinhadas até o fundo. Algumas prateleiras mais antigas haviam sido esculpidas com esmero. Outras, simplesmente de madeira bruta, deviam ter sido acrescentadas ao longo dos séculos, de acordo com a necessidade de organização.

Organização... Ao primeiro olhar, Nil percebeu que nenhuma classificação racional havia sido adotada. Caixotes, caixas de papelão e pilhas de dossiês estavam amontoados nas prateleiras. "Por que pôr ordem no inferno? Nada sairá daqui, nunca mais."

Ele deu um passo à frente para ver o fundo da galeria: uns cinquenta metros. Dezenas de estantes, milhares de documentos. Procurar uma agulha no palheiro, em uma hora... seria impossível. No entanto, Andrei havia encontrado alguma coisa ali, Nil estava convencido disso, e só esse fato poderia explicar a fuga e a sua morte. Ele avançou pela galeria, examinando as estantes à esquerda.

Nenhuma ordem, mas havia cartazes pregados ao longo das prateleiras, uma mistura de elegantes caligrafias à moda antiga e letras modernas. Pareceu-lhe que o tempo havia sido abolido.

Cátaros...* Processo dos templários — uma estante inteira. *Savonarola, Jan Hus,** Caso Galileu,*** Giordano Bruno, Sacerdoti renegati francesi* — a lista dos padres juramentados,**** condenados por Roma como apóstatas, em 1792.

---

* Seita religiosa medieval que se espalhou principalmente pela Alemanha, Itália e França. Acentuava o dualismo da oposição bem/mal. Teve seu auge nos séculos XI e XII, criando um sério perigo à fé crista.
** Jan Hus (1373-1415), sacerdote tcheco que se propôs reformar a Igreja Católica, negando a autoridade do papa. Foi excomungado, acusado de heresia e condenado à fogueira.
*** Galileu Galilei (1564-1642), físico, matemático e astrônomo. Acusado de herege pela sua teoria do heliocentrismo, foi condenado pela Igreja Católica e teve suas obras censuradas.
**** Padres que, sob a Revolução Francesa, e desobedecendo ao papa, prestaram juramento à Constituição Civil do Clero, que confiscava os bens eclesiásticos e transformava os padres em funcionários do Estado.

Corrispondenza della S.S. con Garibaldi...* Toda a história secreta da Igreja, em luta contra os inimigos. Nil parou repentinamente: uma estante cheia de caixas de papelão de aparência nova e com uma única etiqueta: *Operação Ratlines*.

Esquecendo por que estava ali, Nil entrou no espaço entre as estantes e abriu uma caixa, ao acaso. Continha a correspondência de Pio XII com Draganovich, ex-sacerdote que se tornara chefe dos ustashas: nazistas croatas autores de atrocidades durante a guerra. Ele abriu outras caixas: fichas de identidade de criminosos nazistas célebres, lista de passaportes do Vaticano com o nome deles, recibos de somas consideráveis. A Operação Ratlines era a denominação codificada da organização que havia possibilitado aos criminosos de guerra nazistas fugirem impunes assim que terminou a guerra, ajudados pela Santa Sé.

Nil passou a mão no rosto. Não havia nada que já não soubesse. O comprometimento da Igreja, até mesmo os crimes, eram a continuação lógica do que o décimo terceiro apóstolo devia ter sofrido no século I. Ele se afastou dessa estante e o seu olhar foi atraído por um dossiê, simplesmente colocado numa prateleira: *Auschwitz, rapporti segreti 1941*. Ele refreou a vontade de abri-lo. "A Santa Sé estava a par de Auschwitz desde 1941..."

Nil olhou o relógio: tinha pouco mais de meia hora! Ele avançou.

Subitamente, ele parou. Seu olhar havia pousado numa etiqueta com caligrafia moderna.

Manoscritti del mare Morto, Spuria.

Dezenas de caixas empoeiradas estavam empilhadas. Pegou a de cima e abriu-a. Dentro havia vários fragmentos de rolos meio destruídos pelo tempo. Lamentou não ter trazido as luvas e pegou

---

* Giuseppe Garibaldi (1807-1882), patriota italiano, lutou pela unificação e atacou os Estados Pontifícios, para livrá-los do domínio do papa.

um rolo: pedaços de pergaminhos se soltaram e caíram no fundo da caixa, que já estava cheia deles. "A escrita hebraica de Qumran!" Eram, realmente, os manuscritos do mar Morto. Mas por que haviam sido relegados àquele inferno, condenados a se desmanchar em migalhas, enquanto estudiosos do mundo inteiro os procuravam? *Spuria*, "dejeto": queriam subtrair esses dejetos à comunidade mundial porque não tinham valor... ou porque representavam dejetos da História que era preciso esconder para sempre porque ela havia tomado outro rumo?

Ele pôs a caixa de volta no lugar. A que estava embaixo era de madeira branca e trazia na lateral uma inscrição impressa: *Cognac Napoléon, cuvée de l'Empereur.**

Era a caixa do arcebispo Samuel, a caixa entregue em Jerusalém ao irmão converso dominicano!

Com o coração disparado, Nil a tirou da pilha. Na tampa, alguém havia traçado três letras: MMM. Ele reconheceu a caligrafia gorda do padre Andrei.

Nil sentia a cabeça girar. Então, quando escreveu MMM no bilhete, no trem, Andrei não fazia alusão apenas ao lote das fotocópias da Huntington Library guardadas na biblioteca da abadia de Saint-Martin. Era a indicação daquela caixa, que Nil havia acabado de encontrar. O próprio Andrei havia escrito as três letras na tampa para poder identificá-la mais facilmente algum dia. Era sobre *ela* que ele queria lhe falar. A descoberta, facilitada pelo encontro com Breczinsky, era a conclusão das pesquisas e ele tinha a intenção de contar tudo a Nil.

Por essa razão havia sido morto.

Nil abriu a caixa. O mesmo amontoado de fragmentos de rolos. E, ao lado, uma simples folha de pergaminho enrolada.

---

* Conhaque Napoleão, produção do imperador.

As mãos de Nil tremiam quando desamarrou o fio de linho que prendia o manuscrito. Ele o desenrolou com muita precaução. Estava em grego, uma letra elegante, perfeitamente legível. A carta do décimo terceiro apóstolo! Nil começou a ler:

Eu, o discípulo bem-amado de Jesus, o décimo terceiro apóstolo, para todas as Igrejas...

Ao terminar a leitura, Nil estava pálido. O início da carta não dizia nada que já não soubesse: Jesus não era Deus, os Doze — impelidos pela ambição política — o haviam divinizado. Mas o décimo terceiro apóstolo sabia que isso não seria suficiente para preservar a verdadeira imagem do Mestre. Declarava, de maneira irrefutável, que, no dia 9 de abril do ano 30, encontrara os homens de branco, essênios, em frente ao túmulo de onde haviam retirado o cadáver de Jesus e que eles se preparavam para transportá-lo para uma das suas necrópoles do deserto, para enterrá-lo dignamente.

Ele não indicava o local exato do túmulo. Numa frase lacônica, afirmava apenas que a areia do deserto protegeria o túmulo de Jesus da cobiça dos homens. Como todos os profetas, o nazareno permaneceria vivo por toda a eternidade, e a veneração da sua ossada poderia desviar a humanidade do único meio verdadeiro de encontrá-lo: a oração.

Nos meses de busca, Nil havia acreditado que o mistério com o qual se defrontava era o do décimo terceiro apóstolo, do papel que ele havia desempenhado em Jerusalém e da sua posteridade. O homem que havia escrito aquelas linhas com a própria mão sabia já ter sido eliminado da Igreja, ter sido apagado do futuro dela. Pressentia que esse futuro não teria nada a ver com a vida e o ensinamento do Mestre. Naquele pergaminho, revelava o segredo que, talvez, algum dia, permitisse ao mundo descobrir a verdadeira face de Jesus. Ele o fazia sem nenhuma ilusão. O que representava uma fina folha de papel diante da ambição devoradora de homens dispostos a tudo para atingir os seus fins, usando a memória de quem ele amara mais do que qualquer outra pessoa?

O décimo terceiro apóstolo revelara a Nil o verdadeiro segredo: a existência real, física, de um túmulo que continha a ossada de Jesus.

Nil olhou o relógio: dezoito horas e dez minutos. "Tomara que Breczinsky tenha esperado!" Ele pôs a carta, milagrosamente encontrada, na caixa e de volta no lugar. Cumpriria a sua palavra: o papa seria avisado, por intermédio do bibliotecário polonês, da existência da epístola apostólica que nem os séculos nem os homens da Igreja haviam conseguido fazer desaparecer. Graças à inscrição MMM, seria fácil para Breczinsky encontrá-la e entregá-la.

O que viria a seguir não dizia respeito a um pequeno monge como ele. O que viria a seguir só dizia respeito ao papa.

Nil saiu rapidamente do local, tomando o cuidado de apagar a luz. A porta se fechou automaticamente atrás dele. Ao chegar à sala onde Leeland e ele haviam trabalhado todos aqueles dias, viu que ela estava vazia e a luz da luminária do teto, apagada. Bateu na porta do escritório. Nenhuma resposta, Breczinsky não o havia esperado.

Nil se perguntou, preocupado, se todas as portas que levavam ao pátio do Belvedere podiam ser abertas por dentro. Não conseguia se imaginar passando a noite no ar viciado da reserva. Porém, Breczinsky não lhe havia mentido. Passou sem dificuldade pelas duas portas blindadas. O hall de entrada estava vazio, mas a porta externa do prédio, entreaberta. Sem pensar, Nil saiu para o pátio e respirou o ar puro. Precisava andar para pôr um pouco de ordem nos pensamentos.

Estava com tanta pressa de sair daquele lugar que nem prestou atenção ao vidro escuro, atrás do qual o guarda pontifical fumava um cigarro. Assim que o viu passar, o homem pegou o telefone interno da Cidade do Vaticano e apertou uma tecla.

— Eminência, ele acabou de sair... Sim, sozinho, o outro saiu antes dele. *Di niente, Eminenza.*

No escritório, o cardeal Catzinger desligou com um suspiro. Em breve, chegaria a hora de Antonio.

79

Nil atravessou a praça de São Pedro e ergueu maquinalmente os olhos. A janela do papa estava iluminada. No dia seguinte, falaria com Breczinsky, indicaria a localização da caixa de conhaque marcada com MMM e o encarregaria de transmitir oralmente uma mensagem ao velho pontífice. Ele enveredou pela via Aurelia.

Ao chegar ao terceiro andar, parou. Através da porta ouviu Leeland tocar a segunda *Gymnopédie* de Erik Satie. Etérea, a melodia traduzia uma infinita melancolia, um desespero tingido de um toque de humor e de zombaria. "Rembert... O humor permitirá que ele vença o seu próprio desespero?" Nil bateu discretamente na porta.

— Entre, eu o aguardava, impaciente.

Nil sentou-se perto do piano.

— Remby, por que saiu da reserva antes da minha volta?

— Breczinsky veio me avisar às dezoito horas. Disse que precisava fechar. Parecia preocupado. Mas isso não tem importância. Diga-me, descobriu alguma coisa?

Nil não compartilhava da despreocupação de Leeland. A ausência de Breczinsky o inquietava. "Por que não estava lá quando eu voltei, como o combinado?" Ele descartou a pergunta.

— Sim, descobri o que Andrei e eu procurávamos há tanto tempo: um exemplar intacto da epístola do décimo terceiro apóstolo; na verdade, o original.

— Magnífico! E essa carta... é mesmo tão terrível?

— É curta e eu a sei de cor. Orígenes disse a verdade, ela traz a prova indiscutível de que Jesus não ressuscitou, como ensina a Igreja. Logo, a prova de que ele não é Deus. O túmulo vazio de Jerusalém, no qual foi construído o Santo Sepulcro, é um engodo. O túmulo verdadeiro, o que contém os restos de Jesus, está em algum lugar do deserto.

Leeland estava estupefato:

— No deserto? Mas, onde exatamente?

— O décimo terceiro apóstolo não quis indicar o local com exatidão, para preservar o cadáver de Jesus da cobiça humana. Ele fala apenas do deserto da Idumeia, uma vasta zona ao sul de Israel, cujos limites variaram ao longo das épocas. Mas a arqueologia fez progressos consideráveis: se forem usados todos os recursos necessários, será possível encontrá-lo. Um esqueleto numa necrópole essênia abandonada, situada nessa zona, com marcas da crucificação, datado por carbono 14 de meados do século I, provocaria um sismo no Ocidente.

— Vai publicar os resultados da sua pesquisa, dar a conhecer ao mundo essa epístola, acompanhar as escavações arqueológicas? Nil, você quer que o túmulo seja encontrado?

Nil ficou calado por um instante. A melodia de Satie cirandava na sua cabeça.

— Segui o décimo terceiro apóstolo até o fim. Se o testemunho dele tivesse sido considerado pela História, a Igreja Católica não existiria. Como sabiam disso, os Doze se recusaram a incluí-lo entre eles. Lembre-se da inscrição de Germigny: só deve haver doze testemunhas de Jesus, por toda a eternidade, *alfa e ômega*. Devemos questionar, vinte séculos depois, o edifício que eles construíram em cima de um túmulo vazio? Atualmente, a sepultura do apóstolo Pedro marca o centro da cristandade. Um túmulo vazio foi substituído por um túmulo cheio, o do primeiro entre os Doze. Depois, a Igreja criou os sacramentos, para que todos no planeta pudessem entrar fisicamente em contato com Deus. Se tirarmos isso dos cristãos, o que sobrará? Jesus pediu para ser imitado diariamente, e o único método que ele propôs foi a oração. E as multidões e uma civilização inteira não podem se deixar levar só por meios concretos, tangíveis. O autor da epístola tinha razão: pôr a ossada de Jesus de volta no Santo Sepulcro seria transformar esse túmulo no único objeto de adoração das multidões crédulas. Isso seria afastar para sempre os humildes e os pequenos do acesso ao Deus invisível, com os meios que são deles desde sempre: os sacramentos.

— O que vai fazer, então?

— Avisar o Santo Padre sobre a existência da epístola, dizer onde ela está. Ele será o depositário de um segredo a mais, e só. Depois que voltar ao meu mosteiro, vou guardar o resultado das minhas pesquisas no silêncio do claustro. Exceto um, que quero publicar sem demora: o papel desempenhado pelos nazarenos no nascimento do Alcorão.

No andar de baixo, Moktar havia gravado escrupulosamente as duas *Gymnopédies* de Satie e, depois da chegada de Nil, o início da conversa. Nesse ponto, ele colocou rapidamente os fones de ouvido.

— A epístola do décimo terceiro apóstolo lhe ensinou algo de novo sobre o Alcorão?

— Ele dirige a carta às Igrejas, mas, na verdade, ela é destinada aos seus discípulos, os nazarenos. No fim, ele os exorta a continuarem fiéis ao seu testemunho e ao seu ensinamento sobre Jesus, aonde quer que o exílio os levasse. Portanto, ele confirma o que eu já desconfiava: depois de se refugiarem algum tempo em Pella, eles devem ter pegado a estrada outra vez, provavelmente diante da invasão dos romanos em 70. Ninguém sabe o que foi feito deles, mas ninguém parece ter notado que, no Alcorão, Maomé fala muitas vezes dos *naçara*, um termo que sempre foi traduzido por "cristãos". Na verdade, *naçara* é a tradução árabe de "nazarenos"!

— Qual a sua conclusão?

— Maomé deve ter conhecido os nazarenos em Meca, onde se refugiaram depois de Pella. Seduzido pelo ensinamento deles, por pouco não se tornou um nazareno. Depois ele fugiu para Medina, onde se tornou um chefe guerreiro. A política e a violência saíram vencendo, mas ele ficou marcado para sempre pelo Jesus dos nazarenos, pelo Jesus do décimo terceiro apóstolo. Se Maomé não tivesse sido engolido pelo desejo de conquista, o islamismo nunca teria nascido, os muçulmanos seriam os últimos nazarenos, a cruz do profeta Jesus ondularia no estandarte do islamismo!

Leeland parecia compartilhar do entusiasmo do amigo.

— Posso garantir que, nos Estados Unidos, certamente os universitários vão apaixonar-se pelos seus trabalhos! Eu o ajudarei a fazer com que eles sejam conhecidos por lá.

— Imagine só, Remby! Se os muçulmanos admitirem que o texto sagrado leva a marca de um homem íntimo de Jesus, excluído da Igreja por ter negado, como eles, a sua divindade! Seria a base de uma nova e possível aproximação entre muçulmanos, cristãos e judeus. E, sem dúvida, o fim da Jihad contra o Ocidente!

O rosto de Moktar se contraiu subitamente. Engolido pela raiva, mal escutava a conversa: agora, Nil perguntava a Leeland quais eram os seus projetos, como faria para ocultar tudo isso de Catzinger. Seria capaz de resistir à pressão e não dizer nada a ele? O que ocorreria se o cardeal cumprisse a ameaça e tornasse público o seu especial relacionamento com Anselm?

Eles tagarelavam feito mulheres. Nada disso interessava ao palestino; ele retirou os fones dos ouvidos. Os dois homens haviam atravessado a fronteira proibida: *O Alcorão era intocável.* Se os eruditos cristãos desvendassem os segredos ocultos nos Evangelhos, o problema era deles. O Alcorão jamais se submeteria aos métodos da exegese ímpia, a Universidade de Al-Azhar era firme nessa recusa. Não se disseca a palavra de Alá transmitida pelo Profeta, bendito seja o seu nome.

Maomé, um discípulo oculto do judeu Jesus! O francês aplicaria ao texto sagrado os seus métodos de infiel, publicaria os resultados com a ajuda do americano. Nas mãos dos Estados Unidos, servos de Israel, esses trabalhos se tornariam uma arma terrível contra o islamismo.

Com a testa franzida, rebobinou as fitas magnéticas e se lembrou de uma frase que citava constantemente aos seus alunos:

"Os infiéis, peguem-nos e matem-nos em todos os lugares em que os encontrarem!"[1]

Moktar se sentiu aliviado: o Profeta, bendito seja o seu nome, havia decidido.

80

Havia chovido o dia inteiro. Camadas de nevoeiro subiam lentamente a encosta do Abruzzo do nosso lado e pareciam hesitar um instante antes de atravessar a crista e desaparecer rumo ao mar Adriático. O voo das aves de rapina parecia ser aspirado pelo horizonte.

O padre Nil me havia hospedado no seu ermitério, talhado na própria rocha. Um enxergão jogado num leito de forragens secas, uma mesinha diante da minúscula janela. Uma lareira rudimentar, uma Bíblia numa prateleira e feixes de lenha. Menos do que o essencial necessário. O essencial não estava ali e sim em outro lugar.

Ele me avisou que chegávamos ao fim da história. Havia sido mais tarde, no silêncio daquela montanha, que ele compreendera todos os acontecimentos. Ele só se mostrou abalado uma vez, e eu percebi pelo tremor da sua voz: foi quando me falou de Rembert Leeland, do calvário interior que aquele homem vivera e cujo desfecho se dera em poucas horas, tragicamente.

Desde o instante em que ele pusera a mão no manuscrito perdido, os acontecimentos se entrechocaram. Ao exumar do esquecimento o

---
[1] Alcorão 4, 89.

texto de uma outra época, ele abrira as comportas atrás das quais se escoravam homens que ele não conhecia, que defendiam a própria causa com uma obstinação, cuja violência ele não conseguia entender, ainda agora.

81

Naquela mesma noite, Moktar telefonou a Lev Barjona marcando um encontro, desta vez num bar. Eles pediram uma bebida e ficaram de pé atrás do balcão, falando à meia-voz, apesar do burburinho dos frequentadores.

— Ouça, Lev, é sério. Acabei de entregar a Calfo a gravação de uma conversa entre Nil e Leeland. O francês encontrou a epístola, que estava mesmo na caixa de conhaque que o arcebispo Samuel lhe havia falado. Ele a leu e a deixou no mesmo lugar, no Vaticano.

— Muito bom! Agora é preciso ir com calma.

— Agora é preciso agir, e sem calma. Esse diabo diz que ela contém a prova... ou melhor, que ela confirma a sua convicção íntima de que o Alcorão não foi revelado por Deus a Maomé. Que o Profeta era amigo dos nazarenos antes de se deixar levar pela violência em Medina. Que ele ficou cego pela ambição... Você sabe o que isso significa, já nos conhece há muito tempo. Ele ultrapassou o limite além do qual qualquer muçulmano reage imediatamente. Ele tem de desaparecer. Rapidamente, e o cúmplice também.

— Calma, Moktar. Recebeu instruções do Cairo a esse respeito? E Calfo?

— Não preciso de instruções do Cairo; nessas circunstâncias o Alcorão dita a conduta dos crentes. Quanto a Calfo, estou pouco ligando para ele. É um depravado e as histórias dos cristãos me deixam indiferente. Que resolvam os problemas entre eles e que façam as suas tramoias, eu protejo a pureza da mensagem transmitida por Deus a Maomé. Todo muçulmano está disposto a derramar o próprio sangue por essa causa, Deus não suporta a desonra. Defenderei a honra de Deus.

Lev fez um sinal ao barman.

— Quais são as suas intenções?

— Conheço as idas e vindas, os trajetos que eles fazem. À noite, Nil volta a pé para San Girolamo, anda por uma hora e passa pela via Salaria Antica, sempre deserta no início da noite. O americano o acompanha por algum tempo, depois retorna e termina o passeio próximo ao Castel Sant'Angelo, sempre no mundo da lua. Lá, nunca tem ninguém. Você vai comigo? Amanhã, à noite.

Lev soltou um suspiro. Uma operação precipitada, sob o efeito da raiva, sem visibilidade. Quando o fanatismo subia à cabeça de Moktar, ele parava de raciocinar. O beduíno ia montar no camelo e lavar o insulto com sangue. Esperar seria sinal de fraqueza, contrário à lei do deserto. O orgulho dos árabes, a falta de capacidade para se controlarem quando se tratava de uma questão de honra, sempre permitiram ao Mossad vencê-los. E Lev se lembrou da instrução de Jerusalém, firmemente transmitida por Ari: "A ação não é mais para você."

— Amanhã à noite tenho um ensaio com a orquestra para o meu último concerto. Todos sabem que estou em Roma e não compreenderiam se eu faltasse. Tenho de preservar a minha justificativa, Moktar. Sinto muito.

— Vou agir sem você; primeiro um, depois o outro. O padre Nil não passa de uma frágil porcelana que quebra à menor batida. Quanto ao americano, basta assustá-lo, vai morrer de medo sem que eu toque nele. Não terei que sujar as mãos com *isso*.

Quando se separaram, Lev se dirigiu para o jardim do Pincio. Precisava refletir.

No início da noite, o reitor convocou uma reunião dos Doze com urgência. Quando todos estavam sentados atrás da longa mesa, ele se levantou.

— Irmãos, mais uma vez estamos ao redor do Mestre, como os Doze, outrora, na sala de cima. Desta vez, não é para acompanhá-lo ao Getsêmani, mas para lhe oferecer uma segunda entrada triunfal em Jerusalém. O padre Nil encontrou o último e único exemplar que resta da carta do impostor, o pretenso décimo terceiro apóstolo. Ela estava simplesmente no depósito secreto do Vaticano, misturada aos manuscritos do mar Morto, lá depositada, definitivamente, em 1948.

Um murmúrio de intensa satisfação percorreu a assembleia.

— O que ele fez com a carta, irmão reitor?

— Ele a deixou no mesmo lugar e tem a intenção de avisar o Santo Padre da sua existência e localização.

Os rostos ficaram sombrios.

— Quer ele o faça ou não, não tem importância. Nil usará Breczinsky para avisar o papa. O décimo segundo apóstolo tem o polonês firmemente sob controle, não é, irmão?

Antonio inclinou silenciosamente a cabeça.

— Assim que Breczinsky tiver sido prevenido por Nil, sem dúvida amanhã, entraremos em ação. O polonês está à nossa mercê e nos levará à carta. Dentro de dois dias, irmãos, ela tomará, diante de nós, o lugar que lhe cabe, guardada tanto por nossa fidelidade, quanto por este crucifixo. E nos meses e anos que virão, nós a usaremos para conseguir os recursos que precisamos para a nossa missão: esmagar as serpentes que atacam o Cristo por trás, extinguir as vozes daqueles que se opõem ao seu reino, restaurar a cristandade em toda a sua grandeza, para que o Ocidente recupere a dignidade perdida.

Ao sair da sala, ele entregou um envelope a Antonio, sem uma palavra. Calfo o convocava para ir ao seu apartamento, próximo ao Castel Sant'Angelo, dois dias depois, pela manhã. Para que Nil tivesse tempo de falar com Breczinsky.

E para que a sua mente estivesse totalmente livre para a noite do dia seguinte com Sônia, da qual ele muito esperava. Isso não poderia ocorrer numa hora melhor. Graças a ela, Calfo iria impregnar-se da força de que precisava. A força interior que um cristão recebe ao se identificar por todas as suas fibras com o Cristo na cruz.

Antonio enfiou a carta no bolso. Mas, em vez de voltar para o centro da cidade, desviou-se para o Vaticano.

O cardeal-prefeito da Congregação sempre ficava até tarde no escritório.

82

Roma se espreguiçava sob o sol da manhã. O frio continuava intenso, mas a aproximação do Natal incitava os romanos a saírem de casa. De pé em frente à janela, Leeland olhava distraidamente o espetáculo da via Aurelia. Na véspera, Nil lhe havia participado sua decisão de voltar para a França sem demora. O que ele considerava como uma missão recebida de Andrei havia chegado ao fim com a descoberta da epístola.

— Já pensou, Remby, que nessa porção do deserto situada entre a Galileia e o mar Vermelho nasceram os três monoteísmos do planeta? Foi lá que Moisés teve e visão da sarça ardente, foi lá também que Jesus se transformou radicalmente, e foi lá, ainda, que Maomé nasceu e viveu. O meu deserto será à beira do Loire.

A partida de Nil ressaltava bruscamente a vacuidade da sua vida. Sabia que nunca iria atingir o grau de experiência espiritual do amigo. Jesus não preencheria o seu vazio interior. Nem a música. As pessoas tocavam para serem ouvidas, para partilhar a emoção musical com outras. Havia tocado muitas vezes para Anselm, que se sentava ao seu lado e virava as páginas para ele. Uma maravilhosa comunhão se instalava entre eles, a bela cabeça do violonista inclinada para o teclado onde corriam as suas mãos. Ele perdera Anselm para sempre, e Catzinger tinha os meios para mergulhar a ambos no oceano do sofrimento. *Life is over.*[1]

Leeland se assustou ao ouvir baterem na porta: Nil?

Não era Nil e sim Lev Barjona. Surpreso por vê-lo entrar no seu apartamento, Leeland ia fazer perguntas, mas o israelense pôs um dedo nos lábios e sussurrou:

— Tem um terraço no último andar do prédio?

Tinha, como na maioria das casas romanas, e ele estava deserto. Leeland se deixou levar por Lev para o lado mais afastado da rua.

— Desde a chegada de Nil a Roma, seu apartamento está sob escuta; acabei de saber. Todas as conversas foram gravadas, imediatamente transmitidas a monsenhor Calfo e a outros ainda mais perigosos.

---
[1] Minha vida acabou.

— Mas...

— Deixe-me falar, o tempo urge. Sem que soubessem, Nil e você foram incluídos no "grande jogo", um jogo em escala planetária do qual você não tem a menor ideia, do qual não sabe nada e é melhor assim. É um *dirty game*, realizado entre profissionais. Como meninos de calça curta, vocês saíram do pequeno pátio de recreação para entrar em pleno pátio dos adultos. Que não brincam com bolas de gude e sim com a violência, sempre pela mesma aposta: o poder — ou a sua forma visível, o dinheiro.

— Desculpe-me interrompê-lo. Você continua a jogar esse jogo?

— Joguei muito tempo no Mossad, como sabe. Nunca se sai desse jogo, Remby, mesmo que se queira. Não vou lhe dizer mais nada, porém Nil e você correm um grande perigo. Ao avisá-lo, estou jogando contra o meu time, mas você é um amigo, e Nil é um sujeito correto. Ele encontrou o que buscava, agora o jogo continua sem vocês. Se gostam da vida, devem desaparecer, e rápido. Muito rápido.

Leeland estava zonzo.

— Desaparecer... mas como?

— Ambos são monges, escondam-se num mosteiro. Um assassino está atrás de vocês, e é um profissional. Devem ir embora, hoje mesmo.

— Acha que ele nos matará?

— Não acho, tenho certeza. E ele o fará sem demora, tem vocês na palma da mão. Ouça, eu lhe peço: se quiser viver, pegue hoje mesmo um trem, carro, avião, qualquer coisa e suma. Avise a Nil.

Ele abraçou Leeland.

— Estou me arriscando ao vir aqui, no grande jogo não gostamos daqueles que não respeitam as regras e ainda quero viver para dar muitos concertos. *Shalom*, amigo. Daqui a cinco, dez anos, voltaremos a nos ver, as partidas não duram eternamente.

No instante seguinte, ele havia desaparecido, deixando Leeland no terraço, atordoado.

83

Moktar se dera ao luxo de dormir até tarde. Pela primeira vez não precisava estar no seu posto ao amanhecer, com os fones nos ouvidos, espionando todas as conversas no pequeno apartamento de cima.

Portanto, não viu Leeland sair precipitadamente do prédio da via Aurelia, hesitar um instante e depois se dirigir para o ponto de ônibus da via Salaria. Muito agitado, o americano se enfiou no primeiro ônibus que passou.

Nil empurrou a folha em cima da mesa. Fiando-se na sua memória, ele pusera por escrito a carta do décimo terceiro apóstolo que havia decorado sem dificuldade. Ele e o papa seriam os únicos a saber que havia um túmulo com os restos de Jesus em algum lugar do deserto, entre Jerusalém e o mar Vermelho. Abrindo a sacola, ele pôs a folha dentro dela.

Faria a mala rapidamente, levaria a sacola na mão. E tomaria o trem noturno para Paris, que nunca ficava lotado naquela época do ano. Era um alívio deixar o mosteiro fantasma de San Girolamo. Quando chegasse a Saint-Martin, esconderia os seus papéis mais comprometedores e passaria a viver num deserto. Como o décimo terceiro apóstolo havia feito outrora.

Ainda possuía o essencial: a pessoa de Jesus, os seus gestos e as suas palavras. Não precisava de outro alimento para sobreviver num deserto.

Ele se assustou ao ouvir alguém bater na porta da cela. Era o padre Jean — também não sentiria saudades dele. O incansável tagarela estava com os olhos brilhantes.

— Padre, monsenhor Leeland acabou de chegar e deseja vê-lo.

Nil se levantou para receber o amigo. O estudante jovial dera lugar a um homem acossado, que entrou bruscamente e se jogou na cadeira que Nil lhe oferecia.

— O que está acontecendo, Remby?

— Meu apartamento da via Aurelia estava sob escuta desde a sua chegada. Catzinger e os homens dele sabem tudo o que conversamos. E outros além deles, ainda mais perigosos. Por diferentes razões, não querem mais ouvir falar de nós.

Chocado, foi a vez de Nil se deixar cair na poltrona.

— Estou sonhando ou você está manifestando uma crise de paranoia?

— Acabei de receber a visita de Lev Barjona, que, muito sucintamente, mas sem usar de subterfúgios, me pôs a par da situação. Disse que o fazia por amizade, e não duvido dele, nem por um instante. Não temos controle sobre nada disso, Nil. Sua vida corre perigo, e a minha também.

Nil enfiou o rosto nas mãos. Quando o ergueu, lágrimas tremulavam nos olhos, que fitaram Leeland.

— Eu sabia, Remby, eu sabia desde o começo, desde que Andrei me pôs de sobreaviso. Foi no mosteiro, na aparente paz inabalável de um claustro protegido pelo silêncio. Eu soube quando me inteirei da morte dele, quando fui reconhecer o corpo desconjuntado na pedra britada do leito do expresso de Roma. Eu soube quando a História veio ao meu encontro, numa horrível realidade, por Breczinsky e algumas confidências que ele me fez. Nunca tive medo do que eu descobria. A minha vida é ameaçada? Sou o último de uma longa lista, que se iniciou quando o décimo terceiro apóstolo se recusou a aceitar a manipulação da verdade.

— *A verdade!* Só há uma única verdade, é a de que os homens precisam para instalar e conservar o poder. A verdade de um amor muito puro entre mim e Anselm não é a deles. A verdade que você descobriu nos textos não é verdadeira, pois contradiz a verdade deles.

— Jesus disse: "A verdade os tornará livres." Eu sou livre, Remby.

— Você só será livre se desaparecer e se a sua verdade desaparecer contigo. Os filósofos, que você tanto ama, ensinam que a verdade é uma categoria do ser, que ela subsiste nela mesma como a bondade e a beleza do ser. Pois bem, isso é falso e eu vim dizer-lhe. O amor que unia Anselm a mim era bom e belo. Porém, não estava de acordo com a verdade da Igreja, portanto não era verdadeiro. A sua descoberta da face de Jesus contradiz a verdade da cristandade. Portanto, é falsa; a Igreja não tolera uma verdade que não seja a dela. Os judeus e os muçulmanos também não.

— O que eles podem fazer contra mim? O que se pode fazer contra um homem livre?

— Matá-lo. Você tem de se esconder, sair de Roma imediatamente.

Fez-se silêncio, perturbado apenas pelo piar dos pássaros nos juncos do claustro. Nil se levantou e foi até a janela.

— Se o que diz é verdade, não posso voltar para o mosteiro, onde o deserto estará povoado de hienas. Esconder-me? Onde?

— Pensei nisso a caminho. Lembra-se do padre Calati?

— O superior dos camaldulos?* Claro. Ele foi nosso professor em Roma. Um homem maravilhoso.

— Vá a Camaldoli, peça-lhe para recebê-lo. Eles têm ermitérios espalhados em Abruzzo, você encontrará um deserto, como quer o seu coração. Apresse-se. Agora.

— Tem razão, os camaldulos sempre foram muito hospitaleiros. Mas, e você?

Leeland fechou os olhos por um minuto.

— Não se preocupe comigo. Minha vida acabou, desde o dia em que compreendi que o amor pregado pela Igreja era como qualquer outra ideologia. Suas descobertas, com as quais me envolvi sem querer, só confirmaram o meu sentimento: a Igreja não é mais a minha mãe, ela rejeita o filho que fui porque amei de maneira diferente da dela. Vou ficar em Roma, o deserto do Abruzzo não é para mim. O meu deserto é interior, desde a minha partida forçada dos Estados Unidos.

Ele se dirigiu para a porta.

- Faça a mala depressa. Eu vou descer, vou pedir ao padre Jean que me leve para visitar a biblioteca, para afastá-lo da portaria. Enquanto isso, saia discretamente do mosteiro, pegue o ônibus para a Stazione Termini e pule no primeiro trem para Arezzo. Confio em Calati, ele o porá em segurança. Esconda-se num ermitério dos camaldulos e escreva-me dentro de duas ou três semanas. Eu direi se poderá retornar a Roma.

— O que vai fazer?

— Eu já estou morto, Nil, eles não podem fazer nada contra mim. Não se preocupe. Você tem alguns minutos para sair de San Girolamo sem ser notado. Até logo, amigo. Tem razão, a verdade fez de nós homens livres.

---

* Ordem religiosa de monges eremitas fundada por São Romualdo, no século XI, em Camaldoli, Itália.

O padre Jean ficou surpreso com o súbito interesse de Rembert Leeland pela biblioteca, que tinha fama de ser desorganizada. Enquanto o americano lhe fazia perguntas que provavam a sua total incompetência em matéria de ciências históricas, Nil, segurando a mala com a mão direita, entrou num ônibus na via Salaria Nuova, que passava pela estação central de Roma.

Ele não soltava a sacola que estava na mão esquerda e que parecia ser o seu tesouro mais precioso.

84

Antonio caminhava num passo animado. Abrigado num braço do Tibre, o Castel Sant'Angelo refletia o sol poente nos tijolos fulvos. Antigamente, ali era exercida a justiça dos papas. Ele faria a justiça divina naquela noite. Um homem estava prestes a se opor ao governo da Igreja, por uma causa que acreditava ser boa. Não havia nenhuma causa boa fora da hierarquia. E o homem era um depravado, um pervertido satânico. O espanhol se apoiou na amurada da ponte Vittorio Emanuelle II. Antes de agir, queria recordar as palavras do cardeal na véspera, à noite, reavivar a chama da indignação: então, a sua mão não tremeria.

— Está dizendo que ele vai usar a epístola para nos pressionar?
— Foi o que ele afirmou, várias vezes, Eminência, e os Doze estão de acordo. A carta do décimo terceiro apóstolo dará a quem a possuir um poder considerável. A publicação provocaria tantos

transtornos que a Igreja, e até alguns chefes de Estado do Ocidente, estariam dispostos a pagar grandes somas para que a Sociedade a mantenha em segredo. Os templários não hesitaram em usar esse recurso.

— O túmulo de Jesus... inacreditável! — o cardeal passou a mão na testa. — Eu achava que a epístola se limitasse a negar a divindade de Jesus. Não seria a primeira vez, a Igreja sempre conseguiu vencer esse perigo, debelar a heresia. Encontrar o verdadeiro túmulo contendo a ossada de Jesus! Não seria apenas uma querela teológica a mais e sim uma *prova*, tangível, indiscutível! Impensável, é o fim do mundo!

Antonio sorriu.

— É, também, o que pensa o monsenhor Calfo, mas ele tem uma ideia formada. Ele acha a Igreja muito tímida diante de um mundo podre, que evolui sem nós ou contra nós. Ele quer dinheiro, muito dinheiro, para poder influenciar a opinião mundial.

— *Bastardo!*

O prelado se controlou rapidamente:

— Antonio, quando o conheci em Viena, você era um fugitivo do Opus Dei, mas havia jurado servir ao papa e, se ele viesse a faltar, servir ao papado, coluna vertebral do Ocidente. O venerável Santo Padre está doente; de qualquer modo, ele consagra as suas forças e a sua atenção às multidões que o aclamam em todos os lugares, quando viaja. Há vinte anos, o verdadeiro governo da Igreja repousa em ombros como os meus. Algumas vezes, o papa nem soube dos perigos que tivemos de enfrentar. Frequentemente, precisei agir em nome dele e farei isso de novo. Posso contar com a sua ajuda? É preciso... neutralizar Calfo e retomar o poder da Sociedade São Pio V. Sem demora.

— Eminência...

O cardeal contraiu os lábios, as faces se alongaram e o tom de voz se tornou sibilante:

— Lembre-se, meu filho, quando chegou a Viena, você era perseguido. Não se pode jamais abandonar o Opus Dei, sobretudo depois de tê-lo criticado, como fez. Você era jovem, idealista, inconsciente! Eu lhe dei refúgio, eu o protegi e confiei em você. Fui eu que o introduzi na Sociedade São Pio V, fui eu que paguei para que os catalães de Escrivá de Balaguer, esses possessos, se calassem quando Calfo fez uma investigação a seu respeito. Quero os meus dividendos, Antonio!

O rapaz abaixou a cabeça. Catzinger percebeu que, para o que exigia, uma ordem não seria suficiente. Era preciso provocar a indignação, despertar o temperamento vulcânico do andaluz. Tocá-lo no ponto sensível: o seu caráter rígido, intransigente, a sua rejeição ao corpo, mantida por tantos anos de frustração sexual na escola do Opus Dei. Arredondando os lábios, ele destilou o fel:

— Sabe quem é o seu reitor? Sabe quem é esse homem, que você respeita, apesar de ele ser indisciplinado? Sabe que horrores o primeiro dos Doze é capaz de imaginar, a cem passos da Cidade Santa e do túmulo de Pedro? Há alguns dias, ouvi as confidências de uma das vítimas dele, uma jovem bela e pura como uma Madona, que ele avilta até a alma de cristã enquanto usufrui do seu corpo. E ela não é primeira a ser conspurcada por ele. Não sabe? Pois bem, vou dizer o que ele fez e o que se prepara para fazer de novo, amanhã.

E Catzinger sussurrou por alguns minutos, como se quisesse evitar que o Cristo na cruz, pendurado na parede atrás dele, ouvisse o que dizia.

Quando terminou, Antonio levantou a cabeça. Os olhos negros brilhavam com um lampejo duro, inflexível. Ele saiu do escritório do cardeal sem acrescentar nem uma palavra.

Com um suspiro, o andaluz se soltou do parapeito da ponte. Fizera bem em reviver a cena antes de agir. A Igreja precisava ser constantemente purificada, mesmo que à força. As ordens do cardeal o exonerariam de toda responsabilidade. Essa também havia sido, desde sempre, a força da Igreja. Uma decisão difícil, uma violência moral, um membro gangrenado a ser arrancado... Aquele que descia a faca, que cortava a carne em pedaços, não se sentia responsável pelo sangue derramado, pelas vidas destruídas. A responsabilidade era da Igreja.

85

Alessandro Calfo recuou com um ar deliciado: estava perfeito. Uma cruz havia sido colocada no chão do quarto, duas tábuas largas nas quais caberia facilmente um corpo deitado. Sônia ficaria bem. Amarraria as mãos dela com os dois cordões de seda macia que havia preparado, as pernas deviam permanecer livres. Ao pensar na cena, o sangue estimulou as suas têmporas e o baixo-ventre. A união carnal com a jovem deitada no lugar do divino crucificado era o ato mais sublime que jamais cometera. A divindade finalmente mesclada à humanidade, a menor de suas células conhecendo o êxtase ao se unir ao sacrifício redentor de Cristo, na sua forma mais perfeita. Sem violência. Sônia daria o seu consentimento, ele sabia, ele sentia. A reação horrorizada do outro dia era apenas efeito da surpresa. Ela obedeceria, como sempre.

Calfo verificou se o ícone bizantino estava bem no prumo da cruz. Assim, enquanto ele celebrava o culto, ela poderia, simplesmente erguendo os olhos, contemplar a imagem que apaziguaria a sua alma ortodoxa. Havia pensado em tudo, pois tudo devia ser irrepreensível. E, na noite do dia seguinte, ele depositaria a epístola maldita na prateleira vazia, que há tanto tempo a aguardava.

Calfo se assustou ao ouvir a campainha. Já? Habitualmente, sempre discreta, Sônia chegava ao cair da noite. Talvez estivesse impaciente naquele dia! Ele deu um largo sorriso e foi abrir a porta.

Não era ela.

— An... Antonio! Mas o que faz aqui, hoje? Eu o convoquei para amanhã de manhã, depois que Nil conversasse com o polonês hoje à tarde... O que significa isso?

Antonio avançou para ele, obrigando-o a recuar no corredor da entrada.

— Isso significa, irmão reitor, que precisamos conversar, você e eu.

— Conversar? Mas sou eu que falo, e quando eu decido! Você é o último dos Doze, em nenhum caso...

Antonio continuava a avançar, com os olhos pregados no rosto do napolitano, que recuava, batendo nas paredes.

— Não é mais você quem decide, é Deus, a quem você finge servir.

— Que... que eu finjo? E quem lhe deu autorização para me falar nesse tom?

Um homem empurrando o outro, ambos chegaram à porta do quarto, que Calfo deixara aberta.

— Quem me autorizou? E quem o autorizou, miserável, a trair o juramento de castidade? Quem o autorizou a aviltar uma criatura de Deus, escudado na sua ordenação episcopal?

Com um empurrão do quadril, Antonio obrigou o homenzinho rechonchudo a entrar no quarto, sempre andando de costas. Calfo tropeçou no pé da cruz. Antonio deu uma olhada no cenário cuidadosamente preparado: o cardeal não mentira.

— E isto? O que se preparava para fazer é uma abominável blasfêmia. Você não é digno de possuir a epístola do décimo terceiro apóstolo, o Mestre não pode ser protegido por um homem como você. Só uma pessoa pura pode afastar a mácula que ameaça o Nosso Senhor atualmente.

— Mas... mas...

Calfo prendeu novamente o pé no montante da cruz, tropeçou e caiu de joelhos diante do andaluz. Este o olhou com desprezo, lábios franzidos de repulsa. Aquele não era mais o reitor, o primeiro dos Doze. Era um farrapo humano, trêmulo e inundado de um suor pernicioso. Os olhos de Antonio se tornaram subitamente baços.

— Você queria deitar-se na cruz, não é? Queria unir o seu corpo, transfigurado pelo gozo, ao Mestre transfigurado pelo amor por nós? Pois bem, vai fazê-lo. Mas nunca sofrerá tanto quanto aquele que morreu por você.

Quinze minutos depois, Antonio fechou devagar a porta do apartamento atrás de si, limpando as mãos num lenço de papel. Não havia sido difícil. Nunca é difícil quando se obedece.

86

Leeland andava num passo irregular nas pedras desiguais da via Salaria Antica. "Nil gostava tanto de seguir esse trajeto para ir ao meu apartamento... Já estou pensando nele no passado!"

Ele conseguira segurar o padre Jean na biblioteca por um longo tempo, mas havia recusado o convite para compartilhar o almoço da comunidade.

— Padre Nil e eu temos um encontro no Vaticano, no início da tarde. Sem dúvida, ele já deve ter saído sem me esperar e voltará... tarde, hoje à noite.

Nil não voltaria. Naquele momento devia estar na plataforma da Stazione Termini, prestes a subir num trem para Arezzo. Ou já havia partido.

Invadido pela angústia, Leeland se sentia leve. Na verdade, se sentia vazio, até a menor fibra muscular, até a ponta dos dedos. *Life is over*. O que se recusara a admitir desde o exílio no Vaticano, essa verdade que ocultara de si mesmo tornara-se evidente com a curta passagem de Nil por Roma: a sua vida não tinha mais nenhum sentido, o gosto de viver o havia abandonado.

Sem saber como, ele se viu diante da porta do seu pequeno apartamento. Empurrou-a com mão trêmula, fechou-a e se sentou, sofrido, ao lado do piano. Ainda conseguiria tocá-lo? Mas... para quem?

No andar de baixo, Moktar havia retomado o posto e ligado os gravadores. O americano havia voltado mais tarde do que o costume e sozinho. Portanto, havia deixado Nil no Vaticano, e o francês devia estar conversando com Breczinsky. Ele se instalou confortavelmente, os fones nos ouvidos. Nil voltaria no fim da tarde e falaria com Leeland. Quando anoitecesse, retornaria a San Girolamo, como sempre. A pé, pelas ruas escuras e desertas. O amigo o acompanharia por um certo tempo.

Primeiro, o americano. Depois, o outro.

Contudo, Nil não voltava. Ainda sentado ao lado do piano, Leeland via as sombras invadirem o apartamento. Não acendeu as luzes: com todas as forças, lutava contra o medo, lutava contra si mesmo. Só havia uma coisa a fazer. Sem saber, Lev lhe dera a solução. Mas teria a determinação, a coragem de sair?

Uma hora depois, a noite havia caído em Roma. As fitas magnéticas giravam em vão: o que fazia o francês? De repente, Moktar ouviu ruídos indistintos em cima e a porta do apartamento se abrir e fechar em seguida. Tirou os fones dos ouvidos e foi até a janela. Leeland saíra sozinho do prédio e atravessava a rua. Teriam marcado um encontro no caminho de San Girolamo? Nesse caso, seria ainda mais fácil.

Moktar saiu furtivamente do prédio. Estava armado; um punhal e um fio de aço. Sempre dera preferência à arma branca ou ao estrangulamento. O contato físico com o infiel dava à morte o real valor. O Mossad preferia usar atiradores de elite, mas o Deus dos judeus não passava de uma abstração longínqua. Para um muçulmano, Deus era alcançado na realidade do corpo a corpo. O Profeta nunca havia usado a flecha e sim o sabre. Se possível, estrangularia o americano. Sentiria o coração dele parar sob as suas mãos, um coração prestes a fornecer aos homens da sua nação uma arma decisiva contra os muçulmanos.

Moktar seguiu Leeland, que contornou a praça de São Pedro sem passar sob a colunata e seguiu pelo borgo Santo Spirito. Ia na direção do Castel Sant'Angelo. O frio era intenso e os romanos, enregelados, estavam aconchegados em casa. Se aqueles dois haviam marcado um encontro nas portas do castelo, é porque sabiam que ali não haveria vivalma. Melhor ainda.

Agora, Leeland andava devagar e se sentia em paz. Na penumbra do pequeno apartamento, tomara uma decisão, repetindo a si mesmo as palavras de Lev: "Um assassino, um profissional. Vá embora, esconda-se num mosteiro..." Ele não iria embora, não se esconderia. Ao contrário, iria em direção ao destino, como naquele momento, visível de qualquer lugar. O suicídio era proibido ao cristão, ele nunca poria um fim a essa vida sem vida que passara a ser a sua. Mas se outro se encarregasse disso, tudo bem. Leeland saiu na margem esquerda do Tibre, passou em frente ao Castel Sant'Angelo e enveredou pelo Lungotevere. Alguns raros carros passavam por essa via sobre o Tibre, depois viravam à esquerda, em direção à *piazza* Cavour. Não havia nenhum transeunte, a umidade subia do rio e o frio era cortante.

Ao chegar à ponte Umberto I, ele virou a cabeça. Sob a luz dos postes, Leeland percebeu um pedestre que, como ele, acompanhava o parapeito. Diminuiu o passo e teve a impressão de que o homem fazia o mesmo. Sem dúvida, era ele. Não correr, não se esconder, não fugir.

Life is over. O irmão Anselm, as ilusões se haviam desvanecido! A reforma da Igreja, o casamento dos sacerdotes, o fim de um longo calvário para tantos homens, essa castidade imposta por uma Igreja paralisada diante do amor humano... Ele viu uma escada que dava na margem do Tibre. Sem hesitar, começou a descer por ela.

O cais, mal iluminado, ainda tinha o piso antigo. Leeland avançou contemplando a água escura. Mais estreita naquele ponto, a intensa corrente se chocava contra os rochedos espalhados no leito do rio. Touceiras de juncos e uma vegetação espessa cobriam a íngreme encosta que descia até a água. Roma nunca perdera totalmente o aspecto de cidade provinciana.

Leeland ouviu os passos do homem que descia a escada atrás dele, que ressoavam nas pedras do cais e se aproximavam. Embora tivesse idade suficiente, a condição de monge permitira a Leeland escapar da Guerra do Vietnã. Muitas vezes perguntara a si mesmo se demonstraria coragem física se estivesse lá. Diante da sombra do inimigo decidido a matá-lo, como o seu corpo teria reagido? Ele sorriu: aquela margem seria o seu Vietnã, e o seu coração não batia mais rápido do que de costume.

Um assassino, um profissional. O que sentiria ele? Será que sofria?

Seguido e seguidor, ambos se aproximavam dos arcos da ponte Cavour. Logo depois, um alto muro bloqueava o cais, pondo fim a um passeio muito apreciado pelos romanos no verão. Não havia nenhuma escada ao longo do muro. Para subir para a via expressa que margeava o Tibre era preciso voltar atrás. E enfrentar o homem que o seguia.

Leeland respirou fundo e fechou os olhos por um instante. Sentia-se calmo, mas não queria ver o rosto do homem. A morte que viesse pelas costas, como uma ladra.

Sem virar a cabeça, seguiu resolutamente por baixo do arco escuro da ponte.

Atrás dele, ouviu os passos de um homem que corria, como para tomar impulso. Um passo leve, que mal tocava as pedras.

87

Segurando a sacola com uma mão e a mala com a outra, Nil desceu do ônibus. O povoado era rústico, como o padre Calati havia descrito:

— O nosso ecônomo está saindo agora para ir a Aquila. Entre no carro, ele o deixará na rodoviária local. À tarde, um ônibus passa nessa parte afastada de Abruzzo. Desça no povoado e siga a pé pela estrada até um cruzamento. Vire à esquerda, terá de andar um quilômetro por um caminho de terra até uma fazenda isolada. Lá, você vai encontrar o Beppo, ele vive sozinho, com a mãe. Não se assuste, ele não fala mas entende tudo. Diga-lhe que eu o mandei, peça-lhe que o conduza até o nosso eremita. Será uma longa caminhada na montanha. Beppo está acostumado, ele é o único a subir de vez em quando ao ermitério, para levar um pouco de comida.

Depois, Calati elevara as mãos aos céus e, silenciosamente, dera a sua bênção a Nil, ajoelhado no piso frio do claustro.

Quando Nil chegou a Camaldoli, o ex-professor o havia abraçado e a sua barba espessa acariciara o rosto de Nil. Precisava se isolar por um tempo indeterminado? Ninguém deveria conhecer o seu refúgio? Calati não fez nenhuma pergunta, não se surpreendeu com a chegada dele, com o seu ar de fugitivo e com o pedido singular. Ao lado do velho eremita, disse ele apenas, Nil se sentiria bem.

— Você verá, é um homem meio diferente, que vive há anos na montanha. Mas nunca está sozinho. Através da oração, ele se relaciona com todo o universo e possui um dom de adivinhação que, às vezes, alguns grandes espíritos desenvolvem. Mantemos contato graças a Beppo, que desce da montanha a cada quinze dias para vender os seus queijos em Aquila. Que Deus o abençoe!

Nil viu o ônibus se afastar numa nuvem de fumaça e seguiu pela única rua do povoado. Ainda era dia, mas as casas, de telhado baixo, já estavam hermeticamente fechadas para enfrentar o frio da noite.

De passagem, ele se olhou no vidro de uma janela e sorriu diante da imagem refletida: seu cabelo, cortado bem curto, ainda grisalho ao partir da abadia de Saint-Martin, ficara totalmente branco depois da descoberta da epístola.

A mala lhe pesava o braço quando parou diante da fazenda. Usando um casaco de pele de ovelha sem mangas — a roupa tradicional dos pastores de Abruzzo —, a silhueta de um rapaz rachava lenha em frente à porta. Ao ouvir a chegada de Nil, ele virou a cabeça e o olhou, inquieto, a testa franzida sob uma coroa de cabelos cacheados.

— Você é o Beppo? Venho da parte do padre Calati. Pode levar-me até o eremita?

Beppo apoiou cuidadosamente o machado no monte de lenha, limpou as mãos no avesso do casaco, se aproximou de Nil e o encarou. Depois de alguns instantes seu rosto se descontraiu, ele esboçou um sorriso e concordou com a cabeça. Pegando a mala com um braço musculoso, apontou a montanha com o queixo e fez sinal a Nil para segui-lo.

O caminho entrava pela floresta, depois subia, íngreme. Beppo ia num passo regular, seu andar dava uma impressão de desenvoltura, quase de graça. Nil o seguia com dificuldade.

O rapaz havia compreendido direito? Devia confiar nele, mas não soltava a preciosa sacola.

Chegaram ao que parecia ser o fim do caminho. Não havia saída e viam-se marcas antigas de rodas — trator dos silvicultores, que raramente deviam ir até lá. No regato corria uma água límpida. Beppo arriou a mala, se abaixou e bebeu demoradamente nas mãos em concha. Sempre em silêncio, o adolescente pegou a mala e seguiu por uma trilha que penetrava numa ravina no flanco da montanha. Através dos topos das árvores, via-se o cume ao longe.

Já era noite quando chegaram a uma minúscula esplanada que dominava o vale. No próprio rochedo, Nil distinguiu uma janela iluminada. Sem hesitação, Beppo se aproximou, soltou a mala no chão e bateu no vidro.

Uma porta baixa se abriu e uma sombra se enquadrou na abertura. Vestido com uma espécie de blusão amarrado na cintura, um homem muito velho, a cabeça coberta de cabelos brancos que lhe caíam nos ombros, deu um passo à frente. Atrás dele, Nil percebeu o vão de uma lareira na qual queimava um feixe de lenha, espalhando uma luz intensa. Beppo se inclinou, soltou um grunhido e estendeu o braço na direção de Nil. O velho passou a mão de leve no cabelo cacheado do rapaz, se virou para Nil e sorriu. Apontando o interior do ermitério, de onde vinha um calor suave, disse, simplesmente:

— *Vieni, figlio mio. Ti aspettavo.*

Venha, meu filho, eu o esperava!

88

Naquela manhã, reinava na Cidade do Vaticano uma agitação febril, termo bem relativo naquele lugar. Alguns prelados percorriam os corredores de piso de mármore com passo um pouco menos compassado do que de costume, algumas faixas violeta voavam um pouco mais alto nas escadas, subidas rapidamente. Um carro com a placa S.C.V. atravessou a toda velocidade o portal do pátio do Belvedere, saudado por guardas suíços, que reconheceram, no interior, o médico pessoal do papa, um homem de meia-idade, que segurava uma maleta preta no colo.

Em qualquer outro lugar, esses sinais imperceptíveis de agitação teriam passado despercebidos. Mas o guarda suíço, testemunha desse nervosismo nada habitual na Cidade Santa, se alegrou: naquele dia, teria assunto para alimentar as conversas com os colegas.

O carro com a placa S.C.V. pegou a via della Conciliazione até o fim, virou à esquerda, passou em frente ao Castel Sant'Angelo e estacionou junto da calçada do Lungotevere, atrás de um furgão com o giroflex ligado. O homem da maleta desceu rapidamente a escada que levava à margem do Tibre, andou pelo calçamento irregular em direção ao arco da ponte Cavour, onde dezenas de guardas italianos estavam reunidos em torno de uma forma escura, molhada e que, aparentemente, haviam acabado de retirar dos juncos à beira do rio.

O médico examinou o cadáver, conversou com os guardas, fechou a maleta e subiu de volta para o Lungotevere, onde falou em voz baixa no telefone celular, tomando o cuidado de se afastar de alguns curiosos que observavam a cena. Ele meneou a cabeça diversas vezes, fez sinal ao motorista para voltar sem ele e foi a passos rápidos até o Castel Sant'Angelo. Atravessou, andou mais um pouco e se precipitou numa construção mais recente, onde um rapaz vestido de turista parecia esperá-lo.

Eles trocaram algumas palavras, em seguida o rapaz tirou do bolso uma chave e fez sinal ao médico para segui-lo no interior do prédio.

No fim da manhã, o cardeal Catzinger estava diante do soberano pontífice, que haviam instalado à sua mesa. Usando o anel do Concílio Vaticano II, do qual havia participado, a mão direita do papa tremia enquanto lia uma folha de papel. Encurvado pela doença, o olhar era vivo e penetrante sob as espessas sobrancelhas.

— Eminência, isso é verdade? Dois prelados do Vaticano, mortos esta noite, com um intervalo de apenas algumas horas?

— Uma dolorosa coincidência, Santo Padre. O monsenhor Calfo, que já havia recebido um alerta há vários meses, teve uma parada cardíaca esta noite e não sobreviveu.

Alessandro Calfo havia sido descoberto no seu quarto, deitado nas duas pranchas dispostas em forma de cruz, com o rosto violáceo, ainda crispado por um ricto de sofrimento. Estava com os braços afastados e amarrados na tábua transversal da cruz por dois cordões de seda, os olhos vidrados fitavam um ícone bizantino pendurado bem em cima da cena, que representava a mãe de Deus em toda a sua pureza virginal.

Dois pregos haviam sido arrancados da cabeceira da cama e enfiados na palma das mãos do supliciado. Não havia sangue, sem dúvida o homem já estava morto ao ser crucificado.

Como o apartamento ficava a uma certa distância da praça de São Pedro, o caso era da alçada da polícia italiana. Porém, a morte violenta de um prelado, cidadão do Vaticano, sempre mergulhava o governo italiano numa situação extremamente delicada. O delegado de polícia — napolitano, como o morto — estava bastante embaraçado. A crucificação daquele homem seria um ritual satânico? Ele não estava gostando do caso e chamou a atenção para o fato de que, em linha reta, a fronteira, inexistente fisicamente, da Cidade Santa ficava apenas a uns cem metros. Portanto, podia-se considerar que o médico pessoal do papa, que chegaria a qualquer momento, era perfeitamente competente para emitir o atestado de óbito.

O digno médico não se deu ao trabalho de abrir a maleta. Auxiliado pelo rapaz de estranhos olhos negros que o acompanhava, primeiro ele abotoou o colarinho de Calfo, de modo que as marcas de estrangulamento não ficassem visíveis. Depois, arrancou os pregos, chamou o policial, que se afastara por discrição, e participou-lhe o diagnóstico: parada cardíaca, excesso de *pasta* ligado à falta de exercício. É o tipo de coisa que um napolitano compreende imediatamente. O policial deu um suspiro de alívio e entregou, sem demora, o cadáver às autoridades do Vaticano.

— Uma parada cardíaca — lamentou o papa —, então não deve ter sofrido. Deus é bom para os Seus servos. *Requiescat in pace*. Mas, e o outro, Eminência? Houve dois mortos esta noite, não?

— Realmente, e esse caso é bem mais delicado. Trata-se do monsenhor Leeland, de quem já lhe falei.

— Leeland? O abade beneditino que se posicionou clamorosamente a favor de sacerdotes casados? Lembro-me perfeitamente, isso lhe valeu um *promoveatur ut amoveatur* e, depois, em Roma, ele permaneceu tranquilo.

— Não exatamente, Vossa Santidade. Ele encontrou aqui um monge rebelde, que o pôs a par das suas teorias insensatas sobre a pessoa de Nosso Senhor Jesus Cristo. Parece que isso o deixou profundamente abalado e, sem dúvida, o levou ao desespero. Ele foi encontrado hoje de manhã, afogado, nos juncos à beira do Tibre, na altura da ponte Cavour. Provavelmente, trata-se de suicídio.

Tanto quanto os guardas, o médico não quis dar atenção à marca de estrangulamento em volta do pescoço de Leeland. Um fio de aço, com certeza, que havia esmagado a glote. Trabalho de profissional. Estranhamente, o rosto do americano permanecia sereno, quase sorridente.

O velho pontífice ergueu a cabeça com dificuldade para fitar o cardeal.

— Vamos rezar pela alma do infeliz monsenhor Leeland, que, sem dúvida, deve ter sofrido muito. De hoje em diante, entregue-me toda a correspondência endereçada a ele. E... o monge rebelde?

— Ele saiu ontem de San Girolamo, onde morava havia alguns dias e não sabemos para onde foi. Mas será fácil encontrar a sua pista.

O papa fez um gesto com a mão.

— Eminência, aonde quer que um monge vá se esconder, a não ser num mosteiro? Vamos, não faça nada por ora, vamos dar-lhe tempo para recuperar a paz interior que ele parece ter perdido, segundo o que me diz.

De volta ao seu escritório, Catzinger constatou que compartilhava, sem restrição, do sentimento do papa. A morte de Calfo o aliviava de um peso considerável, Antonio havia interferido bem a tempo: a epístola do décimo terceiro apóstolo continuaria enterrada no depósito secreto do Vaticano; em nenhum outro lugar estaria tão a salvo da curiosidade perniciosa. Leeland? Apenas um inseto, daqueles que afastamos com as costas da mão. Por fim, Nil só seria perigoso na sua abadia. Enquanto não voltasse para lá, não havia pressa.

Restava Breczinsky. A presença dele nos muros do Vaticano era um espinho insuportável. Ela lhe lembrava, todo o tempo, um episódio sombrio da história da Alemanha, e atiçava nele um sentimento de culpa coletiva contra o qual sempre lutara. O seu pai? Ele não fizera nada além do dever, cumprindo corajosamente a sua missão: combater o comunismo que ameaçava a ordem mundial. Era culpa dele, culpa de todos os outros, se Hitler havia deturpado tanta generosidade para estabelecer o domínio da sua pretensa raça superior, ao preço de um apocalipse?

O polonês havia sido destruído por seu pai, mas essa era a sorte de todos os vencidos. Sem confessar a si mesmo, o cardeal se sentia humilhado por uma tragédia da qual não havia participado. Mas seu pai... Esse sentimento de humilhação o eletrizava no combate que travava permanentemente: a pureza da doutrina católica. Essa era a sua missão, ele não faria parte da linhagem dos vencidos. A única raça superior, a única que poderia vencer, era a dos homens de fé. A Igreja era o último baluarte diante do Apocalipse moderno.

Breczinsky se lhe tornara odioso e devia ser afastado. Catzinger não ficaria em paz enquanto tivesse sob seus olhos essa derradeira testemunha de sua própria história e da história de seu pai.

Por enquanto, um único dossiê mobilizava toda sua energia: a canonização de Escrivá de Balaguer, prevista para dali a alguns meses. O fundador do Opus Dei soubera consolidar o edifício fundamentado na divindade do Cristo. A Igreja resistia graças a homens de índole como a dele.

Mesmo assim, era preciso que ele se resolvesse fazer um milagre: isso podia ocorrer.

89

A solidão desértica de Abruzzo era a que Nil desejava, sem dúvida, como a que o décimo terceiro apóstolo havia conhecido depois da fuga de Pella, como a que Jesus vivera depois do encontro com João Batista às margens do rio Jordão. O eremita lhe designara uma enxerga, num canto.

— É a que Beppo usa quando passa a noite aqui. Esse rapaz se ligou a mim como a um pai, que ele nunca conheceu. Ele não fala, mas nós nos comunicamos sem dificuldade.

Depois, ele não dissera mais nada e, durante alguns dias, viveram juntos em silêncio total, compartilhando, sem uma palavra, refeições de queijo, de ervas e pão, na esplanada onde a montanha falava com eles na sua própria linguagem.

Nil percebeu que o deserto era, antes de tudo, uma atitude do espírito e da alma. Que poderia vivenciar tanto na abadia quanto no meio de uma cidade. Que esse deserto é uma espécie de desprendimento interior, de abandono de todas as referências habituais da vida social. Rapidamente, a excepcional pobreza do lugar passou a lhe ser indiferente, a ponto de nem percebê-la. No contato com o eremita, ele começou a sentir uma presença muito forte, calorosa, de uma riqueza desconhecida. Inicialmente, ele a sentiu como se viesse do exterior, da natureza, do companheiro. Depois, compreendeu que encontrava outra presença, dentro dele próprio. E que se ficasse atento, se limitando a observar antes de acolhê-la, nada mais teria importância. Não haveria mais desconforto, nem solidão, nem medo.

Talvez, nem mesmo a memória do passado e de suas feridas.

Um dia, quando Beppo havia acabado de ir embora, depois de renovar a provisão de pão, alisando a barba, o eremita se dirigiu a ele:

— Por que ainda se pergunta o que significavam as minhas palavras ao recebê-lo, "Meu filho, eu o esperava"?

Aquele homem lia o que ia dentro dele como num livro aberto.

— É que... Você não me conhecia, não havia sido avisado da minha chegada, não sabe nada sobre mim!

— *Eu o conheço*, meu filho, e sei coisas sobre você que você mesmo ignora. Você verá; ao viver aqui, vai adquirir o olhar do Despertar interior, o que Jesus possuía quando saiu do deserto e que lhe permitiu ver Natanael sob a figueira que, no entanto, estava fora do alcance da sua visão. Sei que você sofreu e sei por quê. Você busca o tesouro mais precioso, do qual nem mesmo as Igrejas possuem a chave e só podem indicar a sua direção, quando não obstruem a via de acesso.

— Sabe quem era o décimo terceiro apóstolo?

O eremita riu silenciosamente, com um lampejo dançante nos olhos.

— E você acha que é preciso saber, para conhecer?

Ele deixou o olhar vagar pelo vale, onde nuvens altas desenhavam manchas em movimento. Depois ele falou, como se se dirigisse a outra pessoa e não a Nil:

— Todas as coisas só podem ser conhecidas interiormente. A ciência não passa de uma casca, é preciso atravessá-la para encontrar o essencial, o alburno do conhecimento. Isso é verdade em relação aos minerais, às plantas, aos seres vivos, e é verdade também em relação aos Evangelhos. Os antigos chamavam esse conhecimento interior de gnose. Muitos foram intoxicados pelo alimento rico demais que ali achavam, esse alimento lhes subiu à cabeça; acreditaram ser superiores a todos os outros, *catharoi*.[1] Aquele que você encontrou no Evangelho — e que é o mesmo que vivencia na oração — não é superior nem inferior a você, ele está com você. A real presença de Jesus é tão forte que une você a todos, mas, também, o separa de todos. Você já começou a vivenciar isso e, aqui, só viverá dessa experiência. Foi por isso que você veio.

Meu filho, eu o esperava...

Roma assistiu, indiferente, ao cardeal Emil Catzinger retomar as rédeas da Sociedade São Pio V. Em nome do papa, nomeou o reitor que sucederia ao napolitano Alessandro Calfo, que morrera subitamente na sua residência, sem poder transmitir o anel em forma de caixão, que lembrava o temível cargo de guardião do segredo mais precioso da Igreja Católica: o segredo do verdadeiro túmulo onde ainda repousa a ossada do Crucificado de Jerusalém.

---

[1] *Catharoi*: "puros", em grego — origem da palavra cátaros.

Ele escolheu o reitor entre os Onze e quis que ele fosse jovem, para que tivesse forças para combater os inimigos do homem que se tornara Cristo e Deus. Pois, sem demora, esses inimigos reapareceriam, como sempre haviam feito desde que fora preciso destruir a pessoa e, sobretudo, a memória do impostor, o pretenso décimo terceiro apóstolo.

Catzinger sorriu para os olhos muito negros, calmos como um lago de montanha, ao lhe pôr no anular o jaspe precioso. Antonio só pensava que, ao se tornar reitor, estava definitivamente fora do alcance do Opus Dei e dos seus tentáculos. O filho do *oberstleutenant* Herbert von Catzinger, pupilo da Juventude Hitlerista, lhe oferecia, mais uma vez, a sua proteção. Contudo, ele exigia novamente os dividendos. No cofre da Sociedade, Antonio encontrou um dossiê em nome do cardeal, no qual estava escrito *confidenziale*. Se o houvesse aberto, teria visto os documentos que diziam respeito ao seu poderoso protetor, que traziam no alto da página a cruz gamada. Nem todos eram anteriores ao mês de maio de 1945.

Mas ele não abriu e entregou o dossiê em mãos a Sua Eminência, que o introduziu, na frente dele, na fragmentadora de papéis do seu escritório da Congregação para a Doutrina da Fé.

Com a sua austera batina preta, Breczinsky via desfilar os tristes campos poloneses. Havia sido pego no seu escritório da reserva por Antonio, em pessoa, e levado, sem aviso prévio, à estação central de Roma. Depois disso, não conseguia mais pensar. Após atravessar toda a Europa, o trem passava pelas planícies do seu país. Breczinsky se surpreendeu por não sentir nenhuma emoção. Subitamente, ele se retesou e os seus óculos redondos ficaram embaçados de lágrimas. Acabara de ver passar rapidamente uma pequena estação de província: Sobibor, o campo de concentração onde a divisão Anschluss se havia agrupado antes de começar a retirada precipitada para o oeste. Empurrando na frente um último comboio de poloneses que seriam exterminados ali mesmo, antes da chegada do Exército Vermelho. Naquele comboio estava tudo o que restava da sua família.

Alguns dias antes, um padre jovem, Karol Wojtila, desprezando o perigo, o pegara pela mão e o escondera no seu exíguo alojamento na Cracóvia. Para salvá-lo da prisão em massa organizada pelo oficial alemão que havia sucedido a Herbert von Catzinger, assassinado pelos membros da resistência polonesa.

Breczinsky desceria na estação seguinte. Ali, num pequeno carmelo afastado de tudo, ele havia sido destinado à prisão domiciliar por Sua Eminência, o cardeal Catzinger. A madre superiora havia recebido uma carta com o símbolo do Vaticano. O padre que lhe enviavam não poderia receber nenhuma visita, nem se corresponder, de maneira nenhuma, com o mundo exterior.

Ele precisava de cuidados, de repouso. Sem dúvida, por muito tempo.

91

A sala se ergueu em bloco. A Academia Santa Cecília estava superlotada para o último concerto em Roma de Lev Barjona. O israelense ia interpretar o terceiro concerto para piano e orquestra de Camille Saint-Saëns. No primeiro movimento, daria provas do seu brio, no segundo, da extraordinária fluidez dos seus dedos e, no terceiro, do seu senso de humor.

Como de costume, o pianista entrou no palco sem olhar para o público e sentou-se diretamente na banqueta. Quando o maestro lhe fez um sinal de que estava pronto, o rosto dele ficou subitamente enrijecido, e Barjona tocou os primeiros acordes solenes e pomposos que anunciavam o tema romântico, introduzido por um *tutti** da orquestra.

No segundo movimento ele foi deslumbrante. As passagens brilhantes e acrobáticas desfilavam sob os seus dedos de maneira mágica, cada nota perfeitamente distinta e primorosa, apesar do andamento infernal que ele havia adotado logo de início. O contraste entre essa perigosa vivacidade e a total imobilidade do seu rosto fascinavam o público, que lhe reservou, depois do último acorde, uma dessas ovações que os romanos não deixam de conceder àqueles que souberam conquistar seus corações.

Todos esperavam que, como sempre, Lev Barjona desaparecesse imediatamente nos bastidores, sem conceder à multidão o bis tradicional. Por isso, a surpresa da sala foi grande quando ele avançou e pediu com um gesto que lhe entregassem um microfone. Segurando-o, ele ergueu os olhos, ofuscado pelas luzes da ribalta. Parecia olhar ao longe, além da sala repentinamente silenciosa, além da cidade de Roma. O rosto já não estava enrijecido, e sim revestido de uma seriedade pouco usual naquele sedutor impenitente. A cicatriz que cortava o cabelo louro acentuava o caráter dramático do que ele ia dizer.

Ele foi breve:

— Para agradecer a calorosa acolhida, vou oferecer-lhes a segunda *Gymnopédie* de Érik Satie, um grande e genial compositor francês. Esta noite, quero dedicá-la especialmente a um outro

---

* Em música, significa por "toda a orquestra".

francês, peregrino do absoluto. E a um pianista americano tragicamente desaparecido, mas cuja lembrança jamais me deixará. Para ele, a interpretação dessa música vinha de dentro, pois, como Satie, ele acreditou no amor e foi traído.

Enquanto Lev, de olhos fechados, parecia se abandonar à perfeição da melodia simples, um homem o olhava do fundo da sala, sorrindo. Corpulento, musculoso, destoava um pouco no meio das espectadoras magras e elegantes à sua volta.

"Esses judeus", pensou Moktar Al-Qoraysh, "são todos sentimentais!"

Com a morte de Alessandro Calfo, sua missão chegava ao fim. Tivera a satisfação de eliminar o americano com as próprias mãos. Quanto ao outro, ele havia desaparecido, e Moktar ainda não conseguira encontrar sua pista. Simples questão de tempo. No dia seguinte, voltaria ao Cairo. Prestaria contas ao Conselho do Fatah e receberia instruções. O francês *devia* morrer. Para ir à caça da pista dele, Moktar precisava de recursos e de ajuda. Lev havia declarado publicamente a sua admiração pelo infiel, não poderia contar com ele.

Quanto a Sônia, agora ela estava desempregada. Ele a levaria sem demora para o Cairo. Coberta por um véu negro, sua fascinante silhueta seria digna dele. Isso porque ele a reservaria para si. Depois de passar pelas mãos de um prelado pervertido do Vaticano, ela devia saber fazer coisas que talvez o Profeta desaprovasse, se as conhecesse. O Alcorão afirmava apenas: "As mulheres são um campo a ser lavrado; percorram esse campo, lavrem-no como lhes aprouver."[1] Sônia seria lavrada por ele. Totalmente indiferente à delicada música que saía dos dedos de Lev, ele sentiu o sangue afluir à sua virilidade.

---

[1] Alcorão 2, 223.

92

Três semanas haviam transcorrido desde a chegada de Nil a Abruzzo, mas ele tinha a sensação de haver passado a vida inteira naquela solidão. Aos poucos, contara ao eremita toda a sua história: a chegada a Roma, a atitude de Leeland até a dramática confissão, o encontro com Lev Barjona, a pista penosamente encontrada da epístola do apóstolo, a descoberta no fundo secreto do Vaticano...

O velho sorria.

— Sei que isso não vai mudar em nada a sua vida e a sua orientação. Você sempre procurou a verdade e achou a casca, falta aprofundar esse conhecimento na oração. Não deve nunca odiar a Igreja Católica. Ela faz o que sempre fez, aquilo para o qual toda a Igreja é feita: conquistar o poder e conservá-lo a qualquer preço. Um monge da Idade Média a definiu de maneira realista: *casta simul et meretrix*, a puta casta. A Igreja é um mal necessário, meu filho. O abuso permanente do poder não deve fazê-lo esquecer que ela encerra um tesouro, a pessoa de Jesus. E que, sem ela, você nunca o teria conhecido.

Nil sabia que ele tinha razão.

Intrigado com o recém-chegado que se parecia tanto com o seu pai adotivo — até no cabelo branco —, Beppo subia ao ermitério com mais frequência do que de hábito. Sentava-se ao lado de Nil no parapeito de pedras secas da esplanada e os seus olhares só se cruzaram uma vez. Depois, o francês não percebia mais nada além da sua respiração, regular e calma. De repente, ele se levantava, inclinava ligeiramente a cabeça e desaparecia no caminho da floresta.

Naquele dia, Nil falou com ele pela primeira vez:

— Beppo, pode fazer-me um favor? Preciso mandar esta carta para o padre Calati, em Camaldoli. Pode encarregar-se disso? Ela deve ser entregue em mãos.

Beppo concordou com a cabeça e enfiou a carta no bolso interno do casaco de pele de carneiro. Ela era dirigida a Rembert Leeland, na via Aurelia. Nil lhe contava rapidamente a chegada ao ermitério, a vida que levava, a felicidade que havia tanto tempo lhe escapara e que, ali, parecia tornar-se realidade. Finalmente, pedia notícias e perguntava se devia ir a Roma para encontrá-lo.

Alguns dias depois, o papa abriu a carta e a leu por duas vezes na presença de Catzinger, que a entregara para ele conforme as instruções.

Cansado, o papa apoiou a carta no joelho. Depois, levantou a cabeça para o cardeal, sempre respeitosamente de pé diante dele.

— Esse monge francês sobre o qual me falou, em que ponto acha que é perigoso para a Igreja?

— Ele põe em dúvida a divindade de Cristo, Santo Padre, de maneira especialmente perniciosa. É preciso fazê-lo silenciar e mandá-lo de volta à solidão da abadia, de onde nunca deveria ter saído.

O queixo do papa desceu novamente até a batina branca. Fechou os olhos. Cristo nunca seria conhecido em toda a sua verdade. Cristo estava na nossa frente; tínhamos de buscá-lo. Buscá-lo, dissera Santo Agostinho, já era encontrá-lo. Deixar de buscá-lo, era perdê-lo.

Sem levantar a cabeça, ele começou a murmurar, e Catzinger teve de apurar os ouvidos para compreender o que dizia:

— A solidão... Creio que ele já a tem, Eminência, e eu o invejo... sim, eu o invejo. "Monge", como sabe, vem de *monos*, que quer dizer sozinho — ou único. Ele encontrou o único necessário de que Jesus falou a Marta, irmã de Maria e Lázaro. Deixe-o nessa solidão, Eminência. Deixe-o com Aquele que ele encontrou.

Em seguida, acrescentou, com a voz ainda mais imperceptível:

— É para isso que estamos aqui, não é? Para que a Igreja exista. Para que no seio dela alguns encontrem o que você e eu buscamos.

Catzinger levantou a sobrancelha. O que ele buscava era resolver um problema atrás do outro, fazer a Igreja durar, protegê-la dos inimigos. *Sono il carabiniere della Chiesa*,[1] dissera um dia o seu antecessor, um homem memorável, o cardeal Ottaviani.

O papa pareceu sair do devaneio e lhe fez um sinal.

— Leve-me até aquela máquina, no canto. Por favor.

Catzinger empurrou a cadeira de rodas até a pequena fragmentadora, em frente de uma cesta cheia até a metade de pedacinhos de papel. Como o papa, com a mão trêmula, não conseguia ligar a máquina, Catzinger apertou o botão, com deferência.

— Obrigado... Não, deixe, eu mesmo quero fazer isto.

A fragmentadora cuspiu uns pedacinhos de papel que se juntaram na cesta a outros segredos cuja memória só o papa guardava, na mente que continuava surpreendentemente perspicaz.

"Só existe um segredo, que é o de Deus. Esse padre Nil tem mesmo sorte. Tem mesmo sorte, realmente."

---

[1] Sou o policial da Igreja.

93

No meio da noite, Nil foi acordado por um barulho estranho, diferente e acendeu uma vela. Deitado na sua enxerga, de olhos fechados, o velho eremita estertorava em silêncio.

— Padre, sente-se mal? Preciso ir buscar Beppo, preciso...

— Deixe, meu filho. É preciso apenas que eu deixe a margem e vá para as águas profundas, e o momento chegou.

Ele abriu os olhos e envolveu Nil com um olhar de imensa bondade.

— Você ficará aqui, é o lugar previsto para você por toda a eternidade. Como fez o discípulo bem-amado, você inclinará a cabeça para Jesus, para ouvir. Só o seu coração poderá ouvi-lo, um coração que desperta dia a dia. Ouça e não faça mais nada. Ele o guiará no seu caminho. É um guia seguro, pode confiar nele. Você foi traído pelos homens, ele nunca o trairá.

Ele fez um último esforço:

— Beppo... cuide dele, é o filho que eu lhe entrego. Ele é puro como a água que corre desta montanha.

De manhã, o cume se iluminou na vertente oposta. Quando a luz do sol envolveu o ermitério, o velho eremita murmurou o nome de Jesus e parou de respirar.

No mesmo dia, Nil e Beppo o enterraram na lateral da falésia, que, talvez, pensou Nil, se parecesse com as que encimavam Qumran. Em silêncio, eles voltaram ao ermitério.

Ao chegarem à pequena esplanada, Beppo pegou o braço imóvel de Nil, inclinou a cabeça e, suavemente, pôs a mão do monge sobre os seus cabelos cacheados.

Os dias se sucediam, e as noites também. Imóvel, o tempo parecia assumir uma outra dimensão. As lembranças de Nil ainda doíam, mas ele sentia cada vez menos a angústia que o havia oprimido naqueles dias terríveis em que perseguira a ilusão da verdade.

A verdade não estava na epístola do décimo terceiro apóstolo, nem no quarto Evangelho. Ela não estava em nenhum texto, por mais sagrado que fosse. A verdade estava além das palavras impressas no papel, além das palavras pronunciadas por lábios humanos. Ela estava no silêncio e, lentamente, o silêncio se apossava de Nil.

Beppo transferira para ele a adoração demonstrada ao eremita, enquanto ele era vivo. Quando chegava, sempre de surpresa, Beppo sentava-se à beira da esplanada ou diante do fogo da lareira. Calmamente, Nil lia o Evangelho para ele e contava histórias de Jesus, como o décimo terceiro apóstolo fizera outrora com Iocanã.

Um dia, tomado de súbita inspiração, Nil traçou na testa, nos lábios e no coração do rapaz uma cruz invisível. Espontaneamente, Beppo pôs a língua para fora, que ele também tocou com o sinal de morte e de vida.

No dia seguinte, Beppo apareceu de manhã, muito cedo. Sentou-se na enxerga, olhou para Nil com os seus olhos tranquilos e murmurou, num sopro canhestro:

— Padre... padre Nil! Eu... eu quero aprender a ler. Para poder estudar o Evangelho sozinho.

Beppo podia falar. Com o coração nas mãos, ele falava.

A vida de Nil se modificou um pouco com isso. Agora, Beppo ia vê-lo todos os dias. Eles se sentavam em frente à janela e, na mesa minúscula, Nil abria o livro. Em algumas semanas Beppo conseguia ler, vacilando apenas nas palavras complicadas.

— Você pode pegar o Evangelho de Marcos — disse Nil. — É o mais fácil, o mais claro, o mais parecido com o que Jesus disse e fez. Algum dia, mais para a frente, eu lhe ensinarei grego. Você vai ver, não é difícil, e ao lê-lo em voz alta, ouvirá o que os primeiros discípulos de Jesus falavam dele.

Beppo olhou sério para ele.

— Vou fazer o que diz, você é o pai da minha alma.

Nil sorriu. O décimo terceiro apóstolo também devia ter sido o pai das almas dos nazarenos, que fugiam da primeira Igreja.

— Só há um pai da sua alma, Beppo. Aquele que não tem nenhum nome, que ninguém pode conhecer, do qual não sabemos nada, a não ser que Jesus o chamava de *abba*: pai.

94

Naquela manhã de outubro, a praça de São Pedro estava com ares de festa. O papa ia proclamar a canonização do fundador do Opus Dei, Escrivá de Balaguer. Na fachada da basílica, centro da cristandade, um enorme retrato do novo santo era exibido para a numerosa multidão. Com seus olhos maliciosos, ele parecia contemplá-la com ironia.

Em pé, à direita do papa, o cardeal Catzinger estava radiante de felicidade. A canonização tinha para ele um significado especial.

Em primeiro lugar, era a sua vitória pessoal sobre os membros do Opus Dei, que ele havia obrigado a comer na sua mão durante os anos do processo de beatificação do seu herói. Doravante, eles tinham uma dívida para com ele, o que o punha a salvo das suas permanentes manobras. Catzinger estava feliz com o bom resultado da partida que jogara com eles; pelo menos por algum tempo, levaria uma certa vantagem.

Em segundo lugar, Antonio estaria a salvo de qualquer pressão dos espanhóis de Balaguer. Era importante para ele que a Sociedade São Pio V fosse dirigida com firmeza, para evitar os dissabores que tivera com Calfo.

Por fim, e essa não era a menor alegria do dia, o papa — cada vez mais incapaz de se fazer compreender — lhe havia entregue a missão de proferir a homilia. Ele aproveitaria para traçar o seu programa de governo, diante das televisões do mundo inteiro.

Isso porque, um dia, ele governaria o barco de Pedro. Não às ocultas, como fazia havia muitos anos. Mas abertamente, diante de todos.

Maquinalmente, ele suspendeu a casula pontifical, que os tremores do soberano pontífice faziam escorregar e que não tinham um bom efeito televisivo. E para disfarçar esse gesto, sorriu para as câmeras. Seus olhos azuis, os cabelos brancos, apareciam muito bem na tela. Ele se empertigou: a câmera estava fixada nele.

A Igreja era eterna.

Perdido na multidão, um homem jovem olhava zombeteiro o espetáculo de fausto da Igreja. O cabelo cacheado brilhava ao sol e sua vestimenta de camponês de Abruzzo não destoava: delegações católicas do mundo inteiro, em trajes folclóricos, coloriam a praça de São Pedro com cores vivas.

Ele não estava com as mãos livres. Apertadas contra o peito, elas seguravam uma sacola de couro arredondada.

Nil lhe havia entregue na véspera. Ele ficara preocupado. No povoado, onde qualquer estranho era imediatamente notado, um homem havia passado e fizera algumas perguntas. Certamente não era alguém das montanhas, nem mesmo um italiano: músculos demais e barriga de menos. E a avaliação dos habitantes do povoado era infalível. Do modo como as coisas funcionavam numa aldeia de Abruzzo, Beppo ouvira o boato, que rapidamente chegara até ele. Beppo falara sobre isso com Nil, que sentira a angústia voltar.

Seria possível que o procurassem, até ali?

No dia seguinte, ele entregou a sacola a Beppo. Dentro dela estavam anos de pesquisa. O mais importante é que encerrava a cópia que ele fizera da epístola. De memória, é bem verdade, mas sabia que ela era fiel ao texto que tivera rapidamente em mãos, no depósito secreto do Vaticano.

Sua vida não era importante, a vida não mais lhe pertencia. Como o décimo terceiro apóstolo, como muitos outros, talvez morresse por ter preferido Jesus a Cristo Deus. Ele sabia disso e aceitava antecipadamente em grande paz.

Nil só tinha um remorso, um pecado contra o Espírito que não poderia confessar a nenhum padre. Apesar de tudo, bem que gostaria de ver o túmulo de Jesus no deserto. Ele sabia que esse desejo era uma ilusão perniciosa, mas não conseguia eliminá-lo. Vasculhar a enorme extensão de areia entre Israel e o mar Vermelho. Encontrar o túmulo, perdido no meio de uma necrópole essênia abandonada e ignorada por todos. Ir aonde o décimo terceiro apóstolo quisera terminantemente que ninguém fosse. Sonhar com isso já era um pecado. O silêncio não realizara nele a sua obra purificadora. Nil lutaria, passo a passo, para eliminar da mente esse pensamento que o afastava da presença de Jesus, encontrado diariamente na oração.

Entre a ossada e a realidade, não devia hesitar.

Mas era preciso ser prudente. Beppo iria sozinho a Roma e confiaria a sacola a um tio, em quem tinha toda confiança.

O cardeal Emil Catzinger terminou a homilia num troar de aplausos e voltou modestamente ao seu lugar, à direita do papa.

Furtivamente, Beppo abaixou a cabeça e roçou a sacola com os lábios, respeitosamente.

A verdade não seria apagada da face da Terra.

A verdade seria transmitida. E reapareceria, algum dia.

Oculto sob a colunata de Bernini, Moktar Al-Qoraysh não tirava os olhos do rapaz. Ele havia descoberto o povoado. O infiel devia estar escondido em algum lugar nas redondezas, nas montanhas.

Bastava seguir o camponês de Abruzzo, de olhar ingênuo.

Ele o levaria à sua presa.

Moktar sorriu. Se Nil havia conseguido escapar dos homens do Vaticano, dele não escaparia. Ninguém escapa do Profeta, bendito seja o seu nome.

✝

Quando eu ia deixar o ermitério, não pude evitar de perguntar mais uma vez:
— *Padre Nil, não tem medo daquele que o procura?*
Ele pensou longamente antes de responder:
Ele não é um judeu. Desde a destruição do Templo, os judeus vivem uma profunda desesperança. A promessa era vã, o Messias não voltará. Porém, Deus continua a ser para eles uma realidade, vivo. Sendo que os muçulmanos não sabem nada sobre Ele — a não ser que é único, maior do que tudo e que os julga. A ternura, a proximidade do Deus dos profetas de Israel permaneceram desconhecidas para eles. Diante de um Juiz infinito, mas infinitamente longínquo, o desespero judeu se transformou, entre os muçulmanos, numa angústia insuperável. E alguns deles precisam sempre da violência para exorcizar o medo de um vazio que não é preenchido por Deus. Sem dúvida trata-se de um muçulmano.
Com um sorriso, ele acrescentou:
— *A intimidade com o Deus de amor destrói o medo para sempre. Talvez ele esteja realmente atrás de mim. Se ele quiser me arrastar para o seu vazio, não apaziguará a angústia que mora nele.*
Ele segurou as minhas mãos nas dele.

Procurar conhecer a pessoa de Jesus é tornar-se um outro décimo terceiro apóstolo. A sucessão desse homem continua em aberto Quer fazer parte dela?

Desde então, na minha Picardia de florestas, terras férteis e homens taciturnos, ouço todo o tempo as últimas palavras de Nil. Quando elas ressoam em mim, sinto falta de um deserto.

Impresso no Brasil pelo
Sistema Cameron da Divisão Gráfica da
DISTRIBUIDORA RECORD DE SERVIÇOS DE IMPRENSA S.A.
Rua Argentina 171 – Rio de Janeiro, RJ – 20921-380 – Tel.: 2585-2000